Martin Sowa

KARO KÖNIG VOM ALBBIOTOP

Ein Schwabenkrimi

Oertel+Spörer

Nur fünf bis sieben Autos standen auf dem Parkdeck L, ganz oben im Parkhaus am Reutlinger Ledergraben. Kein Betrieb. Wer wollte sich später wieder so viele Stockwerke nach oben quälen, wenn man doch unten noch in der letzten Ecke einen Parkplatz bekommen konnte?

Er hatte sich genau überzeugt. Videokameras gab es keine. Sein Blick schweifte noch einmal über das stille und verlassene Parkdeck. Nur eine achtlos weggeworfene Bäckertüte wurde vom Wind über den Boden getrieben und blieb an dem Gestänge eines Geländers hängen. Auch die unteren Parkdecks waren um diese Zeit nur sporadisch besetzt. Ein Blick auf die Uhr: 12.53 Uhr. Jetzt musste er gleich kommen. Der 400er-Bus der Hohenzollerischen Landesbahn fuhr um 13.07 Uhr vor der ADAC-Geschäftsstelle nach Gammertingen ab. Julian würde ihn heute nehmen, so, wie viele Tage zuvor, um nach Pfullingen zu kommen. Behutsam nahm er das Präzisionsgewehr aus seiner großen Tasche. Er öffnete die Schulterstützen und fuhr noch einmal mit seiner rechten Hand über die Oberflächenbeschichtung.

Das Wellblechdach hier im obersten Stockwerk gab eine absolute Deckung. Die circa ein Meter breite Sichtöffnung auf der Seite, von der alle zwei Meter insgesamt fünf eingeschoben waren, gab ihm die optimale Möglichkeit, die todbringende Waffe aufzulegen.

Er stand in der äußersten rechten Ecke und visierte die gegenüberliegende Straßenseite an. Schon vor Tagen hatte er sich das günstigste Schussfeld ausgesucht. Während links der Straße das sommerliche Laub der Bäume recht weit nach unten hing, ließen die drei danebenstehenden Bäume eine schöne Sicht frei. Zusätzlich gab es noch eine freie Parklücke vor der Oskar-Kalbfell-Halle, was seine Erfolgsaussichten erheblich verbesserte.

»Komm nur, du mieser kleiner Klimafuzzi. Nichts mehr mit *Fridays for Future*. Deine Zukunft wird gleich im Himmel oder der Hölle sein!«

Während unten der Verkehrsfluss über den Ledergraben Richtung Pfullingen hinwegzog, repetierte er das Gewehr. Alles war präzise auf die Minute geplant.

Vom gegenüberliegenden Gymnasium sah er Julian Neu ankommen. Auf der rechten Seite hatte er die Längsfront der Oskar-Kalbfell-Halle. Auf der linken Seite lag das Fachwerkgebäude des Friedich-List-Gymnasiums. Einige Meter hinter dem Gymnasiasten tauchte nun ein weiterer wild gestikulierender Schüler auf.

Julian, jetzt auf dem Parkplatz vor der Oskar-Kalbfell-Halle, drehte sich um. Sein Mitschüler Max Luipold kam angerannt und blieb direkt vor ihm stehen.

»Mensch, hau ab, du Mistkerl«, flüsterte er oben im Parkdeck L in sich hinein. »Verpiss dich!«

Auf der gegenüberliegenden Seite diskutierten die beiden Schüler.

Max rollte ein Plakat auf und hielt es seinem Freund vor die Nase. Julian deutete mit dem rechten Zeigefinger auf seine Armbanduhr und blickte zur Bushaltestelle vor dem ADAC. Eine Mutter mit Kinderwagen ging hinter den beiden her in Richtung Volkshochschule, während ihr ein älterer Mann um die achtzig entgegenkam. An seinem Rollator hatte er eine Jutetasche hängen, aus der das Grün eines Bunds Möhren herausragte. Er kam vom Wochenmarkt und war wohl auf dem Weg nach Hause.

Max rollte das Plakat zusammen und wandte sich um, um wieder nach links zurückzugehen.

In dem Visier des Gewehrs war Julians Kopf nun exakt im Zentrum. Der rechte Zeigefinger des Schützen hatte den Druckpunkt erreicht. Max sprang noch einmal zurück;

befand sich genau vor seinem Klassenkameraden, als der Zeigefinger den Abzug nach hinten zog. Ein nachhallender Plopp war auf der Parkfläche zu vernehmen.

Ein zweiter Schuss fiel.

Auf der gegenüberliegenden Seite brach Max zusammen.

Julian warf sich nach vorne. Lag auf dem heißen Asphalt. Ein dritter Schuss durchschlug die Scheibe auf der Fahrerseite eines schwarzen Peugeot, zerfetzte das Glas der Beifahrerseite und fuhr über Julian hinweg, der vor der Parkmarkierung an der Längsseite des Wagens lag, in die Büsche. Der Senior am Rollator trottete weiter.

Julian zitterte am ganzen Körper, so als ob starke Stromschläge ihn durchfahren würden. Sein Herz raste so schnell, dass ihm das Pochen in seinen Ohren Schmerzen bereitete. Die Hände über dem Kopf zusammengeschlagen, bewegte er sich nicht. Doch nichts passierte. Der Verkehr auf dem Ledergraben floss unaufhörlich in beide Richtungen, als wäre nichts geschehen.

Julian drehte sich um die eigene Körperachse, sah Max leblos hinter sich auf dem Bauch liegen. Er wusste nicht, wie lange er gelegen hatte. Jetzt drehte er sich um. Ein ohrenbetäubender unmenschlicher Schrei entfuhr seiner Kehle.

Mund und Augen weit aufgerissen, starrte er auf den bewegungslosen Gleichaltrigen. Sekunden später erfüllte ein erneuter markerschütternder Schrei das gesamte Gelände. Aus dem Kopf des Gymnasiasten floss das Blut und tränkte den grauen heißen Asphalt rot. Auch im Rücken schien Max getroffen.

Aus der Kanzleistraße kamen Menschen angelaufen und weitere Schüler des Gymnasiums standen um sie herum. Sie alle bildeten eine Traube und starrten mit einer Mischung aus Neugier und Entsetzen auf das schreckliche Szenario. Kein Laut war zu hören.

Auf dem Parkdeck L packte er das Gewehr zurück in die Tasche.

»So ein Mist! Egal! Hauptsache einen erwischt! Das muss es gewesen sein.« In aller Ruhe verstaute er das Präzisionsgewehr wieder in seiner Tragetasche. Er schaute sich um, suchte nach den zwei Hülsen. Die dritte steckte noch im Gewehr, da er nach dem dritten Schuss nicht mehr hatte repetieren müssen. Sie mussten hier doch irgendwo liegen. Eine entdeckte er unter einem großen SUV, der ganz in seiner Nähe stand. Aber die zweite? Er suchte fieberhaft danach. Irgendwo musste sie doch liegen. »Verdammt, wo ist das Mistding?« Seine Augen schweiften wie Suchscheinwerfer über den Boden. Nichts. Jetzt hörte er immer näher kommende Motorengeräusche. »Da will einer hier hoch.« Er hatte keine Zeit mehr, musste weg. Er riss das Gewehr in dem Futteral an sich, hastete über die Treppe bis aufs Parkdeck B hinunter, wo er über den Hinterausgang das Parkhaus verließ.

Mit schnellen Schritten entfernte er sich über den Fußweg an der Echaz entlang. Niemand war zu sehen. Am Restaurant *Alte Mühle* stieg er die Treppen hoch, ging Richtung Friedrich-Ebert-Straße. Bald hatte er über diese die Alteburgstraße erreicht. Er wandte sich nach links und ging die 150 Meter bis zum Parkhaus Pomologie. Aus der Ferne hörte er hinter sich die Sirenen eines Notarztwagens, der wohl jetzt von den Kreiskliniken am Steinenberg kam. Ob er schon in den Ledergraben fuhr?

Zwei Minuten später bog ein schwarzer BMW 530 aus der Ausfahrt links ab und nahm Fahrt in Richtung Alb auf. An Reutlingens Verkehrsader, dem Ledergraben, war das Chaos ausgebrochen.

VIER MONATE ZUVOR

1

»Meine sehr verehrten Damen und Herren!« Der Bundestagspräsident eröffnete die Sitzung. »Heute Morgen steht das Thema ›Klimawandel‹ als erster Punkt auf unserer Agenda. Ich bitte den Abgeordneten Müller von der Fraktion der Blauen, zu beginnen.«

Egon Müller trat an das am Kopf des Saals stehende Rednerpult und breitete sein Manuskript vor sich aus. Er rückte noch einmal seine Krawatte zurecht und begann mit seiner Rede.

»Hohes Haus, ich freue mich, dass ich heute als Erster zu Ihnen sprechen darf. Der Klimawandel ist eines der dringendsten Probleme unserer Zeit. Wie mehrere Studien zeigen, ist eindeutig zu sehen, dass die Menschheit vor massiven Problemen steht, wenn wir jetzt nicht gegensteuern. Aus diesem Grund haben wir mehrere Ausschüsse gegründet, welche in den kommenden Jahren die Thematik aus verschiedenen Richtungen bearbeiten und diskutieren werden. Diese sind: Verkehr, Wasser, Landwirtschaft, Ernährungsverhalten, Arbeitsbedingungen, um nur einige wenige zu nennen. Wir werden …«

Die Rede glitt in immer mehr Phrasen und eine scheinbar endlose Auflistung ab und brachte bereits Gehörtes und Bekanntes neu auf das Tableau.

Oben in der zweiten und dritten Reihe des Plenarsaals auf der Zuschauertribüne saß die 11. Schulklasse eines Reutlinger Gymnasiums und versuchte vergeblich, den Ausführungen zu folgen.

Ihr Klassenlehrer Marcel Neufeld, der die Elfte nun seit Schuljahresbeginn führte, beobachtete seine Schüler mit wachen Augen. Mit zunehmender Zeit bemerkte er, wie sie nach und nach abschweiften, sich unterhielten, die Augen schlossen, ihre Handys zückten. Ihr Interesse galt allem anderen mehr als den Ausführungen des Redners oben am Podium. Ein mit dem Kopf in einem Gartenzaun stecken gebliebener wuscheliger Köter schien deutlich interessanter, als die eigene Zukunft zu sein.

Nach zwölf Minuten endete die Redezeit des Abgeordneten, der mit einem aufmunternden Applaus seiner Fraktionskollegen auf seinen Sitz zurückkehrte.

»Wie fandet ihr die Rede?«, wollte Neufeld in einer kurzen Pause wenige Minuten später von seinen Schülern wissen.

»Echt ätzend der Typ!«

»Den hätte man sich auch sparen können.«

»Voll langweilig.«

»Hat doch nichts Neues gesagt.«

»Gut«, entgegnete Neufeld. »Wer von euch hat denn eine Idee? Wie könnte man so etwas spannender gestalten?«

»Ich hätte da so eine Idee«, meldete sich nun Julian, der ganz hinten stand. »Können wir aus dem ganzen Gesagten nicht etwas herausnehmen und als Klasse ein Projekt gestalten, in dem wir die Thematik ganz konkret angehen?«

»Hast du da schon etwas Konkretes im Sinn?«, wollte einer wissen.

»Ja, habe ich schon. Aber vielleicht sollten wir das alle zusammen machen. Wir können mal eine Mind-Map erstellen, dann kann sich jeder von uns einbringen.«

Die Plenarsitzung war beendet. Die Schüler der Klasse verließen zusammen mit Herrn Neufeld den Saal. Vor der Eingangsschleuse mit zwei gläsernen Türen mussten sie warten, bis die vor ihnen stehende Gruppe das Gebäude verlassen hatte. Als der Abgeordnete Müller in ihrem Rücken zu einem der unterirdischen Gänge eilte, um über diesen das Gebäude zu verlassen, drehten sie sich alle um. »Wir werden Arbeitsgruppen bilden, die sich in den nächsten Jahren ...« Immer wieder schoss diese Aussage Julian durch den Kopf. Er verfolgte den Abgeordneten mit seinen Augen und bemerkte, dass dieser für einen kurzen Moment stockte und seinen Kopf nach rechts hinten drehte. War da nicht ein kleines, feines Geräusch an der Wand rechts neben dem Aufzug zu hören gewesen? Julian hatte es als Einziger der Anwesenden auch vernommen.

Egon Müller hastete weiter und strebte dem Abgeordnetengang entgegen.

Jetzt hörte es Julian erneut. Wieder war da dieses kleine, ganz schwach zu vernehmende Geräusch; als wenn irgendwo eine Milchtüte geplatzt wäre.

Er schaute auf die Betonwand und konnte ganz unten über dem Sockel einen kleinen dünnen, vielleicht zwei Zentimeter langen, aber höchstens ein Zentimeter hohen Haarriss entdecken.

»So, jetzt ihr.«

Der Sicherheitsbeamte öffnete die Eingangsschleuse und entließ die Schülergruppe auf den freien Platz.

»Alle noch da?« Herr Neufeld überzeugte sich von der Anwesenheit seiner Schüler. »Julian«, wandte sich der dreißigjährige Studienrat an seinen Schüler, »ich finde das einen guten Vorschlag, den du vorhin gemacht hast. Das könnte doch ein tolles und sinnvolles Unterrichtsprojekt für den Rest des Schuljahres geben.«

»Finde ich auch«, untermauerte Julian die Aussage und nickte freudig. »Gucken Sie doch mal hier.« Er zeigte Herrn Neufeld zwei Fotos eines vollkommen verdorrten Obstbaumes. »Sehen Sie auch hier die Auswirkungen des Klimawandels?«

»Gut, Julian. Ich habe verstanden. Sobald wir wieder zurück sind, nehmen wir deinen Vorschlag auf und starten mit einer Ideensammlung.«

Julian schaute sich um und erblickte unter seinen Mitschülern eine Gruppe, die schon wieder in ihren Smartphones versunken war, während einige seiner Klassenkameradinnen eifrig Selfies schossen, diese sofort mit aller Welt auf Instagram teilten und lauthals vor sich hin kicherten.

Mal sehen, was dabei herauskommt, dachte er sich.

2

Julian saß in seinem Zimmer in Pfullingen und brütete über seinen Mathehausaufgaben. Hier, in der Wohnsiedlung unterhalb des Ursulabergs, war es sehr ruhig. Immer wieder schweiften seine Gedanken zu der Bundestagsdebatte ab, die sie letzte Woche erlebt hatten. Nichtssagend! Einschläfernd und wertlos! Seine Blicke wanderten aus dem Fenster, hin zu den Bäumen im Garten. Seit Wochen hatte es nicht mehr geregnet. Äpfel würden sie wohl in diesem Jahr keine bekommen. Viel zu trocken. Er sah auf die Stämme der Bäume. Die Rinde war aufgeplatzt, vertrocknet wie die rissige Haut eines langjährigen Handwerkers. Die Blätter hingen in einem traurigen Braun an den dürren Zweigen.

Jetzt machte sich der Klimawandel direkt bei ihnen vor der Haustür bemerkbar. Er musste etwas unternehmen, selbst aktiv werden, etwas in die Wege leiten. Hoffentlich würden die anderen aus seiner Klasse mitziehen. Sarah sicherlich. Max auch. Einige würde er bestimmt für sich gewinnen. Vielleicht doch eine überwiegende Mehrheit, aber es waren doch auch welche dabei, die in einer riesengroßen Wohlfühlblase lebten. Zwischen Online-Shopping, Festivals und den nächsten Ferien, am besten ganz weit weg.

Zweifel stiegen in ihm auf. Die Sonne warf ihre gleißenden Strahlen durch sein geöffnetes Fenster und erhitzte den Raum noch mehr. Erste Schweißtropfen perlten ihm von der Stirn und liefen ihm in die Augen. Draußen im Garten hatte er schon lange keine Bienen mehr summen gehört.

3

Im Raum Nummer 204 im zweiten Stock des alten Gymnasiums am Ledergraben in Reutlingen hatte Herr Neufeld zwei große Tapetenbahnen aneinandergeklebt und auf dem Boden des Klassenzimmers platziert. Stühle und Tische waren an die Seite geräumt und alle saßen mit dicken Filzstiften um die noch leere Fläche.

Herr Neufeld gab Julian das Wort, der nun in die Aufgabenstellung einführte.

»Also, wir haben in Berlin diese Debatte zum Klimawandel gehört. Wir hatten auch besprochen, dass wir hier in Reutlingen mal ein ganz konkretes Projekt starten wollen. Mit diesem wollen wir zeigen, was wir im Alltag bewerkstelligen können, um unseren eigenen Beitrag zum Klimaschutz zu leisten. Da kann jetzt jeder Mal hier aufschreiben, was er für Ideen hat.«

Julian nahm seinen Stift und schrieb in die Mitte des Blattes:

»Klimaschutz. Unser Beitrag!«

Gemurmel und leise Diskussionen in Zweier- oder Dreiergruppen bestimmten nun die nächsten fünfzehn Minuten. Nach und nach füllte sich die zwei auf drei Meter große Papierbahn. Viele Einzelvorschläge fügten sich immer mehr zu einem Gesamtbild zusammen.

Am Ende war eine Kreisgrafik entstanden, bei der ausgehend vom Mittelpunkt *»Klimaschutz. Unser Beitrag!«* die Vorschläge der Schüler wie sternförmige Strahlen auf den äußeren Rand trafen, auf dem in einem Schriftzug stand: *»Klimaschutzprojekte der 11a.«*

»Sehr interessant, was ihr alles zusammengetragen habt«, fasste Marcel Neufeld die Aufschriebe zusammen. Jetzt trägt bitte jeder kurz vor, was er oder sie geschrieben hat.«

Die Schüler lasen ihre Beiträge vor: »CO_2-Belastung – Einfluss: Ernährungsverhalten, weniger Flugreisen; Feinstaubbelastung; Ausbau von Radwegen; Coffee-to-go-Becher und Plastikmüll vermeiden; Fluss- und Meeresverschmutzung vermeiden …«

Die Ideen der Schüler schienen ins Unermessliche zu gehen.

Ralf stieß Manuel an, der neben ihm saß, und zeigte ihm sein Handy.

»Gut, dass wir jetzt schon da waren und nicht erst nächste Woche, wie ursprünglich geplant«, ließ sich Manuel vernehmen.

»Wo waren?«, wollte ihr Lehrer wissen.

»Es kam gerade die Eilmeldung, dass sie das Reichstagsgebäude ab heute für Besuchergruppen gesperrt haben. Kleinere Schäden am Mauerwerk. Nur eine Vorsichtsmaßnahme. Aber wir wären jetzt nicht mehr reingekommen.«

Julian blickte auf. Ob das etwas mit dem Geräusch und dem feinen Riss in der Wand zu tun hatte, den er bemerkt hatte, als Egon Müller hinter ihnen das Gebäude verließ?

»Echt Glück gehabt«, war der einstimmige Tenor der meisten Schüler.

Fünf Minuten später unterbrach Svenja die Diskussion.

»Es kommt gerade eine neue Meldung.« Sie schaute auf ihr Handy und las vor. »Reichstagsgebäude in Berlin geschlossen. Es ist nicht ganz auszuschließen, dass die bisher entdeckten kleinen Risse im Reichstagsgebäude in Berlin in Zusammenhang mit dem Klimawandel stehen. Wie Forscher schon vor einiger Zeit herausgefunden haben, wird sich das veränderte Klima auch zunehmend auf die gebaute Umwelt auswirken. Entscheidend für die Schadensanfälligkeit an Gebäuden ist der Standort. Der Reichstag liegt an einer Wasserader: der Spree. Erste Untersuchungen wurden eingeleitet.«

Julian meldete sich.

»Als wir letzte Woche rausgehen wollten, habe ich ein Geräusch gehört und dann gesehen, wie ein kleiner Riss entstanden ist. Der Müller von den Blauen, der mit der langweiligen Rede, der hat es auch mitbekommen. Das war es bestimmt. Wenn sich das bewahrheiten sollte, dann ist jetzt sogar die Zentrale der Bundesrepublik betroffen, und die bekommen nicht mehr hin als nichtssagendes Gefasel. Solche Luftnummern wie der Müller!«

Das Stimmengemurmel wurde lauter. Marcel Neufeld ließ der Klasse zunächst den Freiraum. Nach zehn Minuten unterbrach er die Gespräche.

»Hört mal bitte zu. Ich sehe, dass ihr voll in der Thematik seid. Ich kann eure Aufregung auch zu einhundert Prozent nachvollziehen, aber das alles wird uns und euch nicht weiterbringen. Ihr müsst das, was ihr da stehen habt, jetzt in strukturierte Bahnen bringen.«

»Haben wir doch«, meldete sich Max. »Wir haben doch schon so viel aufgeschrieben. Schauen Sie doch auf unser Papier.«

Sarah Koch, die Siebzehnjährige aus Engstingen, saß auf der Fensterbank des Klassenzimmers und schaute hinüber zum Parkhaus am Ledergraben. Unter ihr rollte der Verkehr unablässig in beide Richtungen. Bisher war sie ruhig geblieben, hatte aber aufmerksam zugehört. Sie war die begabteste Rednerin der Klasse und hatte es in der AG »Jugend debattiert« im letzten Jahr bis ins Landesfinale von Baden-Württemberg geschafft.

»Eure Beiträge sind echt top, aber Herr Neufeld hat recht. Wir müssen uns eine Struktur geben. Es sind jetzt noch acht Minuten bis zum Ende der Stunde. Vielleicht könnten wir uns in der Zeit auf Kleingruppen einigen, die sich dann um umsetzbare Themen kümmern. Die Themen könnten wir dann beim nächsten Mal an den Anfang der Stunde stellen und uns überlegen, wie wir die Dinge konkret anpacken wollen.«

Marcel Neufeld hob zum Zeichen der Anerkennung den rechten Daumen.

Julian schaute sie bewundernd an, während Max still für sich dachte:

»Verdammt, warum fällt mir so etwas nie ein?«

»Also, alle damit einverstanden? Machen wir es so?«, fragte ihr Lehrer. Marcel Neufeld schaute in die Runde und erntete zustimmendes Gemurmel.

Die Schüler teilten sich auf. Erste bildeten Kleingruppen. Marcel Neufeld hob zu einer Zusammenfassung an.

»Dann bis …« Das Klingelzeichen unterbrach ihn mitten im Satz, und bevor er weitersprechen konnte, hatten die Schüler schon eilig ihre Sachen zusammengepackt. »Der Lehrer beendet die Stunde; nicht die Klingel«, dachte er und wusste zugleich, dass es keinen Sinn haben würde, die Schüler an diese Regel zu erinnern.

Der Großteil verließ den Klassenraum im zweiten Stock. Julian rollte die Tapetenbahnen auf und sah zu Sarah.

»Fährst du jetzt auch mit dem 400er nach Engstingen? Dann könnten wir zusammen fahren!« Er hoffte, dass sie noch eine Weile beisammen sein konnten.

»Nein, ich bleibe noch in Reutlingen. Habe mich noch mit einer Freundin zum Eis im *Piazza* am ZOB verabredet.« Sie grinste.

Julian verzog das Gesicht zu einem zaghaften Lächeln.

»Ich weiß ja, dass du kaum Schwächen hast, aber beim Eis essen kannst du wohl nie Nein sagen oder? Vielleicht gehen wir zwei ja auch mal eins essen. Würde mir sehr schmecken mit dir.« Er versuchte sein charmantestes Gesicht aufzusetzen. »Hast du nicht Lust, dass wir eine Zweiergruppe bilden? Überleg es dir! Ich glaube, das wäre gut.«

»Ich überlege es mir. Schreib' dir nachher eine WhatsApp, okay?«

»Okay. Wir könnten uns dann ja beim Eis treffen.«

»Mal sehen.«

Ihre Schultertasche über die rechte Schulter gehängt, verließ Sarah das Klassenzimmer. Julian schaute der 1,70 Meter großen, schlanken und sportlichen Mitschülerin hinterher. Er kniff die Lippen zusammen. »Mal sehen, ob das …« Er blickte auf seine Uhr. Er musste sich beeilen, um seinen Bus nach Pfullingen noch zu bekommen.

4

Nur knapp einen Kilometer weiter, im Polizeigebäude an der Bismarckstraße, saßen Robert Becker und Marion Schmidt zusammen. Der Schreibtisch von Robert Becker war gefüllt mit blauen und roten Ösenheftern sowie zwei grauen Leitz-Ordnern. Er hatte noch nicht alle Berichte der letzten Tage geschrieben.

Die silberne metallene Schreibtischlampe, die rechts außen auf dem Tisch stand, hätte sicherlich bei *Bares für Rares* einen guten Preis erzielt. Sie entsprach wirklich nicht mehr der heutigen Zeit. Aber Robert hing an ihr. Eine schwarze runde, etwa 20 Zentimeter große Plastikscheibe bildete den Sockel, von dem aus ein Metallstab in die Höhe ragte, um in einem metallenen Schirm zu enden, der in seiner Form an eine Konservendose erinnerte. Seit seiner Schulzeit, als er sein erstes eigenes Zimmer bezogen hatte, hatte sie ihm treue Dienste geleistet. Beim Lernen für die Abiturarbeiten, während der Vorbereitungen für seine Studienabschlussprüfungen, immer war sie sein treuer Begleiter gewesen. Ein Garant für erfolgreiches Arbeiten. So hatte er sich auch in seinem Berufsleben nicht von ihr trennen wollen. Hinter ihm an der Wand hing ein großes Puzzle mit ihm, seiner Frau und ihren beiden Kindern. Seine Familie hatte es ihm zu seinem fünfzigsten Geburtstag geschenkt.

Marion blickte auf den bereits wieder halb vollen Papierkorb, der links am Schreibtisch stand. Die ganze Dokumentation nahm wirklich überhand. Robert griff noch einmal zu der oben aufliegenden Akte des Mordes im Rinnental in Sonnenbühl. Morgen sollte das Urteil gesprochen werden. Dann würde auch die Bluttat an dem Engstinger Naturforscher Helmut Eberle abgeschlossen sein. Seine Gedanken schweiften noch einmal in die Vergangenheit ab. Polizeiliche Ermittlungsarbeit, Bauchgefühl, Glück. Alles hatte zusammengepasst, um diesen Fall zu lösen. Ja, aber jetzt war wieder die Gegenwart gefragt.

»Gehst du hin, Marion?«, wollte Robert von ihr wissen.

»Ich habe es vor. Will jetzt schon wissen, wie es zu Ende geht mit unserem Albmord. Gott sei Dank haben wir den noch bekommen, bevor er sich absetzen konnte.«

»Tja, manchmal haben die ganzen technischen Probleme der Bahn doch etwas Gutes, zumindest für unsere Arbeit«, spielte Robert auf die Situation am Stuttgarter Hauptbahnhof an, die dazu geführt hatte, dass sie Eberles Mörder am Ende doch noch dingfest machen konnten.

»Mal was anderes, Marion.« Robert hielt kurz inne. So erschien ihm doch die kommende Frage etwas unangenehm und eventuell zu neugierig. »Wie geht es denn jetzt mit Lukas und dir weiter? Scheint eher was Festes zu sein, oder?«

Marion räusperte sich und sagte ganz locker:

»Wir werden zusammenziehen und dann können wir auch mit einem Auto zur Arbeit kommen. Spart schon eine Menge Sprit.«

Robert mochte Lukas Behringer, den Leiter der Reutlinger Kriminaltechnik, der ihnen beim Rinnental-Fall sehr behilflich gewesen war. Er gönnte Marion die Beziehung von ganzem Herzen, zumal sie in der Vergangenheit viel Pech gehabt hatte.

»Und, habt ihr schon was im Auge?«

Marion lächelte.

»Du wirst es nicht glauben. Wenn es klappt, ziehen wir nach Engstingen. Vielleicht sogar Großengstingen. Wir sehen uns da demnächst mal was an.«

Roberts Kopf zuckte hoch.

»Du wirst Älblerin? Und die Winter?«

»Jetzt krieg dich mal wieder ein. Ich hatte ja schon damals gesagt, dass es mir da oben gefällt, und vielleicht kommen wir dann ja auch mit dem Fahrrad zur Arbeit. Der Radweg über die alte Bahntrasse führt ja fast direkt hinunter bis zu uns in die Bismarckstraße.«

»Und zurück?«, wollte Robert wissen.

»E-Bike, Robert, E-Bike. Ich kenne eine, die fährt das sogar mit 25 km/h hoch.«

An der Tür klopfte es und Manfred Zumbold trat ein.

»Der Chef will euch sprechen. Eine Tote in Orschel-Hagen. Er ist wirklich ganz mies drauf. Es ist besser, ihr kommt gleich.«

Robert und Marion tauschten schnelle Blicke, die Worte nicht ersetzen konnten. So kannten sich die beiden mittlerweile gut genug, um genau zu wissen, welche Gedanken dem jeweils anderen jetzt durch den Kopf schossen.

»Wir kommen!«, antwortete Marion ihrem Kollegen.

5

Julian war gerade auf dem Weg zum Handballtraining der A-Jugend des VfL Pfullingen. Während er sonst sein Fahrrad bevorzugte, ging er heute zu Fuß. Für den Weg von seinem Elternhaus in der Mörikestraße in Pfullingen bis zur Halle brauchte er auch nur knapp zwanzig Minuten. Zeit, um ein bisschen Musik zu hören und die Gedanken schweifen zu lassen. Tief in die wummernden Töne in seinen Ohren versunken, war er auch schon auf Höhe des Pfullinger Friedhofs und des alten Bahnhofs angelangt. Seit geraumer Zeit hatte sich in dem renovierten Bahnhofsgebäude ein Restaurant eingerichtet. Sehr häufig trafen sich an den Nachmittagen hier Spaziergänger und ältere Leute für einen Kaffeeklatsch. Aber auch für den Leichenschmaus nach einer Beerdigung auf dem nahe gelegenen Friedhof war der Gasthof prädestiniert. Draußen auf der Terrasse saßen häufig Fahrradfahrer, die sich bei einem Radler ausruhten. Mütter mit ihren Kindern verweilten nach dem Besuch des direkt daneben liegenden Spielplatzes noch einmal vor dem Heimweg. Die Gaststätte war zu einem Begegnungsort für Bevölkerungsschichten aller Altersstufen geworden.

Mehrere Fahrradfahrer kreuzten Julians Weg. Die meisten waren auf dem Heimweg von Reutlingen nach Unterhausen oder auf die Alb. Julian konstatierte immer mehr E-Bike-Fahrer unter den Radlern. Die Anzahl der elektrisch unterstützten Räder hatte merklich zugenommen. Und das nicht nur bei der älteren Generation. Sein Handy vibrierte. Julian hatte schon den ganzen Nachmittag unzählige Male auf sein Display gestarrt und immer wieder die »Zuletzt online um …«-Zeit gecheckt. Die letzte Aktivität von Sarah auf WhatsApp. Sein Puls begann sich mehr als deutlich zu beschleunigen und mit leicht zitternden Fingern tippte er auf das grüne Symbol, über dem jetzt endlich eine rot leuchtende Eins angezeigt wurde: »*Würde mich freuen, wenn wir zusammen eine Gruppe machen. Morgen nach der Schule?*«

Julian strahlte über das ganze Gesicht und begann sofort eine Antwort zu tippen.

»Halt stopp!«, mahnte er sich selbst. Er sollte nicht direkt zurückschreiben, sonst würde sie noch denken, er hätte nur auf ihre Nachricht gewartet. Das musste bis nach dem Training warten. Für Frauen war man dann wohl interessanter. So hatte ihm das zumindest mal Thorben, der Macho aus seiner Stufe, verkündet. Verstehen konnte er es zwar nicht, aber Thorben würde es schon wissen. Beschwingt schulterte er seine Sporttasche wieder und setzte seinen Weg fort.

Bald hatte Julian die Pfullinger Kurt-App-Sporthalle erreicht. Hier hatte die erste Handball-Mannschaft des VfL Pfullingen vor Jahren noch in der 1. Bundesliga um Punkte gekämpft. So berühmte Gegner wie der THW Kiel, VfL Gummersbach, TBV Lemgo Lippe und FRISCH AUF! Göppingen hatten ihre Visitenkarte abgegeben. Der VfL hatte nie viele Punkte erzielt, aber jedes Mal aufopferungsvoll gekämpft. Die *Hölle Süd* wurde die Sporthalle manchmal etwas hochtrabend genannt. Jetzt spielte der VfL Pfullingen in der 3. Liga wieder an der Spitze mit.

Kurz vor der Eingangstür traf Julian seinen Trainer Mike Degerfeld.

»Julian, alles klar bei dir? Hast so einen verklärten Blick drauf.«

»Schon okay, Mike. Freue mich auf das Training und das Spiel am Wochenende. Wenn wir das gewinnen, könnte es mit der Meisterschaft schon klappen.«

Gemeinsam gingen sie die Treppen zu den wie immer nach altem Schweiß und Gummiboden müffelnden Umkleidekabinen hinunter.

Nach einem kurzen Aufwärmprogramm standen Einheiten zu verschiedenen Abwehrformationen sowie schnelle Vorstöße auf dem Programm.

Julian holte in dem Training alles aus sich heraus, ohne dass er Ermüdungserscheinungen zeigte. Erschöpft, aber glücklich kam er an diesem Abend nach Hause. Nun konnte er ihr endlich antworten. Während des Trainings hatte er sich abgelenkt, aber jetzt war ausreichend Zeit verstrichen und er durfte schreiben. Er formulierte mindestens fünf unterschiedliche Antworten mit diversen Smileys, bis er sich schließlich für eine nicht zu euphorische, aber auch nicht zu neutrale Version entschied: »*Klar, gerne. Was hältst du davon, wenn wir unsere Ideen bei einem Eis im Piazza austauschen?*«

Er legte sich ins Bett und schloss die Augen. In seinem Kopf tauchten die inneren Bilder des Tages in ihm auf: Klimaprojekt ins Rollen gebracht – Training klasse – mit Sarah zusammenarbeiten – mit ihr Eis essen gehen. Mit dem Gedanken an sie und ihre schulterlangen blonden Haare schlief er ein.

6

In der letzten Schulstunde des Tages schaute Julian immer wieder verstohlen zu Sarah hinüber. Bemüht, dass es nicht zu auffällig war und sie nicht bemerkte, dass er sie gerne die ganze Zeit anstarren würde. Sie war einfach umwerfend. »Noch ein paar Minuten, dann kann ich mich endlich länger mit ihr allein unterhalten.« In Gedanken malte er sich aus, wie sie Händchen haltend durch die Fußgängerzone schlenderten. Durch die plötzlich schrillende Schulklingel wurde er völlig unvorbereitet aus seinen Tagträumen gerissen.

Eigentlich war Julian keiner, dem die Schule lästig war, aber heute war er ständig abgelenkt gewesen. Ganz auf das Treffen mit Sarah fokussiert. Viel hatte er von der vergangenen Deutschstunde nicht mitbekommen.

Da kam Sarah schon auf ihn zu. Der blonde Pferdeschwanz wippte gleichmäßig bei jedem Schritt und sie schien sich keinerlei tiefere Gedanken um das bevorstehende Treffen zu machen – während ihm das Herz mindestens bis in die neuen Sneakers, die er extra heute angezogen hatte, gerutscht war.

»Gut, Julian. Gehen wir?«

»Na klar. Freu mich, dass es bei dir klappt. Aber bei einem Eis kannst du ja auch nicht Nein sagen oder?«

Sie lächelte verschmitzt.

»Schwierig!«

Langsam schlenderten sie in der Gemeinschaft vieler anderer Schüler an der Stadtbibliothek vorbei der Bushaltestelle »Stadthalle« entgegen und freuten sich, als sie die Eisdiele *La Piazza* erreicht hatten. Sie ergatterten noch einen Platz am Fenster und schauten zunächst schweigend nach draußen.

Der frühere Zentrale Omnibusbahnhof hatte sich zu einem neuen Treffpunkt Reutlingens entwickelt. Auch wenn die Gartenstraße jetzt die Hauptbuslinie darstellte, kamen viele Busse immer noch hier an oder passierten den Platz. Oft trafen sich Jugendliche. In den Sommermonaten häufig bis spät in die Nacht.

»Kannst du mir was empfehlen, Sarah?«, durchbrach Julian das Schweigen, während er seinen Blick über die bunten Fotos von riesigen Eisbechern in der Speisekarte wandern ließ. »Du kennst doch bestimmt jeden einzelnen Eisbecher?«

»Ja, stimmt. Mein Lieblingsbecher ist der *Gourmet Cup*. Aber der *Joghurette Cup* ist auch mehr als zu empfehlen. Ach was, eigentlich kannst du dich überhaupt nicht vertun.«

»Also, was nimmst du, Sarah? Hab' ja gesagt, dass ich dich einlade.«

»Mmh! Dann probiere ich heute mal was Neues. Den *Irish Dream*, die Soße mit Baileys klingt wirklich verlockend.«

»Okay, dann nehme ich mal deinen *Gourmet Cup*.«

Julian ging nach vorne an die Theke, um die Bestellung aufzugeben. Dort wurden mindestens zwanzig verschiedene

Sorten Eis, dekoriert mit Schokolade, Keksen oder Früchten, präsentiert, sodass ihm direkt das Wasser im Mund zusammenlief. Er war froh, sich nicht noch zwischen all den leckeren Varianten entscheiden zu müssen.

Um diese Zeit saßen nicht viele Personen in der Eisdiele. Das meiste war Laufkundschaft. Man nahm sich ein Eis in der Waffel oder im Becher auf die Hand und verzehrte es im Weitergehen oder ließ sich auf eine der zahlreichen neu geschaffenen Sitzgelegenheiten vor dem Tübinger Tor nieder.

Sarah schaute währenddessen aus dem Fenster. Von der gegenüberliegenden Seite fuhr gerade ihr eigentlicher Bus, der 7606er, auf die Alb. Aber jetzt wollte sie zunächst mit Julian besprechen, wie die weiteren Planungen aussehen sollten. Der kam gerade wieder vom vorderen Bereich der Eisdiele zurück.

»Kommt gleich.« Er lächelte sie an.

»Und Julian, du wolltest eine Gruppe mit mir aufmachen?«

»Ja, das fände ich echt cool. Du willst doch auch, oder?«

»Ja, ich glaube, das wird schon hinhauen mit uns. Hast du schon eine Idee, wie wir vorgehen könnten?«

Julian fingerte mit seiner rechten Hand etwas ungeschickt das Handy aus der Tasche und wollte gerade ein Foto zeigen, als schon die Bedienung mit ihrer Bestellung kam.

»Wer bekommt was?«

»Der *Irish Dream* ist für die Dame und für mich der *Gourmet Cup*«, antwortete Julian.

»Danke.«

Die junge Frau, vielleicht zwanzig Jahre alt, stellte die beiden Eisbecher ab und ging zum nächsten Tisch, an dem sich gerade ein älteres Ehepaar niedergelassen hatte. Sie waren wohl auf einer Fahrradtour, wie unschwer an ihrer auffälligen neonfarbenen Radkleidung zu erkennen war.

»Jetzt zeig mal!«

»Schau dir das an.« Er hielt Sarah das Smartphone hin.

»Das ist ja krank. Das muss man doch verbieten.«

»Jetzt gibt es schon die einzelnen Bananen geschält und extra verpackt. Auf einer Kunststoffschale liegend und das Ganze in Plastikfolie eingeschweißt. Prima Geschäftsidee, oder? Ist ja nicht so, dass die Natur die Bananen schlauerweise selbst verpacken würde. Nee, da muss die natürliche Schale weg und eine neue aus Plastik drumrum!«

»Der Markt geht mit. Wenn wie 2018 in Deutschland knapp 33 Prozent der Ehen geschieden werden und die Zahl der Einpersonenhaushalte zunimmt, dann lohnt sich so etwas schon«, sagte Sarah sarkastisch, während sie die Augen in maximaler Stellung verdrehte.

»Das ist einfach nur total hirnrissig. Was meinst du, was das wiederum alles für die Umwelt bedeutet? Erst die Herstellung von diesem ganzen Plastikmist, dann die riesige Müllmenge, die anfällt. Und später heulen die Leute wieder, wenn irgendwo ein Delfinbaby mit dem Magen voll Müll am Strand angespült wird und sie beim Cocktailschlürfen stört. Hast du auch schon gewusst, dass nur 16 Prozent des angelieferten Plastikmülls wieder recycelt werden und der Rest in Verbrennungsöfen landet? Laut weltweitem Plastikatlas wurden zwischen 1950 und 2015 8,3 Milliarden Tonnen Plastik produziert, was mehr als einer Tonne pro Mensch entspricht, die heute auf der Erde leben. Allein Coca-Cola stellt jährlich 88 Milliarden Einwegflaschen her, was aneinandergereiht einunddreißigmal zum Mond und zurück reicht.« Julian referierte sein Wissen, das er sich in letzter Zeit angeeignet hatte.

»Das ist ja nicht zu glauben. Die Zahlen habe ich so genau nicht gewusst. Aber ich habe neulich im Fernsehen gesehen, wie viel Müll als Mikroplastik auf unseren Äckern landet und über den natürlichen Kreislauf so wieder in unsere Nahrung kommt. Wir also so etwas auch essen.«

Julian schaute Sarah mit zusammengekniffenem Mund an.

»Ja, Sarah, das mit dem Plastik im Meer ist bekannt, aber das mit den Äckern haben sie doch erst jetzt in so einer Panoramasendung gezeigt.«

»Wir sollten trotzdem nicht vergessen, unser Eis zu essen, sonst schmilzt uns das schneller als die Gletscher in der Arktis«, antwortete Sarah.

Sie nahm sich einen großen Löffel aus ihrem Becher, an dem der hellbeige Baileys wie kleine Flüsschen die Sahne hinunterfloss. Sie blickte Julian an, der nun ebenfalls begann, den riesigen Turm von Eis, Früchten und Sahne mit dem langstieligen Löffel zu bearbeiten.

»Übrigens Arktis. Hast du das letzte Woche im *Reutlinger General-Anzeiger* gelesen? Jetzt haben Forscher sogar festgestellt, dass es in der Arktis Plastik schneit. Sie haben Schnee geschmolzen und dann hinterher im Tauwasser Mikroplastik entdeckt. Aus diesem Grund, Sarah, würde ich gerne etwas gegen die Plastikverschwendung in unserem Projekt einbringen. Das ist echt krass. Ich habe es gar nicht glauben können. Aber es ist wohl so und man könnte durch so einfache Veränderungen im Alltag schon unglaublich viel bewirken.«

Sarah schaute ihn an.

»Und wie schmeckt dir das Eis?« Sie wollte eigentlich erst mal in Ruhe ihr Eis genießen, ohne sich schon wieder Gedanken darüber zu machen, ob das Kleeblatt aus grünem Plastik, das in ihrem Becher steckte, nun wirklich nötig war.

»Echt super, Sarah. Kann verstehen, warum du das so gerne isst.«

Draußen vor der Eisdiele zogen die Busse in einem ständigen Wechsel von Ankunft und Abfahrt an ihnen vorbei. Die Haltestelle bildete weiterhin die Durchfahrtstrecke für zahlreiche örtliche als auch außerstädtische Buslinien.

»Und wie hast du dir das jetzt vorgestellt, Julian?«, griff Sarah nun von selbst das Thema wieder auf. »Wie sollen wir unsere Ideen konkret umsetzen?«

»Ich habe mehrere Möglichkeiten im Kopf.« Julian schaute sie an und hoffte, nicht bis über beide Mundwinkel mit Eis verschmiert zu sein. »Zuallererst könnten wir in der Klasse auf die ganze Problematik aufmerksam machen und darüber informieren, was wirklich so abgeht: Film, Internet, Zeitungen, Social Media.«

»Gut, wenn wir das als Grundlage haben, könnten wir doch selbst alle als Multiplikatoren fungieren. Vielleicht mal zuerst in unseren eigenen Familien und in unserem Bekanntenkreis. Ich meine, dass man zum Beispiel beim Einkaufen mehr auf unverpackte Lebensmittel achten sollte«, schlug sie vor. »Bei uns in Engstingen kannst du dir im Elektroladen *Eisele* sogar schon ganz viele Putz- und Spülmittel direkt abfüllen lassen. Meine Eltern machen das und sparen so die Plastikverpackungen. Das macht sich im gelben Sack schon stark bemerkbar. Und an der Marienkirche hier in Reutlingen gibt es doch auch so einen Unverpackt-Laden.«

Sarah nahm einen Stift zur Hand und fing auf einer Serviette an, eine Mindmap zu erstellen und zeichnete immer mehr Verzweigungen auf. Als sie gerade den Löffel wieder zum Mund führte, stieß eine ältere Dame, ungefähr Mitte achtzig, die mit ihrem Rollator an ihrem Tisch vorbei wollte, sie an und das Eis fiel auf ihre Jeans.

»Verdammt…« Sarah schaute hoch und wollte gerade zu einer empörten Äußerung ansetzen, als sie in das faltige, aber gutmütige Gesicht der Dame sah.

»Entschuldigung, mein Kind! Das wollte ich nicht. Ich

hoffe, dass es nicht so schlimm ist. Ich bin halt etwas wackelig mit meinem Rennschlitten.«

Sarah nahm ein Papiertaschentuch und wischte sich die Hose ab.

»Macht nichts. Halb so schlimm. Kaum der Rede wert oder wie sagt man im Schwäbischen: D' Waschmaschä wäschd.«

»Danke! So höflich sind nicht alle Jugendlichen heutzutage.« Sie lächelte Sarah und Julian an. »Dann noch einen schönen Nachmittag.«

»Ihnen auch«, erwiderte Sarah.

Die Dame schob ihren Rollator langsam und vorsichtig weiter und setzte sich in die hintere Ecke.

Sarah nahm ihren Stift wieder zur Hand und schrieb ein weiteres Feld auf: plastikfreie Schule.

»An so etwas hatte ich auch schon gedacht. Wir könnten versuchen, so viel Plastik wie möglich aus der Schule zu verbannen. Coffee-to-go-Becher, Plastiktüten, PET-Flaschen, Butterbrotbeutel und so weiter«, fuhr Julian fort.

»Als Nächstes müssten wir dann raus aus der Schule, rein in die Öffentlichkeit. Infostände in der Wilhelmstraße, auf dem Marktplatz«, brachte Sarah die Gedanken von Julian auf die nächste Ebene.

»Und die Zeitungen, den SWR, zumindest das RTF könnten wir einschalten. Ich spiele doch Handball und daher kenne ich von den Sportredakteuren ein paar. Über die könnte ich sicherlich Kontakt zu einem von den anderen Sendern aufbauen.«

»Mensch, Julian, das klingt gut!«, rief Sarah euphorisch aus. »Und ich habe doch letztes Jahr bei *Jugend debattiert* mitgemacht. Vielleicht lässt sich mit den anderen Gymnasien eine Debatte beziehungsweise Debattierrunde zu der Thematik gestalten. Das war eine richtig gute Sache und sehr effektiv. Auf die Art und Weise erreichen wir auch die anderen Schulen.«

»Vielleicht kann man die Volkshochschule in Reutlingen ebenfalls einschalten. Die sind doch für vieles offen.«

Die beiden Jugendlichen redeten sich die Köpfe heiß, drangen immer tiefer in ihre Welt der Ideen und Vorstellungen ein, während sie sich mit dem Essen beeilen mussten, damit das Eis nicht zu schnell in ihren Bechern schmolz. Die Zeit verrann für Julian noch schneller als das Eis. Die gemeinsame Zeit alleine mit Sarah.

»Sollen wir gleich zusammen fahren?«

»Gerne, aber der Bus geht ja erst in einer Viertelstunde.«

Julian schaute durch das Fenster auf die gegenüberliegende Seite der Bushaltestelle, wo die Busse nach Pfullingen und auf die Alb abfuhren.

In diesem Moment zog eine Gruppe junger Männer zwischen zwanzig und dreißig Jahren am Fenster der Eisdiele vorbei. Sie trugen vornehmlich schwarze Lederkleidung, schwere Lederstiefel und machten den Eindruck, als ob sie sehr viel Zeit in Fitnessstudios verbringen würden. Nicht um des Sports willen, sondern lediglich um den Körper, insbesondere die Arme und die Brust, zu formen. Es handelte sich um Männer der sogenannten *Discopumper*-Szene.

Sarah deutete auf sie.

»Die sind nicht gerade das Sinnbild für aufstrebende und dynamische Jugend, die sich um die Zukunft unserer Umwelt schert. So etwas stelle ich mir etwas anders vor.«

Julian verzog das Gesicht.

»Gott sei Dank haben wir im VfL Pfullingen niemanden von der Sorte. Da kann einem echt Angst werden, wenn man das sieht. Hoffentlich haben wir mit solchen Typen nie etwas zu tun.«

»Ja, hoffentlich«, antwortete Sarah. »Hoffentlich nie.« Sie

sah der Gruppe hinterher und bekam ein flaues Gefühl im Magen.

Wenige Minuten später bestiegen die beiden den Bus mit der Nummer 7606 nach Münsingen.

7

Zwei Tage später

Im zweiten Obergeschoss der Schule hatte sich die Neufeld-Klasse zu ihrer »Pro-Klima-Stunde« versammelt.

»Wir brauchen einen schnell einprägsamen Namen«, hatte Sarah schon am Tag zuvor mit Julian ihre Diskussion aus der Eisdiele fortgeführt.

»Irgendetwas mit Wiedererkennungswert sollte es sein«, hatte Julian ihr beigepflichtet.

»Lass uns mal rumspinnen, Julian. Was hältst du von ›Klimastunde‹? Nee vergiss es, ist langweilig und blöd.«

»Klimaprojekt«, nahm Julian den Faden auf. »Nein, auch nicht.«

»Doch, warte mal. Ich hab's gleich. Was hältst du von ›Pro Klima‹. Pro kommt aus dem Lateinischen. Haben wir ja zur Genüge gehabt. Übersetzt in etwa mit: Vor, vorwärts, hervorheben, steckt im Begriff Projekt, prominent und so weiter. Julian! Ich glaube, das können wir nehmen. Was meinst du?«

»Einverstanden, sprachlich bist du einfach die Beste von uns.«

Der Vorschlag hatte sofort die Zustimmung der meisten

Schüler gefunden. Allerdings hatten sich viele überhaupt noch keine Gedanken dazu gemacht. Eine kleine Gruppe um Anführer Raphael lächelte Julian und Sarah mitleidig an und verzog missbilligend das Gesicht. Die übrigen Schüler kannten die Fähigkeiten von Sarah und schätzten gleichzeitig ihre bodenständige und stets kameradschaftliche Art. Sie war in keiner Weise eingebildet und hob nicht ständig ihr großes Talent hervor.

Wieder saßen die Schüler auf dem Boden, trugen ihre nun konkreten Vorschläge zusammen. Bis auf eine Dreiergruppe hatten sich alle in Zweier- oder Dreierteams zusammengefunden. Nur die Gruppe um Raphael lehnte gelangweilt und bewusst provozierend am Klassenzimmerfenster.

Max, Sebastian und Julia wollten eine Wurst- und Fleischverzicht-Initiative starten. René, Carmen und Ines schlugen ein Spendenprojekt zur Anpflanzung von Bäumen vor. Demian, Svenja und Theo waren ganz begeistert von ihrem Fahrradprojekt »Wir radeln gemeinsam durch Deutschland, Europa und die Welt«. Jeder Kilometer, den ein Schüler oder Lehrer der Gruppe mit dem Fahrrad ab jetzt fuhr, sollte immer wieder addiert und am Schuleingang auf einer großen Tafel notiert werden. Auf diese Weise wollten sie darauf aufmerksam machen, wie man auf motorisierte Fahrzeuge verzichten und auch mit dem Rad viel erleben konnte. Auf einer Europa- und später Weltkarte wollten sie die gefahrenen Kilometer immer wieder verdeutlichen.

»Wir könnten immer wieder kenntlich machen: Schüler und Lehrer der Schule sind jetzt von Reutlingen bis Paris gefahren. Oder: Alle zusammen haben wir Norwegen erreicht. Die halbe Weltumrundung ist geschafft.«

»Super Idee!« Marcel Neufeld nickte anerkennend und stieß als Zustimmung einen deutlich vernehmbaren Pfiff aus. Das Plastikverzichtprojekt von Sarah und Julian wurde mit genauso großer Begeisterung von fast allen Schülern quittiert wie die übrigen Vorschläge.

»Und was ist mit euch?«, wandte sich Marcel Neufeld nun an die gelangweilt dastehende Außenseitergruppe.

»Ist doch alles Killefick. So ein blöder Kinderkram. Meint ihr etwa, mit euren Furzideen könntet ihr die Welt verändern? Ihr seid doch alles nur hirnlose Spinner«, setzte Raphael nun einen Gegenpol. Die Köpfe der Schüler flogen herum. Max war vollkommen empört.

»Was stellt ihr euch denn so blöd an? Wenn nie jemand klein anfängt, wird sich auch nie etwas ändern!«

»Wir machen auf jeden Fall bei diesem Kinderkram nicht mit. Haben echt was Besseres zu tun. Wir wollen unsere Zeit hier nicht mit so was vergeuden«, giftete Raphael ihn von oben herab an. »Du hast doch überhaupt keine Ahnung, wovon du redest, Julian. Weißt du eigentlich, wie viel Arbeitsplätze gerade in der Automobilindustrie durch das ganze Klimageschwätz verloren gehen? Mein Vater arbeitet in der Montage und muss nun um seinen Job fürchten. Da trifft mich euer Gefasel ganz direkt. Was ist denn, wenn der arbeitslos wird? Hast du dir darüber schon mal Gedanken gemacht, du Klugscheißer?« Raphael stieß seinen Kopf vor und starrte Julian wütend an. Die Arme waren leicht nach hinten gewinkelt, so als wollte er sich für einen Sprung an Julians Hals vorbereiten. An seinen beiden Mundwinkeln hatten sich kleine Speicheltropfen vor lauter Wut gebildet.

»Bei meinem Vater sieht es nicht anders aus. Der arbeitet seit Jahren hier in einer Reutlinger Verpackungsfirma. Willst du alles kaputt machen? Die Stimmung bei uns zu Hause ist schon auf dem Tiefpunkt«, trat nun Oscar Raphael zur Seite. Ludger nickte zustimmend.

Julian wollte gerade wütend auf die drei zugehen, als sich Marcel Neufeld den Kontrahenten in den Weg stellte.

»Nun mal ruhig, ihr Streithähne. Die unterschiedlichen Auswirkungen, sowohl positiv als auch negativ, diskutieren wir lieber mal in Ruhe, aber dann in der nächsten Stunde.«

Raphael wandte sich ab.

»Meinetwegen, halte ich aber für sehr sinnvoll, dass man sich nicht immer nur eine Seite anhört, ohne über alle Konsequenzen nachzudenken. Du machst uns doch alle kaputt! Du Besserwisser!«

Sarah hatte sich neben Julian gestellt und legte ihm beruhigend, aber mit einem eindeutigen Druck, die Hand auf den linken Unterarm.

»Ich kann euch natürlich nicht zwingen. Ich verstehe eure Sorge. Und das besprechen wir auch wirklich zeitnah«, richtete ihr Lehrer sich nun an die Abtrünnigengruppe. Dann wandte er sich wieder an die übrige Klasse.

»Ich bin schon stolz auf euch. Das ist Kreativität und Zivilcourage, gepaart mit Begeisterung. Echt klasse. Und das in so kurzer Zeit«, zollte Manuel Neufeld den übrigen Schülern ein großes Lob.

»Von wegen nichtsnutzige Jugend. Von wegen nur am Smartphone hängen. Ich glaube, wir können es vielen Leuten zeigen, wo und wie es zukünftig lang gehen soll mit unserem Klima. Auf jeden Fall ist das jetzt einhundertmal konkreter als das Gelaber in Berlin«, gab Roman seinen Beitrag.

»Das wird hier in Reutlingen bestimmt auf fruchtbaren Boden fallen, und wenn es gut läuft, dann können wir auch noch viele andere Menschen außerhalb unserer Schule mit einbeziehen«, sagte Julian.

Sarah runzelte die Stirn.

»Alle werden wir wohl nicht überzeugen können. Das fängt ja schon bei uns in der Klasse an und schau doch mal da nach draußen!«

Die Schüler versammelten sich vor den drei Fenstern des

Zimmers, die den Blick über den Parkplatz vor der Schule und auf die zentrale Verkehrsader freigab.

»Was gibt's denn da zu sehen?«, wollte Max wissen, der in der zweiten Reihe stand.

»Komm halt nach vorne.« Julian zog seinen Mitschüler an der Hand zur Fensterfront.

»Von denen haben wir vor ein paar Tagen schon mal welche gesehen. Die streifen wohl häufig an der Stadthalle und hier in der Gegend herum«, klärte Sarah ihre Klassenkameraden auf.

Gebannt starrten die Schüler auf die Furcht einflößende Gruppe der in schwarzes Leder und löchrige Jeans gekleideten jungen Erwachsenen. Fünf Männer, eine Frau. Als diese die Blicke bemerkten, wandten sie sich demonstrativ den Klassenzimmerfenstern zu, zeigten den Stinkefinger, tippten sich als Zeichen der Verachtung an die Stirn oder zeigten laut lachend auf halb gelehrte Wodkaflaschen. Zwei Bierflaschen flogen zielgerichtet ins Gebüsch, das den Parkplatz vom Ledergraben trennte.

Raphael stieß Ludger mit dem rechten Ellbogen in die Seite und zwinkerte ihm zu. Ludger schürzte die Lippen als Zeichen seiner Zustimmung.

»Alle werden wir wohl nie erreichen. Da müssen wir aufpassen, dass wir mit denen nicht aneinandergeraten.« Sorgenfalten hatten sich auf die Stirn von Marcel Neufeld gelegt. Solche Gruppierungen verhießen nichts Gutes. Er hatte in letzter Zeit zunehmend davon gehört, wonach auch in Reutlingen Aktivitäten von der Polizei festgestellt und aktenkundig gemacht worden waren. An Stammtischen, in Vorträgen und auf Flugblättern machten diese Gruppen auf sich aufmerksam. Auch auf dem Marktplatz hatte eine dieser Gruppen bereits im Jahr 2016 demonstriert. Sie versuchte besonders junge Leute anzusprechen, weswegen den Mitarbeitern der Präventionsabteilung der Reutlinger Kripo schon oft Aufkleber in Schulen begegnet waren. Auch Marcel Neufeld hatte solche Aufkleber bereits mehrfach entdeckt. Sie hatten Runen an den Seitenrändern, die stark an die Zeichen aus dem Dritten Reich erinnerten. Der Name der Gruppierung kam ihm jedoch im Augenblick nicht in den Sinn. Aber das konnte man ja sofort, wie alles andere, im Netz nachlesen.

Bei aller Euphorie seiner Schüler. Sie mussten auch vorsichtig sein. Der Film *Die Welle* fiel ihm ein, bei dem ein Unterrichtsprojekt, in dem ein Lehrer seinen Schülern verdeutlichen wollte, wie Diktatur entsteht, vollkommen aus dem Ruder geriet. Dieses Experiment endete tödlich.

Die publik gewordene *Nordkreuzgruppe* fiel ihm ein. Hier existierten sogar Todeslisten mit Politikern und besonders engagierten Personen in Deutschland. Er blickte der Gruppe unten auf der Straße hinterher. Über dem Parkhaus am Ledergraben zogen schwarze dicke Wolken auf. Es würde wahrscheinlich gleich ein Unwetter geben.

Julian blickte auf das Dach, wo sich ein paar Krähen niedergelassen hatten. Sie warteten wohl auf weggeworfene Essensreste. In der Ferne begann es bereits zu grummeln. Ein Gewitter war im Anmarsch.

8

»Lukas, ich hätte da mal ’ne Idee und einen Wunsch.« Mit einem verschmitzten Lächeln strahlte Marion ihn an.

»Jetzt sprich. Du weißt doch, dass ich dir sowieso kaum etwas abschlagen kann. Also, um was geht es?«

»Wir waren doch mal in Tübingen beim Theatersport und hier in Reutlingen beim Tauschrausch. Das hat dir doch auch gefallen mit dem Improvisationstheater, oder?«

»Natürlich! Das war super. Was die können! Sind eben richtige Profis. Und spielen die jetzt irgendwo wieder?«

»Bestimmt, aber ich wollte da jetzt nicht schon wieder hingehen, um zuzuschauen. In Reutlingen gibt es seit einiger Zeit auch so eine Improgruppe: *DIE woRThopäden*. Das ist ein VHS-Kurs, bei dem jeder mitmachen kann. Die treffen sich immer freitagabends. Wie zu einem Sporttraining. Was hältst du von so was? Ich hätte echt Lust, das einfach mal auszuprobieren. Wenn es uns nicht gefällt, müssen wir ja nicht dabeibleiben. Das würde ich mir wünschen, dass wir beide das zusammen machen.«

Lukas nahm ihren Kopf zärtlich in beide Hände und sah ihr tief in die Augen.

»Freitagabend? Och, Freitagabend? Da ist doch …!« Er ließ den Satz unvollendet.

»Was ist da, Lukas? Da hattest du doch bisher nichts geplant! Und ich auch nicht!«

»Doch, Marion. Freitagabend. Hol' mal den Kalender. Ich habe da, glaube ich, etwas vergessen. Bring doch gleich einen Stift mit, bitte.«

Marion ging zum Wandkalender, in dem sie in der wöchentlichen Übersicht immer alle ihre Termine eingetragen hatten. Ihr Blick blieb an dem Freitag hängen. Da stand abends nichts.

»Gib mir mal bitte den Kalender.« Lukas legte die Stirn in Falten und trug jetzt auf zwei Seiten bei den Freitagen um 19.30 Uhr *»woRThopäden«* ein.

»Siehst du, da haben wir was!«

Sie warf ihm im Scherz ein kleines Wohnzimmerkissen an den Kopf.

»Danke, Lukas. Das wird bestimmt klasse!«

Drei Tage später standen sie pünktlich im Probenraum und wurden gleich herzlich von allen Spielern begrüßt. Lehrer, Ingenieure, Informatiker, Schüler. Die Mischung der Teilnehmer hätte nicht viel größer sein können. Auch Sarah Koch war unter den Impro-Akteuren. Während des ganzen Trainingsabends war eine gute Stimmung im Raum. So viel gelacht hatten sie die ganze Woche nicht.

»Na, wie war es für euch?«, wollte der Leiter der Gruppe abschließend wissen. »Kommt ihr wieder?«

Lukas schaute zuerst den Gruppenleiter und dann Marion an.

»Was für eine Frage. Steht schon im Kalender für nächste Woche. Macht richtig Spaß mit euch!«

Marion drückte ihn und gab ihm einen Kuss auf die rechte Wange.

9

Ein Tag später

Voller Elan und mit fester Entschlossenheit griff Sarah zu ihrem Smartphone und wählte Julians Nummer.

»Hallo Sarah«, meldete er sich bereits nach zweimaligem Läuten. »Schön, dass du mich anrufst. Wie fandest du denn gestern die Aktion von Raphael und Oscar?«

»Ging mir total auf die Nerven. Aber du kennst sie doch. Die werden wir nie überzeugen können. Die interessieren sich doch überhaupt nicht für Politik. Leben in so einer richtigen Wohlfühlblase. Wenn ihre Väter allerdings den Job verlieren, ist das natürlich blöd für die ganze Familie. Kann ich schon ein bisschen verstehen, dass die da jetzt wirklich Sorgen haben, falls wir richtig was bewegen. Deswegen rufe ich aber nicht an, sondern wegen was anderem. Ich habe mir überlegt, dass wir auch in Reutlingen eine *Fridays for Future-Gruppe* gründen könnten. So wie es das jetzt schon in vielen größeren Städten gibt. Die Greta aus Schweden, die hat echt richtig was losgetreten. Da springen bestimmt viele auf. Wir können ja unsere anderen Projekte alle beibehalten, nur haben wir dann sofort das Interesse der Öffentlichkeit. Wenn die Schüler mal für ein paar Stunden in der Woche nicht in die Schule kommen, hat plötzlich wieder jeder eine Meinung.« Sarah redete sich immer weiter in einen Rausch. Julian hörte fasziniert zu.

»Bist du noch dran, Julian? Julian?«

»Ja! Ja! Aber du lässt mich ja überhaupt nicht zu Wort kommen«, sagte Julian mit einem leicht spöttischen Unterton.

»Doch, aber euch Männern muss man ja immer alles aus der Nase ziehen. Bis dahin bin ich schon längst beim nächsten Thema.«

»Magst ja Recht haben, wenn ich mir da so ein paar von den Spezies vorstelle. Aber natürlich bin ich sofort dabei. Das machen wir, Sarah! Das ist 'ne super Idee! Wir sollten es nur organisieren und strukturieren. Sonst macht das wieder keiner.«

»Gleich morgen nach der Schule?«

»Gerne, so machen wir das.«

Julian war begeistert. Jetzt würde es richtig losgehen! In seinem Kopf drehte sich das Ideenkarussell: Kundgebung auf dem Marktplatz. Demozug durch die Stadt. Sie mussten mehr Schüler gewinnen. Einfach anfangen. Es würde automatisch mehr werden. Verstärkerboxen? Wo bekommen wir die her? Muss man die Demo anmelden? Wie erkläre ich das Papa und Mama? Bekommen wir alle von der Klasse mit? Er konnte nicht mehr abschalten. Schnell tippte er alle Gedanken in sein Smartphone. Sarah und er würden die führenden Kräfte sein.

»Jetzt kann's losgehen!« Laut sprach er die Worte vor sich hin. Seine Augen leuchteten. Er ballte die rechte Faust, wie bei einem Siegtreffer in einem spannenden und packenden Handballspiel. Er war vollgepumpt mit Adrenalin.

Voller Tatendrang nahm er seine Sporttasche und machte sich auf zum Training in die Kurt-App-Sporthalle.

»Julian, wenn du so am Samstag spielst, dann müssen wir uns keine Sorgen machen. Du hast ja Power für zwei«, lobte ihn Mike Degerfeld nach dem Training.

Er war so motiviert gewesen, dass man ohne Weiteres Werbung für einen Energydrink mit ihm hätte drehen können.

»Ja, es kann nur einen Sieger geben! Uns!«, antwortete er mit einem breiten Grinsen. Heute war schon wieder ein guter Tag gewesen.

10

»Raus mit den Ausländern! Deutschland lebe hoch!«

Die Bierkrüge wurden aneinander gestoßen und die Geräusche von klirrendem Ton und Glas füllten den ganzen Raum aus. Uwe Ferchs Augen strahlten. Ja, hier fühlte er sich zu Hause. Hier war er endlich angekommen. Über seine Wange zog sich eine breite Narbe, die er sich bei einem Fechtkampf in einer der Studentenverbindungen vor ein paar Monaten eingefangen hatte. Vor kurzer Zeit war er in diese Burschenschaft aufgenommen worden. Sie alle hatten ihm gesagt, dass er jetzt richtig zu ihnen gehöre. Mit dem Schmiss im Gesicht zeigte er auch äußerlich seine Verbundenheit. Aber mit seinem intellektuellen Niveau konnte er nicht bei den Reden der anderen mithalten. Doch da einige von ihnen auch gegen Ausländer waren, fand er sie pauschal erst mal alle gut. Im Bierkrugstemmen war er allerdings unangefochten der Beste. Hier konnte ihm niemand auch nur annähernd das Wasser reichen. Unschlagbar. Die meisten seiner Freunde, die jetzt noch in der Wirtschaft im Saal saßen oder aufgestützt auf ihre Krüge halb an den Tischen hingen, würden morgen einen Filmriss haben. Sich kaum an etwas erinnern können. Aber dass er der Beste, der Trinkfesteste von ihnen allen war, das sollten alle noch wissen. Schwankend trat er vor die Tür.

Ein dunkelhäutiges Pärchen kam ihm auf seinem Weg zum Tübinger Bahnhof entgegen.

»Ihr nichtsnutziges Negerpack! Was treibt ihr euch um diese Zeit hier herum? Habt ihr nichts Besseres zu tun, als in der Dunkelheit hier rumzustreunen?« Er stieß den letzten Schluck des Zwiefalter Exports hoch und spuckte ihn vor ihnen auf den Boden.

Die frische Luft tat ihm nicht gut. Immer stärker taumelte er den Gehsteig entlang.

»Mensch, haut doch wieder ab. Zurück in euren Busch. Ihr klaut uns hier nur die Arbeitsplätze!«

Die beiden Passanten wechselten die Straßenseite. Sie versuchten, sich nicht provozieren zu lassen. Solche Affronts waren ihnen nicht fremd.

Uwe wankte weiter Richtung Bahnhof. Der Weg zum Zug nach Reutlingen dauerte doppelt so lang, als es heute Mittag der Fall gewesen war. Und wenn man die Meter zusammenrechnete, mit der er die gesamte Breite der Straße beschritt, dann konnte er damit wohl recht haben. Erschöpft erreichte er den Tübinger Bahnhof und ließ sich, nachdem er den Regionalexpress nach Stuttgart bestiegen hatte, in einen Sitz fallen. Mit glasigen Augen und verschwommenem Blick stierte er sein Gegenüber, einen etwa zwanzigjährigen jungen Mann in Jeans und Sweatshirt, an.

»Kannst mich wecken, wenn wir in Reutlingen sind. Muss aussteigen«, brachte er gerade noch lallend raus. Sekunden später war er eingeschlafen.

»Nächster Halt Reutlingen. Ausstieg in Fahrtrichtung rechts«, erscholl es aus der Lautsprecheranlage des Regionalzuges. Uwe verspürte eine Hand an seiner linken Schulter.

»Reutlingen.«

Es fiel ihm schwer, seine Augenlider zu öffnen. Zwischen den Sitzreihen nach links und rechts torkelnd, an jeder Möglichkeit anstoßend, verließ er den Zug und stolperte nach vorne, bevor er von der Anzeigentafel aufgehalten wurde und sich an ihr abstützte. Sein Blick wanderte zur Bahnhofsuhr. Es dauerte einen Moment, bis er aus dem Wirrwarr von Strichen die Uhrzeit ablesen konnte. 23.47 Uhr.

»Verdammt! Der Bus auf die Alb ist weg!«

Er setzte sich auf die erste Treppenstufe des Abgangs zum Gleis 2; stützte seinen Kopf in beide Hände. »Oliver. Oliver wohnt in der Bismarckstraße. Da gehe ich hin.«

Mühsam rappelte er sich auf und wankte über den nun fast leeren Park-and-Ride-Parkplatz Richtung Bismarckstraße, die nur circa dreihundert Meter links vom Bahnhof entfernt lag. Am Ziel angekommen, fixierte er den Eingang zu einem der Mehrfamilienhäuser. Seine Blicke versuchten die Namensschilder an den Klingelknopfschildern zu erkennen. Da war es: Oliver Schulz, zweite von oben. Mit dem Zeigefinger der rechten Hand peilte Uwe Ferch die Klingel an, doch er fiel mehr nach vorne und traf nur die zweite von unten. Zweiter Versuch. Wieder nichts.

»Nächtliche Ruhestörung! Ruhe da unten! Ich rufe die Polizei, wenn Sie nicht sofort verschwinden«, hörte er die Stimme eines älteren Mannes aus dem nun mittlerweile hell erleuchteten Fenster im ersten Stock. Uwe Ferch lehnte sich mit dem Rücken an die Seitenwand, um einen besseren Halt zu haben. Dritter Versuch. Getroffen. Uwe klingelte Sturm.

»Wer ist da? Mensch, gib Ruhe da unten! Verzieh dich!«

»Oliver, mach' auf! Uwe. Uwe, dein Freund Uwe. Muss bei dir pennen. Bus ist weg.«

»Versoffener Sack!« Der Türdrücker wurde betätigt und Uwe stolperte mehr in den Hauseingang, als dass er ihn betrat. Von oben hörte er Schritte die Treppe herunterkommen. Sein früherer Kumpel von der Alb kam heruntergelaufen. Er schnappte sich den Arm von Uwe, legte ihn sich um die Schulter.

»Du bist der Beste, Oliver. Wusste, dass ich mich auf dich verlassen kann.«

In der Wohnung angekommen, legte Oliver Uwe auf dem Sofa ab.

»Schlaf jetzt deinen Rausch aus, aber kotze mir nicht die Hütte voll.«

Er stellte ihm einen Putzeimer mit ein wenig Wasser vor das Kopfende, dann deckte er ihn mit einer braun gestreiften Wolldecke zu.

»Du Wrack.«

Uwe war längst eingeschlafen.

Oliver schaute seinen alten Schulkameraden an und seine Gedanken gingen zurück. Eigentlich war es Uwe als Kind doch gut gegangen, oben auf der Alb. Doch dann war seine Mutter immer mehr auf die schiefe Bahn geraten. Immer weiter abgerutscht.

Häufig war sie abends durch die Kneipen gezogen und fand es immer gut, mit den Männern des Dorfes um die Häuser zu ziehen. Wenn sie dann spät in der Nacht nach Hause kam, war sie meistens betrunken. Morgens musste Uwe dann zur Schule, aber sie hatte in der Regel noch geschlafen. Manchmal hatte sie es ins elterliche Schlafzimmer geschafft. An anderen Tagen lag ihr vollbekleideter Körper wie der einer Leiche im Wohnzimmer auf dem Sofa. Wenigstens zugedeckt hatte Uwe sie noch an solchen Morgen. Er hatte sich immer irgendetwas aus dem Kühlschrank mitgenommen: ein Stück Käse, einen Landjäger und vielleicht auch noch ein Stück Brot, was noch auf dem Tisch lag vom Vorabend. Sein Vater war da schon immer zur Arbeit. Er war ein ganz Stiller und hatte zu dem Ganzen nichts gesagt.

In der Schule wurde Uwe häufig ausgelacht, weil er keine trendigen Sachen zum Anziehen oder weil er sich sein Frühstück selber zusammengestellt hatte. Irgendwann, da war er vielleicht neun oder zehn, da hatten sie alle mit den Fingern auf ihn gezeigt und gelacht: »Na, hat sich deine Alte wieder flachlegen lassen, die alte Dorfmatratze«, hatten sie ihm zugerufen. Er wusste erst gar nicht, was sie meinten, aber dann hatte ihn jemand grinsend aufgeklärt. Das machte ihn richtig wütend. Sowohl auf seine Mutter, als auch auf seine Mitschüler. Als er dann wieder an einem Morgen von Tim aufgezogen wurde, hatte die Wut die Kontrolle über ihn übernommen. Er hatte ihn so verprügelt, dass dieser zwei Schneidezähne verlor. So sollte ihm keiner mehr kommen.

Von da an hatte er angefangen, Krafttraining zu machen und immer mehr Muskeln aufgebaut. Er wollte nie so schwach sein wie sein Vater. In Sonnenbühl begann er mit dem Fußballspielen und war richtig gut. Die Mädchen himmelten ihn an. Bald war er der Star in der Mannschaft.

Wenn er dann aber allein war mit einem von den Mädchen, konnte er nicht viel mit ihm anfangen. Meistens waren sie so aufgebrezelt und das konnte er gar nicht leiden. So war häufig schnell Schluss. Drei- bis viermal war es so gegangen. Dann hatte er genug.

Seine Mutter war auch bald mit dem Wirt vom *Hirschen* durchgebrannt und nie wieder aufgetaucht.

Als die AfD bei den letzten Wahlen so viele Gewinne erzielen konnte, hatte er sich immer mehr dem Gedankengut dieser Partei angeschlossen. Hier hatte er Halt gefunden. Ideen, denen er nacheifern konnte, ohne sie alle zu lange zu hinterfragen.

Oliver blickte noch einmal auf seinen alten Kumpel. Wenn das so weiterging, dann würde er bald ganz unten aufprallen. Viel fehlte nicht mehr. Oliver schüttelte den Kopf. »Vielleicht kriege ich ihn noch mal gedreht.«

Olivers Gedanken fuhren zurück in die gemeinsame Vergangenheit. »Eigentlich kann er ja gar nichts dafür. Verdammt noch mal! Verkorkste Kindheit. Aber ich kann ihn ja auch nicht einfach so vor die Hunde gehen lassen.« Viel Hoffnung hatte er aber nicht mehr. Es dauerte lange, bis er in einen dumpfen, unruhigen Schlaf fiel.

Am nächsten Morgen um 8 Uhr wachte Uwe mit einem Brummschädel auf. »Verdammter Mist! Mit wem habe ich denn heute Nacht geboxt? Mein Schädel ist ja mindestens doppelt so groß wie sonst. Und Bienen schwirren auch darin herum. Wo bin ich überhaupt?«

Seine Augen wanderten durch das Wohnzimmer. Er konnte sich nicht erinnern. Wo war er? Erst als er Oliver Schulz mit zwei Tassen Kaffee aus der Küche kommen sah, dämmerte es ihm.

»Na? Wieder unter den Lebenden?« Oliver blickte ihn mit ernsten Blicken an und reichte ihm eine große Tasse.

»Trink erst mal! Dann gehst du duschen! Du stinkst wie eine personifizierte Kneipe. Bah, echt ekelhaft! Und anschließend reden wir mal. Muss heute etwas später los. Handtuch liegt im Bad.«

»Wo ist es noch mal?«

»Vorne links.«

Oliver deutete mit der rechten Hand in die entsprechende Richtung. Uwe nahm seinen Kaffee und marschierte los. Nach drei kleinen Schritten machte er Halt.

»Habe ich randaliert? Krach gemacht? Weiß nichts mehr…«

»Freunde findest du hier im Haus wohl keine mehr. Bin froh, wenn sie mich überhaupt noch angucken. Jetzt geh' duschen und dann reden wir mal Tacheles.«

Zehn Minuten später kam Uwe zurück und sah nun schon etwas manierlicher aus.

»Kann ich noch einen Kaffee haben? Und vielleicht eine Aspirin? Halte meinen Schädel echt nicht aus.«

Oliver schenkte ihm aus der blauen Isolierkanne noch einmal nach.

»Ruhig hast du es hier. Hätte ich nicht gedacht, wo doch die Karlstraße so nah vorbeiführt.«

»Ja, aber jetzt lenke nicht ab. Uwe, was ist los mit dir? Ich dachte, du würdest jetzt in Tübingen Volkswirtschaftslehre studieren. Ist das schon wieder nichts mehr? Von den alten Kumpels höre ich immer wieder, dass du dich sehr gehen lässt. Mehr besoffen als nüchtern bist. Und stimmt es, dass du mit den Rechten sympathisierst? Gegen Ausländer und Asylanten hast du ja schon immer was gehabt? Uwe, was ist? Erkläre es mir!«

»Das mit dem Studium ist so seine Sache. Bin ja damals

Gott sei Dank ohne Numerus clausus da reingekommen, nachdem ich das Abi in Abendkursen nachgeholt hatte. War ja auch ganz gut am Anfang. Da war alles noch echt easy, aber dann ist es immer schwieriger geworden.«

»Was heißt ›war‹?«

Oliver blickte ihn durchdringend an.

»Ich bin durch die Prüfungen gerasselt …«

Uwe senkte seinen Blick.

»Und was ist mit wiederholen?«

Uwe schüttelte den Kopf.

»Hat nicht geklappt. Und Scheine haben mir auch gefehlt. Jetzt bin ich extmatrikuriert oder wie das heißt.«

»Exmatrikuliert heißt das. Du bist also kein Student mehr?«

Mit einem leichten Kopfnicken bestätigte Uwe die Frage von Oliver.

»Und deshalb lässt du dich jetzt so gehen? Das ist doch …«

»In Tübingen mögen sie mich aber alle. Da kann ich am meisten vertragen von allen. Was meinst du, wie die anderen heute aussehen. Ich bin echt der King.«

»Da musst du jetzt aber nicht stolz drauf sein. Der Versoffenste von allen zu sein ist keine Eigenschaft, mit der man sich brüsten kann.«

Uwe schlürfte von seinem Kaffee. Er sah sich in die Enge getrieben und schonungslos erkannt. War er so leicht zu durchschauen? Er zuckte mit den Schultern.

»Was soll ich denn machen? Nach der Lehre habe ich aufgehört. Wollte was Besseres werden als meine Eltern. Hab mich ja bis zum Studium durchgekämpft. Aber die meisten haben da so hochgestochen gelabert. Ist nichts für mich.«

Katerstimmung im wahrsten Sinne des Wortes machte sich bei ihm breit. Es schien ihm, als wäre er in einen riesigen

Haufen Watte eingepackt und er nahm alles nur gedämpft war. Geräusche, Gerüche, Bewegungen.

Oliver öffnete das Fenster, um etwas frische Luft reinzulassen. Jetzt hörte man den Verkehr von der Karlstraße. Gelegentliches Hupen und das Anfahren an der Ampel waren auch für Uwe deutlich zu vernehmen und vermischten sich mit den Zuggeräuschen vom nahe gelegenen Bahnhof.

»Und was willst du jetzt machen? Du musst doch von irgendwas leben? Hast du einen Job in Aussicht?«

Uwe traute sich nicht, seinen alten Schulkameraden anzusehen. Er zog beide Schultern nach oben und schüttelte fast unmerklich den Kopf, der tief nach unten hing.

»Uwe, wenn du noch mal auf die Füße kommen willst, dann musst du es jetzt tun. Dann musst du jetzt was tun. Und zwar jetzt sofort.«

»Und was?« Pure Verzweiflung sprach aus ihm.

Oliver marschierte in seiner Wohnung auf und ab.

»Ich hätte da eventuell was für dich. Hat neulich mal im *GEA* und im *Wochenblatt* gestanden und auch *RTF 1* hat darüber berichtet. Da gibt es so einen Verein, der setzt sich für Leute wie dich ein. Hat schon einigen eine Arbeitsstelle besorgt. Scheint viele Verbindungen in der Region zu haben. Kümmert sich etwas um die Leute. Sponsert mal ein Abendprogramm oder gibt Eintrittskarten für den SSV Reutlingen oder den VfB Stuttgart. Vielleicht wäre das was für dich. Viele Chancen bekommst du nicht mehr.«

»Bin schon echt klamm. Irgendwas brauche ich.«

Oliver griff seinen Laptop, nahm ihn sich auf den Schoß und googelte den Zeitungsbericht.

»Ich drucke es dir mal aus. Geh mal hin!«

Uwe ging zum Fenster und blickte auf die ruhige und leere Bismarckstraße. So leer wie auf der Straße sah es auch in seinem Inneren und in seinem ganzen Leben aus. Er war völlig plan- und hoffnungslos.

Aus dem Nebenraum hörte er den Drucker anlaufen.

»Uwe, ich muss jetzt weg. Wird sowieso schon knapp bei mir.«

Olivers Stimme vermischte sich mit den Druckergeräuschen. Sekunden später kam er mit den frisch ausgedruckten Papieren zurück.

»Also, Uwe, pack die Chance beim Schopf! So viele gibt es nicht. Und dann geh bitte. Lass mich wissen, ob es geklappt hat.«

Er drückte Uwe zwei DIN-A4-Seiten in die Hand.

»Lies es mal durch. Adresse steht auch drin.«

»Danke, Oliver.«

Uwe verließ die Wohnung und ging zum Bus, der ihn auf die Alb bringen sollte.

11

Der Unterricht zog sich an diesem Vormittag für die beiden Schüler schleppend dahin. In Gedanken waren sie weit weg von Physik, Chemie und Deutsch.

»Guck mal hier, Sarah.« Julian zeigte ihr auf seinem Smartphone die Gedanken, die er sich gleich nach ihrem Gespräch gestern notiert hatte. »Sollen wir Herrn Neufeld auch einweihen?«

»Lass uns das erst mal besprechen und die ersten Sachen organisieren. Ist wohl besser, wenn wir schon etwas Konkretes auf der Hand haben. Meine Meinung auf jeden Fall.«

»Du hast recht, dann merkt er auch, dass es uns wirklich ernst ist. Wo machen wir das?«

»Sollen wir mal ins *Alexandre* gehen?«

»Warum eigentlich nicht? Vielleicht können wir sogar draußen sitzen, wenn die Sonne später rauskommt.«

Raphael bedachte Julian von der Seite immer wieder mit einem verachtenden Blick. Aber dieser ignorierte ihn. Auf einem Blatt vor ihm notierte er sich immer wieder einige Punkte, die jedoch nichts mit dem Inhalt der gerade stattfindenden Fächer zu tun hatten.

Endlich war der Schultag beendet. Sarah und Julian machten sich auf den Weg zum großen Bistro am Marktplatz, dem *Alexandre*. Die Tische waren schon gut besetzt. Alle wollten die ersten Sonnenstrahlen des Jahres einfangen. Doch das Glück war auf ihrer Seite. Sie fanden noch einen Tisch in der allerersten Reihe vor dem Marktplatz, von dem gerade zwei Männer in dunkelgrauen Anzügen, wohl nach Beenden ihrer Mittagpause, aufgestanden waren.

Kaum hatten sie Platz genommen und die Bedienung die leer gegessenen Teller weggeräumt, als sie ein merkwürdiges Gefährt die Rathausstraße hochkommen sahen.

»Was kommt denn da für ein Teil?« Sarah stand der Mund sperrangelweit offen.

Ein revolutionär anmutender Elektrorollstuhl mit Sportlenker, ausgestattet mit einem schwenkbaren Ledersitz, links und rechts jeweils einem Außenspiegel und blinkenden LED-Scheinwerfern, kam die Rathausstraße vom Tübinger Tor aus hochgefahren. Das Ganze eingefasst von einzeln herausnehmbaren Glas- und Kunststoffelementen, alles gehalten von in der Sonne glänzendem Silbermetallic.

»Ist Papst Franziskus jetzt etwa mit einem kleinen Papamobil auf Missionarsreise bei uns im Schwabenland?«, fragte

Sarah, ohne einen Blick von dem sonderbaren Fortbewegungsmittel lassen zu können.

»Könnte schon sein. Es treten immer mehr Leute aus der Kirche aus.«

»Nicht lästern, Julian. Aber eine gewisse Ähnlichkeit hat das Gefährt schon mit dem päpstlichen fahrbaren Untersatz.«

Die Blicke der anderen Bistro-Besucher waren inzwischen auch auf den utopisch anmutenden E-Rollstuhl gerichtet. Und entsprechende Kommentare ließen nicht lange auf sich warten.

»Testet Mercedes jetzt vielleicht schon das Rentnermodell für Lewis Hamilton? Der ist doch auch schon über dreißig!? Wird ja wohl nicht mehr lange seine Runden drehen.«

»Da gibt es sicherlich eine Marktlücke, die so ein Produkt füllen würde. Stell dir mal eine ganze Generation von Rentnern vor, die man vielleicht nicht mehr auf die Straßen lässt, weil sie ihren grauen Mercedes mit einem Autoscooter von der Kirmes verwechseln und links und rechts nur noch Schrammen an den Kotflügeln haben. Wenn man denen solch einen schnittigen E-Rollstuhl schmackhaft macht, dann lässt sich damit richtig Kohle machen.«

»Du hast recht. Das ist eine Marktlücke«, hörte Julian einen etwa Vierzigjährigen, jugendlich wirkenden zwischen zwei Bissen Pommes sagen.

»Stell dir das mal vor, wie das das Leben bereichern würde!«, setzte ein etwa Fünfzigjähriger die Gedankengänge seines Gesprächspartners fort.

»Fährst du auch schon so ein Teil?«

»Ist super bequem. Da hast du kein Parkplatzproblem. Kannst direkt vor dem Physiotherapeuten, dem Internisten oder dem Orthopäden parken und anschließend kommst du gemütlich zum Frühschoppen hier in die Innenstadt, ohne nass zu werden, wenn es mal regnet.«

Julian und Sarah hörten mit Interesse dem Gesprächsverlauf der hinter ihnen Sitzenden zu.

»Du, gestern habe ich in einem Norma-Prospekt ein ähnliches Gefährt entdeckt. Marsmobil heißt es dort. Rote Farbe. Nur nicht unter Glas. Kostet nur 1 999 Euro.«

»Das wird ja immer besser. Rot und silbern. Das ist doch wie Ferrari und Mercedes. Da könnte man an manchen Tagen doch Heuballen da vorne auf den Marktplatz legen und einen Rundkurs abstecken. Dann könnten die Leute hier Formel 1 nachspielen. Eine neue Senioren-Carrera-Rennbahn.«

Ohne den Blick abzuwenden, antwortete Sarah nach hinten:

»Ich glaube, das dauert nicht mehr lange.«

In diesem Moment stieg der Insasse, nachdem er die Seitenscheiben entfernt hatte, aus seinem futuristisch anmutenden Gefährt aus. Er setzte sich an den äußersten Tisch und bestellte sich einen Pinot Grigio.

»Die Zukunft hat uns bereits eingeholt«, bemerkte Julian abschließend.

»Ist wie beim Klimawandel. Der holt uns ja auch schon eher ein, als viele für möglich gehalten haben.« Sie warfen noch einmal einen Blick nach links und dann konzentrierten sie sich wieder auf ihr eigentliches Thema. Ihre Blicke aber schweiften immer wieder zum silbern glänzenden Elektrorollstuhl.

Julian schob Sarah ein Papier zu. Diverse Kreise und Rechtecke stießen ihr ins Auge.

»Ja, dann schieß mal los!« Sie schaute Julian in die grünbraunen, von Tatendrang getriebenen, leuchtenden Augen.

»Wir sollten ein kleines Organisationskomitee gründen, was die Fäden in der Hand hält; das heißt, wir brauchen auf jeden Fall noch weitere Mitstreiter, die bei der Planung helfen. Das müssen ja nicht alles Schüler von uns sein.«

»Das lässt sich über Facebook, Instagram, YouTube, WhatsApp schnell erledigen. Könnte ich gut übernehmen.«

»Sehr gut.« Julian blickte ihr strahlend in die Augen und fuhr fort. »Um die Technik könnte ich mich kümmern. Wenn wir Demos hier in Reutlingen veranstalten wollen, dann brauchen wir Lautsprecher und Boxen. Das nehme ich mal in die Hand. Vielleicht kann ich da etwas über meinen Verein machen oder wir fragen mal beim *franz.K* nach. Die haben sowas auf jeden Fall.«

»Wir sind ja in Reutlingen nicht die Ersten, da können wir uns bei den anderen auch etwas abschauen und mit ihnen in Kontakt treten. Ich guck mal bei Berlin und Hamburg. Die geben ihre Erfahrungen und Tipps bestimmt gerne weiter.« Sarah hielt ihm ihr Smartphone hin.

»Habe ich auch auf meinem Zettel. Wäre doch gut, wenn wir inhaltliche Schwerpunkte setzen würden. Also wenn wir so einen Demotag mit einer ganz bestimmten Thematik besetzen würden, dann kann man sich fokussieren und gezielt darauf vorbereiten.«

»Julian? Hast du heute Morgen in der Schule überhaupt etwas vom Unterricht mitbekommen oder hast du dich nur um *Fridays for Future* gekümmert?«

»Ich gebe es zu. Heute Morgen war ich ganz bei dieser Sache, aber ob du es glaubst oder nicht, ich kann auch als Mann zwei Dinge gleichzeitig: dem Unterricht folgen und mir zu anderen Dingen Gedanken machen.«

»Ich kümmere mich jetzt mal darum, dass das Ganze vorbereitet wird. Wir sollten uns dann schnell mit allen, die mitmachen wollen, treffen. Da kommen bestimmt viele. Ich könnte auch die Pressearbeit übernehmen. Was hältst du davon?«

»Sehr gern. Ich kann da bestimmt über ein paar Sportredakteure was einfädeln. Hab ja schon gesagt, dass ich viele von denen kenne. Was hältst du denn vom *Nepomuk* als Treffpunkt? Gleich am Donnerstag um 18 Uhr?«

»Ich würde es abhängig davon machen, wie viele kommen und eine Doodle-Umfrage erstellen, wann die meisten Zeit haben. Im *Nepomuk* gibt es außerdem nur so einen kleinen Nebenraum. Da passen höchstens acht Leute rein. Wenn es mehr sein sollten, müssen wir etwas anderes finden. Ah, warte, ich habe eine Idee! Ich bin doch freitagabends immer bei *DIE woRThopäden*. Wir haben unseren Raum gegenüber der AOK. Der ist auf jeden Fall groß genug. Da könnte ich doch mal nachhaken, ob wir den nutzen können.«

»Was sind denn ›*DIE woRThopäden*?‹«

»Das ist doch meine Improtheatergruppe. Habe ich dir noch nicht davon erzählt? Wir haben demnächst auch wieder einen Auftritt in der Volkshochschule hier in Reutlingen.«

»Wenn du mitspielst, bin ich sofort dabei. Klasse Sache. Das wird was mit unserer *Fridays for Future*-*Gruppe*.«

»Ich halte dich auf dem Laufenden. Da sind wir bestimmt morgen schon ein gutes Stück weiter.«

»Lass dich mal drücken.« Julian nahm sie in die Arme und drückte ihr einen Kuss auf die Wange.

Eine Gegenwehr auf Sarahs Seite war nicht zu konstatieren. Eher ein leichter Glanz in ihren Augen und eine auffällige Rotfärbung der Wangen waren zu sehen.

»Jetzt lass uns nach Hause fahren. Der 7606 ist in acht Minuten an der Stadthalle.«

Der Probenraum der *woRThopäden* füllte sich schnell. Sarah hatte sich den Schlüssel von ihrem Improtrainer ausgeliehen. Die Stühle, die rechts neben der Eingangstür auf einem Stapel gestanden hatten, nahmen schnell ab und bald waren sie alle besetzt, sodass die Nachzügler nur noch auf den an der Fensterfront stehenden Tischen einen Sitzplatz fanden.

Sarah und Julian stellten sich kurz vor. Dann waren die anderen Schüler an der Reihe. Knapp dreißig Personen waren ihrem Aufruf gefolgt. Die Altersspanne lag zwischen vierzehn und achtzehn Jahren. Vorwiegend aus den Reutlinger Gymnasien, aber auch einige Realschüler waren darunter.

»Finde ich echt cool, dass ihr das jetzt anstoßt! Endlich können wir auch in Reutlingen mal etwas Richtiges auf die Beine stellen«, zollte einer der Anwesenden den beiden Hauptorganisatoren ein dickes Lob.

»Ich habe schon lange daran gedacht, wenn ich immer die Berichte überall sehe, aber nicht genau gewusst, wie ich es anfangen soll«, ließ sich eine Sechzehnjährige vernehmen.

»Um effektiver arbeiten zu können, schlage ich vor, dass wir einzelne Arbeitskreise bilden. Jeder hier hat ja bestimmt andere Stärken, die er beziehungsweise sie einbringen kann«, gab nun Julian vor.

Die Diskussion setzte sofort ein und viele konstruktive Vorschläge wurden zusammengetragen.

Zwei Stunden später hatten sie die Ergebnisse an der grünen Tafel im Raum stehen, sodass schon einige Punkte fixiert waren. Fünf Arbeitskreise zu den Themen Technik, Inhalte, Presse, Werbung und Social Media waren definiert. Darüber hinaus hatten sie ein kleines Organisationskomitee gebildet, das sich von nun an einmal wöchentlich treffen und den Stand der Dinge besprechen wollte.

»Also auf, Reutlingen! Wir kommen! Freue mich auf unsere erste Demo«, rief ein Realschüler aus.

Julian und Sarah blickten sich tief in die Augen. Glückliche Entschlossenheit lag in ihren Blicken.

»Wollen wir fahren?«

»Ja, dann komm!« Sie fasste mit ihrer rechten Hand seine linke und gemeinsam gingen sie an der neuen Stadthalle vorbei zur Haltestelle.

12

Vier Wochen später

Auf dem Reutlinger Marktplatz hatten sich rund einhundertfünfzig Schüler versammelt. Aus allen Richtungen waren sie gekommen. Vor den Sitzbänken zwischen *Zinser* und Kiosk hatten die Protestler ihre Lautsprecher platziert. An dem Gerüst vor der Kreissparkasse hing ein großes Plakat:

»Laut fürs Klima. Fridays for Future.«

Im Hintergrund hatten sich vor der *BW-Bank* vier Ordnungskräfte in deutlich auszumachenden Westen platziert. Bisher hatte es noch keinen Anlass zum Eingreifen gegeben. Manche Schüler trugen auf Holzschildern Plakate vor sich her:

»Make love – no CO_2*«*
»Es gibt keinen Planeten B«
oder
»Unsere Erde, Zukunft, Verantwortung«

war dort zu lesen. Aus den Lautsprechern dröhnte Musik und beschallte den Marktplatz.

Ein Mittvierziger setzte sich auf die Bank vor dem *Zinser* und entrollte ein Plakat, welches ihn als ein Mitglied der MLPD auswies. Sarah, mit einem weißen Band am Arm als Organisatorin gekennzeichnet, kam auf ihn zu. Sie bat ihn, sich zu entfernen beziehungsweise die Demo nicht zu stören. Er versuchte, dagegenzuhalten, doch Sarah diskutierte ihn, in ihrer ruhigen Art jedes Argument sachlich widerlegend, in Grund und Boden, ohne einmal ausfallend zu werden.

»Dies ist eine überparteiliche Veranstaltung. Ich möchte Sie höflich bitten, Ihr Plakat wieder einzurollen. Bitte!«

Der Angesprochene empörte sich, blies die Wangen auf.

»Hör mal zu, Mädchen. Du hast mir gar nichts zu sagen. Wenn ihr hier so einen Aufstand macht, dann darf ich schon lange mein Plakat zeigen und demonstrieren. Schon mal was von Grundrechten und Demonstrationsfreiheit gehört oder kommt das in der Schule erst nächstes Jahr dran?«

Sarah ließ sich nicht beirren. Zwei weitere Schüler, wohl aus dem Einstein-Gymnasium, platzierten sich neben ihr und wiesen mit den Händen eindrücklich Richtung *Osiander*. Der so Zurechtgewiesene kam der Aufforderung nach, begann jedoch, vor dem *Alexandre* Flugblätter zu verteilen. Sarah ließ ihn achselzuckend stehen.

Dann begann die Kundgebung. Ein vierzehnjähriger Schüler hatte sich auf der Bank hinter den Lautsprechern postiert und formulierte nun in einer flammenden Rede die Zielsetzung der *Fridays for Future*-Gruppe:

»Wir wollen, dass Reutlingen bis 2030 klimaneutral ist! Einstellung der Subventionen für fossile Energie! Noch 2021 muss ein Viertel der Kohlekraft aus der Energieversorgung verschwinden! Ausstieg Deutschlands aus der Kohlekraft bis 2030! Klimaneutralität Deutschlands bis 2035!«

Einige ältere Passanten, die im Hintergrund standen, schauten bewundernd auf den Jungen.

»Hod ganz schee Power, der Kloine. Des hedd i mi in dem Alder ed traud. Wahrscheinlich hedd i des edd mol kenna.«

Zehn Meter weiter hörten sich die Kommentare etwas anders an.

»Emmer des Gleiche mit dr Jugend. Schreied laut hier rom und mached älles rebellisch! Di hend doch koi Ahnung. Sind doch gar ned ausglaschded. Alle no ganz grün hinder de Ohra. Sollet lieber ebbas Gscheites lerna als sich hier so ufzomspiela!«

»Da hend se aber au recht. Früher isch Bade-Wirttemberg mit saem Bildongsniveau emmer an dr Spitze dr Bundesrepublik gschdanda. Ond jetzt? Jetzt rutsched se emmer weider ab. Rebelliera, aber nix lerna wella!«

Der siebzigjährige Grauhaarige nahm noch zwei Züge aus seiner Zigarette und drückte sie dann mit seinem rechten Schuh auf dem Boden aus.

»Schnösel!«

Er drehte sich um und ging Richtung *Breuninger*.

Um 13.50 Uhr hatte sich der Demonstrationszug gesammelt und zog nun die Wilhelmstraße hinunter Richtung Karlstraße. Auf Höhe des *New Yorker* stand ein sechsundzwanzig Jahre alter, circa 1,70 Meter großer Mann. Er war glatt rasiert und trug korrekt links gescheiteltes Haar. Er erweckte den Eindruck eines sehr normorientierten Mannes, dem der hier durch die Wilhelmstraße ziehende Demonstrationszug komplett gegen den Strich ging. Seine Blicke waren starr auf Sarah und Julian gerichtet, die den Zug rückwärtsgehend anführten.

Sarah spürte es in ihrem Rücken. Es war wie kleine Nadelstiche. Sie kratzte sich, um das unangenehme Gefühl loszuwerden. Vergeblich. Die Stiche blieben. Sie sah sich um und blickte in die eiskalten blaugrauen Augen ihres Beobachters.

Sie fixierten sich. Niemand gab nach. Die Lippen des Fremden waren aufeinandergepresst und erschienen ihr wie ein dünner Messerschnitt. Sarah fröstelte. Eiskalte Schauer liefen ihr über den Rücken. Sie drehte sich wieder um, blickte auf den Demonstrationszug. Die eiskalten Stiche im Rücken blieben.

Julian animierte durch sein Megafon die mitlaufenden Schüler immer wieder zu Sprechchören:

»Keep it in the ground! Keep it in the ground!«

»Wer nicht hüpft, der ist für Kohle!«

»Wir sind hier, wir sind viele, haltet euch an Klimaziele!«

Dabei sprangen die Schüler immer wieder aus der Hocke in die Höhe, um ihrem Protest Ausdruck zu verleihen.

Eine große gemeinsame Idee einte sie alle: der Kampf gegen den Klimawandel.

Der am Rande Stehende richtete sein Handy auf Julian und Sarah und schoss mehrere Fotos.

Der Zug rollte wie eine kleine Flut durch Reutlingens Einkaufsmeile und skandierte immer wieder mehrzeilige Sprüche:

»Kohlekonzerne baggern in der Ferne nur für einen Batzen Geld.«

»Worin wir unsere Zukunft suchen: neue erneuerbare Energien.«

»Das war noch viel zu leise, drum singen wir jetzt viel lauter.«

Entschlossenheit war auf jedem einzelnen der Gesichter zu sehen. Einige der Passanten schauten den circa vierhundert Schülern skeptisch zu.

»Gugg mal uf d' Uhr«, wandte sich nun ein Endsechziger an seinen gleichaltrigen Begleiter. »Kurz noch oes. Entweder sodded dia jetzt no en dr Schul sei oder bei dr Mama dahoem am Esstisch. Des hedd 's en onserer Zeit ed gebba.«

Eine Mutter mit Kind im Kinderwagen stellte sich ihm entgegen.

»Jetzt machen Sie aber mal halblang! Seien Sie doch froh, dass sich die Jugend von heute so engagiert. Da kann man nicht von Politikverdrossenheit reden, ganz im Gegenteil. Die stehen auf und lassen nicht alles mit sich machen. Haben Sie Enkel?«

»Nadierlich han i Enkel.«

»Dann denken Sie mal an die. Wenn diese *Fridays for Future*-Bewegung erfolgreich ist, dann kommt das auch Ihren Enkeln zugute. Und meinem Kind ebenfalls.«

Sie zeigte auf das kleine Kind, das friedlich im Kinderwagen schlief.

»Vielleicht denken Sie darüber mal nach!«

Gerade wollte der Angesprochene zu einer Gegenrede ansetzen, als ein circa fünfzigjähriger Mann mit Segelschuhen, Jeans und sportlichem hellbraunem Kapuzenpulli der Mutter zur Seite sprang.

»Ich muss die Dame hier doch sehr unterstützen. Erstens demonstrieren die hier außerhalb der Schulzeit und das für das Überleben der Menschheit. Meinetwegen können Sie es auch von der sportlichen Seite sehen. Alles klagt doch über die bewegungsfaule Jugend. Jetzt gucken Sie doch mal genau hin. So viele Strecksprünge würde wohl keiner von denen im Sportunterricht machen. Und der Zug dauert noch etwas länger. Und eins noch zum Schluss: Alle beklagen sich über die immer leerer werdenden Innenstädte, auch die Reutlinger. Und hier. Jetzt ist mal Leben in der Fußgängerzone. Und bevor Sie jetzt antworten, lassen Sie sich das mal alles durch den Kopf gehen!«

Der Senior schickte seinem Gegenüber verdutzte und empörte Blicke zu. Doch dieser hatte sich schon wieder an die Dreißigjährige gewandt.

»Haben Sie noch Zeit und Lust, dann könnten wir den Zug begleiten?«

»Gern! Ist sowieso gerade meine Richtung.«

Sie schlossen sich den Schülern an. Als sie unten an der Karlstraße nach rechts Richtung Metzgerstraße abbogen, hatte sich vor der *Nordsee* eine Gruppe von acht jungen Menschen versammelt, die höhnisch und arrogant die Schüler verunglimpften:

»Klimafuzzis! Weicheier!«

Sarahs und Julians Blicke kreuzten sich. Julian biss ich auf die Unterlippe und auf Sarahs Gesicht schienen sich Fragen zu platzieren.

»Wer ist das? Was wollen die hier?«, fragte Sarah Julian mit leicht zitternder Stimme. In ihrem Magen machte sich ein ungutes Gefühl breit.

13

Rudi Weber saß in seinem großen Büro und blickte über den weitläufigen Hof seines Verpackungsunternehmens durch die riesige Wandverglasung hinauf zur Achalm, als es an seiner Tür klopfte. Frau Scherer, seine Chefsekretärin, trat ein.

»Herr Weber, die zwei Herren aus Frankfurt sind jetzt da. Soll ich sie reinlassen?«

»Ja, bitte.«

Rudi Weber, zweiundfünfzig Jahre alt, stand auf. Durch seine regelmäßigen Besuche im Fitnessstudio hatte er sich gut gehalten. Er hatte einen durchtrainierten Körper und wirkte in seinem Anzug von Hugo Boss äußerst weltmännisch.

Mit seiner Rechten rückte er sich seine orangene Krawatte zurecht und postierte sich vor der frisch polierten Glasscheibe. Das machte Eindruck auf Besucher, so als ob ihm die Achalm gehören würde. In vielen Spielfilmen und Krimis hatte er solche Kameraeinstellungen gesehen, wenn Geschäftsleute im Mittelpunkt standen. Jetzt war er selbst ein Teil dieses Geschehens. Das Gespräch würde nicht einfach werden, dessen war er sich bewusst. Der Umsatz seines Unternehmens war im letzten Jahr stark zurückgegangen.

Zwei Herren in ihren dunkelblauen Anzügen und dazu passenden Krawatten traten ein. Mit leicht ausgebreiteten Armen ging Weber auf sie zu und machte ein freudiges Gesicht, ohne dafür allerdings eine entsprechende Reaktion zu erhalten. Geschäftsmäßig reichten sie ihm kühl die Hand.

»Nehmen Sie doch Platz, Herr Dr. Hecht, Herr Kraft. Wie war die Fahrt von Frankfurt hierher?«

»Es ging. Der übliche Stau bei Pforzheim. Aber das kennen wir ja. Seit Jahren hätte man die A 8 mehrspurig ausbauen können. Nicht so ein Stückwerk wie jetzt. Aber seit ein paar Jahren wird ja viel zu viel Geld in andere Dinge in unserem Land gesteckt. Ich sage nur, was unsere Kanzlerin immer wieder gesagt hat: »Wir schaffen das!« Wir schaffen das! Und was hat sie geschafft? Wir werden überschwemmt von einer Ausländerflut und da wird so viel Geld reingesteckt. Und was kommt dabei heraus? Gucken Sie doch die vielen Verbrechen an, die von denen verübt werden. Wir schaffen das! Dass ich nicht lache. Das Geld hätte man mal besser in den Ausbau unserer deutschen Straßen stecken sollen.«

Herr Kraft blickte durch die Glasfront auf Reutlingens Hausberg, um dann Rudi Weber zu fixieren. Er sah ihn mit durchdringender Miene in die Augen.

»Halten wir uns nicht zu lange mit Diskussionen auf, die ins Endlose führen würden, Herr Weber. Die Frage ist, in Anlehnung an unsere Kanzlerin: Schaffen Sie das noch?«

Rudi Weber spürte, wie es unter seinen Armen, unter dem eng anliegenden Hemd, der perfekten Fassade, feucht wurde. Zum Glück hatte er sein Jackett an.

»Meine Herren, nehmen Sie doch erst mal Platz. Ich würde Ihnen gerne etwas zu trinken anbieten. Kaffee? Cappuccino? Espresso? Wasser?«

»Wasser«, entgegnete Dr. Hecht völlig emotionslos. Seine Gesichtszüge waren vollkommen bewegungslos. Und seine blassblauen Augen rückten nicht von Rudi Webers Gesicht ab.

Der fühlte sich, als ob er mit Nägeln an seinem Platz fixiert worden wäre. Ein Schauer kleiner Eiskristalle, vermischt mit einem sich aus einzelnen Schweißtropfen formenden Rinnsal, lief von seinen Haarspitzen kommend über den Nacken, die Schultern, den Rücken runter bis in seine Fußsohlen. »Wie soll ich da bloß wieder rauskommen? Bleib ruhig, Rudi! Du hast schon andere Situationen gemeistert! Panik bringt jetzt gar nichts!« Die Gedanken schossen ihm durch den Kopf. Eine Eisenklammer hatte sich um seine Brust gelegt. Rudi Weber drückte auf die Sprechanlage.

»Frau Scherer, bringen Sie uns doch bitte drei Wasser.«

»Herr Weber«, fuhr Dr. Hecht direkt fort, ohne ihm eine Verschnaufpause zu gönnen. Unsere Zentrale sieht die Umsatzzahlen Ihres Unternehmens mit großer Sorge. Sie haben massive Einbrüche. Ihre Bestellmenge zur Herstellung der Plastikverpackungen, Tüten und PET-Flaschen ist rapide zurückgegangen. Überhaupt müssen wir konstatieren, dass Ihr PET-Flaschenverkauf in rasanter Weise nach unten sinkt. Sie sind im freien Fall! Anderen Firmen hinken Sie massiv hinterher. Haben Sie auch schon mal an Umrüstung gedacht?

Unsere Zusammenarbeit mit Betrieben anderer Bundesländer ist sehr viel besser. Bundesweit hat die Verpackungsindustrie einen enormen Aufschwung erlebt. Die haben Ideen. Aber bei Ihnen ist genau das Gegenteil eingetreten. Sie machen einfach weiter. Ohne Innovationen. Ohne sich an die sich ändernden Anforderungen unserer Kunden anzupassen. Herr Weber, andere Partner von uns haben Sie einfach überholt.«

Frau Scherer öffnete die Tür und balancierte vorsichtig ein Tablett herein, auf dem drei Wassergläser und drei gläserne Flaschen exklusiven Mineralwassers standen. Still – medium – classic. Dazu hatte sie noch drei kleine Kekse als nette Aufmerksamkeit gelegt. Drei kleine Kekse – dreimal einzeln in Plastikfolien eingepackt.

»Danke, Frau Scherer. Wir nehmen uns. Und sorgen Sie dafür, dass uns niemand stört.«

Sie nickte und verließ das protzige Büro. Sie arbeitete schon zehn Jahre für Rudi Weber. Hier bahnte sich nichts Gutes an. Wollten diese Männer ihrem Chef etwas antun? War womöglich auch ihr Arbeitsplatz in Gefahr?

»Ich bin mir der Tatsache des Rückgangs bewusst und wir sind auch schon dabei, Gegenmaßnahmen einzuleiten«, entgegnete der Reutlinger Firmeninhaber.

»Welche?«, wollte Dr. Hecht wissen.

»Herr Weber, unser Markt wächst exponentiell. Kunststoffverschlüsse sind mehr als stark im Kommen. Der Markt an Folienverpackungen nimmt zu. Und was ist bei Ihnen?«

»Wir investieren sehr viel in die Werbung, bieten Ausbildungsplätze an, machen Rabattaktionen, nächste Woche einen Tag der offenen Tür mit vielen Kinderaktivitäten und, und, und …«

Rudi Weber wusste, dass sie ihn in Frankfurt fallen lassen würden. Wenn er nicht entsprechende Mengen an Rohmaterial abnahm, wäre er bald weg vom Fenster.

Dr. Hecht griff zu einem Wasserglas und goss sich ein.

»Herr Weber, wir geben Ihnen ab heute fünf Monate Zeit, dann wollen wir andere Zahlen sehen. Und zwar ganz andere. Haben Sie das verstanden?«

»Ja, natürlich.« Rudi Webers Blick wanderte zwischen seinen Gesprächspartnern hin und her.

»Ist doch auch ganz in meinem Sinne, wenn die Umsatzzahlen wieder steigen. Meinen Sie, mir gefällt das? Aber ich kann Ihnen versichern, dass sich das Blatt drehen wird. Ich habe auch schon einige Ideen, wie ich das Unternehmen wieder zu seinem alten Glanz zurückführe. Wollen wir das Gespräch vielleicht bei einem gemeinsamen Mittagessen fortführen?« Weber drehte sich um und zeigte durch die Scheibe auf das gut sichtbare *Achalm-Hotel.*

»Erstes Haus am Platz. Vorzügliche heimische Küche. Das Achalm-Lamm müssen Sie probieren. Sie werden es nicht bereuen.«

»Nein danke«, entgegnete Dr. Hecht. »Vielleicht in fünf Monaten. Sorgen Sie dafür, dass es nicht Ihr Abschiedsessen wird.«

Die beiden Herren erhoben sich und traten an das Fenster.

»Eine herrliche Aussicht haben Sie hier. Wäre doch schade, wenn Ihnen die verloren ginge«, setzte Herr Kraft zu seinem Schlusssatz an, dessen Unterton keinen Spielraum für Fehlinterpretationen ließ. Die Lage war bitterernst.

»Herr Weber, wir hören voneinander.« Die beiden Frankfurter drehten sich um, gaben ihm mit einem aufgesetzten, gezwungenen Lächeln die Hand und verließen das Büro.

Rudi Weber lockerte den Knoten seiner eigentlich gut sitzenden, ihn jetzt aber nur noch einschnürenden Krawatte. Er atmete schwer und laut vernehmlich aus.

»Verdammt, ich muss was tun.« Mit Daumen und Zeigefinger seiner linken Hand fuhr er sich über die Stirn und rieb sich anschließend die Augen, die aufgrund des salzigen Schweißes, den er von seiner Stirn in sie eingebracht hatte, sofort zu jucken begannen. Nervös schritt er die Länge seines Büros immer wieder auf und ab. Kraft und Hecht würden ihn fertigmachen. Ein riesiges Loch tat sich vor ihm auf. Er blickte auf die Achalm und versuchte, tief ein- und auszuatmen und nicht auszuflippen, um, wie man es ebenfalls so oft in Filmen sah, nicht seinen Schreibtisch inklusive Laptop wie ein Wahnsinniger abzuräumen.

Verdammt! Wie sollte er da herauskommen? Jetzt traten auch noch diese aufmüpfigen Klima-Jugendlichen auf den Plan. In Reutlingen hatte sich ebenfalls eine erste Gruppe gegründet. Ja, die waren noch klein, aber wenn die so weitermachten, wo sollte das hinführen? Rudi Weber saß an seinem Schreibtisch. Mit Daumen und Zeigefinger der rechten Hand rieb er sich die Augen und fuhr sich fest über das Nasenbein.

Es klopfte an der Tür. Frau Scherer trat ein.

»Alles in Ordnung, Herr Weber?« Sie blickte ihn besorgt an.

»Ja! Frau Scherer, alles gut! Machen Sie sich keine Sorgen. Sie können abräumen. Danke!«

Sie stellte Gläser, Flaschen und die zerrissenen Keksverpackungen auf ihr Tablett, schaute ihren Chef aus den Augenwinkeln an. Nichts war gut.

»Sie sagen mir, wenn ich Ihnen irgendwie weiterhelfen kann.«

»Danke Frau Scherer. Wenn ich Sie nicht hätte. Danke!«

Mit einem flauen Gefühl im Magen verließ sie sein Büro.

Schließlich griff er zum Telefon und wählte. Als der Angerufene abnahm, setzte er sofort an.

»Hermann. Hier Rudi. Ich hatte gerade Besuch aus Frankfurt. Es wird eng. Wir müssen uns treffen. Ich schlage vor, morgen Abend 19 Uhr in der Hütte. Okay? Bitte ruf Michael auch noch an. Er soll dazukommen.« Rudi Weber legte auf. Die Zeiger seiner Rolex zeigten 11.45 Uhr. Wenn er heute schon nicht ins *Achalm-Hotel* kam, dann war es jetzt Zeit, nach Hause zu gehen. Punkt 12 Uhr stand das Mittagessen in seiner Familie immer auf dem Tisch.

14

Rudi Weber lenkte seinen Mercedes die Honauer Steige hinauf auf die Alb. Er liebte die hügelige Landschaft hier oben. Hier hatte noch das meiste seinen festen, strukturierten Rahmen. Hier ließ es sich noch ruhig leben. Die letzte Kommunalwahl kam ihm in den Kopf. Er freute sich, dass er mit seiner rechtsorientierten Partei bei den letzten Wahlen doch erhebliche Zuwächse erzielt hatte. Weit über 100.000 Stimmen hatten sie erhalten. Das musste doch Hoffnung geben. Immer mehr Bürger stimmten ihrer Politik zu. Das ganze Gefasel von Klimaschutz, Ausländerintegration, globalem Denken und so weiter… Das war etwas für diese selbst ernannten Weltverbesserer. Aber sie würden es allen zeigen. Seine Stimmung besserte sich. Wenn er und seine Freunde das nur richtig durchzogen, würden sie auch ihre Firmen wieder auf Kurs bringen. Er durchquerte Großengstingen, ließ die Aral-Tankstelle rechts sowie den neuen Großengstinger Bahnhof, wo die *Schwäbische Alb-Bahn* jetzt ständig sogar bis nach Ulm verkehrte, links liegen und fuhr weiter Richtung Trochtelfingen. Kurz nach der großen Nudelfirma *Alb-Gold* bog er am zweiten Parkplatz nach links ab, um so auf der asphaltierten Straße durch ein kleines Wäldchen auf eine Anhöhe zu kommen. Am dort gelegenen kleinen Parkplatz versammelten sich immer wieder Jogger, Spaziergänger oder Hundebesitzer, die ihre Vierbeiner ausführten. Knapp zwei Kilometer weiter lenkte er sein Fahrzeug in Richtung eines kleinen Biotops, das ganz beschaulich, fast schon kitschig, in einem Waldstück eingebettet lag. Immer wieder zog es hier Ausflügler hin, die das Laichen der Frösche beobachteten oder mit wachen Augen um den Froschteich, wie er im Volksmund genannt wurde, herumspazierten, den Blick auf die Wasseroberfläche gerichtet, um die quakenden grünen Hüpfer zu entdecken. Besonders für Familien mit kleinen Kindern bildete das Biotop zwischen Großengstingen und Trochtelfingen einen beliebten Anlaufpunkt. Aber auch die Seniorengruppen der umliegenden Albvereinsgruppierungen kamen gerne hierher, da doch die Entfernung für fast jeden gut zu schaffen war.

Er wendete sein Fahrzeug noch einmal nach links und kam circa einhundert Meter später vor einer Waldhütte zu stehen. Er hatte sie sich schon vor vier Jahren gekauft und nutzte sie für Gespräche mit Geschäftsfreunden oder Firmenkunden. Noch war niemand da. Die Fensterverschläge waren geschlossen. Rudi Weber stieg die drei Stufen der Holztreppe hinauf, öffnete die Tür, trat ein und klappte die Fensterläden nach außen auf, um frische Luft hereinzulassen.

Ein großer Holztisch mit vier gewaltigen Füßen stand in der Mitte des Raumes. Auf ihm lag ein transparenter Tischläufer, auf dem sich zwei kleine gläserne Blumenvasen befanden. Über dem Tisch hing an zwei Aufhängungen ein etwa fünfzehn Zentimeter starker Birkenholzstamm, in dem unten einige Glühbirnen eingefasst waren. Während sich auf der rechten Seite des Tisches eine Holzbank befand, wurde er sonst noch von vier ebenfalls hölzernen Stühlen umgeben.

Alles war Ton in Ton gehalten, in Kiefer, und passte sich gut dem Holzschrank mit der Glasfront an der Seitenwand an. Ein Kasten Pils stand auf der rechten Seite des Schranks. Durch zwei große Fenster fiel zu dieser Uhrzeit noch genügend Licht in den großen Raum, der eine urige Gemütlichkeit ausstrahlte. Hier fühlte sich Weber zu Hause. Nichts verschnörkelt. Deutsche Wertarbeit.

Aus der Bierkiste fingerte er sich eine Flasche *Zwiefalter Pils*, öffnete sie. Am offenen Fenster stehend, nach draußen schauend, genehmigte er sich einen großen Schluck. Hoffentlich kamen sie bald. Rudi Weber schaute auf seine Uhr. 19.03 Uhr. Nun vernahm er Motorengeräusche. Kurz darauf erblickte er einen Volvo, gefolgt von einem Porsche SUV, die auf dem Weg zur Hütte waren.

Hermann Dombeck entstieg als Erster dem Volvo und wartete ein paar Sekunden, bis sich auch Michael Kreutz ihm angeschlossen hatte. Sie gaben sich die Hand und gingen gemeinsam auf die Hütte zu, als ihnen Rudi Weber aus der Tür entgegentrat.

»Gut, dass ihr es einrichten konntet. Kommt rein. Ein Bier?« Er zeigte mit dem rechten Zeigefinger auf die beiden bereits auf dem Tisch stehenden Flaschen. Hermann Dombeck und Michael Kreutz öffneten die Flaschen, nahmen jeder fast schon gierig, aber doch genüsslich einen großen Schluck.

»Was ist los, Rudi? Du hast überhaupt nicht gut geklungen am Telefon, als du angerufen hast. Schieß los!«

Der so Angesprochene ließ zunächst einen tiefen Seufzer los und setzte dann an.

»Ich hatte heute Vormittag die zwei Frankfurter Hecht und Kraft bei mir im Büro. Wenn es so weitergeht und ich nicht bald wieder schwarze Zahlen schreibe, dann lassen die mich fallen wie eine heiße Kartoffel.«

»Was heißt das?«, wollte Hermann Dombeck wissen.

Rudi Weber ließ seine Augen zwischen den beiden hin- und herwandern.

»Sie haben mir zu verstehen gegeben, dass sie die Kooperation mit mir aufkündigen. Da waren versteckte, aber schon mehr als deutliche Hinweise. Die fackeln nicht lange. Die machen das von einem Tag auf den anderen.«

»Und wie können wir dir da helfen?«, wollte Michael Kreutz wissen.

»Das wäre Frage Nummer eins. Danke, Michael. Aber euch wird es wahrscheinlich demnächst nicht anders gehen. Guckt euch doch eure Firmen an. Wenn der Kampf gegen die Plastikindustrie und den Fleischkonsum so weitergeht, dann seid ihr auch bald geächtet. Eure Umsätze gehen doch auch zurück. Erzählt mir doch nichts.«

»Ja! Du hast ja leider recht! Hast du Vorschläge?« Hermann Dombeck blickte ihn an.

»Ich denke, dass wir zwei Strategien fahren sollten. Die positiv familienfreundliche, bei der wir alle auf unsere Seite ziehen: Tag der offenen Tür, Kinderbelustigung, Hüpfburg, Hockete, Tombola, Geschenke und so weiter. Das volle Programm eben, worauf sie alle abfahren.«

»Das kriegen wir locker hin«, nickte ihm sein Freund Michael zu.

»Könnten wir eventuell zusammen machen. Und deine zweite Strategie?«

»Diese blöden Klima-Jugendlichen, die müssen ruhiggestellt werden. Die müssen die Klappe halten. Die müssen weg von der Bildfläche in Reutlingen. Die machen alle ganz närrisch. Und bringen die Leute, die eigentlich gar keine Meinung zum Thema Klimawandel haben, plötzlich auf dumme Ideen.«

»Du kannst sie aber doch nicht umbringen.« Die Blicke von Hermann und Michael fixierten Rudi Weber.

»Rudi, das geht nicht. Da bin ich nicht dabei«, ließ sich Michael Kreutz vernehmen.

»Um Gottes willen. Nein! Wo denkst du denn hin? Natürlich will ich niemanden umbringen. Aber sie sollten zum Schweigen gebracht werden. Und das schnellstmöglich.«

»Wie willst du denn das anstellen? Wir können uns doch nicht die Hände schmutzig machen.«

»Habe ich auch nicht vor. Aber es gibt doch genug von diesen Jugendlichen und jungen Erwachsenen, die nichts zustande bringen. Die sind leicht zu beeinflussen. Leicht manipulierbar. Wenn wir die auf unsere Seite ziehen. Ich habe mir da mal so meine Gedanken gemacht.«

»Wie ›Gedanken gemacht‹? Hast du einen Plan? Also, eins sage ich dir. Ich will nicht die Polizei bei mir im Haus haben«, meldete sich Michael Kreutz zu Wort.

»Wirst du auch nicht. Wir werden eher als, na sagen wir mal so, diejenigen dastehen, die etwas Gutes für die Stadt tun, aber wir werden uns, was das angeht, auf keinen Fall in den Vordergrund drängen, zumindest nicht öffentlich.«

Rudi Weber beugte sich vor.

»Ich will nur, dass wir hier nicht am Ende mit leeren Händen dastehen.« Er deutete auf den Kühlschrank. »Lasst uns noch eins trinken. Eins geht noch.«

Jeder der drei öffnete sich eine weitere Flasche. Nach gut einer Stunde standen sie auf.

»Rudi, das könnte hinhauen«, wollte Hermann Dombeck die Runde schließen.

»Aber wir müssen wirklich vorsichtig sein«, fiel ihm Michael Kreutz ins Wort.

»Keine Sorge, wir haben doch alle unsere Netzwerke. Lasst uns morgen oder übermorgen noch einmal telefonieren. Dann, denke ich, kann man die Dinge konkreter angehen.«

Drei Minuten später verließen die Männer in ihren schicken Autos wieder die Alb. Die Sonnenstrahlen, die die Landschaft in ein schmuckes Gold tauchten, verliehen der ganzen Gegend ein heimeliges, friedvolles Bild, das bald schon jäh zerstört werden würde.

15

Nachdem Uwe aus Reutlingen zurückgekehrt war, war er gleich nach Hause gegangen. Nun saß er in seiner kleinen Einzimmerwohnung in Trochtelfingen. Die Ansage von Oliver ging ihm immer wieder durch den Kopf und ließ ihn nicht mehr los. In seinem Inneren kämpften zwei Streitmächte gegeneinander. »Mensch, im Fußball war ich doch richtig gut. Für den SSV Reutlingen hätte es locker gereicht, wenn ich nur konsequent weitertrainiert hätte. War doch der Star in Sonnenbühl. Aber dann diese blöden Weiber. Erst himmeln sie einen alle an und dann, dann lassen sie einen einfach fallen. Von heute auf morgen. Die können mich doch alle mal. Und dann diese verdammten Flüchtlinge. Auf einmal waren nur noch diese Ausländer wichtig. Da haben sie sich ins Zeug gelegt. Nichts war es mehr mit dem kommenden Fußballstern. Die machen einem doch hier alles kaputt. Wir brauchen einfach wieder eine richtige Struktur!«

Er marschierte in der Wohnung auf und ab; griff einen Aldi-Prospekt und zerriss ihn in zwei Teile. »Aber da in Tübingen ist es doch ganz gut. Niemand dachte bei mir als Volkswirtschaftsstudent noch an den Uwe von der Alb. Scheiße! Aber das reicht nicht. Wenn ich bloß nicht wieder durch diese blöde Prüfung gefallen wäre. Da waren aber auch Fragen dabei, die kapiert doch kein Mensch. Der Prof. hat da viel zu hohe Ansprüche, so was zu wissen kann man einfach nicht verlangen.«

Er griff ein Kissen, schleuderte es voller Wut durch den Raum. Es traf ein Bierglas, das noch von vorgestern Abend am Fernseher stand. Es fiel auf den Boden. Scherben verbreiteten sich in der Pfütze des abgestandenen Gerstensaftes. Uwe blickte auf den gläsernen Haufen. Oliver hatte schon irgendwie recht. Irgendetwas musste er tun. Momentan war sein Leben wirklich ein Scherbenhaufen. Aber wie sollte er es angreifen? Sein Blick wanderte zu dem Zeitungsartikel, den Oliver ihm gegeben hatte.

»Vielleicht sollte ich doch mal anrufen.« Mit dem Textmarker markierte er Adresse und Telefonnummer. Zwei Minuten ging er in seinem kleinen Zimmer auf und ab. Dann griff er zu seinem Smartphone und wählte die Nummer. Zu seiner Überraschung bekam er sofort einen Termin. Er könne gleich vorbei kommen. Uwe nahm die Seite mit den Daten und ging zur Bushaltestelle, um den Bus nach Pfullingen zu nehmen.

Er blickte aus dem Fenster, als der Bus in Unterhausen an der Fußgängerampel anhielt. Rechts sah er das große Volksbank-Werbeplakat. »*Sie wollen durchstarten? Wir machen den Weg frei!*« In großen Lettern prangte ihm der Spruch entgegen.

»Genauso mache ich es. Ich möchte durchstarten. Vielleicht können die den Weg für mich freimachen. Habe jetzt im Studium erkannt, dass mein Weg in einem praktisch ausgerichteten Beruf liegt und nicht im nächtelangen Durchbüffeln in irgendwelchen Bibliotheken.

Wenn die wollen, kann ich was von meinem verkorksten Elternhaus erzählen. Das mit dem Molotowcocktail auf die

Asylantenunterkunft in Eningen lasse ich wohl aber besser weg. Geht die ja nichts an.«

Als Uwe oberhalb des städtischen Bauhofs in Pfullingen vor dem Schild des Vereins »*FajeM – Förderung arbeitsloser junger erwachsener Menschen*« stand, verspürte er ein Grummeln in seinem Magen. Olivers Worte hatten Wirkung gezeigt. Er hatte sich einen Termin geben lassen. Das war ja noch gegangen. Aber auf der Fahrt im 400er-Bus von Trochtelfingen nach Pfullingen hatten ihn immer mehr Zweifel überfallen. Das war jetzt schon ein Abstieg. Vom Studenten einer Elite-Uni zum Bittsteller bei der Förderung arbeitsloser junger erwachsener Menschen. Wie sich das anhörte.

»Hoffentlich quetschen die mich nicht so aus. Muss ja keiner wissen, dass ich nach der Werkzeugmacherausbildung keinen Bock mehr hatte auf den Job. Ich erzähle denen einfach, dass ich mit dem Studium der Volkswirtschaftslehre darauf aufbauen wollte. War ja auch so.«

So in Gedanken vertieft hatte er das Büro erreicht, wo er sich eine Strukturierung für seinen weiteren Lebensweg erhoffte. Er atmete noch einmal durch und wollte gerade die Tür öffnen, als ihm ein bulliger, etwa 24-jähriger junger Mann entgegentrat. Er schien viel Zeit in Fitnessstudios zu verbringen, denn seine ganze Statur machte den Eindruck, dass vielfältiges körperliches Training wohl zu seiner Hauptbeschäftigung gehörte. An beiden Ohrläppchen hatte er große schwarze Ohrtunnel.

»Muss er schon länger haben«, schoss es Uwe durch den Kopf. »So, wie die aussehen.«

Der Bullige schaute ihn durchdringend an. Uwe ließ ihn zuerst aus dem Gebäude herauskommen.

»Suchst einen Job, Alter?«, fragte ihn der Guttrainierte.

»Mal gucken. Habe die Adresse von ’nem Freund.«

»Nicht schlecht da drin. Auf jeden Fall besser als im Jobcenter.«

»Fragen die viel? Oder kann ich da …?«

»Nun bleib mal cool! Mach dich geschmeidig! Zwei von meinen Freunden sind noch drin. Musst noch ein bisschen warten. Aber ich habe den Eindruck, dass die auf so einen wie mich nur gewartet haben.«

Mit der Rechten griff er an sein Ohr und fingerte eine selbst gedrehte Zigarette hervor, die er sich mit einem alten Benzinfeuerzeug anzündete.

Uwe blickte durch die Glastür und sah zwei weitere junge Erwachsene, die ein ähnliches Erscheinungsbild wie das seines Gegenübers hatten, auf Stühlen vor der Bürotür sitzen.

»Also geh' schon rein. Ich habe auf jeden Fall einen Job. In so einem Plastikzuliefererbetrieb. Kohle stimmt auch. Mach's gut, Alter. Wir sehen uns!«

Uwe ging hinein und setzte sich auf einen der noch freien Stühle.

»Suchst du auch 'nen Job?«, wurde er von einem der beiden angesprochen.

»Ja! Und ihr?«

Die Bürotür ging auf und eine junge Frau, vielleicht 27 Jahre alt, kam mit einem Lächeln auf dem Gesicht auf den Flur.

Einer der zwei Wartenden ging nun in das Büro und kam zehn Minuten später wieder heraus. Er reckte den Daumen nach oben und blickte Uwe an.

»Hat geklappt, Alter. Ist vollkommen easy. Also entspann dich und nimm mal die Falten aus dem Gesicht.«

Er verließ das Gebäude, ohne eine Antwort abzuwarten. Fünfzehn Minuten später war Uwe an der Reihe. Etwas zögerlich betrat er das Büro und stellte sich kurz vor.

»Uwe Ferch. Wir haben eben miteinander telefoniert. Und ich habe mich beeilt, dass ich gleich kommen kann.«

»Das ist gut. Mein Name ist Rübling. Nehmen Sie doch Platz, Herr Ferch. Wie kann ich Ihnen helfen?«

»Ich habe Ihre Adresse von einem Freund bekommen. Der meinte, dass ich über Sie einen Arbeitsplatz bekommen könne.«

»Was wissen Sie denn überhaupt über *FajeM*?«

Uwe zuckte mit den Schultern.

»Eigentlich nichts. Habe ja heute Morgen erst Ihre Adresse und Telefonnummer von meinem Freund bekommen. Und da habe ich mir gedacht, dass ich einfach mal gleich anrufe.«

»Gut, dann versuche ich es Ihnen mal kurz zu erklären. *FajeM* ist ein eingetragener Verein zur Förderung arbeitsloser erwachsener Menschen. Wir versuchen einfach zu helfen und jungen Menschen Arbeitsplätze zu vermitteln. Renommierte Firmenbesitzer aus der Region haben sich hier zusammengetan, die einfach nur Gutes tun wollen. Der Verein vermittelt also Personen wie Sie. Bedingung ist allerdings, dass sie Vereinsmitglied werden.«

»Und was heißt das?«

»Sie füllen dieses Beitragsformular aus.« Sie schob ihm eine entsprechende Erklärung zu.

»Der Beitrag beträgt 84 Euro pro Jahr. Dafür ist aber auch eine Menge darin enthalten. Sobald wir einen passenden Arbeitsplatz gefunden haben, vermitteln wir unkompliziert. Das kann ganz schnell gehen. Für die anderen, die vorhin hier waren, hatten wir sofort etwas.«

»Das wäre ja super!« Uwe entspannte sich zunehmend. Der Tipp von Oliver schien Gold wert zu sein. »Das mit den 84 Euro würde ich sofort machen.«

»Gut. Die Vereinsmitglieder verpflichten sich aber auch,

an den regelmäßigen Treffen teilzunehmen, die in Reutlingen, zumeist im *Schwarzen Kreuz*, stattfinden.«

»Kein Problem, Frau Rübling. Kein Problem.« In Uwe keimte große Hoffnung auf. Das konnte der Wendepunkt in seinem Leben sein.

»Ja, Herr Ferch. Und ab und zu bekommen die Vereinsmitglieder auch noch Freikarten für Sport- oder Kulturveranstaltungen, wenn Sie an so was Interesse haben.«

Uwe nickte eifrig.

»Herr Ferch, wo liegen denn Ihre Fähigkeiten?«

»Ich habe mal Werkzeugmacher gelernt, diesen Weg dann aber nicht weiter verfolgt, bis ich dann doch erkannt habe, dass hier meine wirklichen Fähigkeiten liegen. Und jetzt ...«

»Herr Ferch, wenn Sie wollen, da hätte ich, glaube ich, gleich etwas für Sie. Sie wohnen in Trochtelfingen? Wäre Ihnen der Weg nach Reutlingen zu weit?«

Uwe schüttelte den Kopf.

»Nein, nein! Würde ich sofort machen.«

»Also, wenn Sie wollen. Sehen Sie mal hier.«

Uwe blickte auf den Monitor von Frau Rübling.

»Und da könnte ich anfangen?«

»Wenn Sie wollen, ja. Da ist was frei. Sie können sich gleich vorstellen. Ich würde mal telefonieren.«

»Wäre super.«

Frau Rübling griff zum Telefon. Uwe füllte die Beitrittserklärung aus. Die Sekretärin legte auf.

»Herr Ferch, Sie können gleich vorbeigehen. Den Beitrag dürfen wir einziehen?«

»Gerne, Frau Rübling. Herzlichen Dank.«

Strahlend verließ Uwe das Büro.

16

Die Dämmerung zog langsam auf, als Uwe Ferch sich drei Tage später wieder von Trochtelfingen aus auf den Weg nach Reutlingen machte. Von seinem Arbeitgeber, einer Zulieferfirma für ein großes Unternehmen in der Autobranche, hatte er unter anderem eine Monatskarte für den Bus bekommen, sodass er sich die Fahrkarten zur und von der Arbeit gänzlich sparen konnte, was sich nicht unerheblich auf das Innere seines Geldbeutels auswirkte. Auch konnte er während der Fahrt immer noch einmal die Augen zumachen und so seine Schlafzeiten verlängern.

»Ist doch besser, wenn ich die Augen zumache, dann muss ich mir nicht die ganze Zeit diese Ausländer ansehen, die entlang der Strecke vom Bus immer wieder aufgesammelt werden.«

Sein Job war nicht besonders anspruchsvoll. Er arbeitete im Lager und in der Verpackung, aber er hatte sofort zugegriffen. Das Praktische lag ihm sowieso eher. Das hatte er spätestens im Studium gemerkt. Hätte er bloß nach seiner Lehre als Werkzeugmacher nicht alles hingeschmissen. Aber das war jetzt Schnee von gestern.

Uwe hatte noch einmal mit Oliver gesprochen. Danach war ihm klar geworden, dass er eine feste Struktur brauchte. Erst mal, um wieder auf den Damm zu kommen. Dann konnte man weitersehen. Und die gab es in der Firma. Hier ging alles seinen geregelten Gang.

»Wenn du dich gut machst, springt für dich vielleicht in ein paar Monaten auch etwas mehr raus. Vielleicht finden wir dann etwas für dich, was deiner Ausbildung in der Lehre näherkommt. Bis jetzt waren noch immer alle sehr zufrieden, die bei mir angefangen haben«, hatte ihm sein Chef mit einem väterliches Vertrauen erweckenden Blick zugesichert.

»Vielen Dank Herr Strobel. Vielen Dank«, hatte Uwe geantwortet. Das war es, was er brauchte. Hier gab jemand eine klar definierte Richtung vor. Nicht wie sein Vater, der alles über sich hatte ergehen lassen. Nicht wie seine Mutter, die vollkommen orientierungslos durch das Leben wankte.

»Wir legen natürlich sehr viel Wert auf gute Kameradschaft. Bei uns steht einer für den anderen ein, Herr Ferch, verstehen Sie? Gute alte deutsche Kameradschaft!«

Jetzt war Uwe Ferch auf dem Weg zum Treffen der neuen *FajeM*-Vereinsmitglieder. Es sollte ein Begrüßungsabend werden. Da er nicht auf den letzten Drücker kommen wollte, war er bewusst mit einem Bus früher gefahren. Als er jetzt an der Haltestelle Stadthalle ankam, hatte er noch eine gute Stunde Zeit. Die Wirtschaft, in der das Treffen stattfinden sollte, lag in der Oststadt, noch hinter der Gartenstraße, die neuerdings als zentrale Busstraße neu ausgebaut worden war. Uwe blickte zur großen Uhr am Tübinger Tor. »Ist ja noch Zeit! Das reicht noch locker für ein Bier vorher.« Er schaute sich um. Auf den Bänken am Oskar-Kalbfell-Platz hatten sich zahlreiche Passanten niedergelassen. Auf den ebenerdig eingelassenen Trampolinen hüpften drei Kinder unablässig in die Luft. Mütter mit Kinderwagen betrachteten das Geschehen.

Draußen vor der Gaststätte neben dem alten Stadttor saßen drei etwa 25-jährige junge Erwachsene auf einfachen Stühlen. Jeder hatte ein Weizenbier in der Hand. Uwe Ferch ging auf die Gaststätte zu. Hier war er, so erinnerte er sich, als Kind schon ein paarmal mit seinem Vater gewesen, wenn der ihn zu einem Spiel des SSV Reutlingen mitgenommen hatte. »*Raucherlokal*« las er an der Tür. »*Eintritt ab 18 Jahren*«.

Uwe betrat das Lokal. Irgendwie sah es hier ganz anders aus, als er es in Erinnerung hatte. Aber das war ja auch schon lange her. Wie lange? Das wusste er schon gar nicht mehr. Das Erste, was ihm auffiel, waren die vielen Fußballschals, die an den Wänden ganz oben hingen: Chelsea, VfB, SSV Reutlingen-Aufsteiger 1998, Freiburg, Barcelona, BFC Dynamo, BVB, Forza Juve. Hier schien ein großes internationales Publikum zu verkehren. Ein großer Schal zeugte von der Rivalität zwischen dem SSV Reutlingen und dem SSV Ulm: »*Scheiß Ulm*« war groß und breit darauf zu lesen. Eine Fanfreundschaft, wie es sie zuweilen zwischen den Lagern mancher Vereine gab, schien hier doch in meilenweiter Ferne zu liegen.

Links neben dem Eingang sah Uwe zwei Geldspielautomaten, vor denen ein circa fünfzigjähriger hagerer, ausgezehrter Mann mit Oberlippenbärtchen auf einem Hocker thronte. Sein mit zahlreichen silbernen Nieten beschlagener Gürtel sowie die Aufschrift auf seinem Hemd – »*Hollywood*« – sollten wohl Sinnbild für seine Coolness sein. An seinem linken Handgelenk hing eine golden glänzende große Armbanduhr und sollte wohl finanzielle Sorgenfreiheit ausdrücken. Uwe betrachtete das Zeitmessgerät und stellte fest, dass es eine völlig falsche Uhrzeit anzeigte. »Ist wohl eher eine Billigattrappe und bei der Größe und Schwere wird sich der gute Mann wohl eine Sehnenscheidenentzündung am linken Arm zuziehen«, schoss es Uwe durch den Kopf.

Ein Schlager von Andrea Berg – *Du hast mich tausend Mal belogen* – erfüllte den Raum und bestimmte die musikalische Gestaltung in der Gaststätte. Drei Männer und eine Frau schwangen ihre Arme in die Höhe und unternahmen den vergeblichen Versuch, im Rhythmus der Musik mitzuschaukeln und -zuschunkeln. Aber es störte niemanden. Allgemeine Fröhlichkeit hatte sich breitgemacht. Drei weitere Personen, die hier wohl ihr zweites, vielleicht auch ihr bevorzugtes Zuhause gefunden hatten, versuchten sich als Backgroundchor. Uwe Ferch bestellte sich ein Hefeweizen, was ihm der freundliche griechische Wirt sofort auf die Theke stellte.

Uwe blickte sich um. »Warum rauchen hier eigentlich alle? Ich dachte, es gäbe ein Rauchverbot in Gaststätten?« Tatsächlich war hier keiner ohne Zigarette. Es musste eine Sondergenehmigung geben.

Der ihm an der Theke Gegenübersitzende schien jemanden hinter ihm zu fixieren. Aber da war niemand. Der Blick des einsam dahin Stierenden ging durch ihn durch, ohne dass dieser ein bestimmtes Objekt oder eine Person im Visier hatte. Bald wurde Andrea Berg von Jürgen Drews abgelöst. *Ein Bett im Kornfeld* war nun der marktführende Gassenhauer.

Uwe nahm einen kräftigen Schluck. Das tat gut und die ersten Tropfen, die seine bierdurstige Kehle hinunterrannen, lösten etwas die Spannung in ihm. Jetzt gab Helene Fischer eine Zugabe und setzte mit *Atemlos durch die Nacht* den Backgroundchor erneut in Startposition, der nun alles aus sich herausholte. Helene Fischer wäre stolz gewesen, hätte sie diese Begleitband vernommen. Doch dann gingen ihm die Augen über, als er eine etwa 25-jährige Übergewichtige mit einem vollgefüllten Bierstiefel hinter der Theke vorkommen sah. Sie balancierte ihn mit beiden Händen zu dem Sofa und setzte ihn auf dem davorstehenden Tisch rechts der Tür ab.

Uwes Blicke suchten den Raum ab. Wo waren die Mittrinker? Früher im Sportverein hatten sie nach gewonnenen Fußballspielen häufiger einen Stiefel getrunken. Dann aber als Mannschaft. Brüderlich geteilt, wurde da der Stiefel reihum gegeben. Nur schien hier die Mannschaft abhandengekommen zu sein. Denn nun prostete die Stiefeldame den anderen Gästen zu, ohne dass auch nur einer den Anschein machte, mittrinken zu wollen.

»Weißt du, Sabrina, eigentlich geht Stiefeltrinken ja ganz anders. Da zieht man sich seinen Lederstiefel aus und lässt ihn dann mit Bier füllen. Was du da tust, ist die Mädchenversion des Stiefeltrinkens«, wurde die Mittzwanzigerin nun von einer etwa 50-jährigen Rothaarigen belehrt, die ein halb gefülltes Cognacglas in der Hand hielt. Die beiden stießen mit ihren überhaupt nicht zueinander passenden Gläsern an.

»Lass mal. Schmeckt mir auch so«, war die Antwort, die von der griechischen Fußballreportage aus dem Fernseher, der über ihr hing, etwas überlagert wurde. »Gut, dass ich was gefunden habe.«

Uwe war froh. In einer Dreiviertelstunde würde der Begrüßungs- und Einführungsabend beginnen. Das war das Richtige für ihn. Die Worte seines Chefs kamen ihm wieder in den Sinn. »Wir stehen alle füreinander ein.«

Wenig später schlenderte Uwe Ferch langsam auf die Gaststätte *Schwarzes Kreuz* zu, wo die Versammlung stattfinden sollte. Von draußen drangen ihm Musikfetzen entgegen. Einige Passagen konnte er deutlich hören: *Ich bin rechts und unser Kommen ist europaweit zu spüren … Nach der deutschen Wende, wenn das Land in unseren Händen ist, dann sehen wir, wen's am Ende trifft und wer von uns verängstigt ist …*

Dann wieder verschwanden die Textfetzen unter den Gesprächen im Inneren der Wirtschaft. Uwe atmete noch einmal durch. Er öffnete die Tür und trat ein. Er blickte sich um. Das Publikum war bunt gemischt. Einige junge Männer und Frauen in Lederkleidung, wieder andere in Poloshirts, dann wieder ein paar Zwanzigjährige, gut gekleidet: blaue oder rostbraune Hose, schwarzer Pulli über einem Markenhemd, elegante Sportschuhe, die Haare nach hinten gekämmt. Uwe entdeckte einen weiteren vielleicht 25-Jährigen, der ähnlich adrett gekleidet mit zwei jungen Frauen an einem Tisch im hinteren Eck saß.

Der Bullige, der ihm im Eingang von *FajeM* begegnet war, blickte ihn an und winkte ihm zu. Uwe freute sich, dass er jemanden kannte und ging auf ihn zu.

»Trinkste ein Bier mit?«

»Na klar.«

»Pils? Halbe? Weizen?«

»Ich nehme ein Hefeweizen«, antwortete Uwe. Der Bullige bestellte.

»Wie heißt du eigentlich?«

»Uwe Ferch. Und du?«

»Marvin. Marvin Storck. Wie die Bonbons aus Halle in Westfalen. Kleine Eselsbrücke.«

Nachdem sie ihre Getränke erhalten hatten, stießen sie miteinander an.

»Weißt du übrigens, wo das herkommt mit dem Anstoßen?«

»Nein, woher denn?«

»Im Mittelalter auf den Burgen, da hat man vorher immer miteinander angestoßen, sodass etwas von dem Getränk des jeweils anderen übergeschwappt ist. So konnte man davon ausgehen, dass kein Gift im Glas war. Hat der gegenüber das Anstoßen verweigert, dann musste man schon mehr als vorsichtig sein.«

»Und ist jetzt was übergeschwappt?«, fragte Uwe vorsichtig und blickte ängstlich auf sein Glas.

»Mensch, Alter. Hier musst du keinen Schiss haben. Hier halten wir doch alle zusammen. Hast du übrigens einen Job bekommen?«

»Ja, in so einer Zulieferfirma für einen Autobetrieb. Ist ganz gut da. Der Chef ist ganz cool. Hat mir sogar schon

Aufstiegsmöglichkeiten versprochen. Und es helfen sich alle, wenn es drauf ankommt. So alle für einen – einer für alle. Weißt du, wie das heute hier abläuft?«

»Nein, weiß ich auch nicht. Aber ich habe gehört, dass man uns etwas auf die *FajeM*-Linie einschwören will.

»Und was ist das für eine Linie?«

Uwe wurde von hinten angerempelt, als der adrett gekleidete 25-Jährige hinter ihm hergehen wollte.

»Entschuldigung! War keine Absicht.«

»Macht nichts. Alles gut«, antwortete Uwe. Wieder hörte er Musik, die eindeutig dem rechten Spektrum zuzuordnen war.

An den Wänden hingen Bilder von Sportevents: Kanufahrten, Dart, Fußballturniere. Uwe nahm alles in sich auf und fühlte sich wohl. Jetzt betrat der 25-Jährige die kleine, ein wenig erhöht angelegte Bühne.

»Guten Abend, liebe Freunde, liebe *FajeM*-Mitglieder. Ich freue mich, dass ihr heute Abend so zahlreich gekommen seid. Der Abend soll dazu dienen, dass wir uns alle gegenseitig ein wenig besser kennenlernen und auch ein erstes Gruppengefühl entwickeln. Ich spreche heute im Auftrag des Vorstandes von *FajeM* zu euch. Vorab, was ihr heute Abend esst und trinkt, geht auf Kosten von *FajeM*.«

Tosender Applaus und wildes, durch Fäuste verursachtes Klopfen auf den Tischen unterbrach seine Rede.

»Echt cool!«

»Klasse!«

Von überallher war nur Zustimmung zu vernehmen. Uwe blickte Marvin an.

»Hast nicht zu viel versprochen.«

»Sage ich doch.«

»Liebe Freunde«, setzte der Redner nun seine Ansprache fort. »Wir alle haben durch *FajeM* einen geregelten und guten Arbeitsplatz gefunden. Dafür sollten wir alle dankbar sein und es sollte einen extra Applaus wert sein.«

Erneut kamen die Hände aller Anwesenden in euphorische Bewegung.

»Wie ihr alle sicherlich schon bei euren Firmen, bei denen ihr untergekommen seid, gehört habt, wird bei uns großer Wert auf Kameradschaft und deutsche Tugenden gelegt. Das gibt einem Halt und eine Struktur. *FajeM* stellt bewusst deutsche Bürger ein, solche wie uns, um diese Werte aufrechtzuerhalten. Wenn man bleiben will, so sollte man sich ebenfalls daran halten. Wir wollen uns dann alle vier Wochen hier treffen. Immer am letzten Freitag eines Monats. Also das nächste Treffen ist dann heute in vier Wochen. Bitte notiert euch das jetzt schon. Jedes Mal soll ein aktuelles Thema auf dem Plan stehen: Ausländer, Flüchtlingsflut und so weiter. Heute wollen wir das Thema *Fridays for Future* und Arbeitsplatzverlust behandeln. Ich darf zu diesem Thema Kai-Uwe Vester mal nach oben zu mir bitten.«

Uwe Ferch sah, wie der adrett Gekleidete unter Applaus die kleine Bühne betrat. Er hob beide Hände leicht an, um den Klatschrhythmus etwas abzuschwächen.

»Meine lieben Freunde, es freut mich, dass ich heute zu euch über das Thema: Klimawandel – ja oder nein, sprechen darf. Dazu möchte ich gleich mal etwas ganz Grundsätzliches anführen. Es gibt keinen vom Menschen gemachten Klimawandel. Dieser ist vielmehr irregeleiteten Gehirnen entsprungen. Und zu was hat das Ganze bis jetzt geführt? Massiv sind die Arbeitsplätze in Gefahr. Und nicht nur das, sie werden immer mehr gestrichen. Gerade die Automobilbranche und die Verpackungsindustrie haben deutlich darunter zu leiden. Und was ist mit den ganzen Facharbeitern am Band? Ihnen droht die Arbeitslosigkeit. Ja, man verspricht neue Arbeitsplätze in der neuen Arbeitswelt. Aber wer dann nicht das Entsprechende gelernt hat, der sitzt auf der Straße. Guckt euch doch mal selbst an.« Er schaute fast jedem Einzelnen ins Gesicht.

»Wer von euch wäre denn in der Lage, im Bereich der Elektrotechnologie zu arbeiten?«

Die Zuhörer schauten sich gegenseitig an. Unsicherheit machte sich breit. Einer hob zaghaft die Hand.

»So! Du meinst also, dass du das schaffst?«, fragte ihn nun Kai-Uwe.

»Ich habe mal zwei Semester Elektrotechnik studiert. Da würde ich bestimmt was finden.«

»So, meinst du? Und warum holt dann unsere Bundesregierung so viele angebliche Fachleute aus dem Ausland in unser Deutschland? Wer soll denn unsere deutschen Arbeitsplätze besetzen? Deutsche Arbeiter nicht mehr!«

Die Menge nickte zustimmend.

»Ja, ihr habt noch Arbeitsplätze bekommen, weil manche Arbeitgeber in der Region Wert darauf legen, dass junge, charakterfeste deutsche Arbeitskräfte wie ihr in den Firmen beschäftigt sind. Dafür sollten wir alle dankbar sein. Doch es wird immer schwerer werden, dies über die Jahre fortzusetzen, besonders, wenn die Klimafuzzis von *Fridays for Future* noch mehr auf den Plan treten. Solche Strömungen brauchen ein Gegengewicht. Die müssen merken, dass sie mit ihrem Geschrei nichts ausrichten können. Es müssen Maßnahmen getroffen werden, dass sie nicht überhandnehmen. Ja, auch hier in Reutlingen fallen sie immer mehr auf, angeführt von so ein paar Schülern, die meinen, die Welt verbessern zu müssen. Was will man denn bei uns in Deutschland verbessern? Überall auf der Welt werden die deutschen Tugenden gelobt. Und durch was sollen sie nun ersetzt werden? Durch libysche, marokkanische, afrikanische, rumänische oder osteuropäische Tugenden? Wo soll das bloß hinführen? Letztendlich wird unser Staat daran zugrunde gehen. Von daher solltet ihr euch gegen solche irregeleiteten Parolen stellen!«

Der zunächst nur zarte Applaus schwoll bald an. Einige nahmen sich ein Beispiel an den neben ihnen Sitzenden oder Stehenden und versuchten, im Takt mit zu klatschen. Nach wenigen Minuten hatte Kai-Uwe den Samen gesät.

»Der hat aber echt Ahnung und kann sich auch noch verdammt gut ausdrücken«, lobte Marvin den Redner.

»Stimmt«, war Uwes Antwort. »Endlich mal einer, der Klartext redet. Der weiß, wo es langgehen soll.«

»Ich lasse mir was einfallen, was man gegen diese Klimajunkies machen kann. Bin ja nicht auf den Kopf gefallen.«

Uwe bedachte ihn mit einem zustimmenden Lächeln, und beim Blick durch die großen Ohrtunnel von Marvin hatte sich auch bei ihm eine feste Meinung gebildet.

»Meine Unterstützung hat er ebenfalls. Ich will mir auch nicht alles kaputtmachen lassen. Ich nicht. Habe sowieso schon viel zu viel abbekommen.«

In seinem Hirn reiften erste Gedanken und nahmen Konturen an. Vielleicht ging da etwas?

Jetzt, wo der Vortrag zu Ende war, hatte auch wieder die Rapmusik eingesetzt. Uwe und Marvin tranken noch ein paar Bier und die Stimmung steigerte sich.

»Einen Absacker noch.« Uwe bestellte noch zwei Hefeweizen.

»Ja, da muss man echt was machen, Marvin. Bin froh, dass ich dabei bin. Jetzt muss ich aber auf den Bus, sonst komme ich nicht mehr hoch auf die Alb. Man sieht sich.«

»Mach's gut. Bis bald.«

Uwe ging Richtung Bushaltestelle Stadthalle, um hier den Bus zu nehmen. Während der Fahrt auf die Hochfläche fühlte er sich seit Langem wieder zufrieden. Er war angekommen in einer Gemeinschaft, die zusammenhielt, die klare Ziele hatte. Einen Anführer, der wusste, was er tat. Eine Gemeinschaft, so hoffte er, die für ihn die nie gehabte Familie ersetzen würde. Während er den Abend, wenn auch durch das eine oder andere Bier zu viel, etwas verschwommen Revue passieren ließ, fügten sich seine Gedankengänge immer mehr zusammen.

17

Zwei Tage später machte sich Uwe Ferch von Trochtelfingen aus auf den Weg zur Waldhütte, unweit des kleinen Biotops zwischen Trochtelfingen und Engstingen-Haid. Es war nicht allzu weit, sodass er die Strecke gut zu Fuß bewältigen konnte. Am ersten Parkplatz bog er rechts ab und ging die asphaltierte Anhöhe hinauf, um dann weiter Richtung Haid zu marschieren. Genau, wie es ihm beschrieben worden war. Er wusste nicht, wem die Hütte gehörte. Der Eigentümer war wohl einer der wohltätigen Firmenbesitzer, die sich bei *FajeM* zusammengeschlossen hatten.

»Treue *FajeM*-Mitglieder bekommen ab und zu den Schlüssel. Eine Kiste Bier und was zu knabbern steht immer umsonst da. Wenn wir mehr wollen, müssen wir das selbst mitbringen«, hatte Marvin schon in Erfahrung gebracht.

»Ist schon echt eine tolle Sache, was die da auf die Beine stellen. So was hab' ich noch nie erlebt. Wie heißt denn eigentlich der große Gönner?«, hatte Uwe wissen wollen. Aber Marvin hatte ihm keine zufriedenstellende Antwort gegeben, sondern war ihm ausgewichen.

»Soll wohl keiner wissen. Er oder sie wollen sich nicht in den Vordergrund drängen.«

»Echt bescheiden. Irgendwie merkwürdig. Könnte man doch voll mit auftrumpfen. Reicher Unternehmer gibt jungen Erwachsenen wieder neue Perspektiven oder irgendwie so was. Ist doch immer klasse fürs Image, so Sozizeug.«

»Machen sie vielleicht später noch.«

»Na, würde mich schon interessieren. Umsonst gibt's ja leider doch nie was.«

Jetzt ging Uwe Ferch zwischen den Feldern hindurch zielgerichtet zum Biotop, als er von hinten einen Golf hörte, der sich ihm näherte. Er ging auf die rechte Seite, um dem Wagen auszuweichen. Aber dieser hielt neben ihm an. Zwei junge Männer saßen auf dem Fahrer- und Beifahrersitz. Der Fahrer war mit einer gut sitzenden Jeans und einem Poloshirt gekleidet, während der Beifahrer wohl eher auf Leder stand, wofür die Hose und die Jacke Indiz genug waren.

»Na, wo willst du denn hin?«, wollte der in Leder Gekleidete von ihm wissen.

»Ach, ich wollte mich mit drei Kumpels treffen. Da in so einer Hütte am Biotop.«

»Uwe Ferch?«

Uwe zuckte innerlich erschrocken zusammen. Woher kannten die seinen Namen? Er versuchte, sich nichts von seiner Überraschung anmerken zu lassen und antwortete etwas forsch:

»Ja, woher wisst ihr das denn?«

»Na, woher schon? Wir wollen auch dahin. Marvin hat uns gesagt, dass du auch kommst. Und sonst laufen hier nicht so viele Typen rum. Willst wohl kaum Kaulquappen sammeln gehen, oder?« Der Fahrer lachte. »Komm, steig' ein. Wir nehmen dich mit.«

Uwe freute sich. Schon wieder eine positive Erfahrung. Er wusste nicht, wann oder ob diese sich schon jemals in seinem Leben so gehäuft hatten. Seine neuen Freunde waren schon echt tolle Typen. Und jetzt schienen wieder zwei dazugekommen zu sein.

An der Hütte erwartete sie schon Marvin, der mit seinem Motorrad aus Auingen gekommen war.

»Kommt erst mal rein und nehmt jeder einen Kolben.«

Der leise Plopp beim Öffnen der Flaschen erklang. Alle vier stießen sie miteinander an. Uwe wartete noch ab. Er war schließlich ganz neu in der Gruppe. Und auch wenn er sich in dem Kreis so wohl wie seit Langem nicht fühlte, war er doch vorsichtig. Unter keinen Umständen wollte er etwas Unbedachtes oder Dummes machen und seine schöne neue Welt direkt wieder zerstören, wie ihm das schon so oft erfolgreich gelungen war.

»Wie heißt ihr denn eigentlich?«, wollte er nun doch von den zwei Männern wissen, die ihn mitgenommen hatten.

»Finn Schober«, gab der Beifahrer zur Antwort.

»Sebastian Rembold«, ließ der andere sich vernehmen.

Da erhob schon Marvin seine Stimme.

»Wir haben ja beim letzten Treffen in Reutlingen gehört, dass es ganz gut wäre, wenn diese Klimajunkies mal etwas ruhiger gestellt werden könnten. Wenn man denen mal 'nen Dämpfer in ihrer hysterischen Euphorie verpasst. Ihr habt ja alle gesagt, dass ihr euch Gedanken machen wollt. Wie sieht's denn da aus? Schon irgendwelche konkreten Ideen?«

»Denen gehört mal so richtig einer vor den Bug geknallt, sodass sie sich nicht mehr trauen, das Maul aufzureißen«, gab Finn Schober zum Besten.

»Wir könnten mal so ein paar rausziehen und ihnen so richtig die Fresse polieren. So als erste Stufe, meine ich.

Wenn das nicht hilft, kann man ja weitersehen.« Marvin hatte sich lautstark vorgewagt und schaute nun Sebastian Rembold an.

»Und du, Sebastian?«

»Bei dem Wort ›Schuss vor den Bug‹ fällt mir ein, dass es hier oben doch fast in jedem Ort einen Schützenverein gibt. Da kommt man doch bestimmt leicht an Waffen ran, wenn man es geschickt anstellt. Wo ein Wille ist, ist auch ein Weg.«

»Willst du die etwa umbringen?«, wollte Uwe wissen.

»Nun mal ruhig, Kleiner! Ich spreche momentan von ›Warnschuss‹, wobei die Betonung sowohl auf dem Wort ›warnen‹, als auch auf dem Wort ›Schuss‹ liegt.«

Uwe wurde es ganz heiß. Die schnelle Wendung, die die ganze Sache genommen hatte, behagte ihm bisher so gar nicht.

»Ich kann die ja auch nicht leiden. Will auch, dass die aufhören mit ihrem blöden Geschrei. Bin so froh, dass ich endlich einen Job habe. Aber schießen? Ich weiß nicht.«

»Was hast du denn für eine Idee?«, wollte Sebastian wissen.

»Wir können ja eventuell eine Gegenkampagne starten, wie gut *FajeM* ist, und dass sie uns alles kaputtmachen, wenn sie weiter so dumm herumreden. Ja, ein paar vermöbeln könnten wir natürlich auch, so wie Finn das vorgeschlagen hat. Aber schießen? Ich weiß nicht. Ist vielleicht ein bisschen zu krass.«

Marvin fixierte ihn.

»Uwe, hier geht es auch um deine Zukunft, um deine Existenz. Da dürfen erst mal alle Argumente gelten und manchmal muss man auch mal zu drastischen Mitteln greifen.«

Uwe merkte, wie seine Hände feucht wurden und sich in seinen Achseln erste Schweißtropfen bildeten. Seine Blicke schweiften umher. Die Diskussion nahm einen regen Verlauf, den er so nicht erwartet hatte. Gegendemonstrationen, Morddrohungen, Brandanschläge. Die Fantasien der drei Männer schienen keine Grenzen zu haben. Nachdem jeder noch zwei Bier getrunken hatte, mit Ausnahme des Fahrers, der sich nur noch ein Weizen gegönnt hatte, beendeten sie ihre Sitzung.

»Also, ich rufe euch wieder zusammen. Spätestens heute in zwei Wochen. Aber vielleicht hören wir bis dahin ja etwas im Radio, lesen etwas in der Zeitung oder sehen etwas im RTF, was die *Fridays for Future*-Junkies in die Schranken gewiesen hat. Wäre doch schön. Oder, Jungs?«, läutete Marvin den Schluss ein. Er schaute jedem Einzelnen direkt in die Augen.

Uwe gefror das Blut in den Adern.

»Ja, vielleicht lesen wir was. Dann bis zum nächsten Mal. Bist echt ein knallharter Typ, Marvin«, murmelte Uwe.

»Sollen wir dich mit nach Trochtelfingen nehmen?«, wollte Sebastian wissen.

»Nee danke, ich laufe lieber noch ein Stück. In der Bewegung kommen mir immer die besten Ideen.«

»Dann hoffe ich mal, dass was Gutes dabei ist, Uwe«, bemerkte Marvin mit einem fordernden Unterton.

Uwe verließ die Hütte.

Wenig später fuhren Sebastian und Finn an ihm vorbei, während auch Marvin ihn kurz darauf mit seinem Motorrad passierte.

In Uwe arbeitete es.

18

Vier Tage, nachdem sich die vier *FajeM*-Mitglieder in der Blockhütte am Biotop getroffen hatten, war es in der *Fridays for Future*-Organisationsgruppe später geworden. Sechs Personen waren sie gewesen. Sarah, Julian, der 14-jährige Realschüler Justin, sowie drei weitere Gymnasiasten. Mats aus dem Kepler-Gymnasium, sowie Ronya aus dem Albert-Einstein-Gymnasium und Marie aus dem HAP-Grieshaber-Gymnasium im Bildungszentrum Nord. Sie hatten sich im kleinen Nebenraum des *Nepomuk* getroffen und über die anfallenden Aufgaben und Aktionen der kommenden Woche debattiert.

Fridays for Future war längst zu einer festen Aktionsgruppe in der Achalmstadt geworden. Als einfache Hirngespinste und Schüler, die nur keinen Bock auf Unterricht hatten, konnte man sie definitiv nicht mehr abtun. Der Mailverkehr und der Austausch über Social Media mit anderen Gruppen bundesweit hatte längst ein großes Ausmaß angenommen und bestimmte weitgehend das Tagesgeschehen von Sarah und Julian.

Jetzt aber um 21.22 Uhr nahmen sie den 7606er-Bus nach Pfullingen und Engstingen. Sie zeigten ihre Monatskarten, während der Busfahrer die vor und hinter ihnen einsteigenden Fahrgäste durchwinkte. Die elektronische Kassenanlage rechts neben dem Busfahrer war defekt, sodass nun alle in den Genuss einer kostenlosen Fahrt kamen.

»Vielleicht ist dies der Beitrag der Busunternehmen für ein besseres Klima. Was meinst du, wie viel Leute den ÖPNV nehmen würden, wenn der immer kostenlos wäre? Ist doch eine super Sache«, war Sarahs Argument bezüglich der defekten Anlage.

»Vor allem die Schwaben – die sind doch immer dabei, wenn es etwas umsonst gibt!«, witzelte Julian sarkastisch. »Aber das könnten wir doch echt gleich als Vorschlag für eine Kampagne aufnehmen. Ich sehe schon die Schlagzeile vor mir: ÖPNV Reutlingen: Vorreiter im Klimaschutz. Das wirkt bestimmt!«

Sarah strahlte ihn an.

»Toll, was für Ideen du immer hast. Dir muss man ja nur ein Stichwort geben, dann machst du was draus.« Mit ihrer rechten Hand zog sie seinen Kopf leicht zu sich heran und gab ihm einen zärtlichen Kuss. Julian schloss die Augen und gab sich ganz der Liebesbezeugung hin. Die Schmetterlinge in seinem Bauch schwärmten wild umher und erzeugten ein wahnsinniges Glücksgefühl.

»Ich lass dich nicht mehr gehen«, flüsterte er ihr ins Ohr.

»Ich halte dich auch ganz fest. Was Besseres hätte mir ja nicht passieren können.«

Ihre Blicke verschmolzen ineinander. Aufgrund des geringen Verkehrs um diese Uhrzeit waren sie schon bald in Pfullingen.

»Ich muss gleich schon aussteigen.«

Julian küsste sie noch einmal. Dann drückte er ihr die Hand.

»Ich lasse mir was einfallen wegen der kostenlosen Fahrt für die Allgemeinheit. Da lässt sich was draus machen. Und Sarah! Träum was Schönes. Bis morgen.«

Er stieg am Lindenplatz aus und winkte ihr zu, während sie ihm einen Kuss durch die Scheibe zuhauchte. Entspannt lehnte sie sich zurück und genoss ihre frische Liebe in vollen Zügen.

Vorne unterhielt sich ein ehemaliger Schüler eines sonderpädagogischen Bildungs- und Beratungszentrums mit dem Busfahrer. Sie waren wohl befreundet.

»Karl, ich fahre noch mal eine Runde mit dir, dann hast du doch auch ein wenig Unterhaltung.«

Karl nickte:

»So machst du das!«

»Was mache ich denn, wenn du nächste Woche in Rente gehst? Mit wem soll ich denn dann meine Runde drehen?«

Karl zuckte mit den Schultern.

»Weiß auch nicht. Wird sich sicher wieder jemand finden.«

Wenig später hatte der Bus die Hochfläche erreicht. Rechter Hand sah man schon bald die Großengstinger Kirche, das rosa schimmernde Wahrzeichen des Ortes, hell erleuchtet. Am Großengstinger Marktplatz stieg Sarah aus und ging die Meidelstetter Straße hinauf, um dann kurz hinter dem Hühnerstall rechts Richtung Kreuzberg abzubiegen. Ein verzücktes, glückliches Lächeln hatte auf ihrem Gesicht Platz genommen, gerade so, als wäre es ihr aufgemalt worden. Sie blickte sich noch einmal um. Von hier aus hatte man einen wunderbaren Blick sowohl auf Klein- als auch auf Großengstingen. Sie suchte in ihrer Jackentasche nach ihrem Hausschlüssel.

Ihr Handy vibrierte. Sie klappte es auf. »*Schlaf gut. Dein Julian!*« Schnell tippte sie ein: »*Du auch.*« Sie hob den Blick und ging auf das Haus zu.

»Alles super«, dachte sie, als ihre Gedankengänge brutal unterbrochen wurden. Ihr stockte der Atem. Eiskalte Schauer jagten über ihren Rücken. Eine Eisenklammer mit stählernen Greifarmen hatte sich um ihr Herz gelegt. Dann explodierte alles in einem beinahe tierischen, lang gezogenen Schrei: »Nein!!« Sie fiel auf die Knie, vergrub das Gesicht in ihren Händen. Sie bebte am ganzen Körper. Tränen schossen ihr aus den Augen und liefen über ihr entsetztes Gesicht.

Die Haustür wurde von innen aufgerissen.

»Sarah! Sarah! Was ...?« Ihr Vater lief auf sie zu. »Sarah, was ist denn?«

Sarah blickte zum hölzernen Briefkasten vorne vor dem Haus. Die Blicke ihres Vaters folgten ihr und nun erstarrte auch er. Dort lag ihre über alles geliebte Katze Kati mit durchgeschnittener Kehle.

Sarahs Mutter kam aus der Haustür, nahm ihre Tochter in die Arme. Sie war nur noch ein Häufchen Elend. Aus den angrenzenden Häusern liefen die Nachbarn herbei. Ihnen gefror das Blut in den Adern.

Sarahs Vater wählte die 110. Fünfzehn Minuten später traf Polizeihauptmeister Knut Hinrichsen an dem Einfamilienhaus auf dem Kreuzberg in Großengstingen ein. Er betrachtete die tote Katze. Im nächsten Augenblick sah er, dass am Briefkasten etwas angeschrieben war. *»Denk an Lübcke!«*

»Oh, bitte nicht!« Hinrichsen fiel automatisch der Mord in Hessen ein. Der Mordfall Walter Lübcke hatte sich am 2. Juni 2019 in Istha bei Kassel ereignet. Dort wurde der Kasseler Regierungspräsident Walter Lübcke vor seinem Wohnhaus mit einem Pistolenschuss aus nächster Nähe in den Kopf getötet.

Das hier würde doch hoffentlich keine politisch motivierte Morddrohung sein?

Noch immer zitterte Sarah unaufhörlich am ganzen Körper. Es war nur noch wenig geblieben von der sonst so selbstbewussten jungen Frau, die man überall kannte. Jetzt stand sie mit ihrer Mutter im Wohnzimmer. Zurückgefallen in die Zeit eines kleinen, zerbrechlichen Mädchens, dem man einen treuen Gefährten brutal entrissen hatte. Frau Koch hielt ihre Tochter mit beiden Armen fest umschlungen. Dieser schossen die Tränen nur noch in nicht versiegen wollenden Sturzbächen aus den Augen. Der Schmerz drohte sie innerlich zu zerreißen.

Knut Hinrichsen hatte derweil Sarahs Vater aufgefordert, mit ihm in die Küche zu gehen.

»Herr Koch? Was steckt hinter der Sache? Haben Sie irgendwelche Feinde? Hat Sarah Feinde?«

»Nein, kann ich mir gar nicht vorstellen. Sie ist überall sehr beliebt. Hat eigentlich nur Freunde!«

»Ist sie in irgendwelchen Vereinen? Sport? Musik? Theater? Kultur? Parteien? Greenpeace oder so etwas?«

»Leichtathletik macht sie im TSV Kleinengstingen.«

»Musik?«

»Nein. Freitagabends geht sie immer zum Improtheater nach Reutlingen. Das ist so ein VHS-Kurs. Da ist sie jetzt seit zwei Jahren.«

»Kultur?«

»In der Schule ist sie in einem Debattierklub. Und seit einiger Zeit ist sie für *Fridays for Future* in Reutlingen aktiv. Hat die Bewegung mit ihrem Klassenkameraden Julian gegründet. Bis vor drei Jahren hat sie sich für den Tierschutz engagiert. Sie wollte auch immer ein eigenes Pferd haben. Aber das haben wir wegen des großen Aufwands dann doch nicht toleriert. Sie hat sich deshalb eine Katze wünschen dürfen: Kati!«

»Kati? Das ist jetzt die Katze, die umgebracht wurde?«

Herr Koch schluckte. Auch er musste die Tränen, die in ihm aufstiegen, unterdrücken.

»Bis vor drei Jahren hat sie mit Spardosen in der Reutlinger Wilhelmstraße für den Tierschutz gesammelt, und als sie noch jünger war, hat sie hier in Engstingen Postkarten mit Tiermotiven verkauft. Meinen Sie, dass da jemand …?«

Herr Koch schaute Knut Hinrichsen fragend an.

»Das weiß ich gerade auch noch nicht, Herr Koch. Deswegen frage ich die einzelnen Aktivitäten ab. Wenn Sie jetzt die Dinge, die Sie mir gerade aufgezählt haben, noch einmal durchgehen, könnte dann von irgendeiner Seite aus eine Bedrohung ausgehen? Für mich sieht das auf den ersten Blick leider nicht wie ein dummer Jungenstreich aus, sondern wie eine ziemlich ernst gemeinte Drohung, die ich auf keinen Fall herunterspielen möchte!«

Herr Koch griff sich mit Daumen und Zeigefinger der rechten Hand an die Stirn und zog immer wieder die Haut zusammen und auseinander.

»Leichtathletik? Nein. Alles nur gute Freundinnen und Freunde. Improtheatergruppe? Auf keinen Fall. Da verpasst sie keinen Termin. Nein. Da ist doch auch eine Kollegin von Ihnen mit ihrem Freund dabei. Und außerdem traue ich da auch keinem zu, kaltblütig eine Katze abzuschlachten, aus welchen Gründen auch immer.«

»Wie heißen die denn?«

»Marion und Lukas. Nachnamen weiß ich leider nicht. Da müsste ich meine Tochter fragen. Soll ich mal eben?«

Herr Koch machte Anstalten, ins Wohnzimmer zu gehen.

»Lassen Sie mal, Herr Koch. Das reicht später noch. Könnte das eventuell Marion Schmidt sein? Kriminalhauptkommissarin aus Reutlingen? Mordkommission!«

»Könnte sein. So viel hat Sarah noch nicht davon erzählt. Aber dass eine Polizistin mit ihrem Freund von der Kriminaltechnik mit dabei ist … Kultur? *Jugend debattiert.* Da wird zwar sehr heftig debattiert und diskutiert, aber das läuft alles in einem sehr geordneten und fairen Rahmen ab. Die haben da eine sehr engagierte Lehrerin, die sich für die Gruppe einsetzt. Und die jungen Leute legen sich schon ins Zeug. Das ist wirklich etwas sehr Gutes. Da kann man eine Menge fürs ganze Leben lernen. Nein. Kann ich mir wirklich nicht vorstellen. Wirklich nicht. Das ist ja dann doch alles nur gespielt.«

»Und *Fridays for Future*?«

»Da ist sie total engagiert. Ganz vorne mit dabei. Sie hat die Reutlinger Gruppe gegründet. Das bestimmt aktuell schon sehr ihr Freizeitleben. Wir als Eltern unterstützen sie auch darin. Ist doch gut, wenn die jungen Menschen aufstehen und sich politisch engagieren. Was hat man der Jugend nicht alles vorgeworfen. Uninteressiert! Nur chillen! Und so weiter. Da ist sie schon ganz das Gegenteil.«

»Da macht man sich bestimmt nicht nur Freunde, oder? Ziehen da alle Schüler mit?«

»Ein Großteil schon, aber in ihrer Klasse gibt es auch ein paar, die dagegen sind. Aber so etwas, das kann ich mir überhaupt nicht vorstellen! Das ist ja einfach nur abartig!«

»Nun mal langsam Herr Koch. Sie haben ja wohl davon gehört, dass in den Schulen Gewalt und Mobbing immer mehr zunehmen. Und das geht durch alle Schularten durch: Realschulen, Werkrealschulen und auch Gymnasien. Selbst in den sonderpädagogischen Bildungs- und Beratungszentren hat das teilweise schon Einzug gehalten.«

»Ja, habe ich gehört. Aber vorstellen kann ich mir so etwas in Sarahs Klasse nicht, auch wenn ein paar Schüler nicht mitziehen.«

Knut Hinrichsen machte sich ein paar Notizen in seinen kleinen Block, die aufgrund seiner krakeligen Schrift garantiert nur von ihm wieder entziffert werden konnten.

»Und andere Gegner? Feinde außerhalb der Schule?«, bohrte er weiter.

»Sarah hat mir davon erzählt, dass in Reutlingen immer häufiger Gruppen von komischen Typen rumlaufen und am Gymnasium vorbeiziehen. Die haben sie von der Straße aus verhöhnt, als ein paar Schüler aus dem Klassenfenster geschaut haben. Und in der Wilhelmstraße sind die dann ebenfalls wieder aufgetaucht, als der *Fridays for Future*-Demonstrationszug durch die Stadt gezogen ist.«

»Wissen Sie mehr darüber?«

»Nein, das müssen Sie Sarah selber fragen. Aber ich weiß nicht, ob das jetzt schon geht.«

»Schauen wir doch mal, ob sie den ersten Schock schon etwas verdaut hat!«

Knut Hinrichsen und Herr Koch gingen ins Wohnzimmer. Sarah hatte den Kopf auf den Schoß ihrer Mutter gelegt.

»Ich habe ihr etwas zur Beruhigung gegeben. Ich bin Ärztin. Sie macht ja sonst überhaupt kein Auge zu heute Nacht.«

»Sarah? Meinst du, du könntest mir schon ein paar Fragen beantworten? Ich darf doch noch ›du‹ sagen, oder? Bin ja ebenfalls im TSV Kleinengstingen und kenne dich zumindest aus dem Vereinsheft.«

Sarah setzte sich auf und nickte, wenn auch durch die bereits einsetzende Wirkung der Medikamente kaum merklich.

»Sarah, dein Vater hat mir erzählt, dass du dich sehr bei *Fridays for Future* engagierst, dass aber nicht alle aus deiner Klasse dahinterstehen. Kannst du mir da was drüber erzählen?«

Sarah schaute ihn an.

»Ja, Raphael, Ludger, Oskar aus unserer Klasse, die ziehen da nicht mit. Die haben wohl Angst um die Arbeitsplätze ihrer Väter. Sieht ja auch gerade nicht gut aus. Bei Bosch zum Beispiel wollen sie schon reduzieren. Da kann ich sie schon ein wenig verstehen.«

»Kannst du mir auch die Nachnamen nennen?«

»Raphael Risse, Ludger Metzger und Oskar Schneider. Aber, Herr Hinrichsen, das kann ich mir gar nicht vorstellen, dass die so etwas machen. Wir haben zwar bei manchen Dingen unterschiedliche Meinungen, aber so etwas? Nein, das glaube ich nicht.«

»Sarah, ich bin jetzt so lange bei der Polizei. Vorstellen kann ich mir mittlerweile leider alles. Sarah, dein Vater hat mir etwas von eurer Demo in Reutlingen erzählt und dass dir da schon so Gruppen von, sagen wir mal, merkwürdigen jungen Erwachsenen aufgefallen sind, die sich überwiegend in der Wilhelmstraße rumgedrückt haben. Kennst du welche von denen?«

»Die sind mir jetzt schon ein paarmal negativ aufgefallen. Die halten sich häufig beim ehemaligen ZOB auf und bei uns am Gymi sind sie schon rumgestreunert und haben uns den Stinkefinger gezeigt, Wodkaflaschen ins Gebüsch geworfen. Ja, und bei der letzten Demo standen sie gaffend am Straßenrand.«

Knut Hinrichsen hatte wieder Block und Stift in der Hand, um sich weitere Notizen zu machen.

»Tut mir leid, Herr Hinrichsen. Von denen kenne ich niemanden. Will aber auch keinem von denen mehr begegnen. Die machen mir schon Angst. Hab immer ein ungutes Gefühl, wenn die irgendwo auftauchen. Aber mit Namen kann ich leider nicht dienen.«

Knut Hinrichsen steckte seine Schreibutensilien mit einem Schulterzucken in die Brusttasche.

»Schade, aber da kann man nichts machen. Ist bestimmt auch besser, wenn du dich von solchen Typen fernhältst. Kannst du mir vielleicht noch sagen, warum du dich da so engagierst? Ist ja schon etwas Größeres, was du da in Bewegung gesetzt hast.«

Sarah schaute ihm in die Augen.

»Die Politikerreden haben mich ganz schön in Rage gebracht. Immer wird nur geredet, aber nicht gehandelt. Nur Gefasel, ohne dass etwas passiert. Dann muss es noch durch die verschiedenen Ausschüsse und dann wieder abgestimmt werden mit dem Koalitionspartner und anderen Gremien. Dabei kann es doch so einfach sein, etwas zu bewegen. Ich will mit meiner Reutlinger Gruppe dafür einen eigenen Beitrag leisten. Ich will die Bevölkerung aufwecken. Und wenn mir dies auch nur bei ein paar Leuten gelingen sollte, die die Idee dann weitertragen, dann ist damit schon viel gewonnen. Wenn wir bei den Demos sehen, dass jetzt Menschen aus allen Generationen auf den Marktplatz kommen, dann ist doch damit schon vieles erreicht. Plötzlich fangen viele an zu überlegen oder wollen sogar selbst etwas verändern. Schauen Sie sich doch die Leute an: *Parents for Future, Oldies for Future* … Das wäre doch vor zwei Jahren noch vollkommen undenkbar gewesen. Ich bin einfach ganz gefesselt von dieser Idee: *Fridays for Future.* Und ich traue mir durchaus zu, dass ich selbst etwas nachhaltig verändern kann.«

»Danke, Sarah. Du bist schon eine mutige und selbstbewusste junge Dame. Das tut mir sehr leid, was mit deiner Katze passiert ist. Wir werden das weiterverfolgen. Das verspreche ich dir!«

Er gab Sarah und ihrer Mutter die Hand.

»Ich bringe Sie noch zur Tür«, wandte sich Herr Koch an den Kleinengstinger Polizeihauptmeister.

Die beiden Männer gingen zur Wohnzimmertür, als sich Hinrichsen noch einmal umdrehte.

»Ach, Sarah, was ich noch fragen wollte: Du bist doch auch in so einer Theatergruppe. Dein Vater hat erzählt, dass zwei Reutlinger Polizeikollegen ebenfalls mitmachen. Wie heißen die denn?«

»Marion Schmidt und Lukas Behringer. Sind aber noch nicht so lange dabei. Erst seit diesem Semester. Sind beide sehr nett.«

Knut Hinrichsen nickte.

»Danke, Sarah. Ich gebe den Vorfall jetzt auf jeden Fall weiter. Du hast mir ja jetzt schon einiges erzählt. Vielleicht ergibt sich ja aus den Infos was. Wir melden uns dann wieder, sobald es etwas Neues gibt.«

Dann verließ er das Haus.

Bald war Sarah auf dem Schoß ihrer Mutter eingeschlafen. Frau Koch streichelte ihr behutsam über das Haar, als ihr Ehemann Peter wieder ins Wohnzimmer trat.

»Claudia, lass uns mal nach nebenan gehen.«

Claudia Koch nickte und legte Sarahs Kopf vorsichtig auf dem Sofa ab. Vom Sessel holte sie noch ein Kissen und eine Decke und deckte ihre Tochter zu. Dann folgte sie ihrem Mann in die angrenzende Küche.

»Claudia, wie schätzt du die Sache mit Kati ein?«

»Das könnte auf der einen Seite ein ganz grausamer Tierquälerstreich gewesen sein. Was gibt es da nicht alles? Die Verrohung unter Jugendlichen hat doch immer mehr zugenommen. Manche machen ja vor gar nichts mehr Halt. Es sind eben nicht alle so wie unsere Sarah. Auf der anderen Seite scheint es mir so, dass es eine direkte Drohung war. Ich fürchte, mit ihrem Aktionismus ist sie schon dem einen oder anderen ganz gewaltig auf den Schlips getreten.«

»Du meinst eine Morddrohung? Wenn du da recht hast, dann haben wir aber ein ganz dickes Problem!« Peter Koch biss ich auf die Lippen und wanderte ziellos umher.

»Der Hinrichsen hat ja eben schon alles aufgenommen, aber ob die das jetzt wirklich so intensiv weiterverfolgen? Ich weiß nicht. Allerdings hat er auch gesagt, dass auf jeden Fall ermittelt wird. Das bleibt hoffentlich nicht bei dem kleinen Polizeiposten in Engstingen.«

»Sollte sie nicht ihre Aktivitäten bei *Fridays for Future* einstellen? Das könnte doch auch direkt damit zu tun haben. Wenn es dann nicht nur ein Jugendstreich war? Sarah ist schließlich neben Julian eine der Führungspersonen. Wir hören doch in letzter Zeit immer mehr von den Morddrohungen gegen Politiker wie zum Beispiel Cem Özdemir oder Claudia Roth. Und in Kassel hat man den Lübcke erschossen. Und jetzt haben wir die Aufschrift am Briefkasten. Die Bedrohungslage in Deutschland ist einfach da. So einfach ignorieren und nur eine neue Katze kaufen geht nicht!«

»Ja, aber Sarah ist keine Politikerin«, antwortete Peter Koch.

»Aber der Raphael Risse aus ihrer Klasse, der ist ganz schön impulsiv und er hat Julian vor ein paar Tagen so angegangen. Und weit weg von hier wohnt er ja auch nicht. In Holzelfingen, glaube ich.«

»Claudia, ich weiß nicht, aber der Hinrichsen hat es mal aufgenommen. Vielleicht bekommt der was raus. Wir haben sie immer unterstützt, in dem, was sie tut. Wir finden es ja auch gut, dass sie sich für *Fridays for Future* engagiert. Sie hat ja recht und wir können richtig stolz auf sie sein.«

»Ja, und es ihr einfach nur verbieten, geht auch nicht. Wir müssen dringend mit ihr reden«, antwortete ihm seine Frau.

»Vielleicht sollte sie nicht immer in vorderster Front mitmarschieren. Nicht so häufig in den Medien auftauchen. Ist ja klar, dass sie somit überall bekannt ist. Etwas mehr im Hintergrund wäre vielleicht auch nicht schlecht.«

»Das wäre vielleicht das Vernünftigste.«

»Lass' uns noch ein Glas Wein trinken. Schlafen können wir ja jetzt sowieso noch nicht.«

Sarah erwachte bereits um 4.30 Uhr. An Schlaf war nicht mehr zu denken. Sie machte sich einen Kaffee. Das Geräusch des Kaffeevollautomaten rief ihre Eltern ebenfalls sofort auf den Plan. Am Küchentisch erläuterten Claudia und Peter Koch Sarah ihre Bedenken, Ängste und Überlegungen, die sie gestern Abend mehrfach diskutiert hatten, wobei sie doch immer zum gleichen Ergebnis gekommen waren.

»Aber ich kann doch das jetzt nicht einfach alles hinwerfen. Schließlich haben wir doch jetzt schon so viel erreicht. Julian und ich sind darüber hinaus diejenigen, die alles vorantreiben. Ich weiß ja, dass ihr nur das Beste wollt. Aber lasst mich noch mit Julian reden. Vielleicht kommt der heute noch rauf. Habe ihm schon geschrieben. Und Kati muss ich auch noch beerdigen.«

Wieder schossen ihr die Tränen in die Augen und sie begann erneut zu zittern.

»Sollen wir das gleich machen, wenn es hell wird?«, fragte sie ihr Vater. Sarah nickte und wischte sich die Tränen mit Papiertaschentüchern ab, die ihr ihre Mutter gereicht hatte.

»Macht ihr das mit mir? Ihr habt sie doch auch gemocht, oder? Es wird ja nicht besser, wenn wir es rauszögern.«

»Natürlich! Wir gehen heute etwas später zur Arbeit. Das dürfte kein Problem sein.«

»Danke. Ich gehe heute nicht in die Schule. Julian kommt bestimmt hoch.«

»Okay, ist wohl besser so. Dann lasst es uns bald hinter uns bringen. Ich suche schon mal nach einer passenden Kiste«, verabschiedete sich Peter Koch in den Keller.

Um sieben Uhr standen sie gemeinsam vor dem Grab von Kati im Garten. Peter Koch hatte noch ein kleines Kreuz gebastelt und Sarahs Mutter stellte ein paar Blumen in einer kleinen Glasvase auf das Grab der geliebten Katze, während Sarah eine Kerze in einem bunt verzierten Glas anzündete.

19

»Bin gleich da. Fahre jetzt sofort.«

Julian hatte Sarah eine WhatsApp geschrieben. Auch er verzichtete heute auf den Unterricht. Es gab wichtigere Dinge im Leben als Physik, Chemie, Deutsch oder Englisch. Jetzt musste er zu Sarah.

Um halb neun kam er mit seinem Mountainbike ziemlich verschwitzt bei ihr an, nachdem er zuvor die steile Zahnradtrasse in Honau heraufgeradelt war.

Sarah öffnete ihm die Tür und fiel ihm, trotz seines bestimmt nicht gerade angenehmen Geruches, um den Hals.

»Danke, dass du da bist.« Sie legte ihren Kopf an seine Schulter. Beide blieben sie ganz ruhig stehen.

»Habt ihr sie schon beer…?«

Sarah nickte und nahm ihn an der Hand. Gemeinsam gingen sie in den Garten zu der Stelle, an der sie Kati eben alle gemeinsam begraben hatten. Stumm standen sie vor der letzten Ruhestätte von Sarahs geliebter Katze. Wieder kamen ihr die Tränen. Julian nahm sie fest in den Arm und drückte ihren vom Schluchzen geschüttelten Körper an sich.

»Sollen wir ein bisschen spazieren gehen? Dann können wir reden«, fragte er schließlich.

»Okay. Ich hole mir nur noch eben eine Jacke.«

Eine Minute später waren sie startklar.

»Wo gehen wir hin?«, wollte Julian wissen.

»Wie lange hast du Zeit?«

»Zeit spielt heute keine Rolle. Ich kann den ganzen Tag bleiben.«

Sie gab ihm einen Kuss und nahm ihn bei der Hand.

»Dann lass uns mal die Skiliftrunde drehen. Da kommen

wir gar nicht so sehr mit dem Verkehr in Berührung und durch die Flurbereinigung sind die Wege jetzt alle gut ausgebaut.«

Da Julian sich nicht auskannte, überließ er ihr die Führung. Vom Kreuzberg kommend überquerten sie kurz nach einer Pferdekoppel, auf der sich zwei Pferde in einem großen Areal frei bewegen konnten, die Meidelstetter Straße.

»Die haben hier wohl den besten Wohnplatz in Engstingen«, wollte Julian die Stimmung etwas auflockern, nachdem sie die große abgezäunte Koppel rechts hatten liegen lassen.

»Ja, hier oben hat man wirklich viel freie Fläche und kommt überall schnell hin«, antwortete Sarah noch etwas abwesend. Der Mord an ihrer Katze hatte ihr massiv zugesetzt. Und auch die Wirkung des Beruhigungsmedikamentes vom Vorabend war noch nicht ganz abgeklungen.

»Wir haben heute Morgen schon mit der Polizei in Reutlingen telefoniert. Die haben zwar versucht, uns erst mal zu beruhigen, aber sie schließen nicht aus, dass es eine ganz massive Bedrohung sein kann. Julian, ich werde bedroht und ich glaube sogar mit dem Tod.«

»Wer soll denn so etwas machen?«

»Das weiß ich auch nicht. Aber du weißt ja selbst, wie viel Durchgeknallte es gibt.

Julian nickte.

»Und bekommst du jetzt Polizeischutz?«

»Ich soll erst noch mal beim Staatsschutz vorbeikommen. Die werden die Sache weiterverfolgen. Aber ob ich Polizeischutz bekomme? Weiß nicht, wie weit die den Mord an meiner Kati verfolgen. Ich gehe aber heute Nachmittag hin.«

In der Zwischenzeit spazierten sie auf der Anhöhe zwischen Wiesen und Feldern auf geschotterten und asphaltierten Wegen entlang und hatten alsbald die Bundesstraße erreicht, die rechts nach Bernloch und links nach Kleinengstingen führte.

»Da müssen wir noch rüber, dann sind wir die Autos alle los«, klärte Sarah ihn auf.

»Und was heißt das jetzt für uns, Sarah? Was hast du vor zu tun?«

»Julian, ich habe echt einfach verdammte Angst. Angst, dass mir irgendjemand etwas antut. Derjenige, der das getan hat, hat leider genau sein Ziel erreicht. Mich einzuschüchtern.«

»Das verstehe ich sehr gut, Sarah. Das würde mir genauso gehen. Und ich habe ebenfalls Angst. Aber was willst du jetzt machen? Willst du dich jetzt einigeln? Wir können uns doch jetzt nicht vollkommen zurückziehen?«

»Das nicht, Julian. Aber ich sollte vielleicht doch ein wenig in den Hintergrund rücken. Guck mal, wir zwei waren in den letzten Wochen so häufig in der Presse, im RTF und im Radio. Unsere beiden Gesichter werden doch eindeutig mit unseren Demos und Aktivitäten in Verbindung gebracht. Das Ganze muss seinen Grund in *Fridays for Future* haben. Julian, ich kann mir leider absolut nichts anderes vorstellen. Ich möchte nicht mehr in der Zeitung vorkommen.«

»Heißt das, dass für dich Schluss ist?«

»Was würdest du davon halten, wenn ich mehr im Hintergrund agiere? Zwar schon mitmache, mitdenke, mitorganisiere, aber nicht mehr so in der Öffentlichkeit auftrete. So, als gäbe es mich gar nicht.«

Sarah war vollkommen durcheinander. Auf ihrem Gesicht spiegelte sich ihre innere Zerrissenheit. Sie schwankte zwischen nicht aufgeben, abbrechen, aus dem Hintergrund agieren hin und her. Aus dem sonst so klar und strukturiert denkenden Teenager war ein junges Mädchen geworden, das von einer Sekunde auf die andere wie ein Staubkorn vom

Wind getrieben von einer Richtung in die andere gedreht wurde.

»Und was wird dann mit mir? Willst du dann, dass ich mich als einziger Anführer darstelle?«

»Nein, Julian! Auf keinen Fall! Ich will ja auch nicht, dass dir etwas passiert. Aber sollen wir das Ganze nicht vielleicht doch abbrechen?«

»Nein, Sarah, dazu haben wir schon zu viel erreicht. Und ich will mir das nicht von irgendwelchen Irren kaputtmachen lassen.«

»Aber wir zwei können uns doch einfach mal mehr aus den Schlagzeilen rausnehmen. Wir sind ja nicht die Einzigen in der Gruppe.«

»Du weißt aber auch, dass nicht allzu viele die Sache so einverleibt haben wie wir.«

»Ja, ich weiß.«

»Vielleicht könnte die Presse ja etwas weniger personenbezogen über die Aktionen berichten, das heißt, unsere Namen tauchen dann einfach nicht mehr auf. Du hast doch die ganzen Kontakte zu den Medien.«

»Ja. Du meinst, ich sollte mal mit denen sprechen?«

»Wäre vielleicht mal ein erster Schritt.«

Sie passierten ein großes Waldstück auf der rechten Seite und sahen die vielen aufgestapelten Holzstöße.

»Machen deine Eltern auch ihr Holz selbst?«, wollte Julian wissen.

»Nein, wir lassen es uns von einem Bekannten gesägt bringen. In zwei bis drei Stunden haben wir es dann immer im Keller. Aber die meisten hier oben machen schon ihr Holz selbst. Scheint irgendwie einfach dazuzugehören. Der Älbler muss einfach ins Holz. Ist für viele vielleicht ein Hobby und auch sicherlich eine Preisfrage.«

Mittlerweile waren sie am Kleinengstinger Skilift angekommen. Rechts stand die alte Skihütte, die jahrelang mit großer Liebe von einem Kleinengstinger Ehepaar betrieben worden war. Sie war nicht groß, strahlte aber eine heimelige Gemütlichkeit aus. Wer sich kurz erholen wollte, der stellte seine Ski draußen ab und orderte an der kleinen Theke zumeist einen Glühwein oder ein paar Saitenwürste. Aber auch Eintöpfe und andere kleine Köstlichkeiten gab es hier zu essen. Die Kleinengstinger Skihütte war im Winter ein beliebter Anziehungspunkt. Hier kam jeder gerne hin. Und wer in Engstingen die ersten Versuche auf Skiern gemacht hatte, der hatte es bestimmt hier getan. Links lag der Skilift, an dem es an alten Bügeln in die Höhe ging. Immer wurde einem beim Einsteigen mit einem freundlichen Lächeln geholfen. Hier kannte jeder jeden.

Jetzt aber lag alles in einem saftigen Grün vor Sarah und Julian und strahlte eine sommerliche Urlaubsidylle aus. Viele Menschen, die hier oben wohnten, sahen die Schönheit dieser Landschaft im Alltag schon häufig nicht mehr. Aber die Schwäbische Alb war eines der beliebtesten Wochenend- und Urlaubsziele. Auch wenn die Städter sich immer über die Temperaturen auf der Alb beschwerten – »da ist es immer einen Kittel kälter« –, war die Gegend hier oben ein begehrter Anlaufpunkt.

»Sag mal, hat eigentlich jedes Dorf so einen Skilift, Sarah?«

»Nicht jedes, aber sehr viele. Auch wenn die Städter immer über uns Älbler lästern, aber im Winter kommen dann doch immer viele auf die Alb. Ist nicht weit, nicht teuer und so ein Skivergnügen so nahe vor der Haustür ist natürlich optimal.«

»Vielleicht könnten wir dann im Winter ja mal zusammen Skifahren?«

»Ich fahre Snowboard.«

»Ich auch, Sarah.«

»Ja, fast alle Jungen in unserem Alter fahren hier oben mit dem Board. Musst wirklich nicht bis in die Alpen düsen.«

»Also, wenn es kommenden Winter schneit, gehen wir zwei Snowboarden. Würde mich sehr darüber freuen. Aber leider sind die Winter ja nicht mehr, wie sie mal waren. Es schneit immer weniger.«

Jetzt ging es den rund sechshundert Meter langen Anstieg hoch, von dessen Anhöhe man einen guten Überblick über Kleinengstingen hatte. Links des Weges waren hinter Feldern ein paar lang gestreckte Stallungen zu sehen, während sich auf der rechten Seite ein buntes Feld mit Wiesenblumen erstreckte. Die gelben, lila, grünen und weißen Farben, in denen sich hier die Landschaft darbot, vermittelten den Eindruck, als ob ein Maler dieses Gebiet für sein neuestes Kunstwerk auserkoren hatte. Die Blumen und Gräser wiegten sich im lauen Morgenwind. Über die Felder auf der linken Seite sahen sie unten die Grundschule in Kleinengstingen liegen, hinter der sich auf der linken Seite die evangelische Blasiuskirche erhob. Der grüne Turm konnte dabei sehr gut als Orientierung dienen. Dahinter wurde der Blick auf die ersten Häuser am Kreuzberg frei. Rechter Hand war die orangefarbene Freibühlschule von Großengstingen zu sehen. Alles lag innerhalb einer sehr schönen grünen Landschaft oder war von Wald umgeben.

Sarah und Julian gingen an einem hoch aufgestapelten Holzstand vorbei, der sich auf der rechten Seite des Weges befand, und hatten alsbald die Abbiegung zur Schule erreicht.

»Ist aber ein schöner Rundgang«, bemerkte Julian.

»Ja, jetzt ist es auch nicht mehr weit. Da hinten links an der Grundschule vorbei, und dann kommen wir schon wieder zur Bundesstraße.«

»Das ging aber jetzt schnell. Sollen wir noch irgendwo

was trinken gehen oder frühstücken? Ich habe noch nichts gegessen.«

»Ich habe auch seit gestern nichts mehr bekommen. Da gibt es jetzt ein neues Café in Großengstingen, Café *Zimmer Vier*. Lass uns doch das mal ausprobieren.«

»Warum nicht? Komm, ich lade dich ein!«

Sie schlenderten die Meidelstetter Straße hinunter und erreichten bald die Großengstinger Ampelkreuzung, die im Ort etwas überzogen als »Stachus« bezeichnet wurde. Um den Vergleich mit dem großen bekannten Münchner Platz aber standhalten zu können, bedurfte es doch etwas größerer Fantasie. Würde man im Ort selbst eine Befragung durchführen, um zu wissen, wie die Stelle offiziell hieß, so würde zu neunundneunzig Prozent die Antwort »Stachus« lauten. Etwas anderes war kaum bekannt. In der Faschingszeit war hier allerdings der Ausgangs- und Kreuzungspunkt zahlreicher »Bändelesstraßen«. Dann liefen die in liebevoller Heimarbeit gefertigten dreieckigen, in luftiger Höhe flatternden Stofffetzen über der Kreuzung zusammen, verliehen dem Ort ein farbenfrohes Bild und nahmen dem Winter viel von seinem Schrecken, den er hauptsächlich unten im Tal, weniger hier oben unter der Dorfbevölkerung, verbreitete.

Julian und Sarah passierten die kleine, aber sehr viel Atmosphäre ausstrahlende Buchhandlung *Libresso* und betraten, nachdem sie die Honauer Straße überquert hatten, das Café *Zimmer Vier*, das vor einiger Zeit gegenüber der *Alb-Apotheke* eröffnet worden war.

In den mit viel Liebe eingerichteten Räumen fanden sie sofort am Fenster einen freien Platz. Alles war bewusst auf alt gemacht. Eine Wand war fast durchgängig mit antiquarischen Buchseiten tapeziert. Kleine gemütliche Sitzgruppen für zwei, drei oder vier Personen lockerten den Raum auf. Die vielen antiken Requisiten, wie zum Beispiel eine alte

Registrierkasse, kupferfarbene Deckenleuchter oder Bilderrahmen an den Wänden vereinigten sich zu einem harmonischen Ensemble, das die Liebe der Inhaber für Feinheiten und Einzelheiten zum Ausdruck brachte. Es war jedes Detail bedacht und aufeinander abgestimmt.

An der rechten Wand saß auf einem Sofa und einem Holzstuhl ein verliebtes junges Pärchen. Ihre Blicke versanken in den Augen des jeweils anderen und drangen bis ins tiefste Innere vor. Ein unsichtbarer Schutzschild hatte sich um sie gelegt, sodass sie nichts mehr von ihrer Umgebung wahrnahmen. Sie lebten im Hier und Jetzt, nur für den Augenblick.

Julian und Sarah saßen direkt am Fenster an einem Zweiertisch. Nun schaute auch Julian seiner Freundin ganz tief in die Augen, sodass Sarah nicht anders konnte, als ihm einen herzhaften Kuss auf den Mund zu drücken. Der Kloß, den sie in ihrem Magen seit Katis Tod verspürte, wurde etwas weicher. Gut, dass die zwei zueinandergefunden hatten. So ließ sich vieles leichter ertragen.

Sie bestellten jeweils einen Cappuccino und blickten durch die große Glasfront nach draußen auf den Verkehr. Immer wieder öffnete sich die Tür der *Alb-Apotheke* und Kunden betraten oder verließen die Räumlichkeiten. Bestimmt aber wurde das Leben von dem sich ständig kreuzenden Autoverkehr, der sich hier doch sehr konzentrierte.

»Und du willst bei deinem Entschluss bleiben, Sarah, dich aus der vordersten Linie zurückzuziehen?«

»Ja, Julian. Das wird mir, glaube ich, zu gefährlich. Ich habe das Gefühl, dass sie vor nichts zurückschrecken. Selbst vor einem …!« Sie wagte das Wort »Mord« nicht auszusprechen.

Julian nahm ihre Hand und streichelte sie zärtlich. In diesem Moment wurden ihnen zwei mit einem wunderbaren

Schokomuster verzierte Cappuccino serviert. Der Besitzer war äußerst freundlich und bediente sie mit einem fröhlichen und herzhaften Lächeln.

Julian starrte aus dem Fenster und sah, wie eine Großmutter mit ihrer Enkeltochter vor der *Pizzeria Paradiso Da Toni* in ihr Auto stieg, um dann Richtung Honauer Steige davonzufahren.

»Sarah, ich möchte aber weitermachen. Ich kann nicht aufhören. Verstehst du das?«

»Ja, Julian, aber du musst ganz vorsichtig sein. Ich unterstütze dich, wo ich kann, aber wir müssen raus aus den Schlagzeilen.«

»Ich spreche mal mit den Zeitungen. Das bekommen wir schon hin.«

»Und ich gehe heute Nachmittag zum Staatsschutz in Tübingen. Mal sehen, was die sagen.«

»Okay, Sarah. Dann hoffe ich, dass sie dir und uns weiterhelfen können.«

Im Hintergrund hörten sie den dezent eingestellten SWR1-Sender, aus dem jetzt die Zwölf-Uhr-Nachrichten zu vernehmen waren. Auch das Radio, das oben an der Wand auf einem weißen Regalbrett stand, entstammte den Siebzigerjahren und fügte sich harmonisch in das gesamte Interieur ein.

»Wollen wir gehen, Julian? Wir könnten uns noch ein *Spaghetti Bolognese* machen, wenn du Zeit hast?«

Julian blickte sie verliebt an.

»Habe ich. Ich zahle mal eben und dann gehen wir.«

»Hast du eigentlich eine Entschuldigung für die Schule? Meine Eltern haben heute Morgen beim List angerufen.

»Nein, da habe ich gar nicht daran gedacht. Wollte sofort zu dir. Aber der Neufeld wird das schon verstehen.«

Nachdem er die zwei Cappuccino bezahlt hatte, schauten

sie sich noch die Dekoartikel und antiken Möbelstücke an, die man hier kaufen konnte. Hand in Hand verließen sie das Café und machten sich auf den Weg zum Kreuzberg.

»Wann sollst du denn in Tübingen sein?«

»Um fünfzehn Uhr.« Sarah schaute auf ihre Uhr. »Das reicht locker. Kommst du mit?«

»Natürlich.«

Pünktlich um 14.45 Uhr trafen Julian und Sarah beim Staatsschutz in Tübingen ein. Sie wurden gebeten, noch ein wenig zu warten. Fünf Minuten später kam ein etwa 40-jähriger Beamter auf sie zu. Er stellte sich vor.

»Stefan Kern vom Staatsschutz. Sie sind Frau Koch?«

Sarah nickte.

»Und das ist mein Freund Julian Neu. Er begleitet mich.«

Stefan Kern gab beiden die Hand.

»Guten Tag. Ist ja nett, dass Sie mitgekommen sind. Aber ich möchte mich zunächst mit Ihrer Freundin alleine unterhalten. Wenn wir Sie brauchen, dann hole ich Sie dazu. Sie können da vorne in dem Raum warten.«

Er deutete den Gang entlang und zeigte auf eine Sitzecke.

»Dann bis nachher, Sarah.« Julian gab ihr noch einen Kuss auf die Wange und schaute dann den beiden hinterher, die nun in einem der Büros verschwanden.

»Frau Koch«, begann Stefan Kern die Befragung, »darf ich noch ›du‹ sagen?«

»Ja. Das ist kein Problem. Hauptsache, Sie können die Sache aufklären und herausfinden, wer da meine Katze umgebracht hat und was das mit der Warnung auf dem Briefkasten auf sich hat. Ich habe jetzt schon richtig Angst.«

»Ja, Sarah. Wir dürfen und wollen die Sache nicht auf die leichte Schulter nehmen. Ich habe hier den Bericht vom Kollegen Hinrichsen aus Engstingen vorliegen. Er hat ihn ordnungsgemäß an die Kripo Reutlingen über das *Com Vor* angelegt.«

»*Com Vor*? Was ist das denn?«

»Entschuldigung. Ja, ich weiß, die Sache mit den Abkürzungen. *Com Vor* steht für »Computergestütztes Vorgangsbearbeitungssystem«. So habe ich seinen Bericht auch sehr schnell hier auf meinem PC. Der Vorfall von gestern Abend ist somit registriert beim Polizeiposten Alb. Ich erläutere dir mal kurz den Sachverhalt. Es liegen konkret zwei Dinge vor. Der Mord an deiner Katze stellt einen Verstoß gegen das Tierschutzgesetz dar. Wie hieß sie denn?«

»Kati.« Sarah biss sich auf die Lippen. Tränen traten ihr in die Augen. »Entschuldigung. Aber ich habe sehr an ihr gehangen. Es tut schon verdammt weh.« Sie schluchzte.

»Das kann ich nachvollziehen. Meine Tochter hat auch eine Katze. Ihr würde es nicht anders gehen. Geht es wieder?«

Sarah nickte.

»Der zweite Fall, der mit der Aufschrift am Briefkasten »*Denk an Lübcke*«, stellt ein Bedrohungsdelikt dar. Das ist nichts Alltägliches und deshalb haben wir dich auch zu uns zum Staatsschutz bestellt. Wir wollen das noch einmal ganz systematisch durchgehen. Du engagierst dich also für *Fridays for Future*?«

»Ja. Julian und ich sind sehr aktiv und wir haben auch schon einiges erreicht.«

»Das finde ich auch gut. Allerdings müssen wir uns auf eventuelle Vorfälle konzentrieren, die damit in Verbindung gebracht werden könnten. Wir werden deine drei Mitschüler vernehmen, denn wer laut Paragraf 241 Strafgesetzbuch einen anderen Menschen mit der Begehung eines Verbrechens gegen ihn bedroht, der kann entweder mit einer Freiheitsstrafe bis zu einem Jahr oder mit einer Geldstrafe bestraft werden. Aber eine echte Morddrohung muss laut Strafgesetzbuch noch nicht vorliegen. Wir werden also wegen Bedrohung ermitteln.«

»Das heißt, Sie werden die drei vernehmen?«, fragte Sarah.

»Auf jeden Fall, denn es muss ja auch noch wegen des Verstoßes gegen das Tierschutzgesetz ermittelt werden. Und das, Sarah, ist auch nicht so ganz ohne. Der Paragraf 17 des Tierschutzgesetzes sagt aus, dass jemand bis zu drei Jahren Freiheitsstrafe verurteilt werden kann, wenn er ein Wirbeltier ohne triftigen Grund tötet.«

Sarah kräuselte die Stirn.

»Der Satz ›*Denk an Lübcke*‹ im Zusammenhang mit der Tötung von Kati ist zweifelsfrei eine Bedrohung, wobei das Töten der Katze die Drohung noch vergrößern soll und hier scheint es so zu sein, dass man dir, Sarah, das gleiche Schicksal wie deiner Katze androhen will.«

»Und was heißt das jetzt ganz konkret?«

Herr Kern schaute Sarah an, kniff die Lippen zusammen und fasste dann zusammen:

»Die einzelnen Vergehen müssen zusammen gesehen werden, und sollten wir den oder die Täter fassen, dann wird der Richter oder die Richterin zu einer Gesamtstrafe verurteilen. Wenn wir mehr Klarheit in der Sache haben, dann werden auch die entsprechenden Paragrafen in der Anzeige an die Staatsanwaltschaft stehen.«

Sarah lief es kalt den Rücken herunter. Ihre Hände fingen an zu zittern und die Augenlider flackerten.

»Da können bei einer schweren Drohung, schon mal Haft bis zu einem Jahr und Geldstrafen herauskommen. Allerdings muss dann auch noch das Alter berücksichtigt werden, falls eure Mitschüler wirklich etwas damit zu tun haben. Wie gesagt, wir werden die drei jetzt ganz schnell vernehmen. Ich lese hier auch noch, dass bei euren Demos Personen am

Straßenrand waren, die dir nicht so ganz geheuer vorgekommen sind.«

Sarah berichtete von den ihr unheimlichen Typen bei der Demo und ihren Ängsten.

»Kannst du einen oder mehrere beschreiben?«

Sarah schloss die Augen.

»Zwei sind mir besonders aufgefallen. Einer hatte so ein bulliges Aussehen und so schwarze Ringe in seinen Ohrläppchen.«

»Ist dir sonst noch etwas an ihm aufgefallen oder kannst du sagen, wie groß er in etwa war?«

»So zwischen ein Meter fünfundsiebzig und einsachtzig vielleicht.«

»Okay! Und der andere?«

»Der hatte aber nur eine Lederjacke an. Ich meine, der war nicht ganz in Leder gekleidet. Als wir dann an der Karlstraße in Richtung Metzgerstraße abgebogen sind, da sind sie uns noch ein Stück hinterher. Und der Zweite ist wie so ein Schoßhündchen hinter dem Bulligen hergegangen. So, als ob er alles machen würde, was dieser befiehlt oder sagt.«

»Kannst du ihn mir beschreiben?«

»Kurze Haare. Gegelt. So blonde Farbe. Machte eher einen schüchternen Eindruck.«

»Wie viel waren es insgesamt?«

»So sechs bis acht. Aber genau weiß ich das nicht mehr. Ich habe mich ja mit Julian um den Demozug kümmern müssen.«

»Hast du die Gruppe davor schon mal gesehen?«

Sarah erzählte von der Truppe, die an ihrem Klassenzimmerfenster vorbeigezogen war.

»Ja, da war der mit den Ohrtunneln dabei.«

»Kann Julian vielleicht noch was dazu sagen? Was meinst du?«

Sarah zuckte mit den Schultern.

»Wahrscheinlich.«

»Dann sollten wir ihn vielleicht doch noch dazuholen. Einen Augenblick. Ich hole ihn mal. Soll ich was zu trinken mitbringen? Kaffee? Wasser? Tee?«

»Wasser reicht. Danke.«

Drei Minuten später kam Stefan Kern mit drei Flaschen Wasser in Begleitung von Julian wieder zurück ins Büro.

»Julian, ich habe dich jetzt mal dazu geholt, weil du ja mit Sarah eng befreundet bist und ihr ganz viele Dinge zusammen macht. Sarah hat von dieser Gruppe erzählt, die euch bei der Demo beobachtet hat und die auch schon bei euch auf dem Schulhof war. Kannst du mir dazu Näheres berichten?«

Julian bestätigte im Wesentlichen die Aussagen von Sarah und fügte dann noch hinzu:

»Ich bin froh, dass wir solche Typen nicht bei uns im Verein haben.«

»Was für ein Verein?«

»Ich spiele beim VfL Pfullingen Handball. Das sind eben ganz andere Typen. Von denen aber hat bestimmt noch keiner jemals Mannschaftssport gemacht. Die hängen wahrscheinlich nur in so einer Muckibude rum, so wie die aussehen. Aber kennen tue ich von denen niemanden.«

»Dann versuchen wir nachher mal, ein Bild von dem Bulligen zu erstellen. Einverstanden?«

Sarah und Julian nickten sich zu.

»Wenn wir jetzt schon bei *Fridays for Future* sind: Hat es irgendwelche Vorkommnisse gegeben, die euch aufgefallen sind oder die ihr für erzählenswert haltet?«

Sarah nickte.

Stefan Kern blickte sie aufmunternd an.

»Bei der vorletzten Demo, da haben einige von unseren

Klassenkameraden kurz vorher festgestellt, dass ihre Plakate verschmiert oder verschwunden waren. Wir waren alle stinksauer. Aber wir haben dann noch ganz schnell neue gemacht, sodass wir sie trotzdem auf die Demo mitnehmen konnten. Aber das ist jetzt schon einige Zeit her.«

»Wer könnte so etwas gemacht haben? Könnten das eure drei Mitschüler gewesen sein: Raphael, Ludger und Oskar?«

»Die ziehen zwar nicht bei uns mit. Und sie sind auch gegen unsere Demos, aber ich kann mir nicht vorstellen, dass einer von denen nach Engstingen kommt, um meine Katze umzubringen und mir eine Warnung an den Briefkasten zu schreiben.«

»Ausschließen können wir nichts«, erwiderte Stefan Kern.

»Aber das mit den Plakaten, das könnte schon deren Kragenweite sein«, ergänzte Julian.

»Und warum sind sie gegen euch?«

Sarah berichtete von den Ängsten um die Arbeitsplätze der Väter.

»Ich kann schon verstehen, wenn die wütend auf euch sind. Unterm Strich könnte das ja heißen: Sarah und Julian machen die Arbeitsplätze unserer Väter kaputt. Da kann ja die ganze Familienexistenz betroffen sein. Habt ihr zwei daran schon einmal gedacht?«

»Ja, haben wir auch. Aber da muss man doch andere Lösungen finden«, entgegnete Sarah.

»Ja. Aber welche? Die Existenzangst ist nicht ganz unbegründet. Jetzt haben wir mal die drei Namen eurer Mitschüler und wir werden sie noch aussagen lassen. Mal sehen, was dabei herauskommt. Gibt es sonst noch etwas, von dem ihr meint, dass es erwähnenswert ist?«

Sarah und Julian blickten sich an.

»Doch, ich habe noch etwas«, sagte Sarah, »bekomme ich jetzt Polizeischutz?«

»Um Schutzmaßnahmen anzuordnen, bedarf es ganz konkreter Gefährdungsmomente. Aber selbst eine so heftige Drohung alleine reicht da noch nicht aus. Wir werden aber immer wieder eine Streife bei euch am Haus vorbeifahren lassen. Und Sarah, dann kann ich dir noch anbieten oder besser empfehlen, dass wir ein Kennwort beim Führungs- und Lagezentrum der Polizei hinterlegen, sodass die dort bei einem Anruf in Not sofort den Sachverhalt klar vor Augen haben und sofort handeln können, ohne lang nachzufragen. Das würde ich dir auf jeden Fall empfehlen.«

Die beiden Schüler nickten.

»Okay, dann werden wir das veranlassen. Können wir dann noch versuchen, so ein Phantombild zu erstellen?«

Sarah und Julian erklärten sich einverstanden.

Kern rief einen zuständigen Kollegen an, der Sarah und Julian kurz darauf abholte.

Als die beiden Gymnasiasten eine Stunde später wieder im Zug nach Reutlingen saßen, war es ihnen doch etwas mulmig im Magen. Sollten es ihre Mitschüler gewesen sein oder der Bullige mit seiner Ledergruppe? Wenigstens hatten sie bei der Erstellung eines Bildes behilflich sein können.

»Danke, Julian, dass du mitgekommen bist«, verabschiedete sich Sarah von ihrem Freund, als dieser am Laiblinsplatz in Pfullingen ausstieg.

»Bis morgen, Sarah. Wir bekommen das schon hin!«

»Bis morgen!«

20

Julian ging langsam nach Hause. Nach dem langen Gespräch mit Sarah und dem Staatsschutz konnte er zwar ihren Wunsch nach einem Rückzug aus der Öffentlichkeit nachvollziehen, aber für ihn stand definitiv fest, dass er weitermachen würde. Er steckte den Schlüssel in die Tür und schloss auf.

»Julian! Bidde. Mir müssed mitanander schwätza.«

Jetzt stand seine Mutter in der Tür und stellte ihn zur Rede. Am Morgen hatte er ihr kurz von Katis Ermordung erzählt und war dann nach Engstingen gefahren.

»Julian, i möchd, dass du mit de *Fridays for Future*-Akdividäda ufhörsch. 'S nemmt koe guads End. Moinsch du, dass du die Weld verändera kaasch nur mit deine Demos?«

»Mama, das verstehst du doch gar nicht. Man kann sich doch gar nicht alles gefallen lassen. Guck dir doch die Untätigkeit von allen an. Auf Klimakonferenzen finden sie doch kaum noch einen Kompromiss. Bis bei uns in Deutschland mal irgendetwas durchgesetzt wird, dauert es doch immer Jahre.«

»Aber Bua, hosch du denn gar koe Angschd? Des mit dera Katz von dr Sarah ka ma doch ed oefach uf die leichd Schulder nemma. Des isch doch a eindeutige Drohung. Bidde Bua, hör uf drmid!« Sie blickte ihn flehentlich an. Ihre Hände waren wie zum Gebet gefaltet. »Julian, I will di ed verliera. Du hosch es doch so schee. Die ganz Woch über machsch du faschd nix anderes meh, als an *Fridays for Future* zom denka. Hosch du ed Angschd, dass du dei Abi gefährdesch? Mit am schlechda Abschlusszeugnis oder vielleicht gar koem wirsch du ed studiera kenna. Da zählt *Fridays for Future* ed. Des gibt koene Bonuspunkte.«

»Mama, bitte! Du wirst mich sowieso nicht mehr umstimmen können. Ich passe schon auf. Ich lerne ja selber sehr, sehr viel dabei, und in der Schule bekommen wir von Herrn Neufeld auch noch Unterstützung. Ich werde schon nicht schlechter in der Schule. Aber in der Presse werde ich nicht mehr so viel stehen, und wenn, dann nur wegen Handballsiegen.«

»Bua, überlegs dir bidde no amol. Lass uns heid Obed mit am Babba drüber schwätza.«

»Um zwanzig Uhr haben wir aber wieder Sitzung. Um viertel acht geh' ich. Wenn, dann also vorher. Aber ich kann dir schon sagen, ich werde dabeibleiben.«

»Julian! Julian, bidde überlegs dir no amol.«

»Mama, mach dir keine Sorgen. Es wird nichts passieren.«

Julian ging nach oben in sein Zimmer. Seine Mutter blickte starr aus dem Fenster. Eine gedankenlos auf die Straße geworfene Plastiktüte wurde vom aufkommenden Wind hochgetrieben und verfing sich in einer ein paar Meter weiter entfernten Thujahecke. Frau Neu aber registrierte es überhaupt nicht. Sie nahm die Menschen, die auf der Straße entlanggingen, gar nicht mehr wahr. Angst und Sorge hatten sie vollständig im Griff.

21

Am nächsten Vormittag kam Stefan Kern pünktlich um acht Uhr beim Gymnasium in Reutlingen an. Er ging gleich zum Sekretariat und besprach mit Frau Breitbacher, der Sekretärin der Schulleiterin Frau Will, sein Anliegen. Diese kam sofort aus ihrem Rektorat. Sie versuchte, ruhig zu wirken. Doch der Tübinger Beamte bemerkte sofort, dass sie innerlich sehr aufgewühlt war. Abwechselnd nestelte sie an ihrer Jacke oder ihrer Hose herum. Dann wieder strich sie sich die Haare aus der Stirn und fuhr sich mit dem rechten Zeigefinger über ihre Unterlippe.

Kern entging nichts.

»Guten Tag, Frau Will, wir haben gestern bereits miteinander telefoniert. Sie hatten mir zugesichert, dass ich mich mit den Schülern Raphael Risse, Oskar Schneider und Ludger Metzger unterhalten kann. Es scheint da ja gewisse Spannungen in der Klasse zu geben.«

»Ja, das kracht manchmal schon. Aber Herr Neufeld ist ein prima Klassenlehrer und er hat das alles sehr gut im Griff.«

»Okay. Danke. Wenn Sie mir die Schüler bitte holen würden. Haben Sie ein Zimmer, in dem ich mich ungestört mit ihnen unterhalten kann? Ich würde sie gerne nacheinander sprechen. Wäre das möglich?«

»Natürlich! Mit wem möchten Sie denn zuerst sprechen?«

Herr Kern schaute auf seine Liste.

»Nehmen wir sie doch so, wie sie bei mir auf dem Zettel stehen: Oskar Schneider, Ludger Metzger und dann Raphael Risse zum Schluss.«

»Kein Problem. Frau Breitbacher, würden Sie bitte die Schüler holen? Bitte Oskar Schneider zuerst. Und Sie, Herr Kern, können gleich das Besprechungszimmer nebenan nehmen. Ich bringe Ihnen noch eine Flasche Wasser.«

»Danke schön.«

Stefan Kern ging in das Besprechungszimmer. In der Mitte des Raumes stand ein einfacher Tisch mit einer Tischplatte aus Buche, um den sechs Stühle gruppiert waren. An der gegenüberliegenden Wand war ein Regal zu sehen, in dem

Akten gelagert wurden. Die rechte Seite war wohl bewusst freigelassen worden und ließ den Blick auf das Fachwerk und die darin verarbeiteten Mauersteine frei. Links konnte man durch das Fenster auf den Ledergraben sehen.

Frau Breitbacher kam mit einer Flasche und einem Glas herein.

»Bitte schön, Herr Kern. Den Ordner nehme ich mal mit.« Sie griff zu einem Leitzordner, der noch auf dem Tisch lag und verließ das Zimmer wieder.

Fünfzehn Minuten später hatte der Tübinger Beamte die ersten beiden Schüler vernommen. Oskar Schneider und Ludger Metzger hatten ihm glaubhaft versichern können, dass sie am Abend des Anschlags auf Sarahs Katze mit Freunden eine Party in Reutlingen gefeiert hatten. Sie hatten dafür auch eine ganze Reihe an Zeugen. Als Letzter betrat Raphael Risse das Zimmer.

»Stefan Kern«, stellte sich der Beamte vom Staatsschutz vor. »Du weißt, weswegen ich mich mit dir unterhalten möchte, Raphael?«

»Ja, Ludger und Oskar haben es mir schon gesagt. Aber das können Sie gleich vergessen. Ich habe nichts mit Sarahs Katze zu tun. So ein Schwachsinn. Warum soll ich denn so ein Viech abmurksen?«

»Raphael, die Sache ist etwas ernster. Die Tat geht gegen das Tierwohl und die Bedrohung am Briefkasten kann auch mit Haft beziehungsweise einer hohen Geldbuße bestraft werden.«

Raphael blickte ihn mit etwas schrägem Blick an.

»Ja, kann ja alles sein. Aber geht mich nichts an. Wahrscheinlich wollen Sie jetzt noch wissen, wo ich gewesen bin, oder? So macht man das doch immer. Oder?«

»Ja, genau. Also wo warst du vorgestern Abend zwischen 21 und 22.30 Uhr?«

»Bin mit Kumpels rumgehangen. Hatten eine Kiste Bier dabei.«

»Warst du die ganze Zeit mit denen zusammen?«

»Klar doch. Sie wollen jetzt bestimmt die Namen wissen? Oder täusche ich mich da?«

»Nein, wenn du mir die Namen bitte nennen würdest.«

Stefan Kern blickte in das Gesicht von Raphael. Sympathisch war er ihm auf jeden Fall nicht. Da gab es andere Jugendliche, die besser daherkamen.

Raphael nannte ihm ein paar Namen. Stefan Kern notierte sie sich.

»Und wo wart ihr? Wo habt ihr die Kiste Bier getrunken?«

»Da hinten bei der großen Solaranlage, zwischen Engstingen und Meidelstetten. Reicht das?«

»Also ganz in der Nähe vom Kreuzberg, da, wo Sarah Koch wohnt.«

»Ja, und? Ich war aber nicht bei ihr. Jetzt hören Sie doch endlich auf. Sie können einem ja furchtbar auf die Nerven gehen!«

»Das entscheide immer noch ich. Wir werden dein Alibi überprüfen.«

Raphael verzog verächtlich die Mundwinkel und wischte sich mit dem Handrücken einen Tropfen weg, der ihm gerade aus der Nase lief.

»Weißt du, als ich so alt war wie du, habe ich auch manche Kiste Bier mit meinen Freunden getrunken. Ja, und dann musste man ab und zu auch mal in die Büsche, weil doch immer mehr oben reingeschüttet wurde. Die Freunde haben nicht groß darauf geachtet, wie lange man weg war. Kann mich noch gut daran erinnern. Und die Solaranlage da oben, die ist wohl wirklich nicht weit weg.«

Raphael rutschte etwas nervös auf seinem Stuhl hin und her, grinste Stefan Kern aber an.

»Fragen Sie doch meine Freunde. Ist doch Ihr Job.«

»Das werde ich tun und wir beide werden uns wiedersehen.«

Raphael stand auf und verließ, weiter süffisant grinsend, das Zimmer.

»Und haben Sie etwas herausbekommen?«, wollte Frau Will von Stefan Kern wissen.

»Bei Ludger und Oskar scheint nichts vorzuliegen. Aber Raphael Risse, der hat nicht die Wahrheit gesagt. Mit dem stimmt etwas nicht. Dessen Alibi ist mir nicht wasserdicht genug.«

Frau Will erschrak.

»Bloß nicht so etwas. Das können wir uns hier an der Schule gar nicht erlauben.«

»Frau Will, ich möchte mich bei Ihnen ganz herzlich für Ihre Kooperation bedanken.«

Er verabschiedete sich mit einem freundlichen Lächeln und ließ eine verstörte und ratlose Schulleiterin zurück.

22

Nur sieben Pkws standen auf dem Parkdeck L, ganz oben im Parkhaus am Reutlinger Ledergraben. Kein Betrieb.

Er hatte sich ganz genau umgesehen und war überzeugt; Videokameras gab es keine. Sein Blick schweifte erneut über das stille und verlassene Parkdeck. Nur eine achtlos weggeworfene Bäckertüte wurde vom Wind raschelnd über den Boden getrieben und blieb an dem Gestänge eines Geländers hängen. Auch die unteren Parkdecks waren um diese Zeit nur sporadisch besetzt. Ein Blick auf die Uhr: 12.53 Uhr. Jetzt musste er gleich kommen. Sollte er es wirklich tun? Es war nicht schwer gewesen, das Gewehr in der großen Tasche zu transportieren. Es war gar nicht aufgefallen, als er ins Parkhaus gegangen war. Zum Glück gab es nur einige ganz wenige Menschen, die ihre Umgebung und Mitmenschen wirklich wahrnahmen. Die meisten waren nur auf sich selbst oder das Smartphone in ihren Händen konzentriert. Der Weg danach, hinten herum, würde ebenso einfach sein.

»Wenn ich das jetzt durchziehe, dann kann ich all denjenigen, die jetzt wieder Hoffnung verspüren, neuen Mut machen. *Fridays for Future* wird dann bald Geschichte sein. Ein dummer überzogener Jugendaktionismus – so schnell vergessen wie er aufgekommen war. Andererseits, wenn es rauskommt, bin ich erledigt. Aber wie soll es schon rauskommen? Wer soll dahinterkommen? Es wird keine Spuren geben.« Er biss sich auf die Lippen, unbewusst so fest, dass sich der metallische Geschmack seines eigenen Blutes in seinem Mund bemerkbar machte. Noch ein letztes Mal vergewisserte er sich, dass niemand da war. Ein leichtes Zittern durchfuhr seinen Körper.

Erneut wurde er von Zweifeln und Zwiespalt hin- und hergerissen. »Wie machen wir es immer, wenn wir uns nicht entscheiden können? Münze werfen.« Er kramte in seiner Tasche und fingerte eine Fünfzigcentmünze hervor. Zahl gleich Schuss. Brandenburger Tor: Lassen. Drei Würfe.

Er warf die Münze hoch und fing sie mit seiner geöffneten Handfläche wieder auf. Zahl. Erneuter Versuch. Brandenburger Tor. Letzter Wurf. Jetzt fiel die Entscheidung. Zahl. Er schloss die Augen. Jetzt keinen Gedanken mehr zurück. Alles sicher.

Behutsam nahm er das Präzisionsgewehr aus seiner großen Sporttasche. Er öffnete die klappbaren Schulterstützen und fuhr noch einmal mit seiner rechten Hand über die Oberflächenbeschichtung.

»Komm nur! Nichts mehr mit *Fridays for Future*. Deine Zukunft wird gleich im Himmel oder der Hölle sein«, flüsterte er vor sich hin. Es klang nicht ganz so überzeugend, wie er es sich gewünscht hatte. Egal. Durchziehen!

Während unten der Verkehrsfluss über den Ledergraben Richtung Pfullingen hinwegzog, repetierte er das Gewehr. Alles war präzise auf die Minute geplant. Alles perfekt vorbereitet.

Vom gegenüberliegenden Gymnasium sah er Julian ankommen.

Julian, jetzt unmittelbar vor der Oskar-Kalbfell-Halle, hielt plötzlich an und drehte sich um. Sein Mitschüler Max Luipold kam angerannt und blieb direkt vor ihm stehen.

»Mensch, hau ab! Dich kann ich jetzt wirklich nicht gebrauchen«, flüsterte er in sich hinein. »Verpiss dich!«

Auf der gegenüberliegenden Seite diskutierten die beiden Schüler.

Max rollte ein Plakat auf und hielt es seinem Freund vor die Nase. Julian deutete mit dem rechten Zeigefinger auf seine Armbanduhr und blickte zur Bushaltestelle vor dem ADAC.

Max rollte das Plakat bereits wieder zusammen und wandte sich um, um wieder nach links zurückzugehen.

In der Zieleinrichtung des Gewehres war Julians Kopf nun genau im Zentrum. Der rechte Zeigefinger des Schützen hatte den Druckpunkt erreicht. Max sprang noch einmal zurück. Befand sich in dem Moment vor seinem Klassenkameraden, als der Zeigefinger den Abzug nach hinten zog. Ein nachhallender Plopp war auf der Parkfläche zu vernehmen.

Ein zweiter Schuss fiel.

Auf der gegenüberliegenden Seite brach Max zusammen.

Julian warf sich nach vorne. Lag auf dem heißen Asphalt. Ein dritter Schuss durchschlug die Scheibe auf der Fahrerseite eines schwarzen Peugeot, zerfetzte das Glas der Beifahrerseite und fuhr über Julian hinweg, der vor der Parkmarkierung an der Längsseite des Wagens lag, in die Büsche.

Julian zitterte am ganzen Körper, so als ob starke Stromschläge ihn durchfahren würden. Sein Herz raste so schnell, dass ihm das Pochen in seinen Ohren Schmerzen bereitete. Die Hände über dem Kopf zusammengepresst, bewegte er sich nicht. Doch nichts passierte. Der Verkehr auf dem Ledergraben floss unaufhörlich in beide Richtungen, als wäre nichts geschehen.

Julian drehte sich um die eigene Körperachse, sah Max leblos zwei Meter hinter sich auf dem Bauch liegen. Er wusste nicht, wie lange er gelegen hatte. Jetzt drehte er sich um. Ein ohrenbetäubender unmenschlicher Schrei entfuhr seiner Kehle.

»Max! Max! Was ist mit dir?«

Mund und Augen weit aufgerissen, starrte er auf den bewegungslosen Gleichaltrigen. Sekunden später erfüllte ein erneuter markerschütternder Schrei das gesamte Gelände. Aus dem Kopf des Gymnasiasten floss das Blut und tränkte den grauen heißen Asphalt rot. Auch im Rücken schien Max getroffen.

Aus der Kanzleistraße kamen Menschen angelaufen und weitere Schüler des Gymnasiums standen nun um sie herum. Sie alle bildeten eine Traube und starrten mit einer Mischung aus Neugier und Entsetzen auf das schreckliche Szenario. Kein Laut war zu hören.

Auf dem Parkdeck L packte er das Gewehr zurück in die Sporttasche.

»So ein Mist. Was hat dieser Idiot da jetzt bloß zu suchen. So war es nicht geplant. Verdammter Mist.«

Er verstaute das Präzisionsgewehr wieder in seiner Tragetasche. Er schaute sich um, suchte nach den zwei Hülsen. Sie mussten hier doch irgendwo liegen. Eine entdeckte er unter einem großen SUV, der ganz in seiner Nähe stand. Aber die zweite? Die dritte steckte noch im Gewehr. Von unten heraufkommend hörte er Motorengeräusche, die sich immer mehr näherten. Er hatte keine Zeit mehr, musste weg. Zügig ging er über die Treppe bis ins Parkdeck B hinunter, wo er über den Hinterausgang das Parkhaus verließ.

Mit schnellen Schritten entfernte er sich über den Fußweg an der Echaz entlang. Niemand war zu sehen. Am Restaurant *Alte Mühle* stieg er die Treppen hoch, ging Richtung Friedrich-Ebert-Straße. Bald hatte er über diese die Alteburgstraße erreicht. Er wandte sich nach links und ging die einhundertfünfzig Meter bis zum Parkhaus Listhalle. Aus der Ferne hörte er hinter sich die Sirenen eines Notarztwagens, der wohl jetzt von den Kreiskliniken am Steinenberg kam. Ob er schon zum Geschehen an den Ledergraben fuhr?

Zwei Minuten später bog ein schwarzer BMW 530 aus der Ausfahrt links ab und nahm Fahrt in Richtung Alb auf.

An Reutlingens Verkehrsader, dem Ledergraben, war das Chaos ausgebrochen.

Sarah, die als Erste die Gefährlichkeit der Situation erfasst gehabt hatte, hatte sofort das Kommando übernommen.

»Runter! Alle runter! Hinter die Autos!«

Auf dem Zufahrtsweg zum Parkplatz zwischen Oskar-Kalbfell-Halle und Listgymnasium robbten sechzehn Personen auf dem Asphalt, getrieben von Todesangst, um irgendwo Schutz vor dem oder den heimtückischen Schützen zu finden. Einige hatten sich halb unter die hier parkenden Autos geschoben, anderen war dieser Schutz jedoch verwehrt. Sie hatten sich vor die Vorder- oder Hinterreifen von abgestellten Fahrzeugen postiert.

Julian wollte zu Max robben, als ihn Sarah anschrie:

»Unten bleiben! Nicht bewegen! Bleib liegen! Es ist vielleicht noch nicht vorbei! Bleib! Vielleicht ist er noch da. Vielleicht sind es auch mehrere. Bleib liegen!«

Sie fingerte ihr Handy aus ihrer Hosentasche. Mit zitternden Fingern wollte sie die Notrufnummer eintippen. Doch ihre Finger waren so schweißnass, dass das Touchdisplay des Smartphones nicht reagierte. Erneuter Versuch. 110. Das Freizeichen war zu hören. Am anderen Ende der Leitung nahm ein Beamter des Führungs- und Lagezentrums (FLZ) den Notruf entgegen. Hier saßen etwa zwanzig Beamte, die alle Notrufe aus Tübingen, Reutlingen und Esslingen koordinierten und die entsprechenden Maßnahmen einleiteten.

»Kramer, Führungs- und Lagezentrum Reutlingen«, meldete sich der Beamte.

»Kommen Sie sofort! Hier ist geschossen worden! Wahrscheinlich ist er tot. Er ist tot!« Sarah drohte die Stimme zu versagen.

»Wo sind Sie? Versuchen Sie, meine Fragen ruhig zu beantworten.«

Sarah schluckte. Sie atmete tief ein und aus. Sie hatte ihr Handy im Klammergriff.

»Direkt vor der Oskar-Kalbfell-Halle.«

»Wo? Vorne oder hinten? Am Ledergraben?«

»Zwischen Halle und Ledergraben.«

»Wird immer noch geschlossen?«

»Nein. Es ist jetzt ruhig. Kein Schuss mehr.«

»Können Sie irgendeinen Verdächtigen sehen? Ist da noch jemand?«

»Glaube ich nicht. Ich sehe niemanden. Jetzt kommen Sie doch. Max liegt auf der Straße. Alles rot, alles voller Blut.«

Sarah saß vor dem Reifen eines großen SUV. Ihr Unterkiefer bewegte sich im Takt einer Nähmaschine. Ihre Zähne schlugen aufeinander. Kältewellen durchliefen ihren durchtrainierten Körper.

»Bleiben Sie bitte am Handy! Legen Sie bitte nicht auf«, hörte sie Kramer am anderen Ende mahnend, aber zugleich in einem ruhigen und professionellen Ton sagen.

Sarah nickte, antwortete aber nicht.

»Sind Sie noch dran?«

»Ja, ja!«, stammelte sie.

»In drei Minuten sind die Kollegen vor Ort. Was können Sie sehen? Wie viel Personen sind bei Ihnen?«

»Weiß nicht genau. Schätze zwischen fünf und zehn … Alle sind hinter den Autos versteckt. Sie sitzen oder liegen alle auf dem Boden.«

»Wann ist das passiert?«

»Weiß nicht. Vor drei bis fünf Minuten vielleicht.«

»Okay! Sie haben alles richtig gemacht.«

»Dahinten kommt noch eine Schülergruppe. Sind jünger. Wahrscheinlich Jos-Weiß-Schule.«

»Die sollen wegbleiben. Schreien Sie, so laut Sie können!«

Sarah brüllte in Richtung der sorglos anmarschierenden jungen Schülergruppe im Alter von etwa acht bis zehn Jahren.

»Hinwerfen! In Deckung!« Sie fuchtelte mit ihren Armen und deutete immer wieder auf den Boden. Zwei der ankommenden Schüler lachten. Dann sahen sie Max auf dem Boden liegen und bemerkten die anderen Personen, die sich hinter den Autos niedergekauert hatten. Sie warfen sich auf den Boden oder rannten zurück.

Aus Richtung der Oststadt waren erste Sirenentöne von anfahrenden Polizeiwagen zu vernehmen. Fünf Streifenwagen näherten sich vorsichtig dem Tatort. Die Sachlage war vollkommen unklar. Einzeltat? Amoklauf? Befanden sich der Täter oder die Täter noch in einem der Gebäude? In der Sporthalle? Im Gymnasium? In der *Kreta-Taverne*? Im Parkhaus?

Vorsichtig öffneten sich die Türen der Streifenwagen, während weitere angefahren kamen.

Die Beamten waren alle in Vollschutz- und Amok-Ausrüstung angerückt. Nur eine einfache Schutzweste würde bei einem solchen Einsatz nicht ausreichen.

»Sie sind jetzt da«, flüsterte Sarah in ihr Handy.

»Das haben Sie sehr gut gemacht. Der leitende Kollege vor Ort wird jetzt das Kommando übernehmen. Danke. Er wird sich bei Ihnen melden.«

Sarah legte auf. Dann ließ sie den Kopf auf ihre Brust sinken. Die Arme hatte sie über die Knie gelegt. Ein Schluchzen übermannte sie. Am Restaurant *Pfauen* meldete sich einer der angerückten Polizeibeamten mit seinem Funkrufnamen, indem er auf die Sprechfunktaste seines Funkgerätes drückte, das er am Arm trug:

»Hier 1/820.«

Im FLZ konnte der Beamte nun genau den Standort des Einsatzwagens ausmachen.

»Kramer. FLZ. Wer ist momentan der Ranghöchste vor Ort?«

»Das bin ich.«

»Dann übernehmen Sie die Leitung, um alles vor Ort zu koordinieren!«

»Okay. Momentan ist alles ruhig. Ein Junge liegt auf der Straße. Ich gehe hin.«

Hartung ging zu Max. Sechs Polizeibeamte sicherten ihn mit ihren Waffen nach allen Richtungen. Es blieb ruhig. Er fühlte den Puls des Schülers. Nichts. Max war tot. Er konnte nichts mehr machen.

Timo Hartung versammelte seine Mannschaft um sich.

»Wir sperren als Erstes großräumig ab. Unten sperren wir

ab der Stadthalle. Die Kanzleistraße wird ebenfalls dichtgemacht. Auch die Zufahrtsstraßen zum Ledergraben werden sofort geschlossen. Durchfahrtsberechtigung nur für Einsatzkräfte. Am Echazufer sperren wir ab dem Fitnessstudio.«

Er schaute zum Parkhaus hinüber.

»Ich möchte, dass kein Auto mehr aus dem Parkhaus kommt.« Er zeigte mit dem Zeigefinger auf das direkt gegenüberliegende Gebäude.

»Ich möchte, dass sofort alle Personen, die aus dem Parkhaus kommen oder es betreten, befragt werden. Fragen Sie nach, ob sie etwas gesehen haben! Darüber hinaus sind alle Kfz-Kennzeichen festzustellen und deren Besitzer auszumachen.«

Hartung blickte einen seiner Kollegen an.

»Harry, übernimm du das!«

Der Angesprochene übernahm sogleich die Aufgabe und machte sich mit zwölf Polizisten auf den Weg zum Parkhaus.

An Reutlingens Hauptverkehrsader wimmelte es von hochbewaffneten Einsatzkräften. Die Szenerie glich einem Ameisenhaufen. Alles schien durcheinanderzulaufen. Doch jeder der Beamten wusste genau, was er zu tun hatte. Es fiel kein überflüssiges Wort.

Hartung teilte weitere Gruppen ein, die Personendaten in der Gaststätte *Pfauen* und der sich daneben befindenden *Taverne Kreta* aufzunehmen hatten. Auch sandte er Teams in die Gebäude auf der anderen Straßenseite: ADAC-Geschäftsstelle, AXA, Computergeschäft, Blumendekorationsladen. Die Lage war immer noch vollkommen unklar.

Einer der Einsatzbeamten meldete kurz danach, dass keine verdächtige Person in den Gebäuden auf der gegenüberliegenden Straße auszumachen war. Ein Zweiter meldete die Vollsperrung. Hartung meldete die Lage an den Polizeiführer vom Dienst, der ebenfalls am FLZ in der Bismarckstraße sein Büro hatte. Der Tatort war fürs Erste abgesichert. Er wies eine junge Polizistin an, Max Luipolds Leiche mit einer Rettungsdecke abzudecken.

»Legen Sie bitte eine Folie über den Jungen. Das muss so lange reichen, bis die Kriminaltechnik kommt. Die bringt den Sichtschutz mit! Danke!«

Für einen Außenstehenden musste es wie das totale Chaos aussehen. Kontrollierte und genau durchdachte und zumindest in der Theorie trainierte Hektik traf die Situation allerdings eher. Es mussten sehr viele Dinge gleichzeitig erledigt werden. Die Kommandos waren klar und eindeutig. Überflüssige Kommentare wurden vermieden. Es gab keine Diskussionen.

Jetzt musste schnellstmöglich die Mordkommission dazustoßen. Benno Conrads wurde informiert.

Vom Klinikum am Steinenberg waren die Sirenen des Rettungswagens zu hören. Es konnte nicht lange dauern, bis sie am Ort des Geschehens ankommen würden.

Kurze Zeit später trafen die Rettungswagen mit einem Notfallsanitäter und einem Rettungssanitäter ein. Sekunden später kam auch der diensthabende Notarzt Wolfgang Berger im eigenen Fahrzeug vor der Oskar-Kalbfell-Halle an. Sie alle waren ebenfalls zentral von der Führungs- und Lagezentrale (FLZ) in der Bismarckstraße angefordert worden.

Hartung hatte angeordnet, einen extra Weg zu dem auf dem Boden liegenden Max zu trassieren, damit keine Spuren vernichtet werden konnten. Es war geschossen worden. Irgendwo mussten noch die Projektile verstreut sein. Die Scheiben des Peugeots waren durchschlagen.

Hartung ging auf Wolfgang Berger zu. Er gab ihm die Hand.

»Timo Hartung. Ich leite den Einsatz hier.«

»Wolfgang Berger«, stellte sich der Notarzt vor.

»Kommen Sie. Ich bringe Sie hin.«

Der Notfallsanitäter kümmerte sich um Sarah und Julian. Er führte sie zum Rettungswagen, legte ihnen eine Decke um und leitete sie in das Innere des Wagens.

Wolfgang Berger beugte sich zu Max herunter. Arme und Beine waren bizarr vom Körper gestreckt. Um seinen Kopf hatte sich eine Blutlache gebildet. Auch in seinem Rücken machte Wolfgang Berger einen Einschuss aus.

»Können Sie mal einen Sichtschutz aufstellen?«, fragte er Timo Hartung.

»Die Kriminaltechnik kommt gleich und bringt einen mit.«

Wolfgang Berger untersuchte Max genau. Dann schüttelte er den Kopf und blickte mit in den Augen stehender Gewissheit zu dem Rettungssanitäter.

»Keinerlei Vitalzeichen. Sie haben Recht. Der arme Junge hatte keinerlei Chance. Ich habe ja schon viel gesehen und erlebt, aber das geht mir jetzt verdammt unter die Haut. Mein jüngster Sohn ist in etwa genauso alt. Mir dreht es schier den Magen um, wenn ich daran denke, dass es ihn hätte treffen können.« Wolfgang Berger schluckte. In seinem Hals hatte sich ein dicker Kloß gebildet. Es war schwer für ihn, sich ohne Emotionen seiner weiteren Untersuchung zu widmen. Schwer zog er die Luft ein und ließ sie dann hörbar wieder zwischen seinen Lippen entweichen.

»Mindestens zwei Einschüsse. Jeweils in Kopf und Rücken. Der Kopfschuss war mit Sicherheit direkt tödlich. Inwieweit der Schuss in den Rücken ebenfalls ursächlich für den Tod war, kann ich so auf den ersten Blick nicht sagen. Aber das ist jetzt eine Sache für die Gerichtsmedizin. Ich kann Ihnen jetzt hier nur den vorläufigen Totenschein ausstellen«, wandte sich Wolfgang Berger noch einmal an Timo Hartung.

»Die Kollegen sollten gleich hier sein. Sind schon auf dem Weg.« Hartung schaute auf seine Uhr. »Wird aber noch ein paar Minuten dauern.«

Der Notarzt versuchte, zu seiner fachlichen Aufgabe zurückzufinden. Emotionen mussten in seinem Beruf immer wieder zur Seite geschoben werden, um die Arbeit sachlich ausführen zu können. Später zu Hause würde er die Play-Taste dann wieder drücken und sich mit dem Geschehenen und Gesehenen auseinandersetzen. Die zusammengekniffenen Lippen zeigten aber auch von außen eindeutig, dass ihn dieser feige Mord mehr als nur routinemäßig berührte.

Timo Hartung meldete alles sofort an das FLZ weiter, von wo aus die weiteren Maßnahmen zusammengeführt wurden. Wenige Minuten später trafen Kriminalhauptkommissar Robert Becker und Kriminalhauptkommissarin Marion Schmidt mit ihren Kollegen Manfred Zumbold und Jürgen Freese, der neu im Team war, am Tatort ein. Sie unterhielten sich mit Wolfgang Berger und Timo Hartung.

»Herr Hartung, wann ist das passiert? Haben Sie eine Uhrzeit?«, fragte Robert Becker den leitenden Beamten.

»Kurz nach dreizehn Uhr. Der Notruf ging exakt um 13.13 Uhr im FLZ beim Kollegen Kramer ein. Aber Sie wissen ja, dass zwischen Tatzeit und Meldung immer wieder ein paar Minuten vergehen.«

»Ja, wissen wir. Nervosität! Nummer verwechselt! Display nicht getroffen und so weiter. Ich bin lange genug im Dienst. Wer ist es denn?«

»Max Luipold heißt er. Kommt aus Pfullingen, Schloßgartenstraße. Wir haben jetzt mal alle Personen aus der unmittelbaren Nähe des Tatorts in das Gymnasium gebracht. Die junge Frau dort drüben im Wagen hat alles der FLZ gemeldet. Sarah Koch. Ebenfalls im Wagen ist Julian Neu. Er war direkt dabei, als der Junge erschossen wurde.«

Marion schaute Robert an und blickte zum Rettungswagen.

»Sagten sie ›Sarah Koch‹?«

»Ja. Genau.«

»Verdammt. Das ist bestimmt Sarah aus meiner Improtheatergruppe.«

Sie schaute Robert an.

»Ich gehe schon mal rüber.«

»Okay. Ich komme gleich nach.«

Sie drehte sich um. Robert wandte sich an Manfred Zumbold.

»Manfred, könnt ihr euch hier um die Befragungen kümmern? Marion und ich werden gleich zu den Eltern gehen. Ich kläre das noch kurz.«

Hartung kam auf Robert Becker zu.

»Das FLZ hat eine Ringfahndung eingeleitet. Es sind drei Ringe gebildet worden. Im Zehn-, Zwanzig- und Dreißig-Kilometer-Radius. Streifen stehen an den Steigen auf die Alb nach Genkingen, Holzelfingen, Honau. Die Zufahrten nach Münsingen, Tübingen und Stuttgart werden ebenfalls überprüft. Wir haben alles mobilisiert. Die Kollegen aus Esslingen, Nürtingen und dem Zollernalbkreis sind alle im Einsatz.«

Robert ließ die Luft zwischen seinen Zähnen entweichen.

»Gut. Schon verdammt viele Möglichkeiten, hier nach allen Richtungen zu fliehen.«

»Herr Hartung, haben Sie schon die Personalien aller anwesenden Personen aufgenommen?«, fragte Marion.

»Die Kollegen sind in der Schule gerade dabei. Auch in allen umliegenden Gebäuden nehmen wir die Personalien auf und befragen die Leute, ob sie etwas gesehen haben. Wir haben alle verfügbaren Kräfte im Einsatz. Der Psychologische Dienst ist ebenfalls verständigt.«

»Gute Arbeit«, nickte Robert Becker anerkennend. »Lassen Sie bitte auch die Videoaufnahmen drüben beim Parkhaus speichern, sobald sichergestellt ist, dass auch wirklich keiner mehr das Haus verlässt und alle Kennzeichen notiert sind. Herr Berger, können Sie mir schon etwas Näheres sagen?«, wandte er sich nun an den Mediziner.

»Habe ich Ihrem Kollegen schon gesagt. Zwei Einschüsse. Können beide tödlich gewesen sein. Aber das muss die gerichtsmedizinische Untersuchung in Tübingen klären.«

»Danke. Bitte wenden Sie sich dann an meine Kollegen Zumbold und Freese. Wir müssen zu den Eltern.«

Er sah sich nach allen Richtungen um. Hier gab es natürlich viele Möglichkeiten, von wo aus man Schüsse abfeuern konnte. Dahinten, das gerade neu erbaute Geschäftshaus zwischen dem Parkhaus am Ledergraben und der AXA-Geschäftsstelle, die daneben liegende ADAC-Filiale. Das Parkhaus selbst. Die Oskar-Kalbfell-Halle. Er ließ die Luft zwischen seinen Lippen entweichen. Sein Blick fiel auf die zerschossenen Scheiben des Peugeots. Die Kriminaltechnik um Lukas Behringer würde ihm schon die notwendigen Details liefern: Angaben über die mögliche Tatwaffe, Projektile, Schussrichtung, Entfernung zum Schützen.

Der Leiter der Kriminaltechnik hatte mit seinem Team bereits die Arbeit aufgenommen. Die weiß gekleideten Techniker hatten in der Zwischenzeit den Tatort weiträumig in Beschlag genommen, stellten Täfelchen auf, untersuchten den zerschossenen Wagen und machten sich auf die Suche nach eventuellen Projektilen, da noch nicht sicher war, wie viel Schüsse überhaupt abgegeben worden waren. Zumindest eines musste hier irgendwo liegen, nämlich das, das die Scheibe durchschlagen hatte.

Robert begab sich zum Rettungswagen, in dem Marion bereits die Personalien von Sarah und Julian aufgenommen hatte. Er stieg ein, gab den beiden die Hand und stellte sich kurz vor.

Sarah wirkte etwas gefasster, während Julian noch sichtbar stark unter Schock stand.

Robert blickte Marion an.

»Marion, wir müssen sofort nach Pfullingen zu den Eltern. Manfred und Jürgen machen jetzt hier weiter.«

Marion Schmid drückte Sarah noch einmal an sich.

»Sarah, meine Kollegen kümmern sich jetzt um euch. Wir müssen es den Eltern sagen.«

Sarah nickte unmerklich. In dem Moment kamen Jürgen Frese und Manfred Zumbold zum Rettungswagen.

»Ihr macht das hier, Manfred«, wandte sich Robert an den zuverlässigen Kollegen.

»Du kannst dich auf uns verlassen, Robert.« Zumbold und Freese stiegen in das Wageninnere.

Als Robert und Marion nach draußen kamen, sahen sie, wie ein Leichenwagen vorgefahren kam. Sie gingen noch einmal auf Wolfgang Berger und den in der Zwischenzeit eingetroffenen Gerichtsmediziner Oliver Knoll zu.

»Herr Berger, können Sie, bevor Sie gehen, noch kurz nach Julian und Sarah schauen? Vielleicht benötigen die noch was zur Beruhigung.« Marion schickte den Arzt zu den beiden Schülern.

»Was Neues?«, wandte sich Robert an den Gerichtsmediziner. Er kannte ihn von früheren Fällen.

»Eindeutig zwei Einschüsse. Wir nehmen ihn mit nach Tübingen. Der Staatsanwalt hat die Obduktion ja schon angeordnet. Lassen Sie uns später noch telefonieren. Dann wissen wir mehr«, antwortete Oliver Knoll. »Sie wissen, dass eine Bekannte von Ihnen bei uns arbeitet? Christina Bauknecht. Mit ihr haben sie doch im Rinnental-Fall zusammengearbeitet. Sie hält große Stücke auf Sie.«

Roberts Miene hellte sich auf.

»Ja! Ich weiß. Wir sehen uns ab und zu.«

Wenigstens ein Lichtblick an diesem Tag. Robert mochte die Gerichtsmedizinerin sehr und er freute sich auf jede Begegnung mit ihr.

»Ja. Dann werden Sie jetzt auch dienstlich wieder zusammentreffen. Sie wird die Obduktion übernehmen.«

»Herr Knoll, bestellen Sie ihr doch liebe Grüße von mir. Ich freue mich, sie wiederzusehen. Wir warten jetzt mal Ihre Obduktionsergebnisse und die Erkenntnisse der Kriminaltechnik ab und tragen dann alles zusammen. Aber das funktioniert schon.«

Robert und Marion gingen noch einmal zu Timo Hartung.

»Gibt es noch mehr?«

»Ich habe Ihnen ja gesagt, dass die Ringfahndung läuft, aber schauen Sie sich doch mal um. Von hier aus kann man überall gleich schnell hinkommen, Tübingen, Alb, Metzingen, Stuttgart. Der Täter oder die Täterin kann nach allen Richtungen weg sein. Vielleicht haben wir ja Glück und einer Streife ist was aufgefallen.«

Marion ging zu Lukas Behringer.

»Und, Lukas?«

»Wir suchen, Marion«, sagte er in einem leicht genervten Ton. »Wenn wir natürlich schon wüssten, in welchem Winkel die Kugeln den Jungen getroffen haben, wäre es für uns leichter. Dann könnten wir die Position des Schützen ausrechnen. Und die Projektile ließen sich ebenfalls leichter finden. Aber wir werden das schon rausbekommen. Wir müssen halt Schritt für Schritt vorgehen.«

»Ich weiß.« Sie streichelte ihm über den linken Arm.

»Bis später, Lukas. Wir haben jetzt noch den schweren Gang zu den Eltern vor uns.

»Ich weiß, möchte nicht in deiner Haut stecken.« Er drückte ihre Hand.

»Komm, Marion! Lass es uns hinter uns bringen. Wir kommen nicht drum rum. Wir müssen es den Eltern sagen, bevor sie es aus den sozialen Medien oder dem Radio erfahren.«

»Ich weiß, Robert, aber mir ist jetzt schon halb schlecht. Ich kann so etwas nicht.«

»Mir fällt es auch nicht leicht. Aber je schneller wir das jetzt machen, desto besser ist es. Ich habe die Adresse. Ist in Pfullingen ganz am Anfang, in der Schloßgartenstraße.«

Sie bestiegen ihren Wagen und fuhren Richtung Pfullingen.

23

Im Rettungswagen hatten Zumbold und Freese in der Zwischenzeit die Befragung von Sarah und Julian weitergeführt.

Manfred Zumbold wandte sich an Julian.

»Julian, wenn es geht, versuche mir zu berichten, was passiert ist. An was kannst du dich erinnern? Wenn es geht, schildere uns die Situation bitte so detailliert wie möglich.«

»Ich, ich, ich wollte zum Bus. Zum 400er … 13.07 Uhr. Es war schon sehr spät. Vielleicht noch zwei, drei Minuten Zeit, dann …«, seine Stimme versagte. Manfred legte den Arm auf sein rechtes Bein. Sarah griff seine Hand.

»Dann, was passierte dann?«, wollte Zumbold wissen. Er sah ihn mitfühlend an.

»Max kam angerannt. Hat mir noch ganz stolz sein neues

Plakat gezeigt, wegen der *Fridays for Future*-Demo am Freitag. Habe ihm gesagt, dass mein Bus fährt. Er war enttäuscht, dass ich sein Plakat gar nicht richtig gewürdigt habe. Ist er wirklich tot? Das kann doch nicht sein! Er war doch noch gerade bei mir. Gerade noch!« Ein Weinkrampf, der auch allen anderen Anwesenden von Kopf bis Fuß wie kleine elektrische Schläge durch die Glieder fuhr, schüttelte ihn.

Sie warteten kurz, bis zumindest die erste Welle der Emotionen abgeklungen war.

»Geht es noch mal, Julian?«

Er nickte, wollte sich zusammenreißen und helfen. Er hatte den Kopf in seinen Armen verborgen. Die Handflächen lagen auf den Haaren, das Gesicht in den Ellbeugen vergraben. Die Augen geschlossen. Noch immer lief ein Zittern durch seinen Körper. Jetzt richtete er sich auf.

»Ich habe ihm gesagt, dass ich jetzt auf den Bus muss. Er ist dann wieder Richtung Schule. Aber plötzlich kam er zurückgelaufen. Stand wieder direkt vor mir. Dann fiel er einfach um. Ich habe mich hinter das Auto geworfen. Ganz flach auf den Boden. Dann waren da plötzlich überall Scherben. Ich glaube, es war ein zersplittertes Autofenster oder sowas.«

Ein heftiges Zittern durchfuhr erneut seinen ganzen Körper. Auch die um seine Schultern liegende Decke konnte ihn nicht wärmen. Die Kälte, die er verspürte, hatte nichts mit der Außentemperatur zu tun. Seine Zähne schlugen aufeinander. Er wurde wieder und wieder von Weinkrämpfen geschüttelt.

Zumbolds und Freeses Blicke trafen sich über dem Kopf von Julian.

»Sollen wir aufhören, Julian?«, fragte Jürgen Frese einfühlsam.

»Nein, geht schon«, schluchzte Julian mit vibrierender Stimme.

»Wo und wie hat Max denn gestanden, als er getroffen wurde? Mehr zum Ledergraben oder wie?«

»Ja, mit dem Rücken zum Ledergraben. Er hat mich direkt angeschaut.«

Die beiden Kommissare blickten sich an. Wenn das stimmte und die ersten Erkenntnisse vom Notarzt wahr sein sollten, dass Max auch in den Rücken getroffen worden war, dann hatte der Schütze höchstwahrscheinlich von der gegenüberliegenden Seite aus geschossen.

»Okay. Dabei belassen wir es jetzt erst mal. Das war für uns schon sehr hilfreich. Danke, Julian«, wollte Zumbold die Befragung beenden, wendete sich dann aber doch noch einmal an Sarah.

»Herr Kramer vom Führungs- und Lagezentrum hat uns mitgeteilt, dass du deine Sache hervorragend gemacht hast, Sarah. Dankeschön.«

»Das macht ihn aber jetzt auch nicht wieder lebendig«, zischte Sarah.

Manfred presste die Lippen zusammen und schüttelte mitfühlend den Kopf. Er blickte den neuen Kollegen an. Der öffnete die Tür des Rettungswagens, winkte einen der Polizeibeamten heran.

»Können Sie die beiden mal rüber in die Schule bringen? Der Psychologische Dienst muss schon da sein.«

Der Kollege nickte und führte die beiden Schüler, die beide eine Decke umgehängt hatten, in das nahe gelegene Gymnasium. Zumbold und Freese verließen ebenfalls den Rettungswagen, der mit allen notwendigen Gerätschaften ausgestattet war, von denen aber nun keine mehr benötigt wurden.

Manfred ging auf Lukas Behringer zu.

»Habt ihr schon was?«

»Tut mir leid. Das dauert länger. Es kann sein, dass hier

noch Projektile irgendwo im Gebüsch liegen. Der Hergang ist uns noch vollkommen unklar.«

»Schaut euch auch mal die andere Straßenseite an. Der Junge hat ausgesagt, dass der Ermordete, Max, mit dem Rücken zum Ledergraben gestanden hat, als er erschossen wurde. Und der Notarzt ist bei der ersten Untersuchung unter anderem auch von einem Schuss in den Rücken ausgegangen.«

»Manfred, ich bin lange genug bei der KT. Das machen wir sowieso. Das werden jetzt wohl wieder Tage mit vierzehn bis sechzehn Stunden Arbeit, so wie ich das momentan sehe«, beendete Lukas Behringer das Gespräch.

Zumbold und Freese begaben sich auf den Weg in die Schule.

Dort herrschte große Aufregung. Die Schüler, die kurz nach dem Todesschuss zum Tatort gekommen waren, hatte man im Lehrerzimmer zusammengezogen. Sie saßen konsterniert auf den Stühlen. Die Köpfe gesenkt. Kaum einer sprach. Manche schluchzten still vor sich hin. Andere starrten in die Leere. Es würde eine Weile dauern, bis das Geschehene wirklich in ihr Bewusstsein vordringen würde, bis sie begriffen, wie furchtbar ein paar Sekunden ihre ganze Welt verändert hatten.

Manfred und sein neuer Kollege schauten sich um. Julian und Sarah mussten sie nicht befragen.

»Kann uns einer von euch noch etwas sagen? Ist irgendjemandem von euch etwas aufgefallen?«, wandte sich Manfred an die Runde aus Schülern und Lehrern.

Keiner meldete sich. Nur Oskar Schneider murmelte vor sich hin:

»Musste ja irgendwann so weit kommen. Ist doch klar, dass die mit ihrem Klimawandel-Tick Gegner auf den Plan rufen. Aber so?« Er schüttelte den Kopf.

Die beiden Polizeibeamten hatten wegen der gedämpften Stimme nur einige Sprachfetzen mitbekommen, aber das reichte aus, sich jetzt dem Mitschüler von Julian und Sarah zuzuwenden. Sie gingen auf ihn zu.

»Was hast du da gerade gesagt? Wie heißt du denn?«

»Oskar Schneider. Ihre Kollegen haben schon alles aufgenommen.« Er blickte Manfred und Jürgen von unten in die Augen.

»Was hast du da vor dich hingemurmelt?«

»Ja, dass es irgendwann mal soweit kommen musste. Die mit ihrem ganzen Klimazeug. Das lässt sich doch nicht jeder gefallen. Geradezu fanatisch sind der Julian und Sarah. Und viele von den anderen laufen häufig nur hinterher. Dass die mal was vor den Latz bekommen, war doch klar. Aber Max doch nicht. Der war doch eher ein Mitläufer. Ist Julian und Sarah doch nur hinterhergedackelt. Wollte auch mal Aufmerksamkeit.«

»Was hat denn das Ganze jetzt mit dem Klimawandel oder den Freitagsdemos von *Fridays for Future* zu tun?«, wandte sich Jürgen Freese an ihn.

»Sarah und Julian haben doch ganz viele zu den Demos mitgenommen. Die hatten ja kaum noch was anderes im Kopf. Sarah hat doch auch diese Drohung bekommen. Ihre Katze hat man umgebracht. An den Briefkasten was geschrieben. Und jetzt hat sich bestimmt jemand an ihnen rächen wollen. Getroffen hat es jetzt den Max. Den haben sie bestimmt nicht umlegen wollen.«

Jürgen Freese notierte sich die Äußerungen in sein Notizbuch.

»Da muss es ja einen Vorgang geben.« Freese blickte Zumbold an.

»Da müssten wir was im *ComVor* haben. Augenblick mal. Marion hat mir auch mal berichtet, dass es drei Schüler sind, die sich so gegen die Demos stellen. Oskar, Ludger und Raphael.«

Sie wandten sich noch einmal Oskar zu.

»Noch eine Frage hätten wir, Oskar. Wo sind denn Ludger und Raphael?«, wollte Zumbold von ihm wissen.

»Ludger sitzt da hinten an dem Tisch.« Oskar zeigte auf den am Fenster stehenden Tisch. »Und Raphael war heute gar nicht da.«

»Weißt du, warum? Ist er krank?«, fragte Freese.

Oskar zuckte mit den Schultern.

»Danke, Oskar. Wir werden bestimmt noch einmal auf dich zukommen.«

Weder Ludger noch die Schulleiterin konnten ihnen sagen, warum Raphael Risse heute nicht zur Schule gekommen war. Sie fragten die Rektorin nach den Kontaktdaten von Raphael Risse. Ebenfalls vereinbarten sie mit ihr, dass sie noch einmal zu Gesprächen vorbeikommen würden. Sie baten sie, die Namen aller Anwesenden zu notieren. Dann verabschiedeten sie sich.

24

Zehn Minuten später, nachdem sie den Tatort verlassen hatten, bogen Marion und Robert in die Schloßgartenstraße oberhalb der Römerstraße ein. Sie parkten ihr Fahrzeug vor einem Einfamilienhaus, das etwa Mitte der Siebzigerjahre gebaut sein musste.

Im Garten des Nachbarhauses schnitt ein älterer Mann die Hecke, die sein Anwesen umfasste. Seine Frau fegte die

Zweige und Blätter zusammen, um sie dann in einen Grüngutsack zu stopfen. Sie würden das Ganze bald zum Häckselplatz fahren. Die beiden starrten Robert und Marion an.

»Was bekommen die Luipolds denn heute für Besuch?«

»Hast du die schon mal gesehen, Erna?«, wollte der die Hecken schneidende Senior von seiner Frau wissen.

»Nein, kenne ich nicht. Sind bestimmt Versicherungsvertreter oder wollen den Luipolds einen Staubsauger oder so etwas verkaufen. Wilhelm, wenn die nachher zu uns kommen, schicke sie bitte gleich weg. Ich will keine Versicherung und einen Staubsauger brauche ich auch nicht. Unserer saugt wirklich noch gut. Übrigens, du könntest auch mal wieder die Wohnung saugen. Ist schon ewig her, dass du dich im Haus mal nützlich gemacht hast.«

»Und du hör mal endlich auf zu meckern. Ich schneide die Hecke«, knurrte ihr Mann mit mürrischer Stimme.

Ihre Blicke waren auf Robert und Marion gerichtet. Das Heckenschneiden war für einen Moment eingestellt.

»Augenblick noch. Lass uns noch einmal Luft holen.« Marion schloss die Augen. Atmete noch dreimal tief ein und aus. Dann ging ihre rechte Hand zum Türgriff ihres Wagens. »Also auf.«

Sie stiegen aus und gingen die sechs Stufen zum Eingang hoch. Robert betätigte den Klingelknopf. Nach kurzer Zeit hörten sie die Stimme einer Frau im schwäbischen Dialekt.

»Max! Wo blaibscht denn. Du hosch doch scho um zwoe drhoem sae wella. Hosch daen Schlissel ...?« Die Tür wurde geöffnet.

»Ja bidde? Noe! Wissed Se, wenn Se von den Zeugen Jehovas sind, kenned Se glei wieder ganga. Se brauched erschd gar koe Diskussion mit mir afanga. Mir send evangelisch und mir bleibed des au. Mached Se, was Se welled. Also auf

Wiedersehen. Und an scheena Dag no.« Frau Luipold hatte die Tür in der rechten Hand und wollte sie gerade wieder schließen, als ihr Robert genau in die Augen blickte.

»Frau Luipold, wir sind nicht von den Zeugen Jehovas. Wir sind von der Reutlinger Kriminalpolizei.« Robert und Marion zeigten ihre Ausweise.

»Robert Becker.«

»Marion Schmidt. Dürfen wir reinkommen?«

Frau Luipold war wie vom Blitz getroffen. Zwei Polizisten am helllichten Tag mit Ausweisen vor der Tür. Das kam in jedem *Tatort*, in jedem *Polizeiruf* vor. Der Satz: »Dürfen wir reinkommen?«, den kannte sie auch von den Krimis. Am Ende stand immer die Übermittlung einer Todesnachricht. Ihre Augen weiteten sich vor Entsetzen. Sämtliche Farbe war aus ihrem Gesicht entwichen. Marion ging auf sie zu, legte ihr eine Hand auf die Schulter.

»Frau Luipold. Dürfen wir?«

Marion legte alle Sanftmut in ihre Stimme, obwohl sie wusste, dass dies wohl jetzt gar nicht das Innere von Frau Luipold erreichen konnte. Geradeaus vor sich sah sie die offen stehende Tür des Wohnzimmers. Sie führte Frau Luipold herein und drückte sie sanft mit einer Hand auf die Couch. Robert schloss die Haustür leise hinter sich und kam den beiden hinterher. Aus langjähriger Erfahrung wussten sie beide, dass sich in solchen Momenten Körper und Geist in unterschiedlichen Welten befanden. Die Leute bewegten sich wie in Trance, sprachen und hörten zu, aber verstehen konnten sie nicht.

»Wa…? Was isch bassierd? Bidde, bidde saged Se mir ned, dass einer von meine…«

Ihre Stimme brach ab. Sie blickte Marion mit flehenden Augen, die die pure Verzweiflung widerspiegelten, an.

»Max! Max! Bidde ned Max!«

Marion hatte sich neben sie gesetzt und den Arm um sie gelegt.

»Doch, Frau Luipold, es ist Max. Ihr Max ist tot. Er ist erschossen worden.«

Robert wusste, wie hart seine Aussage Frau Luipold treffen musste, aber er hatte es sich zur Angewohnheit gemacht, die Tatsache klipp und klar auszusprechen, weil er die Erfahrung gemacht hatte, dass dies letztendlich für alle Beteiligten besser war, als drum herum zu reden. Viel zu oft hatte er schon erlebt, dass es zu Missverständnissen gekommen war und sich die Hinterbliebenen bis zuletzt an die Hoffnung geklammert hatten, dass ihr Angehöriger nicht tot war.

Frau Luipolds Blick, der bis jetzt noch starr durch das Glas der Terrassentür nach draußen gerichtet war, ging zur dunkelbraunen Eichenschrankwand. Dann schrie sie ihren ganzen Schmerz hinaus. Sie zitterte und bebte am ganzen Körper. Mund und Augen weit aufgerissen, rannte sie zwischen Wohnzimmerfenster und Marion hin und her. Kältewellen liefen über ihren Körper. Marion befürchtete, dass sie bald zusammenbrechen würde.

Marions Herz raste. Sie fing ebenfalls an zu zittern. Jetzt nahm sie Frau Luipold fest in die Arme und ließ sie ihren tiefen Schmerz auf sich entladen.

Robert schaute sich im Wohnzimmer um. Die Einrichtung war schon etwas aus der Mode gekommen. Alles war in dunklen Farben gehalten. Die Schrankwand fein säuberlich aufgeräumt. Hinter der kleinen Glasscheibe, in der Mitte des Schrankes, konnte er einige Bierkrüge aus Ton ausmachen.

Im mittleren Fach links entdeckte er ein Familienfoto, das Frau Luipold, Max, einen etwas älteren weiblichen Teenager sowie wohl Herrn Luipold zeigte. Er blickte zu Marion hinüber, die ihm mit der rechten Hand anzeigte, dass er mit Fragen noch warten solle. Robert sah zwei Zinnteller links neben dem Schrank. Auch der dunkelbraune Teppich schien schon einige Jahre hier zu liegen. Aber alles mehr als sauber und gepflegt. Die dunkle Holzdecke nahm dem Raum etwas von der Helligkeit und erzeugte ein bedrückendes Gefühl. Hier war in den letzten Jahren gar nichts bis wenig erneuert oder renoviert worden.

Robert räusperte sich.

»Frau Luipold. Können Sie mich verstehen? Können Sie mich hören?«

Frau Luipold nickte, ohne einen Ton zu sagen, in Marions Armen.

»Wo isch er jetzt? I will zu ihm! I muss zom Max! Brenged Se mi zo ihm!« Ihr Atem ging stoßweise. »Wie isch es bassiert? Wo? Er war doch ganz normal in dr Schul. Die hend doch heut die Deutscharbeit gschrieba und er hod no die Präsentation mache müssa.«

Es klingelte an der Haustür.

»Max! Max! Da bisch ja!« Frau Luipold wollte zur Haustür rennen.

Marion hielt sie in ihren Armen fest.

»Lassed Se mi doch los! Dr Max kommt.«

Marion verfestigte ihren Griff. Robert ging zur Haustür und erläuterte der Nachbarin, die gerade ein paar Eier ausleihen wollte, dass es jetzt nicht ginge. Er erkundigte sich nach ihrem Namen und teilte ihr mit, dass er sie eventuell später noch benötigen würde. Dann kam er wieder in das Wohnzimmer zurück. Frau Luipold und Marion saßen noch auf dem grauen stoffbezogenen Sofa, das einige altersbedingte Gebrauchsspuren aufwies.

»Er isch doch vollkomma gsond. Er hat doch nix. Des goht doch gar ed. Mir wared doch ledschde Woch no beim Dokdr. Hend s'Bluad untersucha lassa. Alles okay.«

»Frau Luipold, ihr Sohn ist keines natürlichen Todes

gestorben. Wir müssen Ihnen mitteilen, dass Ihr Max einem Tötungsdelikt zum Opfer gefallen ist. Er wurde…, er wurde erschossen«, wiederholte Robert.

Jetzt riss sich Frau Luipold aus den Armen von Marion und lief vollkommen orientierungslos im Wohnzimmer umher. Marion blickte Robert an.

»Arzt?«

»Wird wohl besser sein«, antwortete Robert. Er griff zum Handy und rief noch einmal beim FLZ an, dass sie ihm einen Notarzt schicken sollten, der Frau Luipold etwas zur Beruhigung geben sollte.

»Frau Luipold, wo ist denn Ihr Mann jetzt?«, fragte Marion.

»Der muss doch schaffa. Kommd erschd am sechse hoem.«

»Wo arbeitet er denn?« Robert wollte weiterkommen, aber er wusste auch, dass er ganz behutsam vorgehen musste.

»Holzhandlung Braun, do beim Südbahnhof. Da isch er scho seid mir ons kenned. Sein Vadder hat ao scho da gschaffd.«

»Frau Luipold, haben Sie seine Handynummer?«, wurde sie von Marion gefragt.

»015776… Noe. 01578… I weiß ned. Er will doch ed onderm Dag agrufa werda. I will zom Max! Wo isch mein Max? I…«

»Frau Luipold, Ihr Mann wird gleich hier sein.« Robert rief auf dem Präsidium an und beauftragte einen Kollegen, Herrn Luipold bei seinem Arbeitsplatz abzuholen und nach Hause zu bringen.

»Fahr aber bitte nicht mit einem Streifenwagen. Ich möchte nicht, dass beim Arbeitsplatz von Herrn Luipold oder hier in der Straße alles rebellisch gemacht wird.«

»Geht in Ordnung.«

In diesem Moment klingelte es erneut und Wolfgang Berger, der Notarzt, stand an der Haustür.

»Geben Sie ihr bitte etwas zur Beruhigung. Die Frau packt das so nicht alleine.«

»Wo ist sie?«

»Geradeaus im Wohnzimmer.« Robert zeigte ihm mit der rechten Hand die Richtung.

Wolfgang Berger nickte und ging mit seinem Koffer zu Frau Luipold und Marion. Während er sich um die Mutter von Max kümmerte, kam Marion auf Robert Becker zu.

»Verdammt! An diese Situationen werde ich mich nie gewöhnen. Das nimmt mich total mit.«

»Ja, mich auch. Klaus Klett holt jetzt den Vater ab. Wird wohl auch bald da sein. Herr Berger, bleiben Sie bitte so lange auf jeden Fall noch. Vielleicht braucht er auch direkt was.«

Zwanzig Minuten später hörten sie einen Schlüssel in der Tür. Sie wurde geöffnet. Hans Luipold stürmte an den Kommissaren vorbei ins Wohnzimmer. Wolfgang Berger hatte Frau Luipold gerade eine Tablette gegeben, die die Situation kurzzeitig etwas dämpfen würde, und sie auf das Sofa gelegt. Marion hatte sie mit einer Decke zugedeckt. Hans Luipold kniete neben seiner Frau. Tränen rannen aus seinen Augen und benetzten die Decke. Ein Weinkrampf erschütterte auch ihn.

»Kann ich noch etwas tun?«, wollte Wolfgang Berger wissen.

Marion blickte zum Sofa.

»Ich glaube, der Herr Luipold kann auch etwas vertragen. Er ist der Vater. Und Männer sind ja auch nicht härter im Nehmen als Frauen.«

Marion legte den Kopf etwas zur Seite und schaute den Notarzt an. Der wandte sich um und ging wieder zurück.

Robert, Marion und Klaus Klett folgten ihm. Nachdem auch Hans Luipold eine Tavortablette erhalten hatte, wollte ihn Robert etwas fragen. Doch er kam nicht zu Wort.

»Wer war das? Wer hat das unserem Sohn angetan? Wer hat ihn erschossen? Ihr Kollege hat das gesagt. Wo ist er jetzt? Können wir ihn sehen? Können wir zu ihm?«

Die Wirkung des Medikaments hatte noch nicht eingesetzt. Wie ein Tiger im Käfig lief Herr Luipold im Wohnzimmer umher. Dann setzte er sich an den braunen Holztisch, holte sich eine Zigarette aus der dort liegenden Packung und zündete sie an. Hektisch nahm er ein paar Züge.

»Herr Luipold, Ihr Sohn ist jetzt nach Tübingen gebracht worden. Er muss obduziert werden, damit wir die genauen Umstände seines Todes aufklären können. Wir geben Ihnen natürlich sofort Bescheid, wenn Sie dorthin können. Sie sollten ihn sowieso identifizieren«, gab sich Robert jetzt sachlich.

»Sie können unseren Sohn doch nicht so einfach obduzieren. Sie können ihn doch nicht aufschneiden, so wie das immer im Fernsehen im *Tatort* gesendet wird. Der Börne aus dem *Münster-Krimi*, der macht doch das immer und der andere, da aus dem *Köln-Tatort* mit Ballauf und Schenk, der macht doch auch immer diese Obduktionen. Geht das so? Dürfen die das überhaupt ohne unsere Einwilligung?«

Er war vollkommen aufgebracht.

»Herr Luipold, der Staatsanwalt muss eine Obduktion veranlassen. Er ist verpflichtet dazu. Und als Angehöriger haben Sie in diesem Fall kein Einspruchsrecht. Das ist gesetzlich so geregelt.«

Jetzt setzte allmählich die Wirkung des Medikaments auch bei ihm ein, obwohl er innerlich noch immer mehr als aufgewühlt war.

»Weiß man, wer es war? Haben Sie ihn schon? Wenn ich den in die Hände bekomme!«

Er schüttelte Robert an den Schultern.

»Herr Luipold, das lassen Sie mal unsere Sache sein«, antwortete ihm Robert und nahm Hans Luipolds Hände von seinen Schultern. »Sie haben jetzt beide etwas zur Beruhigung bekommen. Ich würde jetzt Ihre Nachbarin, wie hieß sie noch?«

»Wen meinen Sie? Die Frau Kruse?«

»Ja, so hat sie sich vorgestellt.«

»Ich würde die Frau Kruse darum bitten, dass sie sich um Sie kümmert. Und jetzt versuchen Sie etwas ruhiger zu werden. Die Tablette wird gleich helfen.«

»Was faseln Sie denn da für ein wirres Zeug? Wie soll ich mich beruhigen, wenn unser Sohn ermordet worden ist? Ist Ihnen klar, wie schwachsinnig so ein Satz ist? Wenn Ihr Sohn … Haben Sie einen Sohn? Wenn der ermordet worden wäre, könnten Sie sich dann beruhigen?«

»Herr Luipold, ich ahne nur, wie schwer es jetzt für Sie ist und genau darum haben wir Ihnen und Ihrer Frau ein Beruhigungsmittel geben lassen. Ich habe nicht gesagt, dass Sie sich beruhigen sollen.«

Robert wusste aber, dass seine Worte nur schwer durch die Wolke von Trauer und Unverständnis zu ihm durchdringen würden. Marion war nach nebenan gegangen und hatte die Nachbarin geholt. Die beiden kamen gerade zur Tür rein, als Robert sich noch einmal an Herrn Luipold wandte:

»Herr Luipold, Frau Kruse wird sich jetzt etwas um Sie kümmern, bis eine ausgebildete Fachkraft kommt. Ich habe den Notfallnachsorgedienst informiert. Da wird sofort jemand zu Ihnen kommen.«

In diesem Moment schellte es schon an der Tür. Ein eigens für solche Fälle ausgebildeter Sanitäter betrat das Haus, nachdem Marion ihm geöffnet hatte. Marion begrüßte ihn und führte ihn dann in das Wohnzimmer.

»Herr und Frau Luipold. Das ist Herr Werner vom Notfallnachsorgedienst. Er wird jetzt für ein paar Stunden bei Ihnen bleiben. Dieser Dienst ist extra eingerichtet worden, damit Sie und andere Betroffene einen Ansprechpartner haben.«

Die beiden Eheleute schienen gar nicht gehört zu haben, was Robert gesagt hatte.

»Wir melden uns später noch einmal bei Ihnen.«

Die drei Kommissare verließen das Haus und fuhren zurück ins Präsidium.

25

In der Bismarckstraße angekommen, trugen sie alle bisher zu Tage gebrachten Gesichtspunkte auf einer großen Tafel, die an der Wand hing, zusammen.

»Was hältst du von …?«, Robert konnte seinen Satz nicht zu Ende bringen, denn in diesem Moment betrat ihr Chef, Benno Conrads, das Büro. Er wirkte gestresst. Seine Augen flackerten und seine Haare standen etwas wirr vom Kopf ab. Mit seiner rechten Hand fuhr er immer wieder in seine Hosentasche, zog sie dann Sekunden später wieder heraus und nestelte am Saum.

»Wie sieht es aus? Haben Sie schon etwas?«

»Schüsse aus größerer Distanz. Der oder die Täter sind flüchtig. Die KT ist noch vor Ort. Wird auf jeden Fall länger dauern. Die Lage ist bisher völlig unklar. Die Leiche ist in Tübingen bei der Gerichtsmedizin. Wenn wir die Ergebnisse haben, werden wir das ordnungsgemäß zusammenführen.«

»Ist das alles?«, wollte Conrads wissen. »Da müssen Sie mehr liefern. Das muss ein bisschen schneller gehen, liebe Kollegen. Der Fall ist bundesweit bekannt.«

»Momentan ja, Chef. Lassen Sie uns das mal in aller Ruhe angehen. Wir müssen uns erst mal einen Überblick verschaffen und alle bisherigen Infos sammeln«, antwortete Marion.

»Na, dann hoffen wir mal das Beste. Den Mordfall in Orschel-Hagen haben übrigens Ihre Kollegen übernommen.« Er schüttelte den Kopf. »Zwei Morde so kurz hintereinander. Die Stadt entwickelt sich echt zu einem heißen Pflaster. Ich höre von Ihnen.«

Er wandte sich um und verließ das Zimmer. Robert verzog das Gesicht, sagte aber nichts. Seine Mimik sprach Bände.

»Robert? Wolltest du vorhin noch etwas sagen?«, nahm Marion den Gesprächsfaden wieder auf, der vorhin durch Benno Conrads unterbrochen worden war.

»Was habe ich denn da noch gesagt? Weiß nicht mehr …«

»Was hältst du von …?«

»Ach so, ja. Was hältst du von dieser Aussage von Raphael, dass Julian und Sarah so richtige Klimaaktivisten sind? Scheint so, dass es da Zusammenhänge gibt. Wir sollten das im Auge behalten. Ich weiß von Sarah, wie sie sich für diese Sache einsetzt. Und sie hat ja auch diese eindeutige Drohung erhalten. Der Vorgang ist im *ComVor* festgehalten und sie ist vom Staatsschutz in Tübingen dazu vernommen worden. Unser lieber Kollege Hinrichsen aus Kleinengstingen hat den Vorgang angelegt.«

Marion notierte es auf der großen Tafel.

»Amoklauf? Ja. Schreib mal dazu. Aber eher unwahrscheinlich. Ein Amoklauf sieht anders aus. Das ist doch mehr ein wildes, wahlloses Rumgeballere.«

»Es sieht ja so aus, dass es hier eher ein gezielter Anschlag war, oder?«

»In Amerika gab es doch vor einiger Zeit so eine Mordserie mit einem Sniper. Der hat doch Menschen gezielt umgebracht, indem er von Dächern aus geschossen hat.«

»Du meinst, wir könnten es hier mit einem Serienkiller zu tun haben? Und das hier ist erst der Anfang?« Marion zuckte mit den Schultern. Am Anfang einer Ermittlung wusste man nie, was noch auf einen zukommen würde. »Wir müssen nach allen Richtungen offen sein. Vor ein paar Jahren hat jemand auf den Autobahnen auf Lastwagen geschossen. In so einem Menschenhirn kann sich wirklich Unvorstellbares abspielen. Robert, die Lage ist einfach noch vollkommen unklar.«

Robert nickte und notierte die Gedankengänge ebenfalls auf der Tafel. Die Aufschriebe verzweigten sich immer mehr zu einem Spinnennetz, ohne dass Verbindungen zu erkennen waren.

»Haben wir schon die Zeugenaussagen vom Tatort?«, wollte er wissen.

»Die Personalien sind alle festgestellt. Eine Frau, warte mal einen Augenblick, ja hier, Frau Hillebrand, hat ausgesagt, dass sie meint, eine Bewegung ganz oben im obersten Parkdeck wahrgenommen zu haben. Vielleicht haben wir ja Glück und Lukas findet dort oben was.«

»Hoffen wir es mal.«

»Und die Kameraauswertung von der Ein- und Ausfahrt?«

»Die ist drüben bei den Kollegen.«

»Dann lass uns doch rübergehen.«

Im Nachbarraum sahen sich zwei Beamte die Videoaufzeichnungen der Parkhauseinfahrt an. Sie saßen konzentriert vor den Bildschirmen und hielten jede Auffälligkeit fest.

»Und, habt ihr irgendwelche Erkenntnisse? Ist was aufgefallen?« Robert beugte sich in Richtung des Bildschirmes.

»Wir haben uns jetzt mal den Zeitraum von einer Stunde vor den Schüssen bis fünfzehn Minuten danach angesehen. Es sind insgesamt 43 Autos reingefahren und 32 wieder heraus. Davon zwei nach dem Notruf. Wir haben alle

Kennzeichen ermittelt und die Halter festgestellt. Der Beamte deutete auf eine Liste. Die zwei Personen, die nach dem Notruf das Parkhaus verlassen haben, haben wir schon befragen lassen. Einmal eine Mutter mit ihrem Kind. Die war mit ihrer Tochter beim Zahnarzt. Sie gibt an, dass sie auf einem der unteren Parkdecks ihr Auto stehen hatte. Da gibt es Frauenparkplätze. Und dann wäre da noch ein Senior, Franz Morlock, 87 Jahre alt, aus Sondelfingen. Der sollte besser kein Auto mehr fahren. Ähnelt eher einer tickenden Zeitbombe im Straßenverkehr. Kommen wohl beide nicht in Frage für einen kaltblütigen, gut geplanten Mord. Zu Fuß haben wir nach der Tat keinen mehr rauskommen gesehen. Aber da ist ja auch die Unterführung, die zur Oskar-Kalbfell-Halle geht und auf der anderen Seite zur Echaz und zur Hindenburgstraße. Das ist natürlich nicht im Feld der Kamera.«

»Danke, Kollegen. Dann können wir ja fast davon ausgehen, dass der Täter oder die Täterin nicht mit dem Wagen im Parkhaus war.«

»Oder zumindest nicht mit ihm wieder herausgefahren ist.«

»Marion, der wird uns nicht einfach sein Auto da stehen lassen. Das wäre ja wie eine Einladung zum Abendessen. Was ist mit den Kameras vom Rathausparkhaus und von dem an der Pomologie?«

»Habe ich schon veranlasst.« Marion blickte die zwei Beamten vor dem Bildschirm an.

»Die machen wir als Nächstes. Wir rufen euch an, wenn wir so weit sind.«

»Gut. Dann bis später.«

»Lass uns wieder rüber gehen.«

Die beiden Kriminalhauptkommissare verließen den Raum und gingen wieder zurück in Roberts Büro.

»War echt 'ne schlimme Situation eben bei den Eltern. Ob

man da jemals wieder auf die Beine kommt? Da ist doch das eigene Leben auch vorbei. Furchtbar. Kann mir gar nicht vorstellen, wie es da einem als Vater oder Mutter geht. Scheußlich.«

»Ja, Marion. Aber wir müssen profimäßig damit umgehen. Die Distanz bewahren. Schließlich wollen wir den Fall lösen. Wenn wir irgendetwas für die Eltern tun können, ist es, die Schuldigen zu finden.«

Das Telefon klingelte.

»Becker, Kripo Reutlingen.«

»Robert, hier ist Christina.«

»Schön, Christina, wir haben ja schon längere Zeit nichts voneinander gehört!«

»Ja, Robert, freut mich auch, deine Stimme zu hören. Aber jetzt geht es um Max Luipold. Wir haben ihn hier bei uns liegen. Wir müssten bald fertig sein. Komm doch vorbei. Sagen wir: 17 Uhr?«

»Ja klar, wir kommen. Wir brauchen deine Erkenntnisse.«

Er legte auf.

Gut, dass er wieder mit ihr zusammenarbeiten durfte. Im vergangenen Fall hatte sich eine Freundschaft zwischen den beiden entwickelt. Robert fühlte sich richtig zu ihr hingezogen.

Er blickte auf seine Uhr. Das Team von der Kriminaltechnik würde noch einige Zeit brauchen. Mit denen war nicht so schnell zu rechnen, was auch in Ordnung war, da gute und gewissenhafte Arbeit einfach ihre Zeit brauchte. Sie durften nichts übersehen! Eine halbe Stunde brauchten sie höchstens, bis sie in Tübingen waren.

»Marion, lass uns in zehn Minuten fahren, dann müssen wir nicht hetzen.«

»Okay! Bin auch gleich fertig. Dann können wir. Freust du dich, Christina Bauknecht wieder zu sehen?«

Marion versuchte, die Situation bei dem Ehepaar Luipold etwas zu verdrängen.

»Was soll denn die Frage?«, entgegnete Robert.

»Ja, du bist ihr gegenüber ja nicht gerade abgeneigt.«

»Ist nur eine Freundschaft. Aber das weißt du ja. Würde meiner Frau ja auch nie untreu werden. Nach so vielen Jahren Ehe. Aber deswegen darf mit ich mich ja auch mal mit anderen netten Frauen unterhalten. Mache ich doch mit dir auch.«

»Das ist ja etwas anderes. Ist ja dienstlich.«

»Ich finde dich trotzdem nett und freue mich, mit dir zusammenarbeiten zu dürfen. Also dann, bis gleich. Ich sage Conrads noch eben Bescheid. Der soll uns einfach mal in Ruhe arbeiten lassen.«

Ein paar Minuten später waren sie auf dem Weg nach Tübingen. Die Schnellstraße war frei und sie kamen ohne Verzögerungen in der Gerichtsmedizin an.

Sie betraten den Untersuchungsraum. Christina Bauknecht kam ihnen entgegen. Sie gab Marion die Hand.

»Guten Tag, Frau Schmidt. Da sind wir also wieder zusammen.«

»Ja, auch wenn ich gerne andere Umstände gehabt hätte.«

»Hallo Robert. Schön, dich zu sehen. Obwohl es mir bei einem Essen oder privaten Treffen lieber gewesen wäre.«

»Mir auch, Christina, aber das machen wir demnächst.« Seine Miene hellte sich auf. Endlich mal was Positives an diesem Tag. »Wir waren heute Nachmittag schon bei den Eltern. War wie immer ganz schlimm.«

Christina Bauknecht sah die beiden mitfühlend an. Aber der Tod und der Umgang mit Toten war ihr tägliches Geschäft.

Robert schaute sich im Untersuchungsraum um, der auch an den Wänden vollkommen gefliest war.

»Das sieht bei euch immer aus wie in einer Großküche: Messer, Schöpfkellen und so weiter.«

»Robert, ob du es glaubst oder nicht, ein paar von den Sachen sind sogar original Küchengeräte.«

Robert schürzte die Lippen.

»Kein Wunder, dass man da bei den Chirurgen und anderen Ärzten auch von Metzgern spricht. So weit ist das ja wohl nicht hergeholt.«

»In gewisser Weise ähneln sich die Arbeitsabläufe schon«, gab Christina Bauknecht zurück. »Aber ich möchte mich ungern als Metzgerin bezeichnen lassen.«

Robert und Marion betrachteten den aufgebahrten Leichnam von Max Luipold, der nackt unter einem grünen Tuch auf einem Metalltisch in der Mitte des Raumes lag. Sein Kopf ruhte auf einem metallenen Unterteil. Das Blut war abgewaschen.

»Also, Christina, was kannst du uns berichten?«

»Wir sind genau nach Vorschrift vorgegangen, haben noch vor der Obduktion ein CT von ihm gemacht, um Projektile zu finden. Dabei ist Folgendes herausgekommen: Max hat einen Schuss in den Rücken bekommen. Das Projektil steckte noch im Körper.«

Sie griff zu einer silbernen Metallschale und zeigte ihnen mit einer kleinen Zange ein Projektil.

»Die Folge davon erkläre ich euch gleich. Dann haben wir noch den Kopfschuss. Das Projektil hat den Kopf allerdings durchschlagen. Das Einschussloch ist kleiner als die Austrittsöffnung hier oberhalb vom Kinn, das heißt, dass es noch irgendwo am Tatort liegen muss. Wir haben nur das eine Projektil. Als Ergebnis vom CT und der Sondierung können wir auch Rückschlüsse auf die Schussrichtung schließen. Das Geschoss ist von schräg oben in den Hinterkopf eingetreten und auf der Vorderseite rechts neben dem Nasenflügel wieder ausgetreten. Schaut mal hier. Wir haben die Schusswunde sondiert, das heißt, wir sind mit ganz dünnen Metallstäbchen in den Schusskanal eingefahren. So kann man den Eintritts- und Austrittswinkel genau berechnen.«

»Danke. Das heißt, wenn wir jetzt die Position von Max wissen, dann können wir auch recht genau den Standort des Schützen bestimmen.«

»Das wird wohl so möglich sein!«

»Christina, heißt das, dass der Schuss aus einer bestimmten Höhe abgegeben worden ist? Haben Mörder und Opfer nicht auf einer Linie gestanden?«

»Auf einer Linie? Nein. Das ist mehr als unwahrscheinlich.«

»Das würde auf jeden Fall auf die gegenüberliegende Straßenseite als Ort hindeuten, von wo aus der Schuss abgegeben worden sein könnte.«

»Davon könnt ihr auf jeden Fall ausgehen.«

Marion und Robert blickten erneut auf den Körper von Max und erkannten die Ansätze des sogenannten Y-Schnittes.

»Warum macht ihr eigentlich immer diesen Schnitt, der wie ein Ypsilon aussieht?«, wollte Marion wissen.

»Ich dachte, ihr wüsstet das.«

»So in etwa wissen wir das auch, aber wenn man es dann aus dem Mund einer Fachfrau hört, so ist es doch etwas ganz anderes«, erwiderte Marion.

»Gut, laut Paragraf 89 der Strafprozessordnung muss eine Leichenöffnung sich stets auf die Öffnung aller drei Körperhöhlen, also Schädel-, Brust- und Bauchhöhle erstrecken. Und das geht eben mit dem sogenannten Y-Schnitt. Die Obduktion wird dann immer nach dem gleichen Muster durchgeführt. Gleiches Schnittmuster, Kopfuntersuchung, Untersuchung und Präparierung aller Organe und so weiter.

Alles halten wir exakt fest. Deswegen sind wir ja auch immer zu zweit, einer, der obduziert und jemand, der mitschreibt. Und das ist dann eine der Grundlagen für den Bericht, den ihr dann bekommt.«

»Und was ist jetzt mit Max? Kannst du uns da noch was Genaueres sagen?« Robert war wieder ganz professionell geworden.

»Also, bei dem Schuss in den Rücken sind Anteile der Aorta zerstört worden, das heißt wiederum, dass der Blutkreislauf zum Stillstand gekommen ist. Stellt euch vor, ihr zerstört einen Gartenschlauch, bevor das Wasser vorne rauskommt, dann geht da auch nichts mehr. Der Schuss hat auf jeden Fall mit zum Tod geführt. Beim Kopfschuss sind unter anderem Anteile des Stammhirns getroffen worden, was eben zur Zerstörung wichtiger Hirnareale geführt hat. Unterm Strich bleibt stehen, dass beide Schüsse unabhängig voneinander tödlich waren.«

»Haben wir die Kleidung schon bei uns in der Asservatenkammer?«

»Ja, Robert. Die haben wir deinem Kollegen, der bei der Obduktion dabei war, mitgegeben.«

»Frau Bauknecht, können Sie uns auch etwas zu dem Projektil sagen?« Marion deutete auf die Schale.

»Es ist ein Vollmantelgeschoss. Ich hatte das schon ein paarmal. Aber Genaueres müsst ihr eure Ballistiker fragen. Die können euch das genau erklären.«

»Mensch, Christina, was du alles aus so einer Obduktion lesen kannst, ist ja schon bewundernswert«, murmelte Robert anerkennend.

»Tja. Ist ja mein Beruf. Und bei rund 862 Toten durch Schussverletzungen in einem Jahr bekommt man schon etwas Erfahrung.«

»Wie? 862 Morde mit Schusswaffen hast du im Jahr?«

»Nein, nicht ich. Aber deutschlandweit.« Sie lächelte die beiden Kommissare an. »Das wäre wirklich ein bisschen zu viel für mich. Das ist ungefähr ein Jahresdurchschnitt in Deutschland. Die meisten davon sind Suizid. Aber so bei etwa fünfzig kann man von Mord ausgehen. Bei ungefähr der gleichen Anzahl ist es unklar, ob es ein Unfall oder ob es ein Selbstmord war. Das wäre es dann erst mal für heute.«

»Danke Christina. Wann meinst du können wir den Bericht bekommen?«

»Morgen oder spätestens übermorgen habt ihr, so denke ich, alles: Sektionsprotokoll, Obduktionsschein und Fotos.«

»Prima. Das hilft uns jetzt schon ein enormes Stück weiter. Dann wollen wir mal wieder zurück nach Reutlingen.« Robert lächelte Christina Bauknecht an. »Christina, ich rufe dich außerhalb dieses Falles in den nächsten Tagen mal an. Wenn ich dazu komme, dann machen wir was miteinander aus. Ich hoffe, dass wir mit deiner Hilfe hier schnell ein Stück weiterkommen. Ja?«

»Gerne. Deine Frau ist damit einverstanden?«

»Ja, hab' ja kein Geheimnis vor ihr. Also, dann warten wir jetzt auf die Schriftstücke. Und was ist mit der offiziellen Identifizierung durch seine Eltern? Das muss ja auch noch passieren?«

»Sobald der Präparator mit seiner Arbeit fertig ist, gebe ich euch Bescheid. Aber das dauert noch ein wenig. Ich rufe dich an, Robert.«

Die beiden Reutlinger verließen den Untersuchungsraum und fuhren über die B 27 zurück nach Reutlingen.

26

Als Robert und Marion wieder im Präsidium in der Bismarckstraße vorfuhren, war auch Lukas Behringer mit seinem Team gerade ein paar Minuten vorher eingetroffen.

»Komm, Marion, lass uns gleich mal rüber in die KT gehen. Wenn die schon zurück sind, dann müssen sie wahrscheinlich doch schon einiges gefunden haben. Vielleicht können wir dann unsere Ergebnisse aus Tübingen mit den Erkenntnissen von Lukas direkt schon zusammenführen.«

»Nichts lieber als das. Komm, wir gehen sofort.«

Gemeinsam gingen sie in das Büro zu Lukas Behringer.

»Hey Lukas«, begrüßte Marion ihren Freund. Er kam auf sie zu und gab ihr einen Kuss.

»Hallo Robert. Wir sind auch erst vor ein paar Minuten zurückgekommen. Aber wir waren erfolgreich, auch wenn es etwas länger gedauert hat.«

»Wir sind gespannt.« Marion schaute ihn fragend an.

»Wir haben die Gegend um den Tatort großflächig abgesucht. Vor der Oskar Kalbfell-Halle haben wir die Büsche im Bereich des getroffenen Peugeot und der Leiche von Max alle abgemäht und wir haben zwei Projektile gefunden. Sie sind eindeutig einem Jagdgewehr zuzuordnen. In eine solche Jagdwaffe passen maximal drei Patronen. Dreimal ist auch geschossen worden. Eine der Patronen hat die Scheiben des Peugeot durchschlagen. Max Luipold ist von zwei Schüssen getroffen worden.«

»Darf ich kurz einhaken?«, fuhr Robert dazwischen. »Wir waren ja gerade in der Gerichtsmedizin. Beide Schüsse oder Treffer waren tödlich. Einer hat seine Aorta durchschlagen und ein Geschoss steckte noch in seinem Körper. Beim

Kopfschuss haben wir eine kleinere Eintritts- und eine größere Austrittsöffnung, sagt Frau Bauknecht.«

»Ja, dann haben wir die Patrone, die den Kopf durchschlagen hat, ebenfalls gefunden. Sie lag im Gebüsch unweit der anderen.«

»Und habt ihr auch Patronenhülsen gefunden?«, wollte Marion wissen.

»Ja, eine. Drüben auf der anderen Seite neben dem Parkhaus. Da, wo jetzt gerade der Neubau hochgezogen worden ist. War gar nicht so leicht, das Ding zu finden. Hat schon sehr lange gedauert. Damit hätten wir zumindest schon mal die Richtung und höchstwahrscheinlich auch den Ort, von dem aus geschossen worden ist.«

»Habt ihr das Parkhaus noch nach weiteren Spuren untersucht?«, insistierte nun Marion.

»Haben wir natürlich. Aber das ist ja nahezu aussichtslos. Jetzt lasst mich aber zunächst noch mal auf die Geschosse und die Hülsen zurückkommen.«

»Entschuldigung, wir wollten dich eigentlich nicht unterbrechen«, meinte Marion.

»Also, mit Geschoss und Hülse kann man ja Rückschlüsse auf die Waffe ziehen. Euch ist genau wie mir bekannt, dass jede Schusswaffe individuelle Spuren hinterlässt.« Lukas zeigte ihnen eines der beiden Geschosse, die in einer silbernen Metallschale lagen.

»Wenn es nach dem Abzug in den Lauf und dort in die entsprechenden Züge und Felder gepresst wird, entstehen Kreisbewegungen. Dieser Drall ist dafür verantwortlich, dass die Flugbahn und Richtung stabilisiert wird. Gleichzeitig entstehen aber auf dem Geschoss auch entsprechende Kerben.«

Lukas hob die Metallschale an.

»Hier, seht ihr das? Das ist wie ein individueller Fingerabdruck. Form und Kaliber zeigen uns eindeutig, dass auf jeden Fall mit einem Gewehr geschossen worden ist. Dann kommen wir als Nächstes zu der von uns gefundenen Hülse.«

Lukas nahm die Hülse und ließ die beiden Kommissare auf den Hülsenboden schauen.

»Seht, hier. Beim Auswurf knallt sie gegen den Auswerfer und so entstehen wieder Spuren am Hülsenboden. Ein Waffenexperte müsste uns jetzt sagen können, ob es ein Gewehr mit einem Links- oder Rechtsauswurf gewesen ist.«

»Wo habt ihr sie noch einmal genau gefunden?«, wollte Marion nun doch präzise wissen.

»Rechts vom Parkhaus, im Gebüsch bei dem neuen Gebäude.«

»Das lässt also den Schluss zu, dass es sich um ein Gewehr mit einem Rechtsauswurf handelt, oder?«

»Das ist wahrscheinlich, wenn man davon ausgeht, dass so eine Hülse etwa drei bis fünf Meter wegspringen kann. Es könnte aber auch sein, dass sie irgendwo dagegen geschlagen ist und von da aus dann nach unten weggeflogen ist. Wenn wir den Standort von Max genauer wissen, dann kommen wir da sicherlich noch ein großes Stück weiter. Das müssen wir aber jetzt noch exakter bestimmen. Wenn wir den Obduktionsbericht haben und die Tat vor Ort rekonstruieren, können wir präzise Angaben zum Standort des Schützen herstellen.«

»Das heißt, wir müssen Julian, der mit Max zusammen war, möglichst schnell noch einmal herholen?«, folgerte Marion weiter.

»Das wird leider dringend notwendig sein«, gab er zur Antwort.

»Okay, ich übernehme das. Ich rufe ihn nachher gleich noch an«, führte Marion die Ermittlungstätigkeit weiter. »Ich bestelle ihn für morgen früh ein. Die werden in der Schule bestimmt morgen einen Ausnahmetag haben. Die können ja nicht einfach wieder zum Normalbetrieb übergehen. Lukas, auf wie viel Uhr soll ich ihn denn bestellen?«

»Nehmen wir doch gleich neun Uhr, oder?« Er schaute die beiden Kriminalhauptkommissare an.

Sie nickten.

»Geht in Ordnung. Neun Uhr. Das passt«, stimmte ihm Robert zu. Er schaute zur Decke. Dann schloss er die Augen. »Jagdwaffen. Wer hat Jagdwaffen? Jäger. Privatpersonen. Schützenvereine.« Er schaute Lukas und Marion an.

»Und wie viel Schützenvereine haben wir im Landkreis Reutlingen?« Marion schaute ihren Lebenspartner an.

»Das kann ich dir jetzt so auf Anhieb auch nicht sagen. Aber bestimmt eine große Anzahl. Ohmenhausen, Betzingen, Schützengilde Reutlingen, dann die ganzen Albdörfer. Das Sportschießen hat ja eine große Tradition.«

»Das wäre eine Aufgabe für unseren Kollegen Manfred Zumbold«, organisierte Robert gleich weiter. »Der soll sich mal darum kümmern. Es wäre eine Möglichkeit. Auch wenn es nicht unbedingt sein muss. Die Waffen müssen ja immer fest verschlossen und alle registriert sein. Aber über Beziehungen kommt man bestimmt auch dran. Der eine oder andere hat einen Onkel oder einen Freund beim Verein. Da gibt es viele Möglichkeiten, sich so etwas zu besorgen. Wie gesagt, Manfred soll das übernehmen. Lukas, du hast gesagt, dass ihr eine Hülse habt. Wo sind die zwei anderen? Habt ihr sonst keine gefunden?«

»Nein, der Täter oder die Täterin muss sie mitgenommen haben. Diese hier muss ihm dann weiter weggesprungen sein, eben dahin, wo wir sie gefunden haben.«

»Marion! Lukas! Das lässt nicht auf einen Profi schließen. Ein Profi würde versuchen, so wenig Spuren als möglich zu hinterlassen, das heißt, er hätte die Hülsen mit einem am Gewehr angebrachten Säckchen versucht aufzufangen. Wenn die Hülse weggesprungen ist, dann hat der Täter damit zunächst gar nicht gerechnet. Eine hat er gefunden. Die Dritte steckt wahrscheinlich noch im Gewehr. Denn wenn er drei Schüsse abgegeben hat, dann hat er nach dem dritten Schuss nicht mehr neu repetieren müssen, das heißt, dass sie nicht ausgeworfen worden sein kann.«

»Wir haben echt lange nach der Hülse gesucht. Die Umgebung vom Parkhaus haben wir mit Metallsonden abgesucht. Damit ist es uns letztendlich gelungen, sie zu finden«, bestätigte Lukas Behringer die Ausführungen des Kommissars.

»Also eher ein Amateur, Laie, eher ein Ersttäter als ein Profikiller.«

Lukas nickte.

»Frau Bauknecht hat uns informiert, dass die Patrone schräg in den Kopf von Max eingeschlagen ist. Das spricht wiederum dafür, dass der Schütze auf einer höheren Position gestanden hat. Wie viele Parkdecks gibt es denn überhaupt im Parkhaus?«, wollte Marion nun wissen.

»Es geht hoch bis zum Parkdeck L, ganz oben. Da stehen übrigens immer die wenigsten Autos. Will ja keiner den langen Weg nach unten nehmen. Aber das können wir morgen bei der Rekonstruktion noch kurz checken«, verwies Lukas Behringer auf die noch durchzuführende weitere Ermittlung mit Julian.

»Habt ihr sonst noch etwas, Lukas?«

Marion spürte, dass Lukas mit seinen Ausführungen noch nicht am Ende war.

»Spurenmäßig nicht unbedingt. Aber es gibt da noch einen Hinterausgang, aus dem man aus dem Parkhaus herauskommt. Normalerweise gehen wahrscheinlich siebenundneunzig Prozent der Parkenden vorne heraus, um dann nach links Richtung VHS oder Stadtbibliothek zu gehen oder man nimmt die Unterführung, um in die Stadt zu gelangen.«

»Das haben die beiden Kollegen von der Videoauswertung auch schon gesagt und die Personalien der herausgefahrenen Autohalter haben wir ebenfalls schon. Kommen beide nicht infrage.«

»Zu Fuß? Lukas, wo kommt man denn da hin, wenn man da hinten rausgeht?«

»Ich bin den Weg nicht mehr abgegangen. Aber da geht es an der Echaz lang und man müsste irgendwann an der Alten Feuerwache vorbeikommen. Hintenherum, meine ich.«

»Okay, Marion, das schauen wir beide uns noch mal an. Lukas, wann können wir deinen Bericht haben?«

»Heute reicht es nicht mehr. Aber morgen Mittag müssten wir ihn fertiggestellt haben.«

»Dann wollen wir mal. Lukas, kannst du schon abschätzen, wann du nach Hause kommst?«

Lukas schaute sie staunend an.

»Du weißt genau wie ich, dass wir jetzt erst mal unsere Uhr vergessen können. Mal sehen, wann wir fertig sind. Ich melde mich noch mal bei dir und dann können wir absprechen, ob wir zusammen oder alleine zurückgehen.«

Sie küsste ihn noch einmal.

Robert gab ihm die Hand. Dann verließen sie die Kriminaltechnik.

»Marion, da haben wir ja schon einiges, das uns den Tathergang sicherlich gut rekonstruieren lässt. Aber die Anzahl der Jagdwaffen und der mögliche Fluchtweg bereiten mir doch ziemliches Kopfzerbrechen.«

»Robert. Positiv denken. Das bekommen wir schon hin. Wir stehen ja auch noch ganz am Anfang. Ich rufe Julian jetzt mal an.«

»Okay, und ich informiere den Kollegen Zumbold. Bis

gleich. Zehn Minuten. Dann gehen wir mal rüber zum Parkhaus.«

Beide gingen in ihre Büros. Zehn Minuten später fuhren sie wieder zum Ledergraben und parkten vor der Oskar-Kalbfell-Halle. Das Parkhaus war noch abgesperrt.

Sie stiegen die metallenen Treppen nach oben. Je höher sie kamen, desto weniger Fahrzeuge standen auf den Parkdecks. Schließlich erreichten sie die Ebene L und gingen zu den Öffnungen im Dach auf der rechten Seite.

»Das wird es wahrscheinlich gewesen sein.«

Robert und Marion schauten über die Straße zwischen den Platanen hindurch und sahen auf die Kreideumrisse, die den Ort kennzeichneten, an dem Max erschossen worden war.

»Prima Deckung hier oben.« Marion schaute nach rechts. »Da unten rechts im Gebüsch haben sie die Hülse gefunden. Wenn man davon ausgeht, wie weit so eine Hülse nach dem Auswurf fliegt, dann könnte es eigentlich nur die erste oder zweite Öffnung gewesen sein, wenn der Täter denn hier oben war. Aber das kann uns Lukas nach der Berechnung nachher ganz genau sagen.«

»Lass uns mal runtergehen. Wir gehen auch zum Hinterausgang raus.«

Sie begaben sich nach unten zum Parkdeck B und verließen durch eine Stahltür das Gebäude. Rechter Hand sahen sie die Rückfront des Hauses der Stuckateure und den DRK-Schulungsraum. Sie ließen beides seitlich liegen und gingen zur Echaz.

»Man sollte nicht glauben, dass es hier, wenige Meter vom Ledergraben, so idyllisch und ruhig sein kann. Warst du schon mal hier?«

»Ich muss gestehen, nein. Nein, hier war ich noch nie«, gab Robert etwas kleinlaut zu.

Sie folgten dem Lauf der Echaz und kamen bald über einen kleinen Steg, der über den Fluss führte. Links eines Hauses erblickten sie ein altes Wasserrad, während rechts ein sicherlich nicht mehr fahrtüchtiges Ruderboot zwischen zwei Bäumen abgestellt war.

»Wolltest du nicht auch mal mehr Sport machen, Robert? Deine Fitness wieder etwas auffrischen? Du könntest doch mal fragen, ob du dir das Ruderboot ausleihen kannst. Das stärkt die gesamte Körpermuskulatur und gibt bestimmt auch Kondition.«

Robert schaute sie etwas mürrisch von der Seite an und überging den Seitenhieb auf seine so häufig gemachten guten Vorsätze, dass er sich jetzt doch wieder etwas mehr sportlich betätigen wollte. Er war fast dreißig Jahre älter als seine junge Kollegin und nahm sich immer wieder etwas vor. Aber im Alltag zerplatzten diese Vorsätze wie Seifenblasen an der Luft. Sie passierten das Pomologische Institut und hatten nach einem minimalen Anstieg bereits die Friedrich-Ebert-Straße erreicht. Nur wenige Schritte weiter und sie waren in der Pomologie. Ein paar Rentner, Mütter mit Kinderwagen sowie Jugendliche kamen ihnen entgegen. Robert schaute auf seine Uhr.

»Jetzt haben wir vom Parkhaus bis hierher knapp sieben Minuten gebraucht und wir sind nicht gerannt, das heißt, wenn er diesen Weg genommen hat, dann muss er ziemlich schnell in der Alteburgstraße und dort im Parkhaus Pomologie gewesen sein. Falls er mit dem Auto geflüchtet ist. Zur Bushaltestelle an der Stadthalle runter wäre es auch nicht weit, aber den Bus als Fluchtfahrzeug würden die meisten wahrscheinlich nicht wählen. Zu viele Zeugen und Ungewissheiten, man braucht ein Ticket et cetera.«

Marion betrachtete den Steg, der hier über die Straße führte.

»Robert, wir machen gleich noch einmal einen Aufruf, dass wir weitere Zeugenaussagen benötigen. Guck mal. Es sind uns jetzt um diese Zeit zwar nicht so viele Leute entgegengekommen, aber doch einige, und die waren aus allen Altersgruppierungen. Das war heute Mittag bestimmt schon was anderes. Da gehen einige drüben im *Kaffeehäusle* zum Essen. Schüler haben Schulschluss, kommen oben über den Steg, gehen hier durch die Pomologie nach Hause. Da muss jemand etwas gesehen haben. Das geht ja gar nicht anders.«

Sie gingen in das ebenerdige Parkhaus der Pomologie und schritten die geparkten Autos ab. Allzu viele waren es nicht um diese Zeit.

»Und wenn man hinten hereingeht und nicht die Einfahrt als Eingang nimmt, dann kommt man hier auch unbemerkt rein und dann wieder raus. Da bist du ganz schnell weg. Da müsste doch was auf den Aufnahmen sein, über denen jetzt die beiden Kollegen sitzen. Vielleicht haben sie schon etwas, wenn wir zurück sind.«

Marion tippte Robert auf die Schulter.

»Komm, lass uns umdrehen. Die Aufnahmen stehen jetzt im Vordergrund. Vielleicht finden wir darauf schon weitere Hinweise.«

Sie gingen den gleichen Weg wieder zurück. Als sie kurz vor dem Wasserrad waren, fragte Marion:

»Weißt du übrigens, dass wir uns hier direkt über einem in den letzten Kriegsmonaten des Zweiten Weltkrieges gebauten Schutzstollen befinden, dem sogenannten Frankonenstollen? Der ging hier direkt unter der Friedrich-Ebert-Straße hindurch und sollte als Luftschutzbunker dienen. Zwangsarbeiter aus halb Europa und Kriegsgefangene haben hier bei widrigsten Bedingungen arbeiten müssen. Praktisch rund um die Uhr in Zwölf-Stunden-Schichten.«

»Sind die Stollen denn dann überhaupt noch fertiggestellt worden?«

»Nicht mehr ganz. Aber 900 Personen hätten hier Platz finden können. Geplant war eine Kapazität für 1500 Personen.«

»Kann man das noch anschauen? Würde mich sehr interessieren.«

»Geht leider nicht, Robert. 2013 hat man die Stollen aus Sicherheitsgründen zugeschüttet. Nicht, dass man aus der Pomologie oder hier vom Weg aus noch in die Tiefe einbricht.«

»Woher du so etwas immer weißt, Marion!«

»Ich interessiere mich schon für die Stadt, in der ich lebe, und da habe ich das eben mal gehört. Aber jetzt schon lange nicht mehr daran gedacht. Jetzt fiel es mir gerade wieder ein. Guck, da vorne steht auch eine Infotafel. Da kannst du dich ja bei Gelegenheit noch mal schlaumachen.«

Sie schaute auf die Uhr.

»Komm, Robert. Die Kollegen sind bestimmt schon mit der Auswertung der Videos fertig.«

Minuten später standen sie wieder bei den Beamten, die die Videos aus dem Parkhaus Pomologie untersuchten. Sie hatten ganze Arbeit geleistet und konnten mit weiteren Erkenntnissen aufwarten.

»Was habt ihr?«

»Zehn Fahrzeuge haben in der Zeit zwischen 13 und 13.45 Uhr das Parkhaus Pomologie verlassen. Sieben das Rathausparkhaus. Die Halter aller Fahrzeuge sind ermittelt und die Personalien festgestellt. Die meisten sind aber entweder Rentner, Hausfrauen oder Mütter mit Kindern, die sie von der Schule abgeholt haben. Zwei der Halter geben an, dass sie ihre Wagen gar nicht selbst gefahren sind, sondern sie verliehen hatten. Einer wohnt in Holzelfingen. Er hatte ihn an diesem Tag wohl seinem Sohn überlassen, da er von einem Kollegen zur Arbeit mitgenommen worden ist. Heißt Risse.« Er gab Marion die Autonummer und die Kontaktdaten.

Marion blickte erschrocken auf.

»Risse. Raphael heißt doch auch Risse und war nicht in der Schule. Robert, dem müssen wir unbedingt nachgehen.«

Auch Robert grummelte es im Magen. Raphael würde doch hoffentlich nicht Max ermordet haben. Ein Schüler? Bloß das nicht.

»Der Halter des zweiten Fahrzeugs befindet sich zurzeit in Frankreich. Seit zwei Monaten. Er hat es seinen Freunden für die Zeit seines Auslandsaufenthaltes ausgeliehen. Ist sein Zweitwagen. Wir haben mit ihm telefoniert. Er kann natürlich nicht sagen, ob seine Freunde es dann wiederum weiterverliehen haben.«

»Sind uns die Adressen der Freunde bekannt?«, wollte Marion wissen.

»Ja. Er hat angegeben, dass sie auf der Alb wohnen. In Willmandingen. Es sind beide befragt worden. Sie haben aber beide ein Alibi. Der eine war bei der Arbeit und der andere hatte um zwölf Uhr einen Arzttermin. Also, die beiden waren es nicht. Das Auto soll aber wieder von deren Freundeskreis benutzt worden sein. Die betreiben da wohl Carsharing im großen Stil.«

»Gibt es dazu was Schriftliches? Namen? Notizen? Eine Bestätigung des Arzttermins?« Robert wollte es konkreter wissen.

»Ja, wir haben ein paar Namen. Aber die beiden geben an, dass sie zum Schluss einfach den Überblick verloren haben. Es war wohl ein Auto für alle.«

»Und wo wohnen die beiden?«

»Sagte ich doch, in Sonnenbühl-Willmandingen.«

»Dann schauen wir uns doch die Aussagen gleich noch einmal an.«

Gemeinsam gingen Marion und Robert die Aussagen der beiden Personen, Rainer Seifried und Kevin Strasser, an die das Auto verliehen war, noch einmal durch. Die Überprüfung ihrer Alibis bestätigte ihre Aussagen. Rainer Seifried war auf seiner Arbeitsstelle gewesen und Kevin Strasser hatte tatsächlich einen Arzttermin in Undingen gehabt. Der Wagen aber, der das Parkhaus Pomologie und in Richtung Alb die Stadt verlassen hatte, war bei einer Streife der Ringfahndung in Genkingen aufgefallen und notiert worden. Bei der Befragung hatten Seifried und Strasser eine Reihe von Personen genannt, die alle Zugriff auf den Wagen hatten: Elias Albers, Henry Schröder, Luka Frerichs, Uwe Ferch, Milan Lange, Kevin Freund, Dominik Zuber, Bernd Stöber.

»Komm, Marion wir teilen uns die acht auf. Ich rufe die ersten vier bis Uwe Ferch an. Nimm du bitte die zweiten vier.«

»Okay, dann bis gleich.«

Eine Viertelstunde später trafen sie sich wieder.

»Ich habe meine vier alle erreicht. Aber alle haben angegeben, dass sie heute Morgen nicht mit dem Auto unterwegs waren. Entweder waren sie zu Hause oder bei der Arbeit. Ich lasse das gerade überprüfen. Und bei dir, Robert?«

»Bei mir sieht es ähnlich aus. Die Überprüfung läuft gerade. Nur Uwe Ferch habe ich nicht erreicht. Der nimmt nicht ab«, gab Robert zurück.

»Weißt du, wo der wohnt?«

»Ja, in Trochtelfingen. Ich habe schon eine Streife der Kollegen hingeschickt. Die müssten sich gleich zurückmelden. Vielleicht bringt das …«

Das Telefon schellte.

»Polizeihauptmeister Resch. Herr Becker, wir haben Uwe

Ferch nicht antreffen können. Ich habe aber alle Daten, die wir über ihn so schnell herausbekommen konnten, bei mir.«

»Okay, dann schicken Sie die mal runter zu uns nach Reutlingen.«

»Sie haben sie gleich.«

»Und, Herr Resch, versuchen Sie es nachher noch mal und rufen mich zurück.«

»Geht in Ordnung. Bis später.«

Robert legte auf.

»Von unseren acht Personen ist Uwe Ferch nicht anzutreffen. Könnte eine Spur sein. Marion, warten wir mal ab, ob sich der Kollege aus Trochtelfingen gleich noch mal meldet. Jetzt wird es doch später.«

Robert fuhr sich mit Daumen und Zeigefinger der rechten Hand immer wieder über die Stirn. Die Augen hatte er zusammengekniffen. Marion betrachtete ihren Kollegen. Man konnte förmlich sehen, wie es in ihm arbeitete. Raphael Risse war nun auch in den zentralen Fokus ihrer Ermittlungen geraten.

Sie ging in ihr Büro und rief Lukas an.

»Lukas, es wird später. Wir warten noch auf einen Bericht von der Alb.«

»Bei mir dauert es auch noch. Lass uns doch dann später zusammen gehen, wenn wir heute überhaupt noch einmal hier rauskommen.«

»Ja, so machen wir es.«

Eine gute halbe Stunde später klopfte Robert an Marions Tür.

»Der Kollege Resch hat gerade noch einmal angerufen. Uwe Ferch ist nicht aufzufinden. Den schwarzen BMW 530 haben wir mittlerweile allerdings sicherstellen können. Er stand in Willmandingen an einem alten verlassenen Fabrikgebäude, da, wo er immer steht, wenn er den beiden Freunden Seifried und Strasser zur Verfügung gestellt wird. Die Fabrik wird übrigens bald abgerissen. Der Schlüssel zum Auto ist in einem Kästchen unten im Parterre. Ich habe noch einmal mit Seifried telefoniert. Von den angegebenen Personen kann jeder mit einem bestimmten Code an den Schlüssel kommen. Also auch unser gesuchter Uwe Ferch. Aber der ist nicht aufgetaucht. Die Kollegen oben suchen intensiv nach ihm. Wir müssen warten, bis wir ihn haben.«

»Also gut, dann warten wir das mal ab. Den bekommen wir schon noch. Julian will übrigens morgen früh um neun Uhr am Tatort sein. Ich habe ihm gesagt, dass wir ihn in der Schule abholen, und dann gehen wir gemeinsam hin. Ist sicherlich besser, wenn er nicht alleine dahin muss«, fasste Marion ihr Telefonat mit Julian zusammen.

»Sehr gut, Marion. Manfred kümmert sich um die Schützenvereine. Wird wohl hoffentlich bald mit Ergebnissen kommen. So ein Mist. Mir geht es noch richtig nach mit Max und seiner Familie. Aber wir werden es hoffentlich lösen. Ich will ja immer Gerechtigkeit, aber der Fall geht mir doch echt ganz schön an die Substanz. Übrigens habe ich auch versucht, bei diesem Raphael Risse in Holzelfingen anzurufen. Aber da geht keiner mehr ans Telefon. Mich interessiert, warum der heute nicht in der Schule gewesen ist. Und wahrscheinlich hat er auch im Parkhaus Pomologie geparkt. Warum hat der überhaupt schon einen Führerschein? So ganz hasenrein scheint mir der nicht zu sein, zumal er wegen dem Katzenmord in Engstingen schon vom Staatsschutz vernommen worden ist. Irgendwie hab ich da ein komisches Gefühl. Wir versuchen es morgen früh gleich in der Schule noch mal, bevor wir mit Julian die Tatrekonstruktion machen. Jetzt fahre ich aber nach Hause. Mach' du auch bald Schluss! Wir können momentan nicht mehr tun.«

»Ja, gleich. Dann sehen wir uns morgen früh.«

»Okay. Wir gehen dann gemeinsam zur Schule.«

Um 21 Uhr kam Lukas in Marions Büro.

»Können wir?«

»Bin schon fertig. Was hältst du davon, wenn wir noch im *Nepomuk* vorbeigehen und einfach ein paar Pommes essen?«

»Ja, gerne, ich hab in dem ganzen Stress das Essen heute auch vergessen und auf Kochen hab ich heute sicherlich keine Lust mehr!«

Hand in Hand verließen sie das Präsidium und gingen durch die Fußgängerzone Richtung *Nepomuk*. Das *Nepomuk* war recht gut besucht, aber sie fanden noch einen Tisch für zwei Personen in der hinteren linken Ecke. Sie bestellten sich jeder ein Glas Rotwein und eine große Portion Pommes, die sie gemeinsam mit einer ordentlichen Portion Mayo und Ketchup aus dem Teller fingerten.

»Lukas, hast du eigentlich mitbekommen, dass Sarah aus unserer Improgruppe in die ganze Sache involviert ist?«

»Ich habe nur gesehen, dass du eine Schülerin im Wagen befragt hast, aber ich habe da gar nicht so genau drauf ge schaut. War das Sarah?«

»Ja, das war sie. Sie ist die Freundin von Julian und ist oder war ganz aktiv in der *Fridays for Future*-Gruppe. Sie ist diejenige, die den Notruf abgesetzt hat. Sie hat das prima gemacht. Aber der Schock sitzt natürlich noch richtig tief.«

»Mein Gott, jetzt haben wir die Arbeit auch noch in unserer *woRThopäden*-Gruppe. Wir wollten doch Arbeit und Freizeit eigentlich voneinander trennen.«

»Jetzt ist es aber so. Und vielleicht können wir uns dann gegenseitig helfen und sie auch ein bisschen aus dem Tief herausziehen. Und sie selbst kann uns eventuell noch ein paar Hinweise geben.«

»Ja, wer weiß. Gut aber, dass wir eine solche Gruppe noch als Gegenpol zu unserer Arbeit haben.«

»Da hast du recht. Wir gehen auch am Freitag trotzdem wieder hin. Dieser Irre hat schon genug angerichtet, wir dürfen uns nicht auch noch die Freizeitfreuden nehmen lassen.«

»Natürlich! Ich habe jetzt aber noch was anderes. Ich habe zwar heute eigentlich keinen Kopf für etwas anderes gehabt als unseren Fall, aber …« Sie nahm ihren Rotwein und blickte ihn über den Rand des Glases verliebt in die Augen.

»Ja, was denn?«

»Als ich auf dich gewartet habe, habe ich noch meine Mails auf dem Handy gecheckt.«

»Jetzt rück schon raus mit der Sprache!«

»Wir können weitere zwei Besichtigungstermine in Engstingen ausmachen. Eine große Vierzimmerwohnung in Klein- und ein Einfamilienhaus in Großengstingen. Bei beiden Angeboten muss es wohl eine Scheidung oder einen Todesfall gegeben haben.«

Die Bedienung kam vorbei.

»Darf ich den Teller schon mitnehmen?«, fragte die nette Dame.

»Kein Problem. Könnten wir dann vielleicht noch zwei Achtel von dem Rotwein haben?«

»Bringe ich sofort.«

»Marion, dann machen wir doch am besten ganz schnell einen Termin aus. Das klingt beides gut, und wenn man nicht schnell genug ist, sind die Sachen ja gleich wieder weg.«

»Der Vorschlag der Maklerin wäre Samstag am Nachmittag. Die Vierzimmerwohnung ist zu mieten und das Haus kann man sogar kaufen. Wir müssen uns überlegen, was wir wollen!«

»Miete oder Eigentum? Wie hoch ist denn die Miete?«

»1 000 Euro plus Nebenkosten.«

»Das ist ja schon ganz schön fürs Land.«

»Finde ich auch. Aber jetzt lass uns beides mal in Ruhe ansehen. Wir sollten uns auch überlegen, wie wir uns beide die weitere Zukunft vorstellen. Das ist ja auf jeden Fall ein entscheidender Faktor.«

»Es scheint mir wichtig, dass wir uns beide mal unsere Gedanken machen und das in Ruhe besprechen.«

Lukas streichelte Marion zärtlich über die rechte Hand. In diesem Moment wurden ihnen die beiden kleinen Gläser Rotwein gebracht. Sie sprachen noch ein wenig über die Angebote und traten, nachdem sie ausgetrunken hatten, Hand in Hand den Weg nach Hause an. Seit vier Monaten wohnten sie zusammen in einem kleinen Reihenhäuschen in Gmindersdorf.

27

Auch bei Julian und Sarah hatten sich die Stunden und Aktivitäten nach dem Mord an Max in die Länge gezogen.

Nachdem die Befragung in der Schule abgeschlossen war, hatte sich der Psychologische Notfalldienst noch mit der Schulleiterin Frau Will und Marcel Neufeld zusammengesetzt. Herr Theobald, der Leiter des schulinternen Krisendienstes, sowie ein weiteres Mitglied dieses Teams, waren mit hinzugezogen worden. In einem ersten Gespräch informierten die zwei Experten die Lehrer, wie sie nun gedachten, weiter vorzugehen. Als Erstes stand die sichere und ehrliche Information besonders der Klasse von Marcel Neufeld an. Dies sollte das Gefühl der Verbundenheit erhöhen. Als weiteres Element sollte dann die schrittweise Wiederherstellung des Alltags im Mittelpunkt stehen. Als Viertes standen sodann Maßnahmen an, um Rituale und Handlungen zu entwickeln, das schreckliche Geschehen selbst einzuordnen und zu verarbeiten. Der Schritt würde dann den Blick in die nahe und weitere Zukunft richten.

Damit hatten die beiden Psychologen das Gerüst, an dem man sich langhangeln wollte, vorgegeben. Marcel Neufeld, der selbst Mitglied des schuleigenen Krisenteams war, hatte in Schulungen schon einen tieferen Einblick in solche Strategien erhalten. Von daher war er schnell wieder mit der Thematik vertraut. Doch war es etwas ganz anderes, sich in der Theorie damit auseinanderzusetzen, als jetzt ganz konkret in der Praxis, und dann auch noch in seiner eigenen Klasse. Einer seiner Schüler war erschossen worden, Max Luipold. Er selbst hatte die Klasse mit ihren Ideen zum Klimaprojekt noch unterstützt und sie für ihren Einsatz gelobt. War er jetzt auch mitschuldig an Max' Tod? Zweifel nagten in ihm und drohten ihn zu zerreißen. Es kostete ihn viel Kraft, den Ausführungen der Psychologen zu folgen. Aufgrund dieser tiefen Betroffenheit sollte auch der Leiter des schulinternen Krisenteams, Herr Theobald, die federführende Rolle übernehmen, während Marcel als die Lehrkraft, die die Klasse am besten kannte, als Teammitglied agieren sollte.

»Ich glaube, es wird das Beste sein, wenn Sie, Herr Theobald, die Leitung in dieser Sache übernehmen«, schlug die Schulleiterin vor. »Herr Neufeld, Sie wissen, dass ich sehr große Stücke auf Sie halte, aber ich denke, dass Sie in diesem Fall als stark beratendes Teammitglied nützlicher sind. Oder wie ist Ihre Meinung?«

Marcel Neufeld blickte fragend in die Runde. Einer der beiden Psychologen, Herr Pomer, nickte ihm zu.

»Sind Sie auch der Meinung?«, fragte er Marcel Neufeld. »Ich denke, dass es so besser ist. Aber Ihre Verbundenheit zu den Schülern wird genauso wichtig sein. Ich würde es so machen.«

Marcel Neufeld stimmte dem Vorschlag zu.

»Gut! Wo können wir uns denn versammeln?«

»Am besten ganz oben. Ziemlich weit weg vom Geschehen«, schlug Frau Will nun vor.

»Gehen Sie doch nach oben in die Klasse der 12 a. Ich muss nach unten. Die ersten Eltern sind da.«

»Sagen Sie ihnen, dass ihre Kinder bald kommen werden. Aber erst müssen wir noch mit ihnen sprechen.«

Frau Will ging wieder ins Rektorat, während sich die beiden Psychologen mit Herrn Theobald und Marcel Neufeld mit der Klasse unter das Dach begaben.

Julians Mutter war mit der Mutter eines Pfullinger Klassenkameraden nach Reutlingen gekommen. Als Julian später ins Sekretariat kam, sprang sie sofort von ihrem Stuhl auf, auf dem sie auf ihren Sohn gewartet hatte.

»Julian! Julian! Du lebsch, du lebsch!« Tränen liefen ihr die Wangen herunter. Ihre Augen waren tief gerötet.

Julian sprach kein Wort. Zu tief saß der Schock noch in ihm.

»Julian, versprich mir, dass du jetzt endlich damit uffhörsch, mit dene ganze Klimaaktivitäta. Mit dene Demos. Julian!«

»Können wir jetzt nach Hause gehen, Mama? Ich will jetzt hier weg.«

»Nadierlich, Bua. Frau Krämer hot me mitgnomma. Mir kenned mit ihra zrickfahre. Guck, do henda kommt dr Robin ja ao scho.«

Sie zeigte auf Robin Krämer, der ebenfalls am Sekretariat ankam.

»Frau Krämer, Se nemmed ons doch wieder mid?«

»Natürlich, Frau Neu.«

Alle vier gingen sie zum Auto. Julian sprach kein Wort.

Auch zu Hause wollte er nicht reden. Er musste das Geschehene erst einmal verarbeiten.

»Julian. Du kedschd jetzt dod sae, so wie dr Max. Wenn der ed vor di nagschbronga wär, dann wärsch du verschossa worda. Julian, Max isch an daerer Schdell gschdorba. Julian, hör uff! Dr Babba kommt jetzt hoem und dann schwätza mir iber älles.«

»Mama, ich brauche jetzt erst mal etwas Zeit für mich. Ich gehe auf mein Zimmer.« Auf dem Gymnasium hatte Julian daran gearbeitet, dass er möglichst akzentfreies Hochdeutsch sprach. Wenn er später mal studieren würde, dann würde ihm das ganz bestimmt zugutekommen. Bei Vorträgen und Präsentationen war es mehr als vorteilhaft, wenn man sich in gut verständlichem Deutsch ausdrücken konnte. Er hatte nichts gegen den Dialekt seiner Mutter, aber wenn er mal als Arzt oder Ingenieur arbeiten wollte, dann konnte er sich selbst nicht als schwäbelnden Pfullinger vorstellen.

Julian ging in den ersten Stock und warf sich auf sein Bett. Wenig später stand er wieder auf, ging zum Schreibtisch und blickte aus dem Fenster. Doch er nahm die Umgebung gar nicht mehr wahr. Die verwelkten Blätter, der sich langsam ins Gelbliche verfärbende Rasen. Alles, was ihn gestern noch brennend interessiert hatte, schien nicht mehr vorhanden zu sein. Doch in seinem tiefsten Inneren – schien dort noch ein kleiner Funken von Kampfeswillen vorhanden zu sein?

Es klopfte an der Tür.

»Julian, kommsch ronder. ’S Veschber isch ferdig. Ich hann ons aber bloß a baar belegde Brod gmacht.«

Julian wollte seine Mutter nicht vor den Kopf stoßen und folgte ihrer Bitte. Essen konnte er aber nichts. Sein Vater blieb recht still an diesem Abend. Er drückte seinen Sohn fest an sich.

»Gott sei Dank, Julian. Ich bin so froh und glücklich. Aber wir müssen das in aller Ruhe einmal bereden. Sag mir, wann es bei dir wieder geht.«

Seine Frau sah ihn flehentlich an.

»Ja, Julian, schwätz des mid em Babba. Stell de bidde ed so quer.«

»Mache ich. Aber jetzt lass mich bitte auf mein Zimmer!«

Julian ging wieder nach oben.

Zur gleichen Zeit saß Sarah mit ihren Eltern oben in Engstingen auf dem Kreuzberg am Wohnzimmertisch. Sie unterhielten sich konzentriert und sachlich.

»Sarah, was gedenkst du jetzt zu tun?«, wollte ihr Vater wissen.

Auch ihre Mutter schaute sie abwartend an.

»Ich habe doch schon gesagt, dass ich mich aus der Öffentlichkeit zurückziehen werde. Trotzdem dürfen wir unsere Bewegung nicht ganz aufgeben.«

»Was haben denn die beiden Psychologen in der Schule heute gesagt?«, wollte ihre Mutter nun wissen.

»Sie haben uns umfassend informiert. Es war wahrscheinlich ein Einzeltäter. Sie können und wollen allerdings gar nichts ausschließen. Die waren richtig gut. Aber wir können uns ja jetzt auch nicht für immer und ewig verstecken.«

»Nein, das könnt ihr nicht und das sollt ihr ja auch nicht, aber du solltest dir schon genau überlegen, was du zu tun gedenkst.«

»Das mache ich auch. Aber jetzt lass uns noch irgendetwas anderes machen. Haben wir nicht noch irgendeinen Film, der uns ein bisschen ablenkt? Ich gucke mal bei Netflix.«

Sie wählte eine amerikanische Komödie aus, und alle drei zusammen schauten sie auf dem Sofa, eng aneinander liegend, den Film. Eine ausgelassene Stimmung aber konnte heute nicht aufkommen. Kurz vor Schluss war Sarah eingeschlafen und Frau Koch deckte sie zu.

28

Als Robert Becker am nächsten Morgen aufstand, war seine Frau Maria bereits seit einer halben Stunde beim Kaffee in die Zeitung vertieft.

»Guten Morgen«, murmelte Robert noch etwas verschlafen, als er an den Esstisch trat. »Bist du schon lange auf?«

»Seit sechs Uhr. Ich lese gerade die Zeitung von dem schrecklichen Mord.«

»Ich mache mir auch erst mal einen Kaffee.«

»Robert, der *GEA* ist komplett voll damit. Es steht direkt auf dem Titelblatt, dann im Lokalteil und noch mal ganz groß im Landesteil. Sogar einen ausführlichen Kommentar auf Seite drei haben sie der Sache gewidmet. Guck dir mal die Schlagzeilen an.

»*Hinterhältiger Mord im Herzen Reutlingens. Mord an Klimaaktivisten*«. Im Kommentar stellen sie sogar Verbindungen zu dem Mord an dem Regierungspräsidenten Lübcke in Kassel her, sowie den Morddrohungen gegen Politiker. Neuerdings hat auch der bayerische Landesbischof Bedford-Strom solche Morddrohungen erhalten, weil er Flüchtlinge aus dem Meer retten will. Robert, wo führt das Ganze denn noch hin?«

»Maria, es kann sein, dass wir hier in einen ganz tiefen Sumpf geraten sind. Bei einer der Schülerinnen, einer gewissen Sarah Koch aus Engstingen, ist vor einiger Zeit eine Drohung am Briefkasten gefunden worden und ihre Katze hat mit durchgeschnittener Kehle vor der Haustür gelegen. Und jetzt diese Tat. Wir müssen tatsächlich mit dem Schlimmsten rechnen. Aber wir sind gestern zum Glück schon ein gutes Stück vorangekommen. Gleich sind wir wieder am Tatort verabredet, um das Geschehen zu rekonstruieren. Ich mache mich mal fertig.«

Er schlurfte mit seiner Tasse Kaffee ins Bad, während seine Frau sich weiter in die Zeitung und die Beschreibungen der grausamen Tat vertiefte. Ein paar Minuten später setzte sich Robert noch einmal zu ihr an den Tisch.

»Trinkst du noch einen Kaffee mit?«

»Nein, ich habe schon zwei gehabt. Robert, pass bloß auf! Wenn das wirklich solche Attentäter sind, die ihre Taten auch noch vorher ankündigen, dann stehen du und Marion bestimmt ebenfalls schnell im Fokus von solchen Leuten. Da setzen sich junge Menschen mal für eine wichtige Sache ein und dann werden sie erschossen. Einfach nur furchtbar! Ich kann nicht fassen, wer zu so etwas imstande ist. Ich bin froh, wenn du bald in Pension gehen kannst.«

»Ein paar Jahre sind es noch. Aber ich freue mich auch. Dann werden wir hoffentlich auch wieder mehr Zeit füreinander haben. Aber jetzt muss ich. Ich will Marion und Lukas nicht warten lassen.«

Er gab ihr einen Abschiedskuss und fuhr von der Burgholz-Siedlung ins Präsidium nach Reutlingen, wo Marion ihn bereits erwartete.

29

Um 8 Uhr klopften Robert und Marion wieder bei Frau Breitbacher im Schulsekretariat an. Sie befand sich gerade im Gespräch mit der Schulleiterin Frau Will. Sie gingen den Ablauf der Gedenkfeier für Max Luipold noch einmal durch.

»Guten Morgen, Frau Will, guten Morgen, Frau Breitbacher. Ist Raphael Risse heute in der Schule?«, eröffnete Robert das Gespräch.

»Ich habe ihn noch nicht gesehen«, antwortete die Direktorin. »Möchten Sie ihn sprechen?«

»Ja, es muss sein. Und danach nehmen wir Julian mit zur Tatrekonstruktion. Er wird rechtzeitig zur Feier wieder da sein.«

Frau Will nickte ihrer Sekretärin zu.

»Könnten Sie Raphael bitte holen?«

Frau Breitbacher machte sich sofort auf den Weg und kam wenige Minuten später mit dem Schüler zurück. Robert und Marion stellten sich kurz vor und nahmen ihn dann mit in das Besprechungszimmer nach nebenan.

»Raphael, darf ich noch ›du‹ sagen?«, begann Robert.

Der Gefragte zuckte mit der rechten Schulter und schaute Robert und Marion geringschätzig an.

»Was wollen Sie von mir? Habe doch nichts gemacht.«

»Raphael, wenn ich dich so ansehe, dann habe ich den Eindruck, dass du älter bist als deine Klassenkameraden. Liege ich da richtig?«, wollte Marion wissen.

»Ja, bin ich. Bin schon achtzehn.«

»Und warum bist du dann noch nicht fertig mit der Schule?«

»Bin erstens später eingeschult worden und dann habe

ich auch noch eine Ehrenrunde gedreht. Haben Sie vielleicht auch mal gemacht, oder?«

Raphael grinste Robert und Marion an.

»Hast du denn auch schon einen Führerschein?«

»Ja, habe ich.«

»Kommst du dann ab und zu mit dem Auto in die Schule?«, wollte Marion wissen.

»Wenn mein Vater es nicht braucht, dann darf ich fahren. Muss mich dann nicht immer in den vollen Bus zwängen.«

»Raphael, gestern ist dein Mitschüler Max Luipold erschossen worden und du warst der Einzige deiner Klasse an diesem Tag, der nicht in der Schule war. Warum? Und wo warst du?« Robert fixierte ihn mit durchdringendem Blick.

»Hatte gestern einfach keinen Bock auf Schule. Stand sowieso nichts Wichtiges auf dem Plan. Da kann man sich so einen Tag ruhig mal schenken. Einfach mal ein bisschen abhängen und chillen. Kann mich ja jetzt selbst entschuldigen. Ist doch nichts dabei.«

»Das beantwortet meine erste Frage nach dem ›Warum‹, aber nicht die zweite, wo du gewesen bist«, fuhr Robert fort.

»Ja, wo soll ich schon gewesen sein…? Mal hier, mal da…«

»Geht das vielleicht auch etwas genauer, Raphael?«, schaltete sich Marion wieder ein.

»Morgens war ich in Tübingen und am Nachmittag bei den Gönninger Seen. Einfach mal ein bisschen abhängen.«

»Kann das jemand in Tübingen beziehungsweise jemand an den Seen bezeugen?«, ließ Marion nicht locker.

»Ich habe mir in Tübingen in einer Eisdiele ein Eis gekauft und dann habe ich mich ein bisschen auf die Mauer unten am Neckar gesetzt.«

»Welche Eisdiele und um wie viel Uhr war das?« Robert versuchte, ruhig zu bleiben.

»Weiß nicht, wie die heißt. Wenn man von der Brücke die Fußgängerzone hochgeht. Die erste links. Muss so gegen elf Uhr gewesen sein.«

»Wir werden das überprüfen oder kannst du uns Namen von Personen nennen, die das bestätigen können?«

»Nö! War alleine.«

»Und ab wann warst du bei den Seen?«

»So ab halb zwei. So ungefähr. Genau weiß ich das jetzt auch nicht mehr«, antwortete Raphael, der eine immer schlechtere Laune versprühte. Ihm ging die ganze Fragerei fürchterlich auf die Nerven. »Was wollen Sie eigentlich von mir? Wollen Sie mir irgendetwas mit der Sache von gestern anhängen?«

»Raphael, du warst gestern nicht in der Schule und bis jetzt hast du uns noch kein Alibi für die Zeit zwischen zwölf und halb zwei geben können. Liegen wir da richtig?«, fuhr Marion fort.

»Ach, gestern Mittag … Mensch, sagen Sie es doch gleich. Da habe ich auf dem Parkplatz im Wasenwald beim Naturtheater ein bisschen gepennt. Ist einfach ruhig da.«

»Und wahrscheinlich habt ihr da zu zweit oder zu viert im Auto gelegen, Raphael?«

»Nein, ich war ganz alleine. Aber eins sage ich Ihnen. Ich habe mit der ganzen Sache nichts zu tun. Ich erschieße doch niemanden. Bin doch nicht blöd. Für wie bescheuert halten Sie mich eigentlich?«

Robert und Marion blickten sich an. Dann trafen sich ihre Blicke wieder auf Raphaels Gesicht.

»Raphael, wir werden alle deine Aussagen überprüfen. Und dann werden wir wieder miteinander sprechen. Ach so, wir bräuchten dann noch die Automarke und das Kennzeichen von deinem Wagen, beziehungsweise dem Auto deines Vaters, mit dem du unterwegs gewesen bist.«

»Blauer Toyota. Kennzeichen RT-MR 357.«

»Raphael, dann ist das der Wagen auf den Videoaufzeichnungen des Parkhauses Pomologie. Du warst gestern Mittag zur Tatzeit dort. Was hast du da gemacht?«

»Jetzt entspannen Sie sich mal wieder. Ich habe Max nicht erschossen. Ihr spinnt doch. Ja, ich war kurz im Parkhaus. Wollte eigentlich ins *Kaffeehäusle*. Hab mich dann aber doch anders entschieden und bin sofort wieder zum Naturtheater. Aber das habe ich Ihnen ja schon gesagt.« Langsam wurde er doch nervös. Er hatte sich auf seine Hände gesetzt, damit er gar nicht erst in Gefahr geriet, mit ihnen wild hin und her zu fuchteln. »Kann ich jetzt gehen? Habe Ihnen doch alles gesagt. Also, Sie wissen ja jetzt alles von mir.«

Er deutete auf das Aufnahmegerät.

»Ihr könnt es euch ja dann noch ein paarmal anhören, wenn ihr Lust habt. Aber jetzt möchte ich einfach wieder zurück.«

Robert und Marion blickten ihn durchdringend an.

Robert fuhr sich mit beiden Händen von der Stirn bis zum Kinn durch das Gesicht.

»Okay. Wir melden uns wieder bei dir. Du kannst gehen«, entließ Marion den ihr nicht gerade sympathischen Jugendlichen.

Grußlos verließ Raphael das Zimmer und ließ die Tür ordentlich zuknallen, um seinen Unmut noch mal deutlich zum Ausdruck zu bringen.

»Was hältst du von dem, Marion?«

»Nicht viel. Aber Mord, Robert, ich weiß nicht. Das wäre schon krass. Jetzt lass uns Julian abholen.«

Im gesamten Gebäude herrschte eine gespenstische Stille. Normalerweise wurde in dem Schulhaus in den Pausen in allen Ecken getratscht, gekichert und auch mal gerannt. Normalerweise herrschte der hier oft unbeschwerte, jugendliche Trubel. Aber der Mord an Max hatte das gesamte Leben lahmgelegt. Die Tat würde auch über den menschlichen Verlust hinaus Spuren hinterlassen.

»Geht's einigermaßen, Julian?«

Marion und Robert gaben dem Schüler die Hand.

Julian nickte unmerklich. Er sah schlecht aus. Garantiert hatte er wenig bis gar nicht geschlafen. Seine Gesichtsfarbe war äußerst blass, was die dunklen Augenringe noch stärker zum Vorschein treten ließ. Gefühlt war er über Nacht Jahre gealtert.

»Wir müssen die Tat jetzt versuchen genauer nachzustellen. Du bist dabei die wichtigste Person für uns. Bist du bereit?«

Julian hob die rechte Schulter und deutete damit sein Einverständnis an. Der sonst so aufgeschlossene und fröhliche junge Mann hatte noch kein Wort gesprochen. Robert unterhielt sich derweil mit der Schulleiterin und sicherte ihr zu, dass Julian rechtzeitig zur Gedenkfeier wieder zurück sein würde.

Zusammen gingen sie vor das Schulgebäude zum Tatort, wo sie bereits das Kriminaltechnik-Team um Lukas Behringer erwartete.

Eine 3-D-Kamera stand auf einem Stativ montiert auf dem Gehweg. Lukas kam auf Julian zu.

»Guten Morgen, Julian. Lukas Behringer. Julian, wir wollen und müssen mit dir die Tat jetzt so genau es geht versuchen nachzuspielen. Dazu brauchen wir von dir möglichst genaue Angaben. Kannst du dich mal genau da hinstellen, wo du gestanden bist, als die Schüsse fielen?«

Julian kniff seine Lippen zusammen und schaute sich nach allen Seiten um. In den Augenwinkeln waren erste Tränen zu sehen. Auf dem Boden waren die Umrisse von Max aufgezeichnet und auch der Standort des Peugeot, hinter dem Julian sich versteckt hatte, war markiert.

Julian stellte sich zu den Kreideumrissen.

»Jetzt guck mal genau in die Richtung, in die du geschaut hast.«

Julian drehte sich um und wendete seine Blicke Richtung Parkhaus. Ein Mitarbeiter aus Lukas' Team fotografierte mit der 3-D-Kamera die nachgestellte Situation. Verstohlen versuchte Julian die Tränen, die ihm jetzt über die Wangen liefen, abzuwischen. Aber zurückhalten konnte er sie nicht. Vor dem gestrigen Tag war ihm nicht bewusst gewesen, wie viel man weinen konnte, aber was gestern passiert war, hatte auch sein bisheriges Vorstellungsvermögen gesprengt.

»Okay! Jetzt brauchen wir den Standort von Max.«

Lukas rief einen seiner Kollegen heran. In Zusammenarbeit mit Julian stellten sie die Standposition von Max nach.

»Ja. So hat er gestanden«, sagte Julian mit erstickter Stimme. »Blickrichtung zur Oskar-Kalbfell-Halle. Er hatte noch dieses Plakat in der Hand. Ich habe ihm gesagt, dass ich auf den Bus muss. Und dann fielen die Schüsse. Zwei, wenn ich es richtig im Kopf habe. Max ist nach vorne rübergefallen und ich bin hinter den Peugeot gesprungen. Habe mich dort versteckt.«

Akribisch wurden von dem KT-Team die Aufnahmen gemacht.

»Marion und Robert, ihr habt doch aus der Sondierung die Daten mit dem Winkel, in welchem die Schüsse Max getroffen haben, mitgebracht. Das hilft uns jetzt weiter.«

Ein weiterer Beamter gab Lukas die gewünschten Daten durch.

»Wir werden Max jetzt nachher mit Standort, seiner Körpergröße und allen vorhandenen Daten in unser Bild reinprojizieren. Dann können wir euch zusätzlich exakt sagen, von wo aus die Schüsse abgefeuert worden sind.«

Alle Anwesenden blickten nach oben zum Parkhaus und schauten auf die Abdeckung über dem obersten Parkdeck.

»Also, wenn ihr mich fragt, ist das da oben, wo die fünf Öffnungen in dem Dach sind, höchstwahrscheinlich der Platz, wo er gestanden ist. Aber das können wir euch nachher ganz genau sagen.«

»Danke, Lukas. Kann Julian jetzt wieder zurück in die Schule?«, wollte Marion von ihrem Freund wissen.

Lukas nickte.

»Ich gehe mit dir, Julian.«

Marion begleitete den Jungen zum Gymnasium zurück. Er war nur eine Hülle seiner selbst. Stapfte wie ferngesteuert.

Als Marion wieder zum Tatort kam, hatte das KT-Team seine Ausrüstungsgegenstände wieder im Auto verstaut. Lukas und Robert standen davor und unterhielten sich.

»Die Gedenkfeier für Max fängt bald an«, wandte sich Marion an ihren Freund und an Robert.

Robert nickte. Er hatte ihr den Rücken zugewandt und schaute zum Parkhaus am Ledergraben. Marion tippte ihm auf die Schulter.

»Komm, lass uns auf das Präsidium zurück. Um zwölf Uhr haben wir noch die Pressekonferenz. Das wird kein Zuckerschlecken. Die bombardieren uns garantiert mit Fragen. Lukas hat die Ergebnisse der Tatrekonstruktion bestimmt bald fertig und dann sollten wir uns noch ein wenig auf die Presse vorbereiten.«

30

Eine Viertelstunde später waren sie wieder im Präsidium an der Bismarckstraße angekommen und gingen eine Stunde später die neuen Erkenntnisse zusammen mit Lukas Behringer durch.

»Wir sind jetzt ein gutes Stück weiter, was den Standort des Schützen anbelangt. Wenn wir den Obduktionsbefund, die Tatnachstellung heute Morgen und die exakten 3-D-Aufnahmen zusammenführen, dann muss der Täter genau hier gestanden haben.«

Er zeigte auf seinen Rechner und deutete auf die äußerste Öffnung ganz oben auf der Parkebene L.

»Da hat er gestanden und von da aus sind auch die Schüsse abgefeuert worden.«

»Gut. Dann stimmt es also, was wir vermutet haben«, bedankte sich Marion.

»Und was ist mit dem Geschoss? Wir haben ja drei Patronen und zwei Hülsen.«

»Also, wir haben hier die Nummern, die sogenannten Losnummern am Patronenboden. Dadurch können wir Rückschlüsse auf den Hersteller ziehen. Das müsste er sein.« Er reichte Robert einen Zettel mit dem Namen der Herstellerfirma: Friebel und Erbeling KG. »Und wenn ihr das jetzt habt, dann müsstet ihr auch herausfinden können, an wen die Patronen geliefert worden sind. Aber das ist dann eure Arbeit.«

»Danke, Lukas, das hilft uns jetzt wirklich weiter. Jetzt haben wir schon eine ganze Menge beisammen. Wir müssen jetzt aber direkt wieder rüber. Gleich ist doch die Pressekonferenz.«

Sie verabschiedeten sich und gingen in Roberts Büro.

»Echt super, wie wir das jetzt alles so schnell haben zusammensetzen können. Ich will den Täter einfach so schnell wie möglich finden. Oder was meinst du?«, fragte Robert.

»Ja, ist wie bei einem Puzzlespiel. Den Rand haben wir auf jeden Fall schon mal. Hoffentlich gehen die anderen Teile auch so schnell. Drück uns die Daumen, dass wir als Rest nicht alles gleich blaufarbige Himmelteile haben. Aber Lukas wird uns da schon gut bei weiterhelfen.«

»Ja, sei froh, dass du mit ihm zusammen bist. Ist schon ein fleißiger, intelligenter, aber auch bodenständiger Kerl. Das wird was mit euch. Da mache ich mir jetzt keine Sorgen.«

31

»Soll ich uns einen Kaffee rauslassen?«

»Ja, wäre gut.« Robert ging zu dem Kaffeeautomaten, den er sich privat in sein Büro gestellt hatte. Er mochte das braune Getränk in Pappbechern nicht, wie es sonst aus jedem Automaten herauskam. Dass sich sowas überhaupt Kaffee schimpfen durfte, war eine Frechheit.

»Guck mal, da leisten wir doch auch etwas für den Klimaschutz, wenn wir das Plastikzeug hier bei uns auf der Dienststelle vermeiden.«

»Da hast du recht. Ist ja auch schon gut, wenn man bei den kleinen Dingen anfängt. Ich bin auch absolut kein Coffee-to-go-Fan.«

Sie saßen sich gegenüber und hatten jeder die Hände um ihre heißen, dampfenden Tassen gelegt.

»Lass uns die Infos von eben noch mal zusammenfassen.«

Robert schaute Marion an, dann schloss er die Augen.

»Ich versuche, mich mal in den Täter hineinzuversetzen. Wenn ich aus dem Parkhaus heraus jemanden erschieße und sich mir ein Fluchtweg nach hinten eröffnet, dann nehme ich den auch. Da hinten läuft so gut wie keiner herum. Da fällst du kaum auf. Das Auto im Parkhaus an der Alteburgstraße eröffnet dir den Fluchtweg ohne große Stauprobleme. Nach links weg bist du schnell am Kreuzeichestadion vorbei Richtung Alb und du kannst in Gönningen Richtung Mössingen oder Hechingen ab. Da bist du ganz schnell weg. Durch die Stadt kann ich mir beim besten Willen nicht vorstellen. Ampeln, Stau, Polizei et cetera. Zu viele unberechenbare Faktoren. Vor allem, weil das definitiv eine geplante und keine Affekt Tat war.«

»Für die Möglichkeit mit der Alb würde auch der Vorfall mit Sarah Koch sprechen«, schlussfolgerte Marion weiter.

»Sie wohnt in Engstingen. Ihre Katze wurde ermordet und sie hatte die Aufschrift an ihrem Briefkasten. Das würde doch auf einen Täter aus dem näheren Umfeld sprechen, also nicht weiter weg. Da kommt ja kein Killer aus Norddeutschland oder Italien, um auf der Schwäbischen Alb eine junge Schülerin einzuschüchtern. Sarah hat auch mal davon gesprochen, dass vor dem Gymnasium so schräge Vögel rumgelungert sind, die sie zudem noch blöd angemacht haben. Und bei einer der Freitagdemos haben solche Typen in der unteren Wilhelmstraße gestanden. Wir sollten vielleicht mal gucken, ob wir da irgendetwas im Archiv haben. Rechtsradikale Szene, Klimaleugner. Das wäre meines Erachtens der nächste Weg.«

»Kann dir bis dahin nur zustimmen.«

»Dann haben wir die drei Projektile und die eine Hülse. Darüber müssten wir an die Waffe kommen. Die Gewehre sind alle registriert und können zugeordnet werden«, fuhr Robert fort.

»Lukas hat die Ergebnisse schon an die Ballistik übermittelt. Das muss jetzt relativ schnell gehen. Du hast doch gestern Manfred noch gebeten, dass er sich mal um die Schützenvereine in der Gegend kümmern soll. Komm, den rufen wir gleich mal dazu.«

Marion griff zum Hörer ihres Telefons, als es an der Tür klopfte. Sie wurde geöffnet und Manfred Zumbold trat mit einem Stapel Papier ein.

»Wir haben gerade von dir gesprochen und wollten dich holen. Kannst du hellsehen oder hörst du uns ab?«

»Das Zweite. Ich weiß lieber vorher, was ihr vorhabt. Dann kann ich mich besser darauf einstellen.« Er kniff ein Auge zu und grinste. »Scherz. Also ich habe mal nachgeschaut. Allein der Württembergische Schützenverband ist, ich habe es kaum geglaubt, der siebtgrößte Mitgliedsverband im Württembergischen Landessportbund. Und jetzt hört euch das an. Er hat etwa 85 000 Mitglieder und die sind in Bezirke und Kreise aufgeteilt. Ich habe mal die Liste herausgelassen. Sind insgesamt sechzehn Seiten. Hier habe ich jetzt mal nur die in unserer näheren Umgebung gelb angestrichen.«

Er legte die Liste vor Robert und Marion auf den Tisch.

»Nehmen wir mal vorerst nur diese. Dann gibt es von Altenburg bis Dettingen/Teck allein 59 Schützenvereine. Dabei ist die Tübinger Richtung noch gar nicht erfasst.«

Robert und Marion beugten sich über die Auflistung und das Zahlenwerk. Robert verdrehte die Augen. Marion schmunzelte.

»Siehst du. Gehe in einen Schützenverein. Da triffst du am sichersten Freunde.«

Ihr Kollege stutzte und zog verwirrt die Stirn in Falten,

bevor er die Zweideutigkeit der Aussage begriff. Manfred Zumbold konnte sich ein Lächeln nicht verkneifen.

»Danke, Manfred, auf dich ist wirklich Verlass. Das hilft uns auf jeden Fall mal einen Schritt weiter. Dann warten wir das Ergebnis der Projektiluntersuchung ab. Manfred, wenn wir das haben, würdest du es dann bitte sofort mit den hier im Kreis registrierten Waffen abgleichen? Auf die Art und Weise müssen wir ja die dazugehörende Person oder den Verein schnell ermitteln können«, bat Robert den Kollegen.

»Klar, mache ich doch. Kein Problem.«

»Okay, dann vielleicht bis nachher.«

Manfred Zumbold verließ wieder das Büro.

»Siehst du Robert, läuft doch gar nicht so schlecht.«

»Unwahrscheinlich! Hätte ich nie geglaubt, wie viel Schützen es gibt. Mal was anderes. Wie schätzt du denn diese Sarah ein? Du bist doch mit ihr in einer Theatergruppe?«

»Ist ein hochintelligentes Mädchen und führt die *Fridays for Future*-Gruppe in erster Linie mit an. Stand ziemlich im Mittelpunkt und war auch häufig in der Zeitung und im *RTF*. Komme sehr gut mit ihr aus. Theatermäßig hat sie mir aber einiges voraus. Da kann ich noch von ihr lernen. Wir haben uns sogar ein bisschen angefreundet. Kommt ja auch aus Engstingen.«

»Jetzt lassen wir das mal mit deinem Engstingen. Auch wenn ihr demnächst da hinzieht. Wir sollten mal die ganzen Presseberichte der *Fridays for Future*-Aktivitäten durchsuchen. Wenn sie da so aktiv war und in der Presse auftauchte, dann finden wir vielleicht was auf Bildern. Da soll sich Manfred auch noch drum kümmern.«

»Erledige ich sofort.«

Sie wollte schon gehen und hatte die Türklinke in der Hand.

»Wieso ›war‹? Ist sie nicht mehr aktiv?«

»Sie organisiert noch aus dem Hintergrund. Du weißt doch, die Sache mit der Katze und der Drohung am Briefkasten.«

»Ja klar. Also bis gleich. Wir treffen uns im Presseraum.«

Robert vertiefte sich sofort wieder in seine Akten. Ein wenig mulmig war ihm schon vor dem nun anstehenden Pressetermin. Die vielen, teilweise unvorhersehbaren Fragen der Reporterhorde waren das eine. Die eigenen Worte am nächsten Morgen, teilweise verdreht und aus dem Zusammenhang gerissen in der Zeitung zu lesen, das andere.

Um 11.50 Uhr war der große Raum, in dem die Pressekonferenz um 12 Uhr beginnen sollte, bereits bis auf den letzten Platz besetzt. Selbst hinter den aufgereihten Stühlen hatten sich noch einige mit ihren Notizblöcken an die Wand gelehnt. Nicht nur die regionalen Medien *Reutlinger General-Anzeiger, Südwestpresse, Wochenblatt, RTF, Neckaralb Live, Hitradio Antenne 1* und einige andere waren zugegen, auch landes- und bundesweite Vertreter von Printmedien und Fernsehsendern bevölkerten den großen Raum.

Eine Minute vor 12 Uhr betraten Benno Conrads, Marion und Robert den Saal. Conrads nahm auf der Bühne auf dem mittleren Stuhl Platz, während sich Marion und Robert links und rechts von ihm platzierten. Ein Blitzlichtgewitter prasselte auf die drei Reutlinger Polizeibeamten nieder. Fernsehkameras waren eingeschaltet und die Radioreporter hatten ihre Mikrofone in Position gebracht.

»Guten Tag, meine sehr verehrten Damen und Herren. Wir begrüßen Sie ganz herzlich zur heutigen Pressekonferenz«, hob Benno Conrads an. »Im vorliegenden Tötungsdelikt darf ich Ihnen Folgendes mitteilen.«

Er gab einen kurzen Bericht über die Tatzeit, die Absperrmaßnahmen, die schnell eingeleitete Fahndung und die intensiven Bemühungen der Reutlinger Polizei, welche durch

Kollegen aus Esslingen, Tübingen und dem Zollernalbkreis verstärkt worden waren.

»Wir haben eine Sonderkommission gebildet, die in kleinen Teams zusammenarbeitet. Sie verfolgen und bearbeiten die bisher vorliegenden Hinweise akribisch. Die Arbeiten werden geleitet von Kriminalhauptkommissar Robert Becker und Kriminalhauptkommissarin Marion Schmidt. Die meisten von Ihnen müssten die beiden bewährten Kollegen ja schon bestens kennen, das heißt, wir haben den Fall in sehr guten Händen und sind zuversichtlich, dass wir ihn schnell aufklären werden.«

»Was macht Sie denn so zuversichtlich, Herr Conrads?«, wollte ein Vertreter des *Reutlinger General-Anzeigers* wissen.

Conrads blickte zu seiner Linken, wo Robert Becker saß. Robert nahm den Impuls auf und richtete sich an die Zuhörerschaft.

»Sehr geehrte Damen und Herren. Ich muss Ihnen mitteilen, dass wir uns, wie es auch zum derzeitigen Zeitpunkt nicht anders sein kann, am Anfang unserer Ermittlungen befinden. Aber alle unsere Teams arbeiten vorbildlich und mit großem Engagement zusammen. Jedes einzelne bringt immer wieder wertvolle Details ein, die wir zu einem großen Bild zusammensetzen.«

»Herr Becker, was Sie da gerade sagen, hört sich an wie die Einführung einer Gebrauchsanleitung für ein Tausend-Teile-Puzzle. Geht es auch etwas genauer?«, forderte nun ein Vertreter der *Stuttgarter Nachrichten* Robert Becker auf, seine Informationen zu präzisieren.

»Wir haben unmittelbar nach der Tat eine Ringfahndung eingeleitet und ermitteln hier in der ganzen Gegend. Zahlreiche Personen sind vernommen worden. Wir werten den Obduktionsbericht aus und fügen die Ergebnisse mit den Zeugenaussagen zusammen, um den Tathergang genau rekonstruieren zu können. Vierzig Kollegen beziehungsweise Kolleginnen kümmern sich ständig um den Fall.«

»Können Sie etwas Genaues zum Tathergang sagen? Gehen Sie von einem Amoklauf aus?«

»Werter Kollege, wir befinden uns noch ganz am Anfang unserer Arbeit, das heißt, wir dürfen nichts ausschließen, also auch keinen Amoklauf. Aber Sie wissen selbst aus Erfahrung, dass bei Amokläufen in der Regel wild um sich geschossen wird. Das war hier nicht der Fall!«

»Von was gehen Sie denn dann aus?«

»Wir recherchieren natürlich auch im persönlichen Umfeld des Opfers und schauen nach möglichen Täter-Opfer-Beziehungen beziehungsweise nach Motiven. Aber Sie werden verstehen, dass ich Ihnen die bisherigen Erkenntnisse natürlich noch nicht offenlegen kann.«

Irgendwie schienen die Antworten die Journalistenschar nicht gänzlich zu überzeugen. Sie hätten es gerne etwas genauer gehabt. Aus diesen Standardfloskeln alleine ließ sich leider noch keine blutrünstige Story formen. Conrads wirkte genervt. Manche der Schreiberlinge wussten genau, wie sie aus einem Brotkrumen eine mitreißende Geschichte machen konnten. Diese Pressekonferenzen mit den lästigen Fragen war nicht ganz so sein Metier, außer wenn er sie mit Fahndungserfolgen präsentieren konnte …

Gemurmel war im Raum zu hören.

Conrads schaltete sich ein.

»Nächste Frage, bitte!«

»Ich wüsste gerne etwas zur Tatwaffe.«

»Wir können so viel sagen: Es handelt sich um eine Schusswaffe größeren Kalibers. Die Hülsen und Projektile sind zurzeit in der Ballistik. Die Ergebnisse stehen noch aus«, antwortete nun Marion.

»In der Stadt werden immer mehr Stimmen laut, dass es

sich eventuell um einen Sniper handelt nach amerikanischem Vorbild. Ein Mörder, der sich seine Opfer gezielt aussucht und sie dann aus großer Entfernung erschießt. Wie stehen Sie dazu?«

»Wir verfolgen natürlich auch diese Spur. Wir lassen keine Möglichkeit außer Acht.«

»Heißt das in der Folge, dass man in der Region noch mit weiteren Anschlägen rechnen muss?«

Robert übernahm wieder.

»Wir gehen nicht davon aus. Wir sind nicht in Amerika. Damit wir aber ganz sicher sein können, verfolgen wir diese Spur natürlich genauso wie alle anderen.«

»Vor ein paar Jahren gab es auf Landstraßen und Autobahnen einen Schützen, der auf fahrende Autos geschossen hat. Kommt so etwas in Betracht?«

»Wir haben das überprüft. Können es nach unseren bisherigen Ermittlungen aber wohl ausschließen.«

»Stimmt es, dass das Opfer aus Pfullingen stammt?«

»Dazu machen wir keine Angaben. Die Familie hat es schwer genug. Und wir möchten Sie eindringlich bitten, sie auch in Ruhe zu lassen und ihre Trauer zu respektieren, falls Sie so etwas in dieser Richtung vorhaben«, wandte sich nun Marion noch einmal direkt in schärferem Ton an die Pressevertreter.

Das hatte ihnen gerade noch gefehlt, dass jetzt die Reporter in Pfullingen auf Sensationsberichterstattung aus waren. Die psychischen Folgen für die Familie wollte sie sich gar nicht ausmalen. Aber auch unter Journalisten gab es ein paar schwarze Schafe. Das musste man direkt unterbinden.

»Weitere Fragen?« Conrads schaute in die Runde.

In den nächsten zehn Minuten mussten sich die Beamten noch mit einigen Auskunftswünschen auseinandersetzen, aber sie offenbarten mit ihren bedachten Antworten nur so viel, wie sie preisgeben konnten, um die Ermittlungen nicht zu stören.

Nach Beendigung der Pressekonferenz trafen sie sich bei ihrem Chef im Büro.

»Ich mag diese Presseleute nicht«, setzte Conrads an.

»Man muss das wahrscheinlich aus zwei Richtungen sehen. Einerseits können sie schon nerven, manchmal bringen sie einen durch ihre Fragen auch wieder auf einen neuen Gedanken und einen neuen Weg. Und manchmal bekommen wir ja auch wirklich durch ihre penetranten Recherchen gute Hinweise«, sprang nun Marion den Pressevertretern zur Seite. Mit ihrer einfühlsamen Art schaffte sie es immer, sich in ihr Gegenüber hineinzuversetzen und gab dem anderen stets das Gefühl, dass man ihn ernst und wichtig nahm. Das hatte ihr viel Sympathien eingebracht und sie erfuhr deshalb häufig mehr als ihre Kollegen.

Sie verabschiedeten sich von Conrads und vertieften sich in ihre Unterlagen. Irgendwo da draußen hielt sich der Mörder von Max Luipold auf. Sie aber hatten noch keine konkrete Spur.

Kurz danach tauchten im Netz schon die ersten Meldungen über die Pressekonferenz auf. Am nächsten Morgen würden reißerische Schlagzeilen die Printmedien füllen. *»Sniper oder Amoklauf?«*

»Polizei tappt im Dunkeln!« »Mörder im persönlichen Umfeld?«

»Sind noch mehr Tote zu befürchten?« »Reutlingen im Blutrausch! Auftakt einer Mordserie?«

32

Marion schaute auf ihre Uhr. 14.10 Uhr. Manfred Zumbold klopfte erneut an ihre Tür und trat ein. In seiner rechten Hand hielt er einen DIN-A4-Ordner.

»Ich hab's. Ist Robert auch in der Nähe?«

»Muss sofort kommen. Ist nur mal eben zur Toilette.«

Auf dem Gang hörten sie Schritte. Manfred Zumbold schaute noch einmal über den Flur. Zwei Kollegen führten gerade einen Verhafteten, der sich zwischen ihnen befand, in das Vernehmungszimmer. Er versuchte ihre Hände an seinen Oberarmen abzuschütteln, doch die Beamten ließen sich nicht beirren.

Am Ende des Ganges sah Manfred Zumbold nun Robert Becker kommen.

»Da kommt er.« Manfred ging wieder in Marions Büro. Er ließ die Tür offen.

»Manfred? Schon wieder da? Hast du was?«

Dieser schürzte die Lippen und deutete mit seinem linken Zeigefinger auf den Ordner.

»Ja, die Ergebnisse aus der Ballistik sind da. Ihr wisst ja, dass jede Schusswaffe individuelle Spuren hinterlässt. Nach den Kerben auf den Geschossen können wir jetzt Rückschlüsse auf die Waffe ziehen. Ist wie ein individueller Fingerabdruck. Es handelt sich um eine Jagdwaffe: Repetiergewehr CZ 557. Großkalibrige Waffen werden bei uns in der Gegend in Auingen geschossen. Dort gibt es einen Großkaliber-Schießstand. Im Landkreis Sigmaringen gibt es ebenfalls eine solche Anlage. Ich habe jetzt schon mal beim Bundeskriminalamt in Wiesbaden gefragt, ob die was wissen, ob schon jemals eine Straftat mit so einer Waffe begangen worden ist. Ist aber nicht. Also war es das erste Mal.«

»Das heißt, wir wissen jetzt, wer der Hersteller ist, und der muss uns dann sagen können, an welche Shops er sie verkauft hat. Und der kann uns dann wiederum sagen, welche Kunden er beliefert hat. Darüber hinaus sollten wir sofort überprüfen, wer hier im Kreis solche Waffen hat. Das müssten wir doch schnell haben. Echt gute Arbeit, Manfred.«

»Hoffentlich können wir mit den Infos schnell weiterkommen.«

»Wer hätte das gestern gedacht?«

»Ich schon, Robert. Immer positiv denken. Wir sind ein gutes Team.«

Manfred Zumbold schaute seine beiden Kollegen an.

»Ich gehe noch mal rüber und schaue nach, ob wir schon entsprechende Hinweise über die Schützenvereine hier in der Region haben. Vielleicht werde ich ja fündig.«

»Okay. Ich frage mal die Herstellerfirmen ab. Vier kämen infrage: Friebel und Erbelin KG, Gottfried, Pusch und Freund, Fritz und Klopp KG. Ich gehe die angesprochene Kette durch, dann müssten wir auch die Besitzer der Waffen hier im Kreis bekommen.«

33

Es war 18 Uhr geworden. Der Probenraum der *woRThopäden*, der mittlerweile auch zum Versammlungsraum der Reutlinger *Fridays for Future*-Gruppe geworden war, war schon zu drei Vierteln gefüllt. Die VHS Reutlingen war zu einem Kooperationspartner von *Fridays for Future* geworden und hatte bereits gemeinsame Veranstaltungen angeboten, die auch kurzfristig im Haußmann-Saal der VHS abgehalten werden konnten. Da hatten Sarah, Julian und die anderen ganze Arbeit geleistet. Jetzt hatte Sarah sogar einen eigenen Schlüssel bekommen und war als Erste anwesend. Ein betretenes Schweigen lag im ganzen Raum. Nur leises Flüstern war zu hören. Julian und Sarah traten vor die Gruppe. Und Julian ergriff das Wort.

»Liebe Freunde, die schreckliche Tat war ein bewusster Angriff auf unsere Klimabewegung. Es hätte jeden von uns treffen können. Max ist nicht mehr unter uns. Er wollte sich einbringen. Gerade in dem Moment, als der Schuss fiel, ist er vor mich gesprungen. Wenn das nicht passiert wäre, wäre ich jetzt wahrscheinlich tot. Bitte steht auf. Wir wollen als Erstes eine Gedenkminute für Max einlegen.«

Alle erhoben sich. Man hätte eine Stecknadel fallen hören können. Die Köpfe waren gesenkt. Vielen standen Tränen in den Augen, die sie verstohlen wegzuwischen versuchten. Andere ließen sie einfach die Wangen herunterlaufen. In solch einem Moment gab es keinen Grund, sich zu schämen.

»Danke! Setzt euch wieder!«

Julian beendete die Schweigeminute. Papiertaschentücher wurden gezückt und mehrere mussten sich die Nase schnäuzen.

Julian meldete sich wieder zu Wort.

»Sarah und ich haben heute Morgen mit der Polizei gesprochen. Marion Schmidt, die Polizeihauptkommissarin, ist eine der Mitspielerinnen aus Sarahs Theatergruppe. Der Schuss auf Max ist aus dem Parkhaus am Ledergraben abgegeben worden. Von wo genau, das müssen die weiteren Untersuchungen noch ergeben. Wie ihr aber auch alle wisst, ist Sarahs Katze ermordet worden. Und Sarah hat eine

Aufschrift an ihrem Briefkasten gefunden. Das lässt sich als akute Morddrohung einordnen. Wir sind also einer tödlichen Bedrohung ausgesetzt. Wer von euch jetzt aussteigen will, dem steht das offen. Wir sind keinem böse. Wir verstehen das.«

Julian blickte die vor ihm sitzende Schar der Jugendlichen an. Manche rutschten auf ihren Stühlen nervös hin und her und wieder andere blickten nach unten. Jetzt meldete sich Sarah.

»Nachdem meine Katze ermordet worden ist und ich diese Morddrohung erhalten habe, habe ich mich nach einem Gespräch mit meinen Eltern und der Polizei dafür entschieden, etwas in den Hintergrund zu treten. Der Tod von Max hat mich in meinem Entschluss gefestigt. Das heißt jetzt, dass ich weiterhin aktiv an allen Fäden mitziehen werde. Nur werde ich nicht mehr in der Öffentlichkeit in Erscheinung treten. Also, ich werde etwas im Verborgenen mitarbeiten, zumal die Polizei jetzt auch viel mehr auf mich achten wird. Also überlegt es euch, auch gerne in Ruhe, was ihr tun möchtet.«

Keiner verließ den Raum.

Hinten rechts stand ein 17-Jähriger aus dem HAP-Grieshaber-Gymnasium auf.

»Sarah, ich verstehe dich vollkommen und ich finde es klasse, dass du trotzdem weitermachst. Vielleicht sollten wir niemanden mehr so in den Vordergrund stellen wie euch beide: Julian und Sarah. Dann steht keiner mehr alleine im Mittelpunkt.«

»Das haben wir mit der Presse schon besprochen. Namen werden bewusst nicht mehr genannt. Es wird nur noch von ›*Fridays for Future*‹ gesprochen. Aber auch ich werde mich natürlich aktiv beteiligen und mitorganisieren. Das verspreche ich euch. Sonst noch eine Wortmeldung?«, antwortete Julian.

Einige Schüler meldeten sich noch, aber keiner verließ den Raum. Alle wollten trotzdem oder gerade deshalb dabei bleiben.

»Okay. Dann machen wir mal weiter. Wir können jetzt nicht einfach so zur Tagesordnung übergehen. Wir müssen etwas tun. Sarah und ich haben besprochen, dass wir eine Trauerdemo für Max laufenlassen möchten. Und zwar kurzfristig. Am Freitag. Wir würden gerne dazu aktive Gruppen aus der ganzen Region, eventuell aus dem ganzen Land, einladen. Es soll sich nicht um eine normale Demo handeln, sondern um einen bewussten Trauerzug für Max. Was haltet ihr davon?«

»Super Idee!«

»Das ist das Mindeste, was wir machen können.«

»Das sind wir Max schuldig.«

So war eine Vielzahl an Äußerungen wild durcheinander zu hören.

»Dann lasst uns darüber abstimmen, sodass wir auch ein eindeutiges Ergebnis haben«, unterbrach Sarah nun das Stimmengewirr.

»Also, wer ist dafür? Bitte Hand heben!«

Alle Hände gingen nach oben.

»Wer ist dagegen?«

Kein Handzeichen.

»Enthaltungen?«

Wieder kein Handzeichen.

»Also, dann ist der Vorschlag angenommen. Die Polizei wird uns einen umfassenden Schutz geben und den Zug begleiten.«

Sarah setzte sich auf den Tisch direkt vor dem Fenster.

»Wenn ihr damit einverstanden seid, dann werde ich die Demo und den Zug jetzt beim Ordnungsamt anmelden. Oscar, besorgst du wieder die Verstärker vom *franz.K*?«

Oscar nickte.

»Dann hätten wir es eigentlich. Alles andere über unsere Facebook-Gruppe. Danke, dass ihr so schnell und spontan gekommen seid. Passt auf euch auf und bis Freitag.«

Julian drückte Sarahs Hand.

»Wir kriegen das hin.«

In leisen Gesprächen verließen die Jugendlichen den Raum, nachdem sie zuvor die Stühle wieder ordentlich an die Wand gestellt hatten.

34

Am Freitag nach dem schrecklichen Mord an Max Luipold hatte sich eine riesige Menschenmenge auf dem Reutlinger Marktplatz versammelt. Etwa zweitausend Schüler aus allen Teilen des Landes Baden-Württemberg waren in die Achalm-Stadt gekommen. Sie alle wollten ihre Trauer für Max Luipold und ihre Solidarität mit seiner Familie und den Mitschülern bekunden.

Julian stand auf einem erhöhten Podest. In der rechten Hand hielt er ein Mikrofon und blickte über die gewaltige Menschenmenge hinweg zum *Breuninger*, rechts zum *Zinser* und links zur *Kreissparkasse*. Während es bei sonstigen Demonstrationen laut zuging, hatte sich nun eine unheimlich anmutende Stille über den ganzen Platz gelegt. Trauer, Entsetzen und Fassungslosigkeit hatte alle ergriffen und schlossen sich wie eine unsichtbare Glocke um alle. Alle verbunden durch die furchtbare Tat.

Schilder und Transparente waren zu sehen:

»Max! Wir kämpfen für dich!«
»Max, wir werden dich nicht vergessen!«
»Nieder mit den feigen Mördern!«
»Keine Schonung für Klimaleugner!«
»Klimamörder!«
»Ihr bekommt uns nicht klein!«

Daneben waren noch die von den sonstigen Demonstrationen bekannten Banner und Tafeln, die auf Stäben in die Luft gehalten wurden, zu sehen.

»Liebe Mittrauernde«, hob Julian zu seiner Rede an. »Danke, dass ihr heute nach Reutlingen gekommen seid, um eure Solidarität auszudrücken. Wir alle sind noch vollkommen schockiert, nachdem, was passiert ist. Max Luipold ist von einem feigen Mörder erschossen worden. Von einer Sekunde auf die andere ist er aus unserer Mitte gerissen worden. Er wollte, wie wir alle, nur etwas Gutes tun. Er hat sich, wie wir alle, für den Klimaschutz eingesetzt und ist wahrscheinlich dafür jetzt ermordet worden. Es hätte jeden von uns treffen können. Es war ein Angriff auf unsere Bewegung. Man will uns mundtot machen. Dass ihr heute gekommen seid, ist allerdings Beweis dafür, dass wir uns nicht unterkriegen lassen. Wir werden weiterhin für unsere gute und wichtige Sache einstehen. Das wäre auch im Sinne von Max gewesen, der sich der *Fridays for Future*-Gruppe hier in Reutlingen vollkommen verschrieben hatte. Wir können ihn nicht wieder lebendig machen, aber die Polizei wird herausfinden, wie es passiert ist und den oder die Mörder verhaften. Ich bitte euch jetzt, alle ruhig zu sein. Wir wollen eine Schweigeminute für Max einlegen.«

Sekunden später war es noch stiller auf dem Marktplatz geworden. Absolut kein Laut war mehr zu hören. Die zahlreichen Polizeikräfte, die zur Sicherung der Demo aktiviert worden waren und schwer bewaffnet an allen Zugangsstraßen standen, überblickten die riesige Menschenmenge und ließen nichts unbeobachtet.

Die Trauerminute war beendet, als Julian erneut seine Stimme erhob.

»Liebe Freunde, wir wollen unseren Trauerzug beginnen. Für diejenigen, die bisher noch nicht in Reutlingen waren, möchte ich euch kurz die Strecke und den Ablauf erklären. Wir werden die Wilhelmstraße hinunter und dann die Metzgerstraße wieder hinauf gehen. Eine größere Abordnung von unserer Gruppe wird den Zug anführen.«

Er deutete mit der linken Hand in Richtung des Maximilianbrunnens am Markt, wo schräg links des *Juweliers Christ* nun mehrere Schüler ihre Demotafeln in die Luft hoch oben.

»Schließt euch ihnen einfach an. Wir werden dann auf einer Schleife am Tatort vorbeigehen, um so von Max Abschied zu nehmen. Wer etwas für ihn als Erinnerung platzieren möchte, kann dies gerne tun. Wir haben dort schon Kerzen hingestellt. Und auch die Reutlinger Bevölkerung hat bereits großen Anteil genommen. Wer noch will, kann mit uns in die Pomologie kommen. Es wäre schön, wenn viele dabei wären. Da kann man sich dann auch in kleinen Gruppen noch mal austauschen und diskutieren, wie wir jetzt fortfahren wollen, und bestimmt können einige noch schöne Geschichten und Erinnerungen über Max mit uns teilen. Wir ziehen jetzt los. Ich danke euch für euer Kommen.«

Julian stieg von seinem Podest herunter, während sich der Trauerzug nun langsam die Wilhelmstraße in Richtung Karlstraße bewegte. Es dauerte gut fünfzehn Minuten, bis der Marktplatz wieder bis auf die normalen Einkaufspassanten leer war. Am Straßenrand standen zahlreiche Personen und verfolgten das Geschehen.

»Grausam, was do bassierd isch. Der arme Bua!«

»So ebbas gibt's doch edd. Wird do an Schialer vor seira Schual am hellichta Dag verschossa. Ond des bei ons em beschaulicha Reitlenga.«

»Wenn i den end Fenger kriaga däd.«

»Dia arme Eldern.«

»Hoffendlich verwischad se den bald!«

So waren einige Kommentare in der Innenstadt zu hören.

Mitten im Demonstrationszug bewegte sich mit seinem futuristischen silbernen Rollstuhl auch jener Mann, den Julian und Sarah bei ihrer Besprechung im *Alexandre* gesehen hatten. Auf eines seiner Seitenelemente hatte er ein selbst angefertigtes Plakat geklebt.

»Max, wir denken an Dich und wir trauern um Dich.«

Betroffen zog er still im großen Lindwurm mit.

Je mehr sich der Trauerzug der Oskar-Kalbfell-Halle näherte, desto häufiger kam er auch ins Stocken, denn immer wieder legten einzelne Schüler etwas in Gedenken an Max am Tatort ab.

Eine riesige Anzahl von Kerzen in Gläsern und Blumen verliehen dem Platz eine gespenstische Atmosphäre. Hier war nichts mehr, wie es noch vor ein paar Tagen gewesen war und würde auch nie wieder so sein.

Während der Verkehr über den Ledergraben dahinzog, hatte sich eine Friedhofsatmosphäre über das Areal vor der Oskar-Kalbfell-Halle gelegt. Ungefähr ein Drittel der Trauernden zog es von hier aus wieder zu den Bussen und zum Hauptbahnhof, um Reutlingen wieder zu verlassen. Der überwiegende Teil aber begab sich zur nahe gelegenen Pomologie.

Julian und Sarah waren von vielen Jugendlichen, die noch dazugekommen waren, umringt. Die Lager waren ziemlich gespalten. Während die eine Seite den Protest fortführen wollte, überlegten andere, auszusteigen. Eine größere Anzahl von Teilnehmern an der Demo hatte sich schon dahingehend geäußert, dass für sie jetzt Schluss sei. Nach teils heftigen Diskussionen mit ihren Eltern war ihnen die Situation einfach zu gefährlich geworden.

»Nein danke! Hier ist eine Grenze überschritten worden.«

»Ich kann mich doch nicht für eine solche Kampagne umbringen lassen. Das ist es mir nicht wert.«

»Wir haben unser ganzes Leben noch vor uns. Wir wollen nicht wie Max enden.«

»Max war wirklich keiner von den Wortführern, aber wie man sieht, kann es jeden treffen. Niemand ist mehr sicher.«

»Jetzt erst recht! Der oder die Täter müssen gefasst werden!«

»Wenn wir jetzt aufgeben, dann war alles umsonst.«

So gingen die Meinungen hin und her.

Bald hatte sich der Park geleert.

Julian und Sarah saßen allein auf der Wiese. Die Leere des Parks hatte sich auch in ihnen breit gemacht. Sie schwiegen für ein paar Minuten, bevor Sarah doch wieder zu einer Frage anhob.

»Julian, willst du dir nicht auch überlegen, aufzuhören? Ich habe Angst um dich.«

»Ich habe auch Angst. Ich spüre es in meinem Magen. Er dreht sich. In mir wogt es hin und her. Aber wenn ich jetzt aufhöre, wie starte ich denn dann in mein Leben? Ich kann doch nicht nur davonlaufen; auch wenn ich Angst habe … Ich muss weitermachen und vielleicht kann ich ja auch dann dazu beitragen, den oder die Mörder von Max zu finden.«

»Wie willst du das denn machen?«

»Immerhin bin ich ja schon in die Tatrekonstruktion aktiv miteinbezogen worden. Das sind zwar nur Kleinigkeiten, aber damit kommt die Polizei schon weiter.«

»Ja, das stimmt. Aber es ist lebensgefährlich. Wir haben

doch heute mit unserem Trauerzug gezeigt, dass wir alle zusammenstehen. Das war ein starkes Signal nach außen. Das haben auch unsere Gegner bestimmt mitbekommen und gemerkt, dass sie uns nicht unterbekommen. Das Thema wird auch in den nächsten Wochen noch in den Medien stehen. So lange, bis der Mörder gefasst ist. Da muss man doch auch nicht jede Woche eine neue Demo machen.«

»Machen wir ja auch nicht.«

»Julian, die Konzentration sollte auf der Aufklärung des Mordes liegen. Und das liegt in den Händen der Polizei. Lass die das machen!«

»Mal sehen. Vielleicht hast du recht. Ich bin so verdammt hin- und hergerissen. Ich will diesen Schweinen einfach zeigen, dass wir keine Angst haben, auch wenn ich ehrlich gesagt verdammt große Angst hab.«

Sie griff seine Hand und streichelte sie zärtlich.

»Julian, ich liebe dich. Ich will nicht, dass du stirbst.«

»Will ich ja auch nicht.«

»Dann pass auf. Begib dich nicht unnötig in Gefahr. Versprich mir das!«

»Versprochen. Aber ich werde meinen Teil dazu beitragen, dass die Sache aufgeklärt wird. Und von meiner Überzeugung, für den Klimaschutz einzutreten, werde ich auch nicht abweichen.«

»Sollst du ja auch nicht. Aber überlegen, Julian. Mit Verstand und viel Nachdenken. Nicht nur aus Wut und Verzweiflung.«

»Ich werde mich bemühen.«

»Ich kann mich ja auch mit Marion Schmidt immer wieder kurzschließen.«

»Schon. Aber auch die muss Privates und Dienstliches bestimmt trennen«, entgegnete Julian.

35

Rudi Weber marschierte vor der Glasfront seines luxuriösen Büros auf und ab. Hin und wieder blickte er hoch zu Reutlingens Hausberg, aber er war nicht in der Stimmung, die Schönheit der Natur, die sich ihm bot, wahrzunehmen. Der grüne Hügel vor dem blauen Himmel, beschienen von der strahlenden Sonne, lud zum Betrachten und zum Wandern ein. Doch Rudi Weber stand nicht der Sinn danach.

»Frau Scherer!« Er rief nach seiner Sekretärin.

Sekunden später stand seine rechte Hand in seinem Zimmer.

»Herr Weber, was kann ich für Sie tun?«

»Hat sich Herr Kreutz oder Herr Dombeck noch mal gemeldet? Sie wollten um elf Uhr hier sein.«

»Herr Kreutz hat von unterwegs kurz angerufen. Bei ihm wird es zehn Minuten später. Das war gerade, als Sie mich gerufen haben. Er müsste also bald kommen. Augenblick, da …«

In ihrem Sekretariat hatte es an der Tür geklopft. Sie ging hinüber und öffnete die Tür.

»Guten Tag, Herr Dombeck. Kommen Sie doch rein. Herr Weber erwartet Sie bereits.«

Sie geleitete Hermann Dombeck in das Büro.

»Herr Weber, Herr Dombeck ist eingetroffen.«

»Danke, Frau Scherer. Machen Sie uns doch bitte einen Kaffee. Du trinkst doch einen Kaffee, Hermann, oder?«

»Gerne, Frau Scherer. Aber schwarz, ohne Milch und Zucker.«

Frau Scherer verließ den Raum.

»Du wolltest mit uns sprechen, Rudi? Kommt Michael auch?«

»Ja, er verspätet sich ein paar Minuten. Muss aber gleich da sein. Er hat angerufen.«

»Was ist denn los, Rudi? Du bist ja ganz unruhig. Die Aufträge haben doch wieder zugenommen. Es sieht doch gar nicht so schlecht aus.«

»Ja, stimmt. Es geht wirklich wieder aufwärts.«

In diesem Moment öffnete sich die Tür und Frau Scherer trat mit Michael Kreutz ein.

»Entschuldigt, dass ich mich verspätet habe. Aber in der Stadt haben diese Klimafuzzis wieder demonstriert, ein ewig langer Stau.«

»Macht nichts, Michael. Hermann ist auch noch nicht lange da«, wandte er sich an den Eingetretenen.

»Frau Scherer, wenn Sie uns dann noch den Kaffee bringen könnten. Und für dich Michael?«

»Mir reicht Wasser. Danke.«

»Frau Scherer, bringen Sie uns bitte die Getränke. Und wir würden gerne nicht gestört werden.«

Sie nickte und brachte die angeforderten Getränke. Dann schloss sie die Tür und ließ die drei Männer allein. Michael Kreutz und Hermann Dombeck blickten Rudi Weber erwartungsvoll an.

»Rudi, warum hast du angerufen?«, wollte Michael Kreutz wissen.

Rudi Weber blickte aus der großen Glasfront auf die Achalm.

»Der Mord an diesem Schüler, diesem Max Luipold, der macht mir zu schaffen.«

Er drehte sich abrupt um und blickte seine beiden Geschäftsfreunde mit starren Augen an.

»Warum, Rudi? Was hast du damit zu tun? Hast du ihn erschossen oder erschießen lassen?«, gab Hermann Dombeck zurück.

»Natürlich nicht. Was sollen denn diese blöden Fragen? Ich ermorde doch niemanden! Warum soll ich denn so etwas machen? So etwas traust du mir zu? Du tickst wohl nicht ganz richtig!«, giftete der Firmenbesitzer erstaunlich scharf zurück.

»Also, warum sind wir dann hier?«, schaltete sich nun Michael Kreutz ein. »Unsere Idee mit der *FajeM*-Gründung ist doch eingeschlagen wie eine Bombe. Es geht doch wieder aufwärts. Es gibt Licht am Horizont.«

»Genau«, trat ihm Hermann Dombeck zur Seite. »Ich weiß nicht, warum du so unruhig bist.«

»Ja, die *FajeM*-Gründung war wirklich positiv. Wir haben eine Menge von diesen jungen Leuten von der Straße geholt und ihnen wieder eine Struktur gegeben. Und sie sind auch alle loyal, stehen zu unseren Werten und zu unserer politischen Grundausrichtung«, referierte Rudi Weber.

»Wo ist denn das Problem? Sie sind alle in unseren Zulieferfirmen untergebracht. Wir haben so gut wie keine Ausfälle zu beklagen. Die Zahl der Krankmeldungen bewegt sich auf einem ganz niedrigen Niveau. In ihren Firmen kommen sie gut an. Sind zuverlässig. Wir bekommen keine Klagen«, setzte Hermann Dombeck an Rudi Webers Gedankengängen an.

»Genau. Die regelmäßigen Treffen, die Freikarten für Sportevents, die wir ihnen zukommen lassen, die Referatsschwerpunkte, das alles wirkt sich doch positiv aus. Hinzu kommt noch, dass wir durch unsere Tage der offenen Tür und die bunten Nachmittage mit Kinderbelustigung, Kaffee, Kuchen und so weiter viel für unser Image getan haben. Die Umsatzzahlen gehen wieder nach oben. Siehst du das nicht so, Rudi?«, wollte Michael Kreutz wissen.

»Doch, das sehe ich genauso. Das meiste ist abgewendet. Ich habe nur so ein komisches Bauchgefühl. Wenn da irgendjemand was in den falschen Hals bekommen hat und …«

»Rudi, jetzt hör aber mal auf. Du machst dir Sorgen über was, was äußerst unwahrscheinlich ist. Wir sind doch nirgends in Erscheinung getreten. Wir stehen nur gut da. Wir sind die Wohltäter, die diese jungen Leute von der Straße geholt haben. Unseren Firmen geht es besser. Wir könnten sogar zum Aushängeschild der Region werden, wie man mit deutschen Arbeitern die Konjunktur beleben kann. Wir brauchen keine Fachkräfte aus dem Ausland. Wir haben echt ein Gegenmodell geschaffen. Es kann gut passieren, dass wir oder einer von uns beim nächsten Bürgermeisterempfang in der Stadthalle mit der Verdienstmedaille der Stadt ausgezeichnet wird. Warte es mal ab«, versuchte Hermann Dombeck Rudi Weber zu beruhigen.

»Hoffen wir, dass du Recht hast, Hermann. Hoffen wir es. Aber ihr seid sicher, dass es keiner von unseren *FajeM*-Arbeitern war?«

»Ich kann natürlich für niemanden die Hand ins Feuer legen«, gab Michael Kreutz zum Besten. »Aber warum sollte einer so etwas tun? Denen geht es allen besser als vorher.«

»Also, wenn ihr da so sicher seid, dann rechnen wir mal mit dem Besten.« Rudi Weber schien sich etwas beruhigt zu haben.

»Es ist schlimm mit dem toten Schüler. Das will ja niemand von uns. Aber vielleicht hat damit diese gesamte Klimabewegung mal so richtig einen vor den Bug bekommen, dass sie jetzt erst mal in der Versenkung verschwinden und wir in Ruhe arbeiten können. Wirst sehen, Rudi, das wird alles gut. Wann kommen denn deine beiden Freunde aus Frankfurt wieder vorbei? Der Hecht und der Kraft?«, meldete sich nun Hermann Dombeck wieder zu Wort.

»Viel zu bald!«

»Rudi, das wird. Mach dir keine Sorgen«, versuchte ihn Michael Kreutz noch einmal aufzubauen.

Sie schauten alle drei aus dem Fenster in Richtung Achalm. Schwarze Wolken hatten das Blau des Himmels vertrieben und verliehen dem Berg mit der darauf thronenden Ruine ein düsteres Bild. Gewitterstürme standen kurz bevor.

»Kommt, Jungs, lasst uns hochfahren. Ich lade euch zum Essen ein. Einverstanden?«

Die beiden anderen nickten.

Rudi Weber drückte auf die Sprechanlage.

»Frau Scherer, bitte bestellen Sie uns im *Achalm-Restaurant* einen Tisch für drei Personen. In ungefähr dreißig Minuten. Danke. Bin dann gegen vierzehn Uhr zurück.«

Eine Viertelstunde später verließen Weber, Dombeck und Kreutz das Büro.

36

Robert und Marion trafen sich mit Manfred Zumbold in dessen Büro. Sie trugen ihre Ergebnisse zusammen.

»Den Gewehrtyp hatten wir ja schon festgestellt. Bei den registrierten Waffen dieses Typs bei uns im Kreis kommen wir auf genau vier Gewehre bei Privatpersonen und drei beim Schützenverein in Auingen.«

Manfred zeigte auf seinen Bildschirm.

»Seht her. Dachswirth, Aaldercks, Kreuzfelder und Risse. Der erste in Pfullingen, der zweite in Mägerkingen, der dritte in Trochtelfingen, der vierte in Holzelfingen.«

»Stopp!« Robert blickte seine beiden Kollegen händeringend an. »Wie war der letzte Name?«

Zumbold blickte auf sein Papier.

»Risse. Meinrad Risse.«

»Wir haben doch den Mitschüler von Max verhört, Raphael Risse. Wenn das der Vater von ihm ist, hat er jetzt ein riesengroßes Problem«, fuhr Robert in seinen Gedankengängen fort.

Marion hatte die Angaben sofort im PC überprüft. Sie blickte Robert an.

»Gleiche Adresse. Hoffentlich tritt jetzt nicht das ein, was mir durch den Kopf geht.«

Manfred Zumbold kam noch nicht ganz mit.

»Könnt ihr mich mal bitte ins Bild setzen?«

»Der Sohn von Meinrad Risse heißt Raphael Risse und ist Mitschüler von Max. Er war am Mordtag nicht in der Schule und ist ein Gegner der *Fridays for Future*-Bewegung«, informierte Robert Manfred Zumbold kurz und knapp.

»Tja, Kollegen, dann wisst ihr ja, was ihr jetzt zu tun habt.«

»Was meinst du, kann es dieser Raphael gewesen sein? Traust du ihm das zu, Marion?«

Marion wirkte sehr in sich gekehrt.

»Robert, es ist zu viel passiert in den letzten Jahren. Denk nur an Winnenden 2009 mit sechzehn Toten oder Erfurt 2002. Da waren es auch siebzehn oder achtzehn Tote. Im letzten Fall war der Amokläufer neunzehn Jahre alt. In Winnenden war der Jugendliche siebzehn. Raphael ist achtzehn Jahre alt. Wir können das leider nicht ausschließen.«

»Vom Alter her passt es. Und bei der aufgeheizten Stimmungslage ist es auch nicht allzu abwegig«, stimmte Robert zu.

»Robert, hat Raphael nicht auch gesagt, dass er mit dem Auto unterwegs gewesen ist? Tübingen, Wasenwald, Gönninger Seen. Gerade die letzten beiden Orte liegen auch auf dieser Linie. Und in der Garage an der Pomologie ist er ebenfalls gewesen. Ich habe da überhaupt kein gutes Gefühl.«

Der Gedanke, dass Raphael seinen Mitschüler erschossen haben könnte, bereitete ihr Kopfzerbrechen. Die Art von Kopfzerbrechen, die sie an ihrem Beruf hasste. Wenn man eine Spur hatte, die man am liebsten nicht verfolgen würde, weil die Wahrheit dahinter so grausam sein könnte.

»Ich auch nicht, aber jetzt schauen wir uns das erst mal an. Eins nach dem anderen. Also zuerst auf nach Pfullingen.«

»So machen wir es.«

»Übrigens, der Kollege Hinrichsen aus Engstingen hat den schwarzen BMW, der aus dem Pomologie-Parkhaus nach links weggefahren ist, oben am Engstinger Kreisel gesehen. Das Auto hat man in Willmandingen gefunden. Jetzt gucken wir uns mal die Gewehre an. Müsste doch mit dem Teufel zugehen, wenn wir dabei nicht einen Treffer hätten. Marion, wir fahren gleich los. Manfred, ruf bitte den Kollegen Resch in Trochtelfingen an und kündige ihm schon mal an, dass wir kommen. Er soll sich bereithalten. Wir rufen ihn von unterwegs noch mal an und treffen uns dann, wenn wir in Holzelfingen bei Risse gewesen sind, mit ihm in Mägerkingen bei dem, wie heißt der noch?«

»Aaldercks.«

»Ja. Komischer Name. Klingt auch so norddeutsch. Wie Hinrichsen. Was die alle auf der Alb wollen? Egal. Ja genau, bei dem treffen wir uns und dann fahren wir nach Trochtelfingen zu diesem Kreuzfelder. Den Schützenverein machen wir im Anschluss. Münsingen kannst du auch schon vorab informieren.«

Wenig später fuhren Marion und Robert aus der Stadt. In Pfullingen lenkten sie ihren Wagen in Richtung Ahlsberg und waren kurze Zeit später vor dem Haus von Franz Dachswirth. Auf ihr Klingeln öffnete ihnen ein Mann, den sie auf Mitte sechzig schätzten.

»Ja bitte?«

Marion und Robert wiesen sich aus.

»Herr Dachswirth, Sie sind Jäger und wir haben herausgefunden, dass Sie im Besitz eines Jagdgewehres der Marke CZ 577 sind. Ist das richtig?«

»Ja, und? Weswegen kommen Sie dann zu mir? Ist doch registriert. Was ist mit dem Gewehr?«

»Wissen wir. Könnten Sie uns die Waffe mal zeigen?«

»Natürlich. Aber warum denn?«

»Herr Dachswirth. Sie haben von dem Mord an dem Schüler gehört, oder?«

»Ja, natürlich. Ist ja furchtbar, und jetzt denken Sie, dass ich … Ja sind sie noch ganz zu retten?«

»Herr Dachswirth. Der Schüler ist höchstwahrscheinlich mit einer Waffe dieses Typs erschossen worden. Und wir müssen jetzt natürlich alle Waffen, die es hier im Kreis gibt, untersuchen. Bevor wir zu der Waffe kommen, könnten Sie uns bitte sagen, wo Sie zur Tatzeit gewesen sind?«

Herr Dachswirth schaute Robert und Marion entsetzt an.

»Sie glauben doch nicht allen Ernstes, dass ich …«, ihm versagte die Stimme.

»Wir glauben gar nichts, Herr Dachswirth, aber wir müssen das fragen. Also würden Sie es uns bitte sagen?«

»Ich war hier und habe mir ein paar Bratkartoffeln mit Spiegeleiern gemacht. An dem Tag bin ich gar nicht aus dem Haus gewesen. Kurz vor zwölf war noch meine Nachbarin, Frau Stern, da, weil ihr noch drei Eier zum Backen gefehlt haben. Die habe ich ihr dann gegeben. Die können Sie gerne fragen.«

»Gut, Herr Dachswirth. Das machen wir nachher. Also, wenn Sie uns jetzt das Gewehr zeigen und dann mitgeben könnten.«

»Dann kommen Sie, aber ich habe es zuletzt vor fünf oder sechs Wochen auf einer Treibjagd benutzt.«

Robert und Marion folgten ihm in den Keller. Herr Dachswirth schloss die Tür zum Kellerraum auf. Er drückte auf den Lichtschalter an der rechten Seite der Wand und zeigte dann auf einen Stahlschrank.

»Das da ist mein Waffenschrank.«

Sie blickten auf den grauen Waffentresor, der etwa eine Höhe von 1,50 Metern hatte.

Herr Dachswirth öffnete die Tür und gab den beiden Hauptkommissaren einen Einblick.

»Sie haben zwei Gewehre?«

»Ja. Das rechts ist das CZ 577.«

Robert griff in den Schrank und holte die Waffe heraus.

»Herr Dachswirth, wir müssen das Gewehr mitnehmen und bei uns in der Ballistik überprüfen. Wenn wir ausschließen können, dass aus der Waffe geschossen worden ist, bekommen Sie die natürlich sofort wieder. Dürfen wir auch noch Ihren Waffenschein sehen?«, wollte Marion nun ganz sicher gehen. »Leben Sie allein hier oder sind Sie verheiratet?«

»Meine Frau ist vor drei Jahren an Krebs gestorben. Seitdem lebe ich alleine hier. Ist schon mehr als einsam, wenn man so ein ganzes Leben lang zusammen war.«

»Bekommen Sie denn dann ab und zu Besuch oder kommt mal jemand bei Ihnen vorbei, der Zugang zu Ihrem Waffenschrank hat?«

»Wer soll schon bei mir vorbeikommen? Höchstens mal einer von den Nachbarn, wenn einem in der Küche was fehlt. Man grüßt sich auf der Treppe und ist auch sonst ganz freundlich zueinander. Aber sobald du aus dem Beruf heraus bist, deinen Geschenkkorb mit Dauerwurst, Trollinger mit Lemberger, noch drei oder vier lang haltbare Konserven sowie einen Zinnteller und eine Freikarte für die Theateraufführung vom Bürgertreff erhalten hast, bist du doch vergessen. Ich war noch einmal auf meiner alten Arbeitsstelle. ›Komm doch vorbei! Besuch uns doch mal!‹ Das haben sie alle gesagt. Aber als ich dann da war, da stand ich irgendwie nur im Weg rum.«

Robert schaute ihn grübelnd an und dachte an seinen früheren Chef, der einmal zu ihm gesagt hatte: »Im Mittelpunkt steht immer der Mensch, deshalb steht er auch meistens im Weg!«

»›Schön, dass du da bist. Darf ich mal vorbei. Wir haben jetzt Abteilungsbesprechung. Der Neue macht ganz schön Druck.‹ Und so weiter und so fort. So oder so ähnlich hat sich das angehört. Da habe ich gewusst, dass ich nicht mehr dazugehöre. Zwei von den Konservendosen habe ich immer noch und der Zinnteller hängt oben an der Wand. Wahrscheinlich nehme ich den auch wieder ab.«

Sie waren wieder im Wohnzimmer angekommen.

»Nein, Herr Kommissar, Frau Schmidt. Sobald man aus dem Job raus ist, ist man weg vom Fenster. Der Spruch ›Aus den Augen, aus dem Sinn‹, kommt nicht von ungefähr. Bin froh, dass ich noch ab und zu auf die Jagd gehe, aber das ist auch alles. Hätte mir früher schon einen Freundeskreis aufbauen sollen. Aber so? Ich will nicht lamentieren. Nein, es kommt keiner.«

Robert und Marion blickten sich an und wussten genau, was der jeweils andere dachte. Bei Robert waren es auch nur noch wenige Jahre bis zur Pension. Aber ein großer Freundeskreis, das war ein unbestelltes Feld wie bei vielen Männern seines Alters. Dann verabschiedeten sie sich wieder und überprüften den Waffenschein und bei Frau Stern noch die Aussage von Herrn Dachswirth, die diese gerne bestätigte. Sie nahmen das Gewehr mit, legten es, mit einem Namensaufkleber versehen, in den Kofferraum und fuhren gen Alb nach Holzelfingen.

»Den können wir abhaken, Marion. Ich wette tausend Euro, dass aus dieser Waffe nicht geschossen worden ist.«

»Da, Robert, würde ich jetzt kaum dagegenhalten.«

»Marion, versprich mir: keine Konserven, kein Trollinger mit Lemberger und keinen Zinnteller zum Abschied. Das würde ich nicht aushalten.«

Sie blickte ihn verständnisvoll an. Für seinen Abschied würde sie sich schon etwas Besseres überlegen.

In der Zwischenzeit hatten sie Unterhausen passiert und bogen nun in die Holzelfinger Steige ein.

»Da vorne musst du aufpassen, Robert. Da links an dem Haus, da stellen die Kollegen immer gerne einen mobilen Blitzer hin. 30er-Zone.«

Robert blickte aus dem Seitenfenster und sah die Anlage, die gerade ein Foto von einem ins Tal Fahrenden machte.

»Fünfundzwanzig Euro für die Staatskasse. Geht schnell.«

»Hast du privat eigentlich Freunde?«, fragte Marion.

»Ja, wir sind mit einem Ehepaar befreundet. Aber der Helmut, der hat auch schon seinen Zinnteller. Zum Glück hat er wenigstens einen pfälzer und einen französischen Wein bekommen.«

»Sonst noch jemand?«

»Der Job lässt einem ja kaum Zeit.«

»Solltest dich aber mal drum kümmern, Robert. So viele Jahre hast du auch nicht mehr.«

Robert antwortete nicht. Auch Marion war jetzt still. Vor der nächsten Station in Holzelfingen bei Familie Risse beschlich sie erneut ein mehr als ungutes Gefühl. In ihrem Magen kribbelte es und ihre Gedanken gingen noch einmal zu den Aussagen von Raphael zurück. Sie blickten auf die Hänge zu ihrer rechten Seite, die vor noch nicht allzu langer Zeit gerade im oberen Teil alle abgeholzt worden waren und nun kein schönes Bild mehr abgaben. Oben auf der Hochfläche angekommen, bogen sie sofort nach rechts ab und parkten in der Nähe der Kirche.

»Warst du schon mal hier, Marion?«, wollte Robert wissen.

»Nein, ich kenne Holzelfingen praktisch nur von der Durchfahrt und ein Haus oder eine Wohnung hat man uns hier auch noch nicht angeboten.«

Sie gingen ein wenig die Straße bergauf und ließen die Kirche rechter Hand liegen.

»Da oben muss es irgendwo sein.« Robert deutete auf mehrere Häuser, die in etwa siebzig Metern Entfernung standen. Links sahen sie das Parkplatzhinweisschild zum Friedhof. Marion holte noch einmal kurz ihre Aufschriebe heraus und schaute nach.

»Da vorne, da ist es.«

Sie gingen auf das Haus, in dem mehrere Parteien wohnten, zu, und schauten auf die Klingelschilder.

»Risse. Hier, Zweiter von unten.«

Marion drückte auf die Schelle. Es dauerte eine Weile, bis oben im ersten Stock ein Fenster geöffnet wurde und eine Frau Anfang, Mitte vierzig herausschaute.

»Ja, bitte?«

»Becker und Schmidt«, stellten die beiden sich vor. »Wir sind von der Reutlinger Polizei. Dürfen wir bitte mal hereinkommen?«

»Ja, sicherlich. Aber was wollen Sie denn von uns? Wir haben niemanden angezeigt und auch nichts verbrochen.«

»Frau Risse, wir wären Ihnen jetzt dankbar, wenn Sie die Tür öffnen und uns reinlassen würden.«

»Augenblick. Ich mache auf.«

Robert und Marion hörten das Summen der Öffnungsanlage und betraten den Hausflur. Hintereinander gingen sie die frisch geputzte Treppe in den ersten Stock hoch. Mit der Kehrwoche nahm man es in diesem Haus sicherlich sehr ernst. Frau Risse erwartete sie schon in der Tür.

»Kommen Sie doch rein.«

»Danke.« Marion lächelte sie freundlich an. »Ist Ihr Mann auch da, Frau Risse?«

»Ja, der sitzt in der Küche.«

»Laura, wer ist denn da?«, hörten sie aus der Küche eine männliche Stimme.

»Dürfen wir?« Robert schaute Frau Risse fragend an.

Die Gefragte wies mit der rechten Hand auf die halboffen stehende Tür. Robert und Marion betraten die Küche und sahen sich einem circa 45-jährigen Mann gegenüber, der auf einer leicht abgewetzten Kieferneckbank mit Jeans und Feinrippunterhemd saß. Vor ihm stand eine halb geleerte Flasche Oettinger Bier.

Herr Risse machte keine Anstalten aufzustehen. Die beiden Ermittler stellten sich noch einmal vor.

»Zeigen Sie mir Ihre Ausweise«, verlangte Herr Risse.

Robert musste sich wegen des groben Tons zusammenreißen. Er presste die Lippen fest aufeinander und versuchte, professionell seinen Unmut herunterzuschlucken. Sie zückten ihre Ausweise.

»Was beschert uns Ihren Besuch? Ist etwas?«

»Herr Risse, ein Mitschüler Ihres Sohns Raphael ist, wie Sie ja sicherlich gehört haben, erschossen worden. Erschossen mit einem Gewehr des Typs, wie Sie eines haben. CZ 577.«

»Und was habe ich damit zu tun? Augenblick! Sie wollen doch nicht etwa sagen, dass ich …«

»Herr Risse!« Marion schaltete sich ein. »Wo waren Sie an dem Tag morgens in der Zeit zwischen elf und vierzehn Uhr?«

»Wo soll ich schon gewesen sein? Arbeiten! So, wie die

ganze Woche. Ich habe Frühschicht. Eine blödere Frage habe ich ja noch nie gehört. Fragen Sie doch meinen Arbeitskollegen Herrn Feller, der hat mich morgens abgeholt und mich nachmittags auch wieder mit zurückgenommen.«

»Machen wir!« Robert konnte sich mit der unfreundlichen Art von Herrn Risse überhaupt nicht anfreunden, fuhr aber in seiner sachlichen und professionellen Art fort.

»Herr Risse, wir würden gerne mal Ihren Waffenschrank sehen und dann Ihre CZ 577 mitnehmen. Wo haben Sie denn das Gewehr stehen?«

»Darf ich Ihnen etwas anbieten, Frau Schmidt, Herr Becker? Vielleicht einen Kaffee oder auch ein Bier?« Frau Risse bemühte sich, die unterkühlte Stimmung etwas zu beruhigen.

Marion schüttelte den Kopf.

»Danke, Frau Risse. Wir sind im Dienst. Sehr nett von Ihnen.«

Marion und Robert folgten Meinrad Risse in einen kleinen Raum neben dem Wohnzimmer.

»Da, bitte.« Herr Risse zeigte auf den Waffenschrank, dessen Tür nur angelehnt war.

»Herr Risse, warum ist die Tür offen? Sie wissen doch …« Robert wurde ärgerlich. Das mit dem professionellen Zusammenreißen wurde langsam aber sicher zu einer Zerreißprobe für seinen immer dünner werdenden Geduldsfaden.

»Ja, weiß ich. Aber außer meiner Frau und mir ist doch keiner da. Und die hat, glaube ich, wenig Interesse daran, mich zu erschießen. Jetzt stellen Sie sich mal nicht so an.«

»Ich stelle mich aber an, Herr Risse. Also, wo ist das Gewehr?«

Meinrad Risse griff in den Schrank und holte das rechts stehende Gewehr heraus. Insgesamt befanden sich fünf Jagdwaffen in dem grauen Stahlschrank.

»Da haben Sie aber ein ganz schönes Arsenal«, schaute Marion ihn fragend an.

»Ist ja nicht verboten, oder? Ich bin schließlich Jäger. Wissen Sie, ich arbeite am Band und da bin ich froh, wenn ich in meiner freien Zeit raus kann, um auf die Jagd zu gehen. Da weht einem der Wind so schön um die Nase und man hat einfach mal seine Ruhe.«

»Besonders dann, wenn es knallt, oder?« Robert konnte sich eine abschätzige Antwort nicht verkneifen.

»Sie haben wohl etwas gegen Jäger, Herr Kommissar?«

»Keinesfalls. Kann ja wahr sein, was Sie sagen. Ich habe mich noch nicht näher damit beschäftigt.«

»Dann sollten Sie es vielleicht mal. Ist auf jeden Fall eine schöne Freizeitbeschäftigung.«

»Wann waren Sie denn das letzte Mal auf Jagd, Herr Risse?«, wollte Marion wissen.

»Vorgestern. Nachmittags, wenn Sie es genau wissen wollen. Morgens war ich ja arbeiten.«

»Und haben Sie auch geschossen und was getroffen?«

»Ja, geschossen habe ich, aber leider nicht getroffen. Kann schon mal vorkommen.«

»Gut, Herr Risse. Sie geben also zu, dass am Todestag von Max Luipold mit dieser Waffe von Ihnen geschossen worden ist.«

»Ja, aber auf der Jagd.«

»Und war an dem Tag der Waffenschrank genauso offen, wie er jetzt dasteht?«

In Robert stieg die Wut. Meinrad Risse zuckte mit den Schultern. Die drei gingen wieder in die Küche.

»Setzen Sie sich doch bitte noch mal kurz.«

Marion schaute das Ehepaar Risse an. Robert fiel das gerahmte Bild an der Wand über der Eckbank auf, das Herrn Risse mit Raphael zeigte. Raphael hatte ein Gewehr geschultert und hielt einen toten Fuchs am Schwanz lachend in die Luft.

»Wo war eigentlich ihr Sohn Raphael an besagtem Tag? Frau Risse?« Robert schaute sie direkt an.

Laura Risses Augen flackerten. Ein Blick huschte zu ihrem Mann hinüber, als suche sie dort Hilfe.

»In der Schule, wo soll er denn sonst gewesen sein? Er ist doch morgens mit dem Auto gefahren. Mein Mann brauchte es nicht.«

Meinrad Risse griff zur Bierflasche und lehrte sie in einem Zug. Dann ging er an den Kühlschrank und holte sich eine neue, die er geschickt mit einem Feuerzeug öffnete.

»War er aber nicht, Herr und Frau Risse. Er war der Einzige aus der Klasse, der an diesem Tag nicht in der Schule war. Und wie wir ja jetzt erfahren haben, ist an diesem Tag auch mit diesem Gewehr geschossen worden.«

Robert hob das Gewehr noch einmal hoch, sodass Herr und Frau Risse es genau betrachten konnten.

»Und so ein Waffentyp war es auch, mit dem Max Luipold erschossen worden ist. Da tun sich schon noch einige Fragen auf.«

»Sie wollen doch nicht etwa sagen, dass unser Raphael …«, entrüstete sich Frau Risse.

»Ich will gar nichts sagen, Frau Risse. Ich trage nur gerade die Fakten zusammen. Das ist alles. Wo ist eigentlich Raphael momentan?«

»Der ist heute Nachmittag nach Stuttgart, wollte sich dort mit einem Freund aus Heilbronn treffen«, beeilte sich Frau Risse zu antworten.

»Wann kommt er zurück?« Marion blickte sie an.

»Wissen wir nicht. Ist ja schon über achtzehn und kann kommen und gehen, wann er will.« Herr Risse wurde ärgerlich.

»Er soll sich bei uns melden, und zwar möglichst schnell.« Robert legte seine Visitenkarte ab und Marion legte die ihre dazu. »Das wäre es für den Augenblick.«

»Ich begleite Sie noch zur Tür.« Frau Risse stand auf und ging den beiden Kommissaren durch den Flur voraus.

Robert blickte links und rechts oben an die Wände und sah auf die geschossenen Jagdtrophäen, größere und kleinere Geweihe.

»Kann ich mir nicht vorstellen, dass das ein Hobby von mir wird. Wobei, der Dachswirth vorhin hat ganz anders gesprochen.«

Als sie wieder beim Auto waren und die Waffe eingeladen hatten, zupfte Marion Robert kurz am Ärmel.

»Lass uns noch ein paar Schritte gehen. Ich war hier wirklich noch nie und es sieht doch wirklich nett aus.«

»Ein paar Minuten Pause können wir uns wirklich gönnen. Wir haben ja noch drei solcher Termine vor uns«, willigte Robert gerne ein.

Sie schlenderten oberhalb des Friedhofs und passierten eine Wiese, auf der einige metallene Kunstwerke ausgestellt waren: »Kunst am Hang«. Ein Flügelhaus. Ein Ausstellungsstück, das an Gustav Mesmer erinnerte, besser bekannt als der »Ikarus vom Lautertal«.

Sie schauten nach rechts und sahen den Nebel aus dem Echaztal aufsteigen. Zusammen mit dem sattgrünen Wald bildete er ein vollkommen harmonisches und natürliches Gesamtkunstwerk. Hinten links am Waldesrand weidete eine Schafherde.

»Mensch, Robert, das ist ja eine wahre Oase der Ruhe hier. Ist schön hier oben auf der Alb.«

»Ja, du wirst ja wahrscheinlich bald hier oben wohnen.«

»Also gut, dann fahren wir jetzt mal nach Mägerkingen. Mal sehen, was die weiteren Besuche zutage bringen.«

Sie beendeten den Minispaziergang, der sie kurzzeitig so schön von der Realität abgelenkt hatte und kehrten zum Auto zurück.

Kurze Zeit später fuhren sie durch Engstingen. Als sie beim *Edeka* am Ortseingang vorbeikamen, deutete Marion auf die linke Seite.

»Da oben am Ruhlenberg in Kleinengstingen wird eine Wohnung frei und in Großengstingen können Lukas und ich uns ein Haus anschauen.«

Ein Strahlen huschte über ihr Gesicht. Sie passierten gerade den *Engstinger Hof* und das Friseurgeschäft *Der Schnitt*, als Robert auf die rechte Seite zeigte, wo eine ältere Frau in blau geblümtem Kittel an der Gartenmauer gerade das Laub und den Straßenstaub zusammenfegte, den sie mit fast durchgedrückten Knien auf eine Schaufel schob.

»Guck da, Marion. Das wird dann mal deine Hauptbeschäftigung. Das ist Alltagsgymnastik. Optimale Dehnung. Da musst du auch in keinen Sportverein mehr. Aber hat ja noch ein bisschen Zeit.«

Marion knuffte ihn mit ihrer linken Hand leicht in die Seite. Ein bisschen Humor durfte auch trotz des schlimmen Falles nicht fehlen. Wenn man sich zu sehr von den Schicksalen einnehmen ließ, konnte man diesen Beruf nicht lange durchhalten.

Knapp zwanzig Minuten später hatten sie Mägerkingen erreicht. Außer ein paar älteren Frauen mit Rollatoren sowie einigen Handwerkern in den typischen Engelbert-Strauss-Hosen waren keine anderen Personen unterwegs.

»Warum sehe ich auf einmal nur alte Leute?«, dachte sich Robert, »und hauptsächlich Frauen? Schaffen es die Männer gar nicht mehr bis zum Rollator?«

Als sie das Haus von Aaldercks erreichten, wartete Polizeihauptmeister Resch auf sie, angelehnt an seinen Wagen mit den Händen in den Hosentaschen. Sie begrüßten sich und schellten. Nachdem sie sich vorgestellt und ihr Anliegen erneut vorgetragen hatten, spielten sie das gleiche Prozedere wie bei Herrn Dachswirth in Pfullingen durch. Irgendwie waren es schon zwei ähnliche Typen. Herr Aaldercks war vor fünf Jahren seinem Sohn Kevin und dessen Familie von der Nordseeinsel Amrum auf die Alb gefolgt. Sein Sohn hatte einen lukrativen Job bei Bosch in Reutlingen erhalten und jetzt wollte er in ihrer Nähe wohnen. Sie hatten ein Haus in Trochtelfingen. Aber dann hatte Kevin einen Job bei Porsche in Stuttgart bekommen und war vor zwei Jahren mit seiner Familie dort hingezogen. Seitdem war auch Herr Aaldercks alleine in seinem Haus in Mägerkingen. Was ihm geblieben war, waren die Kontakte zu seinen Jagdfreunden. Er kam wohl als Verdächtiger auch eher nicht in Frage. Als sie sich verabschiedet hatten, drehte sich Robert noch einmal um und wollte gerade etwas sagen. Aber Marion zupfte ihn am Ärmel.

»Auf Wiedersehen, Herr Aaldercks. Wir melden uns wieder.«

Zurück im Auto ermahnte sie ihn. »Du wolltest ihm gerade den Kontakt zu Hinrichsen vermitteln. Liege ich da richtig?«

Robert kniff die Lippen zusammen.

»Ist ja nett gemeint, Robert. Aber auch Herr Aaldercks ist noch ein Teil unserer Ermittlungen. Geht nicht. Müsstest du selber wissen. Ich weiß, dass du es nur gut gemeint hast. Wenn er nicht in Frage kommt, kannst du das immer noch nachholen, aber nicht jetzt.«

Knapp fünf Minuten später standen sie auch schon vor dem Haus von Herrn Kreuzfelder. Sie unterhielten sich mit dem Kollegen Resch.

»Kennen Sie den näher?«

»Was heißt ›näher‹? Anfang fünfzig. Hat verschiedene Jobs gehabt. Geschieden. Keine Kinder. Bei den Fußballspielen von Trochtelfingen ist er Stammgast und Edelfan. Fährt auch mit zu Auswärtsspielen. Hockt dann häufig in den Wirtschaften rum: *Bräuhaus* und *Rössle*. Weiß als ehemaliger Fußballer natürlich alles besser. Früher war er mal ein guter Stürmer. Er versucht sich immer als etwas Wichtiges herauszustellen. Kommt nicht so ganz klar damit, dass er nicht mehr in der ersten Reihe steht. Er hat aber häufig Spieler und andere Fans bei sich zu Hause. Ich würde sagen, ein etwas eingeschränkter Wirkungskreis und Horizont.«

Josef Kreuzfelder öffnete ihnen. Als er Polizeihauptmeister Resch in seiner Uniform sah, blickte er erschrocken und etwas verstört zugleich.

»Ist etwas passiert? Habe ich was verbrochen? Wieso taucht ihr hier in so großer Besetzung bei mir auf?«

»Nun beruhigen Sie sich mal, Herr Kreuzfelder«, sagte Robert. »Das hier ist eine Routineuntersuchung. Wir ermitteln in einem Mordfall und suchen ein Jagdgewehr. Bei unseren Recherchen sind wir darauf gestoßen, dass Sie, wie andere Personen in der Gegend auch, im Besitz einer Jagdwaffe sind. Dementsprechend gehen wir all diesen Spuren nach. Herr Kreuzfelder, Sie besitzen eine Jagdwaffe des Typs CZ 577. Wir würden uns die mal gerne ansehen und sie nachher auch mitnehmen. Wo haben Sie Ihren Waffenschrank?«

»Im Keller, da wo er hingehört. Augenblick.«

Er kramte in seinen Hosentaschen; blickte suchend in der Gegend herum. Er ging zum Schlüsselkasten an der Wand.

»Verdammt, wo ist der blöde Schlüssel?«

»Herr Kreuzfelder, Sie werden ja wohl wissen, wo der Schlüssel zu Ihrem Waffenschrank ist.« Robert konnte seine Wut erneut kaum unterdrücken. Schon der Zweite, der so liederlich mit seinen Waffen umging.

»Ist ja gut. Beruhigen Sie sich doch mal. Haben Sie noch nie Ihren Schlüssel verlegt? Passiert einem doch ständig.«

Die drei Beamten ließen die überflüssige Frage unbeantwortet.

»Herr Kreuzfelder, konzentrieren Sie sich!«

»Ach, da hinten liegt er ja.« Er legte zwei Fernsehzeitschriften auf die Seite, unter denen der Schlüssel herausragte.

»Ist das der übliche Ort, an dem Sie Ihren Schlüssel zum Waffenschrank aufbewahren?«

»Nee. Hatte vor vierzehn Tagen noch Besuch und da habe ich denen mal meine Gewehre gezeigt. Habe wohl vergessen, den Schlüssel wieder aufzuhängen.«

»Dann gehen wir mal in den Keller. Gehen Sie uns bitte voraus«, forderte Marion den Trochtelfinger auf.

Er händigte ihnen das Gewehr aus, das sich neben zwei Pistolen im Waffenschrank befand.

»Wann haben Sie zuletzt damit geschossen?«

»Muss vor circa drei oder vier Wochen gewesen sein. Ich war morgens auf Hasenjagd. Leider habe ich nicht getroffen. Die Lichtverhältnisse waren zu schlecht.«

»Herr Kreuzfelder, wo waren sie letzten Montag in der Zeit zwischen elf und vierzehn Uhr?«

»Ludwigsburg. Ich bin erst heute wieder zurückgekommen. War ein paar Tage bei meinen Eltern. Die sind beide schon älter und brauchen ab und zu Unterstützung. Die können Sie gerne fragen. Ich bin erst vor etwa drei Stunden wieder zurückgekommen.«

»Geben Sie uns bitte die Adresse Ihrer Eltern und dann hätten wir gerne noch die Namen Ihrer Besucher, die vor ein paar Tagen bei Ihnen waren.«

Kreuzfelder nannte sie ihnen bereitwillig. Als der Name Uwe Ferch fiel, zuckten die Köpfe von Marion und Robert nach oben.

»Haben Sie engeren Kontakt zu Uwe Ferch?«

»Ja, schon. Der geht bei mir ein und aus und kümmert sich immer um meinen Hund, wenn ich nicht da bin. War mal ein guter Fußballer in seiner Jugendzeit.«

»Das heißt, er hatte auch in den letzten Tagen Zugang zu Ihrer Wohnung?«

»Natürlich. Er muss ja rein, wenn er den Hund holt oder wenn er ihn mal zu sich nimmt.«

»Hat Uwe Ferch dann einen Schlüssel zu Ihrer Wohnung?«

»Ja! Warum auch nicht?«

»Wann haben Sie ihn zuletzt gesehen?«

»An dem Tag, als ich gefahren bin. Habe mir schon Sorgen gemacht, dass er heute nicht da war. Mein Hund, der Ajax, war auch ganz unruhig. Hat schon in die Ecke gepinkelt. Also heute kann er nicht hier gewesen sein. Passt aber eigentlich nicht zu ihm. Kann mich da normalerweise immer absolut auf ihn verlassen.«

»Haben Sie schon versucht, ihn zu erreichen?«

»Ja, war aber zwecklos. Er ist nicht zu Hause.«

Resch stimmte ihm zu und schaute Robert und Marion an.

»Wir haben ständig versucht, ihn zu erreichen. Nichts! Wie vom Erdboden verschwunden.«

»Gut, Herr Kreuzfelder. Wir nehmen die Waffe mit. Ihren Besuch in Ludwigsburg überprüfen wir. Sobald Sie etwas von Uwe Ferch hören, melden Sie sich bitte sofort bei uns!« Robert und Marion gaben ihm ihre Kärtchen. »Sie können aber auch Herrn Resch kontaktieren.«

Die drei Beamten gingen wieder nach draußen.

»Marion, bitte gib sofort eine Großfahndung nach Uwe Ferch raus. Wir gehen jetzt noch zu seiner Wohnung. Irgendjemand muss ja einen Schlüssel haben. Warte mal. Kreuzfelder?«

Sie gingen noch einmal zurück.

»Herr Kreuzfelder, haben Sie denn auch einen Schlüssel zu Herrn Ferchs Wohnung?«

»Nein, aber ich weiß, dass er immer noch einen unter dem Blumenkasten des Nachbarn liegen hat, falls er seinen mal vergessen oder verlieren sollte.«

»Danke, das hilft uns weiter.«

Die drei Polizeibeamten gingen zu Ferchs Wohnung in der Schmalzgasse nahe der *Netto-Filiale*. Vor der Eingangstür der Nachbarswohnung standen drei Blumenkästen mit dunkelroten und gut duftenden Geranien. Resch hob einen nach dem anderen an und fand unter dem zweiten einen Hausschlüssel. Er hob ihn in die Luft.

»Das muss er sein.«

Vor der Eingangstür von Uwe Ferch steckte er den Schlüssel ins Schloss. Er passte.

Sie betraten die kleine Einzimmerwohnung. Es roch muffig und die Luft lag schwer im Raum. Hier war seit Tagen nicht mehr gelüftet worden.

»Ausgeflogen«, konstatierte Marion.

»Herr Resch, bitte behalten Sie die Wohnung weiterhin im Auge. Irgendwo muss er ja sein. Wir fahren jetzt noch in Auingen vorbei.«

Sie nahmen noch eine Kaffeetasse, einen Bierkrug, der auf dem Tisch stand, sowie eine Zahnbürste aus dem Bad mit.

»Vielleicht brauchen wir davon noch etwas«, wandte Robert sich noch einmal an den Trochtelfinger Kollegen. Dann verabschiedeten sie sich.

Auf dem Schützengelände des SV Auingen ließen sie sich die registrierten drei Jagdgewehre CZ 577 aushändigen. Sie überzeugten sich von der ordnungsgemäßen Aufbewahrung der Waffen und der entsprechenden schriftlichen Buchhaltung, wer wann welche Waffe benutzt hatte. Zur hundertprozentigen Sicherheit aber nahmen sie auch diese drei Gewehre mit. Sie legten eine Decke über die bereits eingezogenen Waffen und schichteten die nun konfiszierten Gewehre behutsam in ihren Futteralen über die anderen.

»Robert, so bewaffnet wie wir jetzt sind und durch die Gegend fahren, dürften wir aber auch in keine Polizeikontrolle kommen.«

»Wenn sie geladen wären, könnten wir uns zumindest den Weg freischießen. So wie früher bei den Cowboy- und Indianerspielen.«

»Habt ihr das früher immer gespielt, Robert?«

»Ja, immer sonntagnachmittags nach *Bonanza*. Die eine Gruppe hockte hinter dem Hühnerstall von Opa Niggemann, das waren die Bösen, und die anderen sind auf den Pferden davor vorbeigeritten. Natürlich ohne Pferde.«

»Und was habt ihr als Gewehre gehabt?«

»Meistens nur einen Ast oder alten Besenstiel oder wir haben nur so getan. Manchmal hatten wir aber auch noch eine Pistole aus der Faschingszeit. Und mein Freund Helmut hat sogar einen Revolvergurt gehabt. Ich hatte einen schwarzen Cowboyhut. Und dann hat man so getan, als ob man geschossen hätte.«

»Und wie hat man gemerkt, ob man getroffen worden ist?«

»Das musste man dem anderen schon glauben. Der hat dann steif und stur behauptet: ›Ich habe dich getroffen! In die rechte Schulter. Ich habe es genau gesehen!‹ Aber *Bonanza* kennst du wahrscheinlich gar nicht mehr oder?«

»Nein, Robert, kenne ich nicht. Habe aber schon davon gehört. Muss ja eine besondere Serie gewesen sein.«

»Ja, war es früher auch. Habe neulich einmal wieder eine Folge angesehen. Geht aber heute gar nicht mehr. Ist stinklangweilig. Und geschossen wurde, glaube ich, auch nie. Das meiste hat sich in der Küche beim chinesischen Koch Hop

Sing abgespielt. Das würde heute niemanden, aber auch wirklich niemanden mehr hinter dem Ofen vorlocken.«

Roberts Gedanken wanderten von Kindheitserinnerungen zurück in die bittere Realität.

»Jetzt aber wieder an die Arbeit!«

Im Präsidium angekommen, ließen sie alle Jagdgewehre gleich zur Ballistik bringen. Jetzt würden sie bald ihre Ergebnisse bekommen. Und dann müssten sie hoffentlich die Tatwaffe haben.

»Marion, das wäre ja mehr als gut und schnell. Fast zu einfach. Jetzt lass uns die Vorgänge noch festhalten, damit auch alles richtig dokumentiert ist und uns der Chef nicht gleich wieder 'nen Vortrag hält. Wir sehen uns dann gleich wieder.«

37

Uwe Ferch war gar nicht zurück in seine kleine Einzimmerwohnung gegangen. Vielmehr hatte er sich in einem leer stehenden Gebäude, unweit seiner Unterkunft, aufgehalten, nachdem er aus Reutlingen zurückgekommen war.

Jetzt saß er in der vor einiger Zeit neu eröffneten *Schwäbischen Alb-Bahn*, die einen zeitweiligen direkten Zugverkehr zwischen Gammertingen und Ulm ermöglichte. Im Moment wollte er sich nur die Strecke von Trochtelfingen bis zur Firma *Alb-Gold* verkürzen. Das war schon etwas Besonderes, dass eine Nudelfirma auf der Alb hier sogar einen eigenen Bahnhof hatte. Neuerdings war der Bahnhof der *Schwäbischen Alb-Bahn* auch eine Bedarfshaltestelle. *Alb-Gold* war eben zu jederzeit ein Anziehungspunkt. Viele Besucher kamen zur gläsernen Produktion, während der sie bei der Nudelherstellung zusehen konnten. Andere besuchten den riesigen Kräutergarten. Wieder andere deckten sich mit zahlreichen Nudelprodukten oder anderen Köstlichkeiten in dem ansprechenden Laden ein. Weitere gingen ins Restaurant oder waren Teilnehmer eines der vielen Events, die das ganze Jahr über hier stattfanden. Die Marketingabteilung der Firma arbeitete bestens und hatte *Alb-Gold* zu einem Marktführer in ganz Deutschland gemacht.

Aber das interessierte Uwe Ferch nicht im Geringsten. Zwei Nächte hatte er nicht geschlafen. Seine Haare waren zerzaust. Die Augenlider fielen ihm immer wieder zu. Doch durch das Ruckeln der Bahn schreckte er ständig auf. Die Strecke war auch viel zu kurz, als dass sie zu einem erholsamen Schlaf einladen konnte.

Die Schlagzeilen in den Zeitungen, die Fernseh- und Radioberichte über Max Luipolds Tod hatten ihn komplett aufgewühlt. Immer wieder kratzte er sich an der Lippe, die nun schon halb aufgerissen war. Ein kleiner Bluterguss, der sich violett gefärbt hatte, zierte seinen rechten Mundwinkel. Wenn er seine Finger nicht in seinem Gesicht hatte, so knetete er sie unablässig hin und her.

Uwe stieg aus und ging durch die Unterführung, die eine problemlose Unterquerung der Bundesstraße 313 auf die andere Seite ermöglichte. Mit schlurfenden Schritten machte er sich auf den Weg zum Biotop. Erst ging er über einen Feldweg, dann mündete dieser in eine kleine asphaltierte Straße, die aber höchstens von Traktoren der örtlichen Bauern befahren wurde. Uwe Ferch ging seinen Gedanken nach, die in seinem Kopf Achterbahn fuhren. Er konnte keinen einzigen festhalten. Vielleicht würde das Treffen mit Sebastian, Marvin und Finn ihn wieder beruhigen. So wie in den letzten Tagen konnte es ja auf keinen Fall weitergehen.

Er traf als Erster ein. Noch waren weder das Auto von Finn und Sebastian noch das Motorrad von Marvin zu sehen. Uwe setzte sich auf die Bank vor dem Biotop und schaute auf die Wasserfläche. Die Unterarme hatte er auf seine Oberschenkel gelegt, den Kopf gesenkt. Eine Familie, Vater und Mutter mit ihren beiden Kindern, Junge und Mädchen, kam auf ihren Fahrrädern angefahren. Sie stellten ihre Zweiräder oberhalb der Bank ab. Der blonde Junge vielleicht sieben Jahre alt und das Mädchen knapp vier.

»Siehst du schon einen Frosch, Uwe?«, rief das Mädchen.

Uwe Ferch hob den Kopf, blickte fragend auf die beiden Kinder, bis er realisierte, dass nicht er, sondern der kleine Junge gemeint war. Musste wohl ebenfalls Uwe heißen.

»Da, da guck da hinten. Da springt einer. Papa! Mama! Ich habe einen Frosch gesehen!«

Die Eltern kamen lachend zu ihren Kindern, knieten sich neben sie.

»Ja, toll ist das hier, oder?« Der Vater legte den Arm um seinen Sohn, während die Mutter ihre Tochter an die Hand nahm.

»Guckt mal, da hinten springt noch einer«, zeigte die Frau auf einen weiteren der grünen Hüpfer.

»Kommt, wir gehen einmal drum herum. Da gibt es bestimmt noch mehr!«

Voller Freude liefen die Kinder los, während das Ehepaar Hand in Hand langsam hinterherging.

»So etwas hätte ich mir als Kind auch mal gewünscht. Dann wäre wahrscheinlich vieles anders gelaufen.«

Uwe Ferchs Gefühlskarussell erhielt ein weiteres Drehmoment. Er konnte nur mühsam die Tränen unterdrücken, die ihm plötzlich in die Augen schossen. Mit Daumen und Mittelfinger seiner linken Hand strich er sich immer wieder über die Stirn. Ein weiterer Freudenschrei auf der gegenüberliegenden Seite des Naturgewässers war wohl die Folge der Entdeckung eines weiteren Frosches.

Jetzt wurden die Freudenausrufe der Kinder von Motorradgeräuschen überlagert. Marvin Storck kam mit seiner Maschine und bog in das gegenüberliegende Waldstück ein. Der Motor wurde abgestellt. Für Uwe das Zeichen, dass Marvin die Maschine vor der Hütte abgestellt hatte. Er betrachtete noch einmal die Familie. Dann stand er schwerfällig auf und machte sich mit gesenktem Kopf auf den Weg zu ihrem Treffpunkt.

»Hallo, Uwe! Auch schon da?«, rief ihm Marvin zu, als Uwe auf ihn zu geschlurft kam. »Sag mal, wie siehst du denn aus? Wie ein drei Tage altes Käsebrötchen auf der Sonnenseite einer Fensterbank. Wie bist du denn hergekommen? Wieder zu Fuß?«

»Erst mit der Bahn und dann zu Fuß.«

»Ach, ist das dein heutiger Beitrag zum Klimaschutz?«

Uwe konstatierte, dass Marvin schon die nächste Größe der Ohrtunnel trug. Die Öffnung war um einiges größer als bei ihrem letzten Treffen. Uwe schaute leer auf die nach unten hängenden Ohren mit den riesigen Löchern.

»Wie weit willst du denn das mit deinen Ohren noch treiben, Marvin?«

»Mal sehen. Sieht doch echt cool und geil aus, oder?«

»Ja.«

»Hey Alter, jetzt komm mal wieder in die Senkrechte!«

Sie gingen in die Hütte. Marvin holt zwei Flaschen Zwiefalter Export aus dem Bierkasten, öffnete sie mit einem Feuerzeug und gab Uwe eine.

Sie stießen miteinander an und nahmen jeder einen großen Schluck.

»Das tut gut.« Marvin wischte sich mit dem Handrücken den Schaum von den Lippen.

Uwe nickte.

»Schon gehört, wann Finn und Sebastian kommen?«, fragte Uwe, nur damit er irgendetwas gesagt hatte.

»Müssen gleich da sein. Sind eigentlich immer pünktlich. Aber wir haben ja auch erst fünf vor drei.«

Drei Minuten später fuhren Finn und Sebastian vor.

»Na, Jungs? Alles im grünen Bereich?«, betrat Finn Schober lautstark die Hütte, gefolgt von Sebastian Rembold. Die vier jungen Männer klatschen sich zur Begrüßung ab und stießen mit der Brust gegeneinander.

»Alles gut, Finn. Und bei euch?« Marvin blickte Finn und Sebastian an, die sich gerade am Bierkasten bedienten.

»Jetzt haben diese Klimajunkies ja doch mal so richtig einen vor den Bug bekommen. Geschieht ihnen recht«, ergriff Sebastian Rembold als Erster das Wort. »War das eigentlich einer von euch?« Er blickte in die Runde.

Während Uwe den Kopf gesenkt hielt, lachten ihn die beiden anderen an.

Finn deutete mit beiden Händen eine Gewehrhaltung an, kniff ein Auge zu und zog dann den rechten Zeigefinger symbolisch nach hinten.

»Peng! Aus, die Maus! So muss es wohl gewesen sein. Einer von diesen Klimaidioten weniger. Die werden ab jetzt die Fresse halten.«

Die drei anderen blickten ihn fragend an.

»Finn, du?«, wollte Marvin wissen.

Finn blickte ihn an und legte den Kopf zur Seite.

»Zutrauen würde ich es dir«, schlug ihm Sebastian auf die Schulter.

»Tja! Hätte mir dann wirklich eine Auszeichnung verdient, oder? Aber mal langsam. Ganz ruhig. Wie soll ich denn an eine solche Knarre kommen?«, wiegelte Finn ab.

»Musst ja nur die Augen aufhalten. Bei den vielen Jägern und Schützenvereinen, die es überall gibt, dürfte das Problem nicht so groß sein. Vielleicht vergisst der Papa ja auch mal, den Schrank abzuschließen«, antwortete Marvin.

»Sag mal, hat dein Alter nicht auch solche Teile zu Hause?«, wollte Finn wissen.

»Natürlich, sind echt klasse Feuerspucker dabei. Bin ja auch schon mal mit ihm auf der Jagd gewesen. Ist richtig toll mit so einem Zielfernrohr. Hab' gleich beim ersten Gang getroffen. Einen Hasen und einen Fuchs. Ist echt ein Hammergefühl, wenn du das siehst. Anvisieren – abdrücken – Schuss – einsammeln. Das hat schon was!«

»Also hast du ihn beseitigt, oder?«, blickte Finn ihn fragend an.

»Bist du neidisch, Finn? Aber keine Sorge! Musst dich nicht aufregen. Ich war es nicht.«

»Hast du nicht beim letzten Mal gesagt, dass es doch toll wäre, wenn man was in der Zeitung lesen würde oder im Fernsehen sehen könnte?«, stichelte Sebastian nun weiter.

»Natürlich habe ich das gesagt. Aber du hast ja von einem Warnschuss gesprochen. Vielleicht wolltest du ja einen Warnschuss abgeben und hast nur nicht knapp genug daneben gezielt. Kann ja nicht jeder so gut schießen wie ich«, plusterte sich Marvin auf.

»Gib mal nicht so an«, schaltete sich Sebastian wieder ein.

»Vielleicht war es aber auch unser stiller Uwe. Hey Kumpel, du hast bis jetzt noch gar nichts gesagt. Was ist mit dir?«

Uwe ging zum Bierkasten und holte sich eine zweite Flasche Zwiefalter heraus. Er öffnete sie mit dem auf dem Tisch liegenden Flaschenöffner.

»Na, Uwe, von dir möchten wir auch was hören. Du bist doch beim letzten Mal zu Fuß zurückgegangen, weil dir dabei die besten Ideen kommen. Wäre ja eine tolle Idee gewesen. Stille Wasser sind tief! Oder wie heißt das Sprichwort? Also, Uwe. Komm, spuck es aus! Bleibt doch unter uns!«

Sebastian schaute ihn an.

Uwe blickte zu den dreien aus seinen vom Schlafmangel geröteten Augen hinüber.

»Ich habe gesagt, welche rausziehen und vermöbeln. Ja, aber erschießen? Das wäre doch 'ne Nummer zu viel.«

»Hör auf, Alter! Bist doch auch nicht ganz so zimperlich. Und wenn man bei den Amokläufern guckt, dann sind es meistens auch die Stillen und nicht die ganz Lauten. Spricht doch eher für dich, Uwe.«

Sebastian griff mit dem Zeigefinger seiner rechten Hand unter Uwes Kinn, hob dessen Kopf an und blickte ihm Furcht einflößend in die Augen.

»Na, Uwe? Willst du uns nichts erzählen?«

»Jetzt lass Uwe doch mal in Ruhe! Der sieht doch selbst aus wie der Tod«, versuchte Marvin, die Situation zu beruhigen.

»Ich bin froh, dass ich meinen Job über *FajeM* bekommen habe. Und ich will ihn auch nicht wieder verlieren. Ihr wahrscheinlich auch nicht. Ist eine riesige Chance, die wir da bekommen haben«, ließ sich Uwe Ferch nun zu einer längeren Ansprache hinreißen.

»Ist ja gut, Männer. Also keiner von uns war es. Oder zumindest gibt es keiner zu. Aber das Problem mit einem von diesen Gestörten hat sich damit ja wohl erledigt. Vielleicht sollte man aber auch noch einen draufsetzen. Noch so einen effektiven Warnschuss!«

»Wenn jetzt aber noch einer über den Jordan gehen würde, dann wäre das nicht zu übertreffen. Hey, Männer, dann hätten wir das Thema mit unseren Klimafreunden wohl endgültig vom Tisch. Ist wohl auch nicht so schwer gewesen. Habt ihr das gehört von den Bullen? Wir ermitteln nach allen Richtungen. Das heißt, die wissen überhaupt nichts. Der Schütze ist weg. Keine Spur von ihm. Muss ein schlaues Kerlchen sein. Was meinst du, Uwe? Du bist so still?«

»Ja, denke ich auch.«

»Was denkst du?«

»Dass der schlau ist.«

Uwe hielt den Kopf wieder gesenkt.

»Kommt! Wir können doch so eine kleine Klima-Poker-Runde daraus machen«, spann Finn nun den Bogen weiter. »Guckt mal, da hinten liegt noch ein Skatspiel. Gib mal rüber, Sebastian!«

Sebastian ging zum Tisch. Er griff zum Kartenspiel.

»Und jetzt?«

»Gib mal her!«

Finn griff das Spiel und fingerte die vier Könige heraus.

»Kreuz! Pik! Herz! Karo!«

»Und was soll das jetzt?«, wollte Marvin wissen.

»Wir sind vier Männer, die für ihre Ziele einstehen. Wir mischen die Karten. Dann zieht jeder eine. Und wer Karo König hat, ist für den nächsten Klimaaktivisten verantwortlich.« Finn deutete wieder eine Gewehrhaltung an und simulierte einen Schuss.

»Du hast sie doch nicht alle. Wir können doch nicht hier einfach Russisch Roulette spielen und dann einen von diesen Halbgaren umlegen«, empörte sich Marvin.

»Warum denn nicht? Habe euch doch gesagt, wie es gehen könnte.«

»Du hast doch nicht mehr alle stramm. Dann hat der mit Karo König doch sofort drei, die ihn verpfeifen oder beschuldigen können«, startete Marvin einen weiteren Gegenversuch.

»Ich mache da nicht mit«, wollte sich Uwe zur Wehr setzen.

»Hast wohl bei der letzten Sitzung nicht richtig zugehört, oder? Abweichler und Abtrünnige darf es nicht geben.«

Finn packte ihn beim Genick.

»Finn, das ist mir zu heiß«, setzte Marvin erneut zur Gegenwehr an.

»Also, ich finde die Idee von Finn gar nicht so schlecht. Hat doch was. Wenn wir dann sofort die Karten vernichten, dann weiß nur derjenige, der den Karo König gezogen hat, wer es ist. Das heißt, niemand weiß etwas von den anderen und derjenige kann dann selbst entscheiden, wie und wann er es macht. Praktisch ohne Zeitdruck. Hey, ist doch eine gute Sache!«, sprang Sebastian Finn zur Seite.

Finn mischte die Karten.

»Kommt Jungs! Los geht's!«

Marvin zupfte sich an seinen Ohrtunneln. Uwe ging zur Tür.

»Nein, ich mache das nicht mit.«

»Nix, Uwe! Du machst mit! Jeder vernichtet sofort seine Karte und wir verbrennen sie hier im Aschenbecher.«

Er zeigte auf einen großen gläsernen Ascher, der in der Mitte des Tisches stand. Sein Feuerzeug legte er daneben. Finn fächerte die Karten auf.

»Wer will als Erstes? Keiner von euch? Also dann fange ich an.«

Er nahm sich eine der Karten, sah sie sich an und zerriss sie in viele kleine Teilchen, die er sich anschließend in seine Hosentasche stopfte.

»Gib her!« Sebastian machte es ihm nach und nun konnte sich auch Marvin dem Druck nicht länger entziehen und zog die Vorletzte, während Finn Uwe die letzte Karte in die Hand drückte. Alle zerrissen ihre Karten und verteilten sie verdeckt in dem großen Aschenbecher. Finn griff zum Feuerzeug und entfachte die Kartenschnipsel, die zunächst brannten und dann langsam verkohlten.

»Na, war doch gar nicht so schlimm! Und niemand von uns weiß, wer den Karo König hat. Also keine Zeugen, keine Singvögel. Jetzt ist die Bühne frei. Wir sorgen schon selbst für den Umschwung. So eine mordsgute Idee hatte ich schon lange nicht mehr. Wenn jetzt noch einer von diesen Fuzzis weg ist, dann haben wir für immer Ruhe.«

Marvin blickte Finn an.

»Egal, wer die Karte gezogen hat, wir sollten das Thema Klima auf jeden Fall bei unserem nächsten *FajeM*-Treffen nicht ansprechen. Nicht, dass noch einer auf falsche Gedanken kommt. Es gibt ja so viel anderes, was man zum Schwerpunkt machen kann. Wir dürfen ja was vorschlagen. Wie wäre es denn mit Sport?« Marvin hatte eine neue Runde eingeläutet und wollte vom Mord an Max Luipold wegkommen.

»Sport ist immer gut«, pflichtete ihm Sebastian bei.

»Dart oder Tauziehen. Tauziehen finde ich super. Motto: Alle ziehen am gleichen Strang. Das stärkt die Gemeinschaft. Vielleicht könnten wir auch mal eine Meisterschaft im Tauziehen ausrichten. Das Thema kann man wirklich nehmen.« Sebastian war ganz begeistert von seiner Idee.

»Alle einverstanden?« Marvin blickte in die Runde und erntete ein zustimmendes Nicken von seinen drei Freunden.

»Also, dann lasst uns doch noch eins nehmen! Sind ja noch ein paar Flaschen im Kasten.«

Jeder holte sich noch ein Bier und das Gespräch ging immer mehr in eine Diskussion über Abschiebung, Grenzschließung und mangelnde Arbeitsplätze für deutsche Arbeiter über.

Um siebzehn Uhr hatten sie die Kiste Bier bis auf vier Flaschen geleert.

»Es wird Zeit, Kumpels. Finn und Sebastian! Besorgt ihr beim nächsten Mal eine neue Kiste? Weiß nicht, ob sonst wieder was da ist. Ihr habt ein Auto«, schloss Marvin die Runde. Die beiden Angesprochenen nickten.

»Ich gehe dann auch mal. Habe noch was zu erledigen.« Uwe wandte sich zur Tür.

»Willst du mitfahren?«, wollte Sebastian wissen.

»Nein, lass mal. Ich gehe lieber zu Fuß.«

»Brauchst du wieder eine Idee?«, stänkerte Finn.

Die drei lachten. Uwe Ferch verließ die Hütte. Seine Gedanken waren in einer Endlosschleife gefangen.

38

Robert saß in seinem Büro und blickte aus dem Fenster. Sollte es tatsächlich so schnell zur Aufklärung des Falles kommen? So ein rascher Erfolg würde der ganzen Dienststelle und ihrem Team gut zu Gesicht stehen. Er war jetzt fünfundzwanzig Jahre in dieser Abteilung und hatte alle Höhen und Tiefen schon miterlebt. Bis auf eine Ausnahme hatten sie am Ende die Fälle immer zu einem guten Ende gebracht. Manchmal brauchte man einen langen Atem. Manchmal spielte einem der Zufall in die Hände. In der Regel aber war die tägliche akribische und fleißige polizeiliche Arbeit, jedem noch so kleinen Detail nachzugehen, der Garant für den Erfolg. So wie es jetzt aussah, war wohl Letzteres wieder ausschlaggebend. Alles deutete darauf hin.

Robert wandte sich wieder seinem PC zu, als ihm das rot-weiße Band der Eilmeldung auf dem Bildschirm entgegenblinkte: »*Schüsse in Heilbronner Innenstadt. Polizei umstellt*

Jugendzentrum. Schüler und Lehrer in Schule verbarrikadiert. Weiträumig abgesperrt«.

Eine Minute später standen Manfred, Marion und Jürgen Freese in seinem Büro. Gemeinsam starrten sie auf den Bildschirm. Die Nachrichten stockten.

Marion schaltete das Radio ein.

»In der Heilbronner Innenstadt ist es gerade zu einem Großeinsatz der Polizei gekommen. Nach ersten Erkenntnissen ist auf Mitglieder der örtlichen *Fridays for Future*-Bewegung geschossen worden. Noch wissen wir nicht, ob es Verletzte oder Tote gegeben hat. Die Polizei ist vor Ort. Unser Kollege aus Heilbronn berichtet live, dass sich die Jugendlichen, die sich zu einer Planungssitzung der Klimabewegung in Heilbronn in einem Jugendzentrum getroffen hatten, in das Gebäude zurückgezogen haben. Es scheint, dass man hier bewusst gegen *Fridays for Future* agiert. Hier fragt man sich natürlich, ob es Parallelen zu dem Mord in Reutlingen gibt. Ist Heilbronn die zweite Station eines Serienmörders, der es auf Schüler abgesehen hat? Die Stadt ist in Schockstarre. Vom Kultusministerium in Stuttgart konnten wir noch keine Stellungnahme erhalten. Wir halten Sie weiter auf dem Laufenden.«

Aus dem Radio erklang Erik Claptons Song *Tears in Heaven*, in dem der Star den Tod seines Sohnes verarbeitete.

Die drei Hauptkommissare schauten sich an. Doch kein lokaler oder regionaler Fall? In Bruchteilen von Sekunden hatte sich wieder alles auf den Kopf gestellt. Alles war wieder möglich.

»Jetzt haben wir wahrscheinlich die Sniper-Theorie wieder, die in der Pressekonferenz aufgekommen ist«, sinnierte Marion und blickte ihre Kollegen an.

Robert trat wieder ans Fenster.

»Jetzt bleibt mal ruhig, ihr beiden. Noch wissen wir ja

nichts Genaues. Hoffen wir mal, dass es keine Toten gegeben hat«, sagte Manfred.

Auf dem Bildschirm tauchte im Liveticker eine neue Nachricht auf: »*Schüsse auf zwei Schüler im Heilbronner Jugendzentrum. Augenscheinlich gab es keine Verletzten oder Toten. Erste Gerüchte tauchen auf, dass es zu Festnahmen gekommen ist.*«

Aus dem parallel laufenden Radio war wieder die Stimme des sich vor Ort befindlichen Radiojournalisten zu hören.

»Noch liegt keine Stellungnahme der Polizei vor, aber es scheint, dass die Heilbronner Tat noch einmal glimpflich ausgegangen ist. Zwei Passanten, die sich in unmittelbarer Nähe des Versammlungsortes aufgehalten haben und auch dort noch immer sind, wollen gesehen haben, dass eine Person von der Polizei festgenommen worden ist und in einem Streifenwagen weggefahren wurde. Sollte sich dies bestätigen, so könnte das Land Baden-Württemberg aufatmen. Doch eine Menge an Fragen dürfte sich auftun. Brauchen wir nach den Vorfällen in Reutlingen und Heilbronn landesweite Sicherheitskräfte an und vor öffentlichen Gebäuden? Was sind die Hintergründe für solche Taten? Befinden wir uns mitten in einer Anschlagsserie auf Schüler? Jetzt ist unter anderem auch die Landesregierung gefragt. Wir schalten zurück ins Studio.«

Im Radio erklang *Let It Be* von den Beatles, ein nachdenklicher Songtext, der doch noch ein wenig Licht in dunklen und düsteren Zeiten versprach.

»Wir müssen wissen, ob die Mitteilung mit der Festnahme stimmt.«

Marion machte sich bei offizielleren Stellen als dem Internet kundig und konnte wenig später die erfreuliche Nachricht verkünden, dass es keine Opfer gegeben hatte und ein junger Mann festgenommen worden war.

»Wollte sich Raphael Risse nicht mit einem Freund aus Heilbronn treffen?«, fragte Marion in die Runde. »Ist das ein Zufall? Gibt es da vielleicht Zusammenhänge?«

»Marion, wir müssen wissen, was es für eine Waffe gewesen ist. Wenn es die gleiche wie bei uns in Reutlingen war, dann dürften die Kollegen in Heilbronn den oder die Täter haben. Wenn nicht, dann haben wir zwei verschiedene Fälle. Vielleicht einen Trittbrettfahrer, einen Nachahmer.«

Die Telefongespräche zwischen der Reutlinger Mordkommission und den Heilbronner Kollegen liefen auf Hochtouren. Das Jugendzentrum in Heilbronn blieb weiterhin großräumig abgesperrt. Die Nachricht, dass es keine Opfer gegeben hatte, wurde bestätigt. Der Verhaftete war ins Polizeipräsidium abgeführt worden und wurde einem ersten Verhör unterzogen. Allerdings schwieg er beharrlich. Er machte keinerlei Angaben. Nicht einmal zu seiner eigenen Person. Doch über das benutzte Auto mit dem Reutlinger Kennzeichen konnte seine Identität schnell festgestellt worden. Es handelte sich um Timo Schud aus einer kleinen Gemeinde am Rande der Schwäbischen Alb. Vierundzwanzig Jahre alt. Vorbestraft wegen gefährlicher Körperverletzung und unerlaubtem Waffenbesitz. Aufgewachsen war er in einem Heim nahe Eppingen.

Die Tatwaffe aus Heilbronn konnte allerdings nicht mit der aus Reutlingen identisch sein. Zwar handelte es sich ebenfalls um eine Jagdwaffe, aber es war ein anderer Typ: Blazer R8. Der Reutlinger Mord war mit einer CZ 557 begangen worden. Da aber der festgenommene Timo Schud ebenfalls aus dem Landkreis Reutlingen stammte, taten sich hier doch Zusammenhänge auf, denen man nachgehen musste.

»Marion, was haben wir denn über diesen Timo Schud vorliegen?«

Marion wiederholte das, was sie schon von den Heilbronner Kollegen wussten. Dann brachte sie aber doch noch einiges Neues hinzu, was das Puzzle vervollständigte.

»Timo Schud ist seit vier Monaten bei einem kleinen Zulieferbetrieb für einen Stuttgarter Autobauer in Pliezhausen beschäftigt. Auf dem Rücksitz seines Autos haben die Heilbronner Kollegen zumindest entsprechende Hinweise gefunden. Auf jeden Fall war es nicht Raphael Risse. Aber aus unserer Sache ist Raphael trotzdem noch nicht draußen.«

»Da müssen wir uns umhören. Ist der Schud sonst irgendwo aufgefallen? Das waren jetzt zweimal Anschläge auf Mitglieder der *Fridays for Future*-Gruppe. Da muss jemand einen abgrundtiefen Hass auf die Jugendlichen haben. Vielleicht ist es auch eine ganze Gruppe.«

»Haben wir noch Informationen über die Waffe in Heilbronn?«

»Ja. Sie wurde vor zwei Jahren bei einem Jäger in Ammerbuch gestohlen. Sie ist seitdem nicht wieder aufgetaucht und es ist bis jetzt auch nicht bekannt, dass sie bei einer Straftat eingesetzt wurde.«

Marion pinnte einen Zettel mit dem Namen von Timo Schud an die Pinnwand.

»Was ist mit Uwe Ferch?« Marion schaute Robert an.

»Auch vierundzwanzig Jahre alt. Einiges wissen wir ja auch von Kreuzfelder. Er ist hier in Reutlingen beschäftigt. Sein Chef hat aufgrund der Fahndung angerufen und gemeldet, dass er seit zwei Monaten bei ihm arbeitet. Uwe Ferch wird als fleißig geschildert, als einer, der alles richtig machen will. Bisher keine Klagen.«

Robert hängte ein Bild von Uwe Ferch an die Tafel. Mit einem dicken Edding zog er eine Verbindungslinie zwischen Ferch und Schud und versah beide Namen mit einem Fragezeichen. Auch ein Bild von Raphael Risse hatte in der Zwischenzeit Platz auf der Tafel gefunden.

»Was meinst du, Manfred, wann wir Genaueres zu der Tatwaffe wissen können?«

»Robert, du weißt selbst, wir müssen jetzt erst die Ergebnisse aus Wiesbaden abwarten. Das kann frühestens morgen Mittag, morgen Nachmittag sein.«

»Also, dann können wir momentan nur so viel sagen: Es sind zwei verschiedene Waffen verwendet worden. Das könnte heißen: Erstens wir haben es mit einem Täter zu tun, der zwei verschiedene Waffen benutzt hat. In diesem Fall könnte es Timo Schud gewesen sein. Zweitens: Wir haben zwei verschiedene Täter. Drittens: Beide könnten aus dem Kreis Reutlingen stammen. Wir müssen herausfinden, ob sie etwas miteinander zu tun haben oder nicht. Wir lassen uns mal das Bildmaterial vom Reutlinger *General-Anzeiger* und der *Südwest Presse* zukommen, was da bei den Reutlinger *Fridays for Future*-Demos gemacht wurde. Vielleicht sind sie ja darauf.«

»Ich rufe Julian und Sarah noch mal an. Sie sollen noch mal kommen und sich das Bildmaterial ansehen. Sarah hat doch berichtet, dass an ihrem Gymnasium so zweifelhafte Gestalten rumgelaufen sind und sie verhöhnt haben. Bei der Großdemo in der Wilhelmstraße waren auch solche Typen anwesend. Vielleicht erkennt sie ja jemanden wieder«, erläutere Marion. Sie wollte sich sofort der Sache annehmen.

39

Sarah saß auf der Tribüne in der Kurt-App-Halle in Pfullingen und schaute sich das Handballspiel der A-Jugend des VfL Pfullingen an. Heute war ein vorentscheidendes Spiel um die Meisterschaft. Eigentlich hätte es schon vor zehn Tagen stattfinden sollen, aber da waren von der gegnerischen Mannschaft acht Spieler krank gewesen, sodass sie um eine Verlegung gebeten hatten. Der VfL Pfullingen hatte unter dem Gesichtspunkt der sportlichen Fairness eingewilligt, aber nur noch diesen Mittwochabend als Austragungstermin frei gehabt. So kam es zu diesem unüblichen Anpfiffzeitpunkt der Partie.

Der Tod von Max hatte Julian mehr als umgetrieben, aber das durfte jetzt nicht sein ganzes Leben ins Stocken bringen. Im letzten Jahr hatten sie die Meisterschaft knapp verpasst. Jetzt führten sie die Tabelle mit einem Punkt an. Dieses Spiel musste unbedingt gewonnen werden. Bei einer Niederlage würde der Zweitplatzierte bei eigenem Sieg an ihnen vorbeiziehen. Bei einem Unentschieden würde alles auf die Ergebnisse vom letzten Spieltag am übernächsten Wochenende ankommen. Entsprechend angespannt war die Stimmungslage auf den Zuschauerrängen, auf denen sich rund 150 Besucher eingefunden hatten. Die Trommelgruppe des VfL legte sich mächtig ins Zeug und begleitete jeden der Pfullinger Angriffe mit einem ohrenbetäubenden Trommelwirbel.

Jetzt parierte der Pfullinger Torwart den Wurf eines Angreifers. Julian sprintete nach vorne, bekam den Ball genau in den Lauf gespielt. Er prellte ihn noch zweimal und setzte kurz vor dem Torkreis zu einem Sprungwurf an. Sarah auf der Tribüne sprang mit auf. Unter einem frenetischen Torjubel erzielte er das 10:7 für seine Mannschaft. Sarah feuerte ihren Freund an.

»Klasse, Julian! Top!« Da spürte sie wieder die kleinen Nadelstiche in ihrem Rücken. Sie kratzte sich.

Unten wogte das Spiel hin und her. Der Gegner erzielte den Anschlusstreffer zum 10:8. Sarah kratzte sich erneut an ihren Schultern, um das ungute Gefühl im Rücken verschwinden zu lassen. Ohne Erfolg. Das hatte sie doch schon mal gehabt. »Verdammt. Wie bei der Demo.« Sie schaute sich um und erkannte fünf Reihen hinter sich zwei junge Erwachsene. Der eine in Leder gekleidet, der andere lässig in Freizeitkleidung mit kurzem Haarschnitt. Sie blickte in die kalten Augen der beiden. »Das sind doch die von unserer ersten Demo.« Sie sah genau hin und erkannte, dass der lässig Gekleidete etwas in einen DIN-A4-Block schrieb. Sie drehte sich wieder um. Das unangenehme Gefühl in ihrem Rücken blieb und wanderte in ihren Bauch. Die beobachteten sie. Sie und vielleicht Julian.

Pfullingen erzielte dass 11:8. Aber Sarahs Euphorie war verflogen. Gegentreffer 11:9. Noch dreißig Sekunden bis zur Halbzeitpause. Der Gegner holte wieder auf: 11:10. Halbzeitpfiff. Der Großteil der Zuschauer strömte nach oben an den Essens- und Getränkestand, um sich mit frisch belegten Brötchen und Softdrinks für die zweite Halbzeit zu stärken.

Auch Sarah stieg die Stufen nach oben. Sie schaute sich nach allen Seiten um. Suchte die beiden unangenehmen Typen. Doch sie waren verschwunden. Auch außerhalb der Halle waren sie nicht mehr zu sehen. Unschlüssig ging sie auf und ab. Julian konnte sie nicht stören. Aber die beiden Typen hatten eindeutig sie und wahrscheinlich Julian beobachtet. Sie griff zu ihrem Smartphone und rief Marion Schmidt an. Unten auf dem Spielfeld lief bereits die zweite Halbzeit.

Marion nahm sofort ab.

»Sarah! Was ist? Ich wollte dich auch gerade anrufen.«

»Marion, ich habe die zwei Typen wiedergesehen, die uns bei der Demo in Reutlingen so feindselig angestarrt haben, und die waren auch bei der Gruppe dabei, die bei uns an der Schule rumgelungert ist. Ich habe dir doch erzählt, dass sie uns von unten so verhöhnt und ausgelacht haben.«

»Sarah, wo bist du? Kannst du aufs Präsidium kommen? Es hat in Heilbronn einen weiteren Anschlag auf eine *Fridays for Future*-Gruppe gegeben. Der Täter ist festgenommen. Und wir möchten gerne wissen, ob du oder besser du und Julian auf einem Bild ihn wiedererkennen könnt. Und dann haben wir noch einen Zweiten, nach dem wir suchen.«

Sarah schaute auf die Spielanzeige der Hallenuhr.

»Julian spielt gerade ein entscheidendes Handballspiel hier in Pfullingen in der Kurt-App-Halle. Warte mal. Es dauert noch fünfundzwanzig Minuten, eventuell dreißig, mit eingerechneten Unterbrechungen. Und ein Auto haben wir ja auch nicht. Marion, hast du registriert, was ich gesagt habe? Die zwei Typen sind hier auf der Tribüne in der Kurt-App-Halle.«

»Sarah, vielleicht erkennst du die ja auch auf den Fotos der Demo vom *GEA*, der *Südwest Presse* oder vom *Wochenblatt* wieder.«

»Ja, die waren es bestimmt. Solche Gesichter vergisst man nicht.«

»Pass auf, Sarah; wir machen es anders. Ich komme nach Pfullingen. Das geht schneller. Bis ich da bin, ist das Spiel auch sicherlich zu Ende. Dann kann Julian gleich mit draufgucken. Und vielleicht sind die zwei Typen aus der Halle sogar auch mit auf den Bildern drauf.«

»Gut, so machen wir es.« Sie schaute auf die Hallenuhr. »Das Spiel dauert noch dreiundzwanzig Minuten.«

»Wie steht es denn?«

»Im Augenblick führen sie mit 14:13. Aber die anderen sind echt gut.«

»Okay. Ich drücke die Daumen. Bis gleich.«

»Bis gleich.«

Sarah legte auf. Unten auf dem Spielfeld wogte das Spiel hin und her. Mal lag die eine, mal die andere Mannschaft in Führung. Julian tankte sich auf der Linksaußenposition durch. Mit einer gekonnten Drehbewegung im Handgelenk umspielte er den Torwart. Der Ball änderte im letzten Moment seine Richtung und drehte sich kurz vor dem rechten Pfosten ins Tor. Die Halle tobte. 20:19. Noch dreißig Sekunden zu spielen. Der Gegner setzte zum letzten Angriff an. Noch zehn Sekunden. Ein Pfullinger Abwehrspieler riss einen Gegenspieler, der gerade auf das Tor werfen wollte, am Hals zurück. Zwei Minuten Zeitstrafe und Siebenmeter. Noch zwei Sekunden zu spielen. Wenn das jetzt ein Tor gab, dann war die Entscheidung auf nächste Woche vertagt.

Der 7-Meter-Schütze fixierte den Pfullinger Torwart. Setzte zum Wurf an.

Tor.

Die gegnerische Mannschaft riss die Arme hoch.

Das Pfullinger Team fiel konsterniert auf den Boden. In der Halle war es still geworden. Doch dann setzte erneut der Trommelwirbel ein und gab den Pfullinger Handballern Mut für das entscheidende Spiel am übernächsten Samstag.

Julian blickte zu Sarah hinauf. Sie applaudierte und drückte ihm ein Auge zu, um ihm ihr Bedauern zu bekunden. Gleichzeitig winkte sie ihn aber auch zu sich auf die Tribüne.

Zehn Minuten nach Spielschluss traf Marion ein. Sarah stand oben am Eingang bei der Bewirtungstheke, die von den mit den Nerven fertigen Zuschauern nach Spielschluss erneut geplündert worden war.

»Gut, dass du gekommen bist.«

»Kein Problem. Ist Julian schon fertig? Wie ist es denn ausgegangen?«

»Unentschieden! So ein Mist! Er duscht gerade noch, wird aber sicherlich sofort kommen.«

Sie begaben sich auf die linke Seite der Tribüne, wo sie ungestört waren. Die noch verbliebenen Zuschauer unterhielten sich im Eingangsbereich und diskutierten die Chancen der Mannschaft im letzten Spiel. Jetzt musste ein Sieg her.

Fünf Minuten später kam auch Julian aus der Kabine. Er gab Marion die Hand und umarmte Sarah zärtlich.

Marion zeigte ihnen auf ihrem Smartphone ein Bild von Timo Schud.

»Kennt ihr den? Habt ihr den schon mal gesehen?«

»Nicht, dass ich wüsste. Du, Julian?«

Julian schüttelte den Kopf.

»Nein, wer ist das?«

»Den haben die Kollegen heute in Heilbronn festgenommen. Er hat auf Mitglieder der *Fridays for Future*-Gruppe in Heilbronn geschossen. Wir haben mal alle Fotos, die bei eurer Demo gemacht wurden, noch mal durchgeschaut. Ihn aber nicht entdeckt. Also, ihr seid euch sicher. Noch nie gesehen?«

Sarah und Julian schüttelten den Kopf.

»Gut, dann mal weiter. Hier habe ich weitere Fotos.«

Jetzt breitete sie mehrere vergrößerte Abzüge von Fotos aus dem *General-Anzeiger*, der *Südwest Presse*, des *Wochenblattes* auf den Sitzplätzen der Tribüne aus.

»Da, die zwei, die waren heute hier in der Halle. Die haben hinter mir gesessen und mich so komisch beobachtet. Und die waren auch bei der Demo unten in der Wilhelmstraße. Ich habe es gleich gespürt. Es war wie Nadelstiche in meinem Rücken.«

»Weißt du, wie die heißen?«

»Nein. Ich habe keinen Kontakt zu denen. Ich habe eher Angst und meide solche Typen. Das war heute schon mehr als unheimlich.«

Julian legte Sarah den Arm um die Schultern. Das in letzter Sekunde aus der Hand gegebene Spiel hatte er in diesem Moment vergessen.

»Der eine ist schon einmal auffällig geworden und hat wegen schwerer Körperverletzung im Gefängnis gesessen.« Marion deutete auf Finn Schober. »Schaut euch bitte die anderen Bilder noch einmal genau an. Lasst euch ruhig Zeit. Erkennt ihr sonst noch jemanden?«

Julian betrachtete die Bilder konzentriert.

»Ja, der hier ist mir zweimal aufgefallen. Sowohl als sie bei uns an der Schule vorbeigingen als auch bei der Demo. Allerdings hatte ich den Eindruck, dass er eher so ein Mitläufer ist. Keiner, der in der vorderen Reihe steht, sondern einer, der Anerkennung sucht und alles macht, damit man ihn lobt und wahrnimmt.«

»Stimmt, wo du das jetzt sagst. Aber sonst hätte ich mich nicht an den erinnert. War eher so unscheinbar«, pflichtete Sarah ihm bei.

»Gut. Danke. Das hilft uns jetzt schon weiter. Den suchen wir nämlich. Uwe Ferch aus Trochtelfingen. Ist euch der Name schon mal untergekommen?«

Die beiden Jugendlichen schauten sich an und schüttelten gleichzeitig den Kopf.

»Nein, tut mir leid.« Julian zuckte mit den Schultern.

»Aber auf jeden Fall war er auch bei eurer Demo in Reutlingen dabei. Gut, dass wir das schon mal wissen, Sarah und Julian. Ihr solltet sehr aufmerksam und vorsichtig sein. Das gefällt mir gar nicht, dass die zwei heute hier auf der Tribüne gesessen sind. Bitte ruft mich sofort an, wenn euch irgendetwas auffällt oder komisch vorkommen sollte.«

»Machen wir!«

»Sarah, sehen wir uns am nächsten Freitag bei der Theaterprobe wieder?«

»Na klar. In drei Wochen ist ja auch schon Auftritt. Und du spielst mit?«

»Mal sehen. Weiß nicht, ob ich schon soweit bin.«

»Marion, das machst du schon.«

»Also, dann bis bald. Wir haben noch zu tun.«

40

Als Marion wieder ins Präsidium zurückkam, empfing Robert sie schon an ihrer Bürotür.

»Warst du erfolgreich?«

»Zwei haben sie wiedererkannt. Einer von ihnen war Uwe Ferch. Der war ja auch auf den Aufnahmen aus dem Pomologie-Parkhaus. Der andere, Finn Schober, den hatten unsere Kollegen von der JVA ja auch schon mal sechs Monate zu Gast. Den Täter von Heilbronn, diesen Timo Schud, kennen sie allerdings nicht. Ich habe Julian und Sarah ebenfalls ein Bild von ihm gezeigt. Aber anscheinend war er weder bei der Demo noch bei der Pöbelgruppe vor dem Gymnasium mit dabei. Aber Robert, dieser Finn Schober hat die beiden heute in der Kurt-App-Halle in Begleitung eines anderen beobachtet.«

Marion deutete auf eines der Bilder, auf dem Sarah und Julian Finn Schober wiedererkannt hatten.

»Jetzt lass uns doch erst mal ins Büro gehen. Wir müssen ja nicht alles hier auf dem Gang bequatschen«, meinte sie.

Einige Kollegen gingen an ihnen vorbei, verabschiedeten sich und wünschten ihnen einen schönen Feierabend.

Robert knurrte vor sich hin.

»Ich glaube, das Wort können wir bis zur Auflösung des Falls aus unserem Wortschatz streichen. Ja, lass uns reingehen.«

»Und was hast du erreicht, Robert?«

»Ich habe bei der Firma angerufen, bei der Timo Schud arbeitet. Es war aber um diese Zeit natürlich keiner mehr da. Das müssen wir auf morgen verschieben.«

»Also doch Feierabend.«

»Sieht so aus. Man muss ja nicht alle Morde in zwei bis drei Tagen aufklären.«

»Nein, wirklich nicht, Robert. Morgen bekommen wir auch das Ergebnis von den Gewehren und dann sind wir bestimmt ein großes Stück weiter. Dann wissen wir auch, ob Raphael mit drinhängt. Und Pliezhausen. Bin mal gespannt, ob uns das auch weiterhilft.«

»So, jetzt schnapp dir mal deinen Lukas und dann bis morgen.«

»Der ist wahrscheinlich schon gegangen und hat hoffentlich gekocht.«

41

Marion Schmidt und Robert Becker machten sich auf den Weg nach Pliezhausen. Nachdem sie sich beim Empfang kurz vorgestellt hatten und die Empfangsdame den Chef des Unternehmens informiert hatte, kam dieser ihnen schon wenig später entgegen und holte sie am Eingang ab.

»Ralf Knauer«, stellte er sich vor.

Marion und Robert gaben ihm die Hand und wiesen sich aus.

»Können wir uns in Ihrem Büro unterhalten?«

»Selbstverständlich. Kommen Sie.«

Marion blickte durch die Fenster auf dem Gang auf das Firmengelände und sah, wie ein Arbeiter auf einem Gabelstapler gerade einen Lastwagen mit Paletten belud, während weiter hinten ein Lkw das Firmengelände verließ.

»Nehmen Sie doch bitte Platz.«

Robert und Marion setzten sich gegenüber von Herrn Knauer.

»Herr Knauer, Sie haben bestimmt von dem Anschlag auf die Heilbronner *Fridays for Future*-Gruppe gehört.«

Knauer nickte.

»In diesem Zusammenhang ist Ihr Mitarbeiter, Timo Schud, verhaftet worden. Er ist dringend tatverdächtig. Bei ihm wurde die Tatwaffe sichergestellt. Es tut uns leid, Ihnen das mitteilen zu müssen. Aber Sie werden verstehen, dass wir in dieser Angelegenheit auch einige Fragen an Sie haben. Was können Sie uns über Timo Schud erzählen?«

»Also, bisher habe ich überhaupt nichts Negatives über ihn gehört. Gut, so lange arbeitet er noch nicht bei uns.«

»Wie lange denn?«

»Drei bis vier Monate. Das müsste ich nachprüfen lassen.«

»Ja, veranlassen Sie das bitte. Wo ist der denn genau eingesetzt?«

»Im Lager. Der dortige Lagerchef hat auch noch nichts Negatives berichtet. Möchten Sie, dass er dazukommt?«

»Das wäre kein Fehler.

Knauer betätigte die Sprechanlage.

»Frau Wald, würden Sie bitte Herrn Römer Bescheid

geben, dass er sich zu uns ins Büro begibt. Wenn es geht, sofort. Und bringen Sie uns bitte die Akte von Timo Schud.«

»Wird sofort erledigt, Herr Knauer.«

Drei Minuten später klopfte es an der Tür und ein freundlich aussehender Mann, vielleicht vierzig Jahre alt, trat ein. Er stellte sich vor.

»Klaus Römer.«

»Herr Römer, wir hätten da ein paar Fragen an Sie bezüglich Timo Schud. Er arbeitet doch bei Ihnen?«

Römer nickte.

»Ja, was ist mit ihm?«

»Können Sie uns Ihren Eindruck von ihm schildern? Positives? Negatives? Arbeitseinstellung? Einfach Ihre Einschätzung!«

»Also bis jetzt kann ich nur Positives über ihn berichten. Immer pünktlich. Tut, was man ihm sagt. Murrt nicht, wenn man ihn morgens zur Vesperpause mal in die Metzgerei schickt, um Leberkäswecken für alle zu holen. Nein, ganz anständig. Also bisher nichts Negatives. Gut, manchmal äußert er ein bisschen rechtes Gedankengut. Aber er hat nicht versucht, andere Mitarbeiter dahingehend zu beeinflussen. Ich wüsste es auf jeden Fall nicht.«

»Herr Römer, Timo Schud ist heute nicht bei Ihnen zur Arbeit erschienen. Fehlt er schon länger?«

»Er hat sich vor zwei Tagen krankgemeldet. Also er fehlt heute den dritten Tag. Erkältung. Was ist denn mit ihm?«

»Herr Römer, Timo Schud ist dringend tatverdächtig, auf ein Mitglied der Heilbronner *Fridays for Future*-Gruppe geschossen zu haben. Er wurde heute in Heilbronn verhaftet.«

Klaus Römer zuckte zusammen.

»Das kann ich mir nicht vorstellen. Timo Schud doch nicht.«

Klaus Römer blickte seinen Chef, Herrn Knauer an. Der war ebenso ratlos.

»Herr Knauer«, wandte sich Robert nun wieder an den Firmenchef. »Wann haben Sie Herrn Schud denn eingestellt? Und wie sind Sie auf ihn gekommen?«

Es klopfte an die Tür und Frau Wald brachte eine Mappe, auf der der Name Timo Schud verzeichnet war.

»Danke, Frau Wald. Ja, eigentlich ganz einfach. Wir haben einen Lagerarbeiter gesucht, und dann haben wir Kontakt zu dieser Pfullinger Vermittlungsagentur oder Vermittlungsfirma aufgenommen: *FajeM*.«

»Wofür steht denn die Abkürzung?«

»Förderung arbeitsloser junger erwachsener Menschen.«

»Habe ich noch nie gehört«, sagte Robert. »Gibt es die Einrichtung schon länger?«

»Ein halbes Jahr vielleicht. Vielleicht auch etwas länger.«

»Geben Sie uns bitte mal die Kontaktdaten.«

»Kein Problem. Frau Wald wird Sie Ihnen gleich aushändigen.«

»Dann suchen Sie sich mal einen neuen Lagerarbeiter. Ich gehe mal davon aus, dass Timo Schud für die nächste Zeit sein Lager woanders aufschlagen wird.«

»Tja. Da will man jungen Leuten eine Chance geben und so etwas kommt dabei heraus.«

Robert und Marion verabschiedeten sich und ließen sich von Frau Wald die Adresse und übrigen Daten von *FajeM* geben.

»Lass uns diese Firma mal in Augenschein nehmen und der Firma von Uwe Ferch sollten wir ebenfalls einen Besuch abstatten. Marion, wenn ich meinem Bauch trauen kann, dann würde ich jetzt hundert Euro darauf setzen, dass dieser Uwe Ferch auch durch *FajeM* vermittelt worden ist. Hältst du dagegen?«

»Nein, Robert. Für das Geld gehe ich lieber mit Lukas essen oder ins Theater. In drei Wochen ist übrigens ein

Auftritt von den *woRThopäden.* Wenn du und deine Frau mal Lust habt, so kommt doch vorbei. Eintritt ist frei. Oder würdest du lieber mit deiner Christina Bauknecht kommen?«

»Jetzt hör mal mit deinen ewigen Sticheleien auf! Los, wir fahren jetzt nach Pfullingen.«

Die Befragung des Arbeitgebers von Uwe Ferch bescherte den beiden Ermittlern ähnliche Ergebnisse wie in Pliezhausen. Uwe Ferch wurde als fleißig und angepasst geschildert. Er wollte den für ihn richtigen Weg wiederfinden, nachdem er in Tübingen gescheitert war. Auch über Uwe Ferch hatte sich niemand beklagt. Herr Rappolder war sichtlich erschüttert, sollte er sich so getäuscht haben.

»Herr Rappolder, seit wann ist Uwe Ferch nicht mehr zur Arbeit erschienen?«

»Er hat sich krankgemeldet. Warten Sie mal?« Rappolder blätterte in einem Tischkalender.

»Könnte es sein, dass das vor dem Mord an dem Reutlinger Schüler war?«, fragte Marion.

»Ja, genau einen Tag vorher hat er angerufen und gesagt, dass er Magen-Darm-Beschwerden hat. Kann man ja schlecht nachweisen.«

»Und seitdem war er auch nicht mehr hier?«

Herr Rappolder schüttelte den Kopf.

»Das habe ich Ihnen ja schon am Telefon gesagt.«

»Herr Rappolder, jetzt machen wir es mal etwas interessanter. Eines müssten wir von Ihnen noch genauer wissen. Früher gab es, vielleicht haben Sie das auch als Kind mal mit ihren Eltern im Fernsehen gesehen, Robert Lembkes heiteres Beruferaten: *Was bin ich?* Also ich habe das damals immer mit meiner Mutter angeschaut. Natürlich alles noch in Schwarz-Weiß. Und da gab es eine typische Fragestellung. Kennen Sie die Sendung noch?«

»Ich kann mich schwach erinnern. Ja. Was hat denn das jetzt mit Uwe Ferch zu tun?«

»Fiel mir gerade so ein, Herr Rappolder. Also die Fragestellung war: Gehe ich richtig in der Annahme, dass … Herr Rappolder, gehe ich richtig in der Annahme, dass Sie Uwe Ferch über die Vermittlungsagentur *FajeM* eingestellt haben, die hier in Pfullingen ansässig ist?«

»Wie kommen Sie denn darauf?« Walter Rappolder schaute Robert erstaunt an. »Ich habe das doch gar nicht erwähnt, oder? Aber ja, stimmt. Können Sie hellsehen?«

»Nein. Wollte nur wissen, ob ich mich auf mein Bauchgefühl noch verlassen kann. Und ich bin zufrieden. Das passt immer noch. Haben Sie noch ein aktuelles Foto von Uwe Ferch?«

»Ja. Ist in der Akte. Augenblick.«

Er händigte es ihnen aus.

»Dann gehen wir jetzt mal zu *FajeM*. Herr Rappolder, wir melden uns wieder bei Ihnen. Auf Wiedersehen.«

»Auf Wiedersehen.«

Robert blickte Marion verschmitzt an.

»Siehst du. Habe ich recht gehabt. Schade, dass du nicht hundert Euro dagegengesetzt hast. Hätte mir auch gutgetan.«

Marion boxte ihn scherzhaft in die Seite.

»Marion, ich vermute fast, dass wir bei *FajeM* die Keimzelle des Ganzen finden.«

»Sagt dir das auch dein Bauch?«

»Ja, und unsere bisherigen Ermittlungsergebnisse.«

Erwartungsvoll betraten Robert und Marion einige Minuten später das Gebäude in Pfullingen, in dem die Vermittlungsagentur untergebracht war. Es handelte sich um einen kleinen Metallflachbau ganz in der Nähe des Bauhofs oberhalb der Hauptstraße, die durch Pfullingen nach Reutlingen führte. Schon draußen vor dem Gebäude fielen ihnen einige junge Erwachsene auf. Vornehmlich Männer, aber auch einige junge Frauen waren darunter.

»Robert, die passen so ziemlich in das Bild derer, die wir auf den Bildern bei den Demos haben.«

Marion und Robert nahmen beim Eintreten in die Firma jedes einzelne Gesicht wahr. Sie registrierten Körperhaltung, Kleidung, Haarschnitt, Tattoos, Piercing und Ohrtunnel.

»Jetzt darf ich auch mal meinen Bauch sprechen lassen, oder?«

»Du hast doch gar keinen. Aber natürlich. Dann mal los.«

»Ich setze jetzt darauf, dass wir neben Uwe Ferch und Timo Schud hier auch noch auf den Namen Finn Schober stoßen werden. Wie wäre es mit hundert Euro dagegen?«

»Keine Chance!«, grinste Robert.

Misstrauisch wurden die beiden Kommissare beäugt, als sie an die Tür des Sekretariats klopften. Freundliche Blicke sahen anders aus. Sie traten in das Büro ein und wiesen sich aus.

»Was kann ich für Sie tun?«, sprach die Sekretärin sie an. Sie war circa fünfzig Jahre alt, hatte halblange dunkelblonde Haare, die sie auf beiden Seiten leicht nach hinten gekämmt hatte, sodass der Blick auf zwei dezente Ohrringe freigegeben wurde. Sie trug eine beigefarbene Jacke und um den Hals einen leicht gemusterten braunen Schal. Der Ring an ihrem rechten Ringfinger deutete darauf hin, dass sie verheiratet war. Sie machte auf die beiden Kommissare einen sehr seriösen Eindruck. Eine Person, auf die ein jeder Chef sich an einer solchen Stelle zu einhundert Prozent verlassen konnte.

»Frau Rübling?«, Robert wollte sich vergewissern, dass die vor ihm stehende Frau auch mit dem Namen auf dem Türschild außen identisch war.

»Ja. Bitte?«

»Robert Becker und Marion Schmidt. Kriminalpolizei Reutlingen.«

Die beiden zeigten ihre Ausweise.

»Ihre Firma ist uns jetzt heute bereits zweimal im Zuge unserer Ermittlungen genannt worden. Ein gewisser Timo Schud, den Sie nach Pliezhausen vermittelt haben, ist in Heilbronn festgenommen worden, nachdem er auf eine *Fridays for Future*-Gruppe geschossen hat. Ein weiterer Ihrer Vermittelten, Uwe Ferch, wird von uns gesucht. Das kann nicht alles Zufall sein. Oder wie sehen Sie das?«

»Dazu kann ich ja nichts. Ich arbeite doch hier nur auf dem Sekretariat. Die Vermittlungsarbeit macht doch Herr Hesse.«

»Können wir ihn sprechen?«

»Der ist gerade auf einem Außentermin.«

»Und wann kommt er zurück?«

»Wenn es ihm zeitlich passt, heute Nachmittag noch. Ansonsten ist er morgen früh wieder im Haus.«

»Und was machen die vielen Leute hier auf den Gang?«

»Die bringen entweder noch notwendige Papiere oder sie holen welche bei mir ab.«

»Gut, Frau Rübling. Wir würden aber von Ihnen gerne noch Folgendes wissen. Seit wann gibt es die Agentur?«

»Seit Anfang des Jahres.«

»Wer ist der Chef?«

»Rudi Weber. Ein Reutlinger Unternehmer. Auf Herrn Weber lasse ich gar nichts kommen. Der ist so etwas von nett. Also wenn Sie dem irgendetwas unterstellen wollen, dann liegen Sie vollkommen daneben. Rudi Weber ist ein Ehrenmann. Ein Mann, der alle deutschen Tugenden in sich vereint: ehrlich, strebsam, pünktlich, aufrichtig, nett, familiär, immer korrekt angezogen, ordentlich frisiert und so weiter. Der will nur das Beste. Der holt sie alle von der Straße.«

»Wen holt er von der Straße?«

»Ja, diese jungen Menschen. Die hätten doch sonst keine Chance. Also Herr Weber, das ist einer, auf den kann man nur stolz sein. Wenn doch mehr Menschen so ein Herz wie Herr Weber hätten.«

»Jetzt beruhigen Sie sich mal, Frau Rübling. Wir haben ja auch nicht gesagt, dass wir etwas gegen Herrn Weber haben. Aber trotzdem, wie und wo können wir Herrn Weber erreichen? Darüber hinaus würden wir gerne einen Blick in Ihre Bücher werfen. Wen haben Sie im letzten halben Jahr vermittelt und wohin? Name, Anschrift, Firma. Da haben Sie bestimmt eine Übersicht. Würden Sie uns die bitte einmal kopieren oder uns die Unterlagen gleich mitgeben?«

»Wissen Sie, ich bin ja wirklich immer sehr gerne behilflich, aber ich kann ja nicht einfach personenbezogene Daten herausgeben. Das widerspricht ja total dem Datenschutzgesetz. Und das ist auch komplett gegen meine Arbeitsauffassung.«

»Das ehrt Sie auch, Frau Rübling, aber wir sind hier wegen einem versuchten Mordanschlag und wegen eines tatsächlich begangenen Mordes unten am Ledergraben. Wir können uns auch ganz schnell einen entsprechenden Beschluss holen.«

Frau Rübling zauderte und überlegte.

»Ich möchte da doch noch kurz den Herrn Hesse anrufen.«

»Dann machen Sie das.« Marion schaute sie mit ihrem sympathischen Lächeln an.

Frau Rübling griff zum Hörer. Nach einem kurzen Telefonat mit Herrn Hesse wandte sie sich wieder an die beiden Kripobeamten.

»Ich mache Ihnen Kopien. Aber ich kann Ihnen sagen, wir machen hier nur das Beste für diese jungen Leute.«

42

Uwe Ferch lief ziellos über die im Zuge der Flurbereinigung neu erstellten Wege der Alb. Er hatte gesehen, wie ein Streifenwagen alle Straßen von Trochtelfingen absuchte und immer wieder an seiner Wohnung vorbeifuhr. Er war sich sicher, dass sie ihn suchten. Nur erst mal raus aus dem Städtle. Er wusste nicht, wie viel Kilometer er schon gelaufen war, nachdem er die Hütte am Biotop verlassen hatte. Kreuz und quer, vollkommen ziellos und planlos war er umhergestreift. Er spürte seine Füße nicht. Sein Magen rumorte. In seinem Kopf fuhren die Gedanken Achterbahn wie in einem Vergnügungspark. Nur vergnüglich war es für ihn nicht. Heiße und kalte Wellen durchfuhren seinen Körper. Immer, wenn er jemanden vor oder hinter sich auftauchen sah, nahm er eine Abzweigung. Bloß keinem begegnen. Was tun? Was nur tun? Reutlingen? Oliver? Das war eine Möglichkeit.

Uwe Ferch nahm den Bus nach Reutlingen. So konnte es nicht weitergehen. Schlaflosigkeit. Magenschmerzen, Brechreiz, Kopfkarussell. Er konnte kaum noch etwas essen. Und wenn, dann nahm es meistens gleich wieder den Weg rückwärts. Resettaste? Nicht machbar. Als er die Aral-Tankstelle an der Einfahrt von Reutlingen passierte, streifte sein Blick den Stopp-Knopf im Bus. Wenn ich da draufdrücke, hält der Bus an der nächsten Haltestelle. Sein Blick fixierte die Anzeige im Bus. »*Stadthalle. Wagen hält.*«

Wann sollte er drücken? Die Irrfahrt ging weiter.

Am Omnibusbahnhof stieg er aus. Mit schleppenden Schritten ging er Richtung Bismarckstraße. Er musste mit jemandem reden. Oliver hatte ihm schon einmal geholfen, als er ihm den Kontakt zu *FajeM* vermittelt hatte. Oliver konnte klar denken. Vielleicht konnte er ihm helfen. Oliver war einer, dem er vertrauen konnte.

Er klingelte. Nach kurzer Zeit öffnete sich die Tür.

»Hallo, Oliver!«

»Mein Gott, Uwe! Du siehst ja aus wie der eigene Tod! Komm rein!«

Oliver fixierte seinen früheren Schulkameraden.

»Uwe, was ist los?«

»Ich habe Scheiße gebaut. Richtige Scheiße.«

»Setz dich erst mal.«

Uwe setzte sich. Sprang wieder auf und lief wie ein aufgezogenes Spielzeugauto im Wohnzimmer auf und ab.

»Uwe, bleib stehen! Setz dich!«

Die innere Unruhe ließ sich nicht bändigen.

»Oliver, was würdest du tun, wenn du etwas getan hättest, für das du in den Knast müsstest. Also keiner weiß, dass du es getan hast. Nur du selbst.«

Er blickte Oliver an wie ein Hund, der von seinem Herrchen geschlagen worden war.

»Verdammt, Uwe. Was hast du gemacht?«

»Ich weiß auch nicht. Ich wollte das doch nicht. Aber denen wollte ich zeigen, dass ich auch etwas kann. Dass ich meinen Beitrag leisten kann.«

»Uwe!« Oliver fixierte ihn. »Uwe, hast du jemand totgefahren? Fahrerflucht?«

Jetzt schossen Uwe die Tränen aus den Augen. Er war das personifizierte Elend.

»Schlimmer?«

Ein Schrei entfuhr seiner Kehle.

»Uwe, hast du etwas mit dem Mord an diesem Schüler zu tun?« Oliver packte Uwe an beiden Schultern und schüttelte ihn.

Uwe brach an der Schulter von Oliver zusammen.

»Halt mich fest! Halt mich fest! Ich kann nicht mehr. Oliver, ich kann nicht mehr. Ich bringe mich um. Ich will nicht ins Gefängnis. Und die anderen. Die anderen …«

»Welche anderen? Uwe, spuck es aus!«

Uwe Ferch zitterte am ganzen Körper.

Oliver umklammerte ihn, bis seine Atemzüge vor Erschöpfung etwas ruhiger wurden.

»Uwe, wenn du das warst, dann musst du dich der Polizei stellen! Uwe, das ist die einzige Möglichkeit, die du hast. Dir würde es dein ganzes Leben so gehen wie jetzt. Du wirst nicht mehr zur Ruhe kommen. Uwe, stell dich! Aus dem Gefängnis kommst du wieder raus. Acht Jahre, vielleicht zehn. Dann bist du wieder draußen. Kannst ganz neu anfangen. Uwe, ich rufe jetzt an. Dann sind sie gleich hier. Dann ist es vorbei.«

»Nein! Nein! Wenn ich da jetzt hingehe, kriege ich dann weniger? Wenn ich mich selber stelle?«

Oliver zuckte mit den Schultern.

»Wahrscheinlich.«

»Und du meinst, es wäre das Beste, wenn ich da jetzt hingehen würde?«

»Das ist deine einzige Chance. Sonst hast du keine.«

»Kann ich mal ein Bier haben?«

Oliver ging zum Kühlschrank, holte ihm eine Flasche und öffnete sie. Uwe trank in gierigen Zügen.

»Soll ich mitgehen?«

Uwe stierte durch das Fenster nach draußen auf die Straße.

»Uwe, ich gehe mit!«

Uwe schüttelte den Kopf.

»Doch Uwe, ich muss mit, sonst mache ich mich mit schuldig. Ich gehe bis zur Tür und warte, bis du drin bist.«

Uwe leerte die Flasche.

Oliver nahm seine Jacke.

»Dann auf. Es ist das Beste für dich.«

Zwanzig Minuten später standen sie vor dem Polizeipräsidium in der Bismarckstraße 60. Schon das Gebäude hatte etwas Festungsartiges.

Oliver und Uwe blickten von der gegenüberliegenden Straßenseite auf das Präsidium. Uwe rutschte an der Hauswand herunter. Jetzt saß er mit dem Kopf auf den Knien und fixierte die große gläserne Eingangsfront. Drei Stufen waren es nur, die er hochzusteigen hatte.

»Uwe, gibt dir einen Ruck! Ich werde für dich eintreten!«

Er nahm seinen alten Kumpel in den Arm und schob ihn leicht in Richtung des Präsidiumsgebäudes.

Uwe schlurfte mit hängenden Schritten und gesenktem Kopf auf die Glasfront zu. Als er eingetreten war, verharrte Oliver noch einige Sekunden. Dann machte er sich grübelnd auf den Heimweg.

Uwe schaute sich um. Der Beamte am Empfang hinter der Glasfront telefonierte und blätterte in Unterlagen. Er machte keine Anstalten, sich um Uwe zu kümmern. Uwe schaute durch die Eingangstür nach draußen. Oliver war fort. Er schaute noch einmal zu dem Beamten, dann noch einmal auf die Straße.

Von Oliver keine Spur.

43

In der Reutlinger Oststadt hatten sich die *FajeM*-Mitglieder zu ihrer nächsten Versammlung getroffen. Es wurde viel getrunken und diskutiert.

Da die Treffen eine große Verbindlichkeit hatten, waren alle, die beim letzten Mal anwesend waren, auch an diesem Abend wieder in das Lokal gekommen. Uwe Ferch und Timo Schud fehlten. Aus den Lautsprechern schallte die rechtsorientierte Rapmusik. Einige wippten im Rhythmus der Musik vor und zurück. Andere ballten die Fäuste und schwangen die Arme vor der Brust.

»Wo ist Uwe?«, wollte Marvin wissen.

Finn und Sebastian schauten sich an.

»Weiß nicht. Habe ihn zuletzt oben bei uns an der Hütte gesehen, als wir uns getroffen haben. Ist ja wieder zu Fuß zurück. Hat wohl zunehmend Freude am Wandern gefunden«, gab Finn zur Antwort.

Sebastian schaute zur Tür.

»Vielleicht kommt er ja noch. Dauert einfach länger, wenn man auf Schusters Sohlen unterwegs ist.«

»Vielleicht ist er jetzt ja auch in den Schwäbischen Albverein eingetreten.«

»Oder ist auf dem Jakobsweg. War ja schon komplett durch den Wind beim letzten Treffen.« Finn orderte noch ein Bier.

»Irgendwie ist mir der Typ nicht ganz geheuer. Erst sagt er, was er noch alles will. Diese *Fridays for Future*-Junkies vermöbeln, dann sagt er wieder nichts. Wahrscheinlich weiß er gar nicht genau, was er will.«

»Ich würde auch nicht unbedingt auf den setzen, wenn man mal etwas gemeinsam machen will oder muss. Da kann man sich doch gar nicht sicher sein, woran man mit ihm ist. Wenn da mal irgendwas nicht so ganz läuft, dann verpfeift der einen doch«, pflichtete Sebastian ihm bei.

»Ach, jetzt lass ihn doch mal. Wird schon wiederkommen«, verteidigte Marvin den Älbler.

»Nein. Ich habe kein gutes Gefühl bei dem. Bin schon mal

auf so einen Typen reingefallen. Hat mich ein paar Monate Bau gekostet. Nur, weil ich so einem gelackmeierten Jugendlichen mal ordentlich die Meinung gegeigt habe. Gut, der hat sein Püree lange Zeit aus der Schnabeltasse gegessen und ist immer noch Fan von der Kukidentwerbung im Fernsehen. War vielleicht ein bisschen heftig. Aber der Besserwisser hatte es verdient. Wäre gar nicht rausgekommen, wenn man damals nicht meinen vermeintlichen Kumpel bei der Polizei verhört hätte. Der ist sofort umgefallen und hat mich in die Pfanne gehauen. Und ich hatte ihm vertraut. Uwe ist genauso ein Typ. Den musst du nur anpusten und er knickt ein.«

Finn drückte sein Misstrauen gegenüber Uwe deutlich aus.

»Du hast doch die Idee mit dem Kartenziehen gehabt«, entgegnete Sebastian. »Wenn Uwe so ein Umfaller sein sollte, dann könnten wir jetzt ein riesiges Problem haben. Unser Bübchen wäre der Erste, der plappert. Stellt euch mal vor, derjenige, der den Schüler da weggepustet hat, wäre hier im Raum. Wäre einer von uns. Ferch wäre doch sofort dabei, wenn es darum geht, was auszuplaudern. Der ist einfach ein Weichei. Wir müssen aufpassen vor dem. Eigentlich gehört er hier weg. Der kann uns allen gefährlich werden. Wenn der zur Polizei rennt und denen von unserer Zockerei erzählt, dann sind wir alle dran. Nichts zustande bringen, aber dann den Wellensittich spielen. Es wäre besser gewesen, wenn wir ihn gar nicht in unsere Gruppe aufgenommen hätten. Der macht uns von innen kaputt. Am besten wäre es, wenn er ganz vom Erdboden verschwinden würde.«

Marvin spielte irritiert mit seinen Ohrtunneln und biss sich mit den oberen Schneidezähnen auf seine Unterlippe.

»Willst du ihn noch weiter verteidigen, Marvin?« Sebastian schaute ihn durchdringend an.

»Hey Alter, begreif es endlich. Der Junge ist eine linke Bazille«, nährte nun auch Finn Marvins Verunsicherung.

»Wenn ihr recht habt, wäre das ganz schön beschissen für uns. Aber was sollen wir denn tun?«

Die drei Männer zogen sich in eine Ecke des Lokals zurück, in der sie ungestört miteinander reden konnten.

In der Zwischenzeit war wieder Bewegung in die Menge gekommen.

»Wir wollten doch das Klimathema heute mal rauslassen. Jungs, wir reden nachher weiter. Ich gehe jetzt mal nach vorne und schlage vor, was wir besprochen hatten.«

Finn bahnte sich einen Weg und stieg über die drei Stufen auf die kleine Bühne. Er hob beide Hände, um anzudeuten, dass er jetzt etwas sagen wollte.

»Hört mir mal zu«, hob er nun an. »Wir haben da so eine gute Idee gehabt.«

Nur langsam kehrte Ruhe ein. Es dauerte eine Weile, bis auch das letzte Gemurmel verklungen war. Finn schaute sich noch einmal in der Runde um, bis er sicher war, dass alle Blicke auf ihn gerichtet waren und er die volle Aufmerksamkeit genoss.

»Freunde und Kollegen. Wir alle zusammen bilden eine tolle Gemeinschaft und halten auch alle zusammen. Jetzt habe ich den Vorschlag, dass wir vielleicht doch noch ein wenig mehr für unseren Gruppenzusammenhalt machen könnten. Ich schlage eine sportliche Aktion oder einen Wettkampf vor, bei dem wir unseren Gemeinschaftssinn noch mehr stärken können. Wer von euch hat schon mal was von Tauziehen gehört?«

Manche lachten. Andere hoben die Hand.

»Was willst du denn damit?«

»Wir könnten ein Turnier unter uns machen. Wir bilden Teams mit vielleicht vier Teilnehmern, die dann für sich trainieren können. Und dann machen wir an einem Samstag oder Sonntag ein Turnier. Dabei gibt es Freibier und was zu grillen. Vielleicht bekommen wir das ja auch gesponsert. Zwei Kisten Bier für die Gewinner.«

»Oder eine Freifahrt für die neue *Alb-Bahn* oben auf der Alb zwischen Gammertingen und Engstingen. Dann hat der Zugführer wenigstens mal einen Passagier«, meldete sich nun jemand aus der Menge, der anscheinend von der Alb kam. Gelächter erfüllte den Raum.

»Lass mal gut sein. Ich glaube, wir bleiben besser beim Bier.«

»Gute Idee, Finn. Sollten wir mal in Angriff nehmen.«

Weitere Zustimmungen waren im Raum zu hören.

»Okay, ich höre raus, dass der Vorschlag bei euch ankommt. Dann lassen wir doch abstimmen. Wer von euch dafür ist, der macht jetzt einfach mal das Handzeichen.« Finn blickte in die Menge.

»Ich glaube, da muss man nicht zählen. Wer ist dagegen?«

Keine Hand erhob sich.

»Enthaltungen?«

Drei Hände gingen in die Höhe.

»Vorschlag ist angenommen.« Finn lächelte zufrieden.

»Und wer organisiert das?«, wollte irgendjemand aus der Zuhörerschaft wissen.

»Ich kümmere mich darum. Würde mich freuen, wenn sich noch jemand von euch beteiligen würde.«

Neben der Tür streckte jemand die Hand. Finn blickte ihn an.

»Sehr gut. Wir sprechen nachher.« Wenn ich den in mein Team bekomme, stehen die Siegchancen nicht schlecht, dachte er. Er fixierte den vollkommen muskulösen und durchtrainierten Körper des Freiwilligen. »Da ist kein Gramm Fett zu viel. Das ist Kraft pur.« Finn stieg wieder von der Bühne herunter. Manche klopften ihm auf die Schultern, andere hoben zur Zustimmung den Daumen. Finn gesellte sich wieder zu Marvin und Sebastian.

»Gut gemacht, Finn. Das Thema Klima haben wir heute wohl erst mal vom Tisch. Und wenn unsere Pokerrunde ein Erfolg wird, ist das Thema sowieso auf Dauer erledigt.«

»Und Uwe?«

»Wir haben das doch eben schon näher besprochen. Waren da etwa noch Fragen offen?«

Die drei blickten sich an. Schüttelten den Kopf. Die Rapmusik hatte wieder an Lautstärke zugenommen.

»Ich gehe mal rüber zum Kollegen, um das Tauziehen etwas in Gang zu bringen. Bis gleich. Bin sofort wieder zurück. Bestellt für mich ein Bier mit.«

»Eins trinke ich noch. Dann mache ich mich aber wieder auf den Weg nach Auingen.« Marvin ging zur Theke, holte drei Halbe und setzte sich dann schweigend mit Sebastian an einen Tisch in der rechten Ecke des Lokals. Sebastian wippte mit seinem Fuß zum Takt der Musik.

Marvin schien sie irgendwie nicht wahrzunehmen.

44

Uwe hatte sich in der Nacht in den Waldstücken hinter dem Naturtheater versteckt. Hier würde ihn niemand suchen. Er war nur noch ein Wrack. Wo sollte er hin? Der Hunger zerfraß ihn. Dicke schwarze Ränder unter den Augen verrieten seinen enormen Schlafmangel. So konnte er nicht weiter herumlaufen. Er musste etwas anderes anziehen. Uwe begab sich auf den Rückweg auf die Albhochfläche. Knast? Zehn

Jahre oder mehr Gefängnis? Nein! Heiße und kalte Windräder in seinen Gedärmen. Sein Blick hetzte hin und her, konnte nichts fixieren. Getrieben und gejagt flüchtete er aus der Stadt. Die Kapuze seines Shirts hatte er weit über die Augen gezogen, damit ihn niemand erkannte.

Mit abgewandtem Blick zeigte er dem Busfahrer seine Karte und verkroch sich auf einem Sitz in der Mitte, den Kopf an die Fensterscheibe gelehnt. Draußen fuhr die Landschaft an ihm vorbei. Er nahm nichts war. Gott sei Dank war der Polizist auf dem Präsidium beschäftigt gewesen. Sonst säße er jetzt im Bau. »Was soll ich tun? Verdammt noch mal, was soll ich machen? Marvin?!« Marvin konnte ihm weiterhelfen. Marvin hatte ihm den Rücken oben auf der Hütte gestärkt. Marvin war ein Guter. Er war auch bei der *FajeM*-Sitzung an seiner Seite gewesen. Er musste mit ihm reden. Alleine war das nicht mehr zu lösen. Marvin konnte das bestimmt. Uwe holte sein Smartphone aus der Tasche. Seine Finger zitterten. Gott sei Dank habe ich ihn eingespeichert. Er wählte ihn an.

»Uwe, wo steckst du?«

»Marvin, können wir uns treffen? Kannst du kommen?«

»Wann? Wohin?«

»Zur Hütte. Sitze gerade im Bus nach Trochtelfingen. In einer Stunde? Hast du Zeit?«

»Okay! Komme! Knappe Stunde. Bin dann da.«

Hoffentlich war das richtig. Uwe wusste nicht mehr ein noch aus.

»Kann ich Ihnen helfen junger Mann?«, sprach ihn eine ältere Dame an, die neben ihm saß.

Uwe schüttelte den Kopf. Hauchte ein fast lautloses »Nein« heraus und brach in Tränen aus.

An der Haltestelle Trochtelfingen-Haid stieg er aus und ging die nächsten drei Kilometer bis zur Waldhütte am Biotop. Vereinzelt kamen ihm einzelne Spaziergänger entgegen, die ihre Hunde hier draußen Gassi führten. Uwe hatte die Kapuze seines Pullis weit über seinen Kopf und seine Augen gezogen. Der nun aufkommende Wind wehte ihm leicht entgegen. Er spürte nichts. Uwe schlurfte zur Hütte. Sah sich um. Er rüttelte an der Tür. Geschlossen. Marvin war noch nicht da. Sein Motorrad noch nicht zu sehen. Er ging zum Biotop zurück. Als er aus dem Wald heraustrat, blickte er nach links und rechts. Nichts. Niemand war zu sehen. Uwe setzte sich auf die Bank, direkt vor das Biotop. Am Wochenende würden hier sicherlich wieder viele Personen unterwegs sein, aber jetzt unter der Woche lag alles ruhig und friedlich. Den Kopf auf die Hände gestützt, starrte er mit leerem Blick auf die Wasserfläche. Er musste es Marvin erzählen. Ihm blieb keine andere Chance. Jetzt hörte er Motorengeräusche. Marvin kam. Dann hörte er, wie er vor der Hütte vorfuhr.

Uwe wandte sich um. Mühsam stand er auf. Seine Bewegungen glichen einem alternden Senior. Den Rücken gebeugt, die Schultern nach vorne gefallen, den Kopf auf die Brust gesenkt. Uwe machte mehr den Eindruck eines gebrechlichen 90-Jährigen als den eines 24-Jährigen.

Marvin kam auf ihn zu.

»Uwe, was ist los?« Marvins Augen funkelten.

»Marvin, ich … ich habe …« Seine Stimme brach zusammen.

»Uwe, hast du uns verpfiffen? Warst du bei den Bullen? Hast du denen von unserem Treffen erzählt? Hast du was von unserer Auslosung mit den vier Kartenkönigen gepfiffen? Hast du Karo König?« – »Der Uwe ist so einer. Der fällt sofort um. Der bricht zusammen.« Finns Worte kreisten in seinem Kopf. Was würde passieren, wenn Uwe gesungen hatte? Dann flog alles auf. Und wenn noch nicht? Dann würde er bald so weit sein?

Marvin versuchte, Uwe in die Augen zu blicken. Aber der hielt den Blick gesenkt.

»Marvin, ich war gestern bei der Polizei. Aber …«

Marvin sah sich bestätigt. Uwe war derjenige, der alles zum Einsturz bringen würde. *FajeM*, die Arbeitsplätze, die Gemeinschaft. Was für eine linke Bazille. Warum hatte er sich nur für ihn eingesetzt? Jetzt gab es ein Problem und er hatte es am Hals. »Es wäre besser, wenn er ganz vom Erdboden verschwunden wäre.« Marvin erinnerte sich an die Worte von Finn und Sebastian. Langsam griff er nach hinten links unter seiner Motorradjacke. Ein Sonnenstrahl fiel auf die Spitze der Stahlklinge, die nun aus Marvins Jackenärmel herauslugte.

Uwe taumelte auf Marvin zu. Fiel ihm um den Hals.

Marvin spürte den zitternden und schlotternden Körper an seiner muskulösen Gestalt.

»Du musst mir helfen, Marvin! Ich kann nicht mehr. Es tut mir alles so leid. Ich will nicht mehr. Ich wäre am besten gar nicht geboren.«

Marvin zog mit seiner Linken den Kopf von Uwe näher zu sich heran. Die beiden gaben das Bild zweier Freunde ab, die sich gerade gegenseitig trösteten. Aus dem rechten Ärmel rutschte die Messerklinge einige Zentimeter weiter nach unten. Jetzt hielt Marvin den Griff des Messers fest in der Hand, tätschelte Uwes Kopf. Dann stieß er zweimal schnell hintereinander zu.

Uwes Augen weiteten sich. Fassungslos blickte er Marvin an. Dann brach er zusammen, lag ausgestreckt auf dem Rücken. Die leeren Augen gen Himmel gerichtet.

Marvin drückte ihm die Augenlider nach unten, damit er nicht länger diese toten Blicke ertragen musste. Im Wasser des Biotops wusch er die Klinge ab; schob sie wieder in sein Futteral. Er schaute sich nach rechts und links um. Niemand war zu sehen. Marvin zog Uwe die Jacke aus und wand sie ihm um den Körper, damit das Blut nicht mehr sickerte. Dann legte er sich die leblose Gestalt über die Schulter und ging in den Wald Richtung Hütte.

45

Die Gaststätte *Zum Schwarzen Kreuz* füllte sich schnell an diesem Abend. Finn Schober und Sebastian Rembold waren unter den Anwesenden. Sie standen am Tresen und hielten jeder ein Weizenbier in der Hand. Sie prosteten sich zu und nahmen jeder einen großen Schluck.

»Weißt du, wo Marvin ist? Der wollte doch heute auch kommen.«

»Nein, habe nichts von ihm gehört. Ist ja auch schon eine Entfernung von Auingen bis hier runter nach Reutlingen. Wird schon noch kommen. Auf Marvin kann man sich verlassen.«

Hinter den beiden hatte sich nun ein Mittzwanziger platziert. Er trug legere Freizeitkleidung und hatte kurz geschnittene Haare. Er gehörte nicht unbedingt zur Fraktion derer, die sich, um ihre Stärke zu beweisen, in Lederkleidung zwängen mussten.

»Ich nehme ein Pils«, orderte er sein Getränk. Scheinbar unbeteiligt stand er neben Finn und Sebastian, hörte der rechten Rapmusik zu, die nun lauter anschwoll.

»Ich glaube, unser kleines Weichei Uwe kommt nicht mehr. Höre und sehe nichts von ihm.«

»Wenn er sich dann gänzlich verpisst hat, soll es mir recht

sein. Obwohl, einmal hätte ich ihn schon noch gern gesehen, um zu wissen, ob er...« Sebastian Rembold stockte mitten im Satz. Er wollte nicht, dass der Fremde hinter ihm alles mitbekam.

»Bist du neu hier? Habe dich hier noch gar nicht gesehen«, wandte sich Finn nun an den hinter ihm Stehenden.

»Ja, ich habe gehört, dass heute Treffen der *FajeM*-Mitglieder ist und da wollte ich mich auch mal sehen lassen.«

»Hast du einen Job über *FajeM* bekommen?«

»Nein, noch nicht. Aber das wird schon was. Denke, dass ich nächste Woche schon weiter bin. Übrigens ich heiße Marc. Marc Brenner.«

»Finn Schober.«

»Sebastian Rembold.«

Die beiden erwiderten seine Vorstellung, indem sie jeweils den rechten Zeigefinger kurz an die Stirn tippten.

»Ihr beide seid befreundet?«

»Ja, klar«, erwiderte Finn. »Eigentlich sind wir alle untereinander befreundet. Aber wir zwei sind es einfach etwas mehr. Wir machen viel zusammen. Aber ist schon eine tolle Gemeinschaft hier.«

In der Zwischenzeit war wieder der Redner der vorletzten Sitzung auf das Podest getreten und vertrat seine rechten Parolen.

Finn, Sebastian und Marc hörten ihm interessiert zu. Auch der Name Timo Schud kam drei- oder viermal vor. Vielen der Anwesenden war er bekannt. Als er seine Rede gegen die *Fridays for Future*-Aktivisten beendet hatte, applaudierte die Menge.

Jetzt trat Finn noch mal auf die Bühne und informierte über den geplanten Tauziehwettbewerb. Alle waren begeistert. Da ging richtig etwas.

»Trinkt ihr noch einen? Kommt, ich gebe einen aus. Ist ja

ein richtig geiler Haufen hier«, strahlte Marc die beiden an, als Finn von der Bühne kam.

»Ja, wirst hier viele Freunde finden. Echt toller Club.«

Sie griffen zu ihren frischen Biergläsern und prosteten sich zu. Die nächste Stunde des Abends verlief ohne weitere Vorträge. Marc Brenner schlenderte zwischen den Anwesenden hin und her, gesellte sich zu der einen oder anderen Gruppe. Immer wieder schnappte er Gesprächsfetzen auf:

»Schade, dass das in Heilbronn nicht so erfolgreich war. Dann hätten wir jetzt ein für alle Mal Ruhe.«

»Ja, da sollte noch mal was kommen.«

»Habt ihr eigentlich Marvin und Uwe gesehen?«

»Muss mal Finn oder Sebastian fragen. Die sind doch so dicke mit den beiden.«

»Nein. Der Trochtelfinger war doch beim letzten Mal auch schon nicht da.«

»Vielleicht ist er ja doch in den Albverein gegangen und wird Wanderführer.«

Die Umstehenden grölten. Marc Brenner kam wieder zu Sebastian und Finn zurück. Er bestellte sich noch ein Bier und zahlte dann.

»Also Sebastian und Finn, die eine Runde geht auf mich. Nachher beim Gehen nicht vergessen. Ich habe schon die Kohle abgedrückt.«

»Viel Erfolg bei der Jobsuche. Das wird.« Finn klopfte Marc auf die Schulter.

Marc Brenner verließ *Das Schwarze Kreuz.* Bis in die Bismarckstraße hatte er es nicht weit.

46

Zehn Minuten, nachdem er die Gaststätte verlassen hatte, betrat Marc Brenner das Polizeipräsidium in der Bismarckstraße. Er grüßte den Beamten, der am Empfang Dienst hatte. Dann ging er zielstrebig auf das Büro von Robert Becker zu. Er klopfte kurz an und trat nach Aufforderung ein.

»Und, Jürgen? Wie war es?«, wollte Robert wissen.

Marc Brenner, alias Jürgen Freese, nickte Robert optimistisch zu.

»Vielleicht sollten wir Marion und Manfred noch dazuholen. Dann sind gleich alle am Tisch.«

»Okay.«

Wenige Augenblicke später trafen sich alle vier im Besprechungsraum. An der Wand hingen die relevanten Infos zum Mordfall Max Luipold und zum Heilbronner Anschlag: Fotos von Uwe Ferch, Finn Schober, Sebastian Rembold und Raphael Risse; Zeitungsausschnitte aus der regionalen und überregionalen Presse. Immer wieder waren Verbindungslinien gezogen. Von den vier Personen auf den Bildern hatten auf jeden Fall Uwe Ferch und Raphael Risse die Möglichkeit, direkten Zugriff zu den Waffen zu erhalten. Sie brauchten die Ergebnisse. Gefühlsmäßig schlossen sie Dachswirth und Aaldercks aus. Aber hier ging es nicht um Gefühle, sondern um nackte Fakten und Ergebnisse aus der Untersuchung der Gewehre.

»Manfred! Kommen wir als Erstes zu dir. Was ist mit den Ergebnissen aus der Ballistik? Die müssten doch längst hier sein. Das kann doch nicht so lange dauern«, war Robert sichtlich verärgert. Bei ihm musste ein Rädchen ins andere greifen. Er tippte mit dem umgedrehten Kugelschreiber in seiner rechten Hand auf seine Schreibtischplatte. Rhythmische Klopfgeräusche drangen durch den Raum.

Manfred Zumbold zuckte mit den Schultern.

»Da ist etwas nicht so glatt gelaufen. Aber sie haben eben noch mal angerufen. Morgen früh haben wir die Ergebnisse spätestens.«

»Ja, hoffentlich. Wir sollten unbedingt wissen, aus welcher Waffe geschossen worden ist. Dann können wir von den vier Jungs, die da oben an der Wand hängen, zumindest mal einige ausschließen.«

»Und wie ist es dir als verdeckter Ermittler gegangen?«, wollte Marion von Freese wissen.

»Habe ich ja schon einmal gemacht. Es ging ganz gut. Ist nichts schiefgelaufen, denke ich mal. Ist ja interessant, so nah dranzukommen. Aber ganz ehrlich, ist schon schlimm, was sich da abspielt.«

»Gut, jetzt werde mal konkret.«

»Finn Schober und Sebastian Rembold sind ganz dicke Freunde, quasi wie Pech und Schwefel. Zu dieser Gruppe gehören wohl auch Uwe Ferch und ein gewisser Marvin. Den Nachnamen weiß ich nicht, aber der war heute, ebenso wie Uwe Ferch, nicht da.« Jürgen Freese stützte sich mit beiden Händen auf dem Tisch ab, an dem er stand und blickte in die Runde.

Marion blätterte in der Liste, die Frau Rübling ihr gegeben hatte und fand den Namen.

»Marvin Storck?«

»Könnte sein. Es fiel nur der Vorname.«

»Gut.«

»Uwe Ferch war wohl jetzt schon das zweite Mal nicht da. Zu Marvin kann ich nichts Näheres sagen.«

»Timo Schud, unser Schütze aus Heilbronn, wurde auch erwähnt. Es wurde Bedauern darüber ausgedrückt, dass der Anschlag danebengegangen ist. Man befürwortet, dass da noch mal was kommen sollte.« Jürgen Freese hatte sich inzwischen zu der Infowand begeben und betrachtete sie.

»Sollen wir die Versammlung gleich auseinandernehmen? Was meinst du, Jürgen?«, fragte Robert.

»Das ist schon ein gefährlich rechter Haufen, aber sofort würde ich es für etwas problematisch halten. Wie viel Personen habt ihr denn eigentlich auf eurer *FajeM*-Liste?«

Marion vergewisserte sich noch einmal.

»48. Alle mit kompletten Daten und Firmen. Ferch suchen wir. Schud ist verhaftet. Dann bleiben aber immer noch einige. Wenn wir da jetzt reingehen, dann werden die anderen aufgemischt und es könnte sein, dass sie uns durch die Lappen gehen.«

»Dann mache ich folgenden Vorschlag. Wir gehen morgen früh um acht in einer konzertierte Aktion zeitgleich auf alle Firmen zu. Sprechen mit jedem Einzelnen, prüfen deren Alibis und holen sie, wenn es angebracht ist, auch hier aufs Präsidium. So wie es uns geschildert wurde, kommen sie ja wohl alle regelmäßig zu ihren Arbeitsstellen.«

Robert blickte sich um. Die drei Kollegen nickten.

»Okay, dann machen wir es so. Manfred und Marion, könnt ihr das organisieren und in die Wege leiten?«

Die beiden Angesprochenen nickten.

»Und Manfred, noch eins. Wenn es geht, hätte ich gerne die Ergebnisse von den Gewehruntersuchungen, bevor wir bei den Firmen sind. Mach denen bitte ein bisschen Druck. Das ist jetzt mit das Wichtigste.«

Robert wollte einfach weiterkommen.

»Robert, ich kümmere mich darum. Du kannst dich auf mich verlassen.« Er zog die Tür hinter sich zu.

Feierabend gab es in diesen Tagen so gut wie nie für sie.

47

Als Robert am nächsten Morgen um 7 Uhr in der Bismarckstraße eintraf, ging er sofort in das Büro von Manfred Zumbold, das auf dem gleichen Gang, nur circa acht Meter von seinem eigenen Büro, entfernt lag. Er klopfte kurz an und trat dann ein. Zumbold legte den rechten Zeigefinger auf seine Lippen, um Robert anzudeuten, bitte still zu sein.

Robert schloss ganz leise die Tür hinter sich und schaute seinen Kollegen gespannt an. Erwartungsvolle Fragezeichen hatten sich in seinen Augen gebildet.

»Und da gibt es jetzt keinen Zweifel dran?«, hörte er Zumbold fragen. Manfred machte sich einige kleine Notizen.

»Okay. Danke, Kollegen. Aber wenn es geht, dann würde ich mich sehr freuen, wenn es beim nächsten Mal etwas schneller gehen würde.«

Es entstand eine kleine Pause.

»Ja, war nicht so gemeint, aber wir müssen schnellstens weiterkommen. Und ich habe den schriftlichen Bericht gleich? Danke, dann bis bald.«

Manfred Zumbold legte den Hörer auf und schob Robert einen Zettel zu, auf dem in deutlich lesbaren Lettern stand: *»Kreuzfelder!«*

»Wir haben es. Eindeutig. Kreuzfelder aus Trochtelfingen beziehungsweise Uwe Ferch.«

»Okay. Dann sind Aaldercks und Dachswirth raus. Hatte ich sowieso nicht mit gerechnet. Der Risse aber auch. Das bringt uns jetzt enorm weiter. Zumbold richtete sich auf.

»Ja, aber was ist, wenn der Ferch die Waffe nur besorgt hat und einer seiner Kumpels geschossen hat?« Robert blieb skeptisch. »Ist doch alles möglich? Aus Kreuzfelders Waffe ist geschossen worden. Aber wissen wir von wem? Lukas Behringer soll noch einmal seine Ergebnisse von den Fingerabdrücken, die wir aus Ferchs Wohnung haben, vorbeischicken. Und jetzt statten wir den einzelnen Firmen einen Besuch ab. Das wird uns hoffentlich dann zum Ziel bringen. Manfred, wir fahren um 7.40 Uhr los. Danke, dass es jetzt doch noch so schnell geklappt hat. Er kniff Manfred Zumbold ein Auge zu und verließ dessen Büro.

Kurze Zeit später fuhren zahlreiche Streifenwagen bei den Firmen, die Mitarbeiter über *FajeM* rekrutiert hatten, vor. Zeitgleich um 8 Uhr betraten die Beamten die einzelnen Bürogebäude und verlangten die gesuchten Kollegen zu sprechen. Nochmals wurden alle Personalien aufgenommen sowie die Alibis bezüglich des Mordes an Max Luipold und zum Anschlag am Heilbronner Jugendlichen abgefragt. Alle konnten glaubhaft nachweisen, dass sie zu den angegebenen Tatzeiten an ihren Arbeitsplätzen waren, was von den einzelnen Chefs jeweils bestätigt wurde. Ähnlich wie bei Uwe Ferch und Timo Schud berichteten die Arbeitgeber, dass sie mit den Arbeitsleistungen und dem Verhalten zufrieden seien. Alle berichteten aber auch von den mehr oder weniger auffälligen rechten Orientierungen der jungen Leute, was sie nicht gerade positiv fanden. Drei der Mitarbeiter wurden mit auf das Präsidium nach Reutlingen genommen, weil sich im Laufe der Befragungen herausgestellt hatte, dass Verdachtsmomente gegen sie wegen Körperverletzung und fremdenfeindlichen Attacken vorlagen.

Marvin Storck, Finn Schober und Sebastian Rembold wurden nicht angetroffen. Die Chefs von Marvin Storck und Finn Schober konnten glaubhaft versichern, dass ihre Mitarbeiter zu den fraglichen Zeiten anwesend waren. Sebastian Rembold hatte zumindest für die Heilbronner Tatzeit ein

Alibi, während er am Mordtag von Max Luipold ohne Angaben von Gründen gefehlt hatte. Am heutigen Tag war niemand von ihnen morgens am Arbeitsplatz erschienen. Aber zumindest Finn Schober und Sebastian Rembold hatten sich heute Morgen vor Arbeitsbeginn entschuldigt.

Von Marvin Storck war nichts bekannt. Er fehlte seit zwei Tagen, was seinen Chef mehr als wütend machte. Ihm drohte eine Abmahnung, wenn nicht sogar die Entlassung.

Viele der Firmenbesitzer kamen immer mehr ins Grübeln, als sie das Ausmaß der konzertierten Aktion der Reutlinger Polizei richtig einordneten. Wahrscheinlich waren jetzt doch mehr Arbeitsplätze in Gefahr.

»Wir konzentrieren uns jetzt auf die vier. Die können ja nicht auf einen Schlag alle verschwunden sein. Wir schicken überall noch mal jemanden hin. Trochtelfingen, Undingen, Willmandingen, Unterhausen. Das sind ja alles keine Weltmetropolen. Da kann man nicht so einfach abtauchen. Also auch Befragung der Nachbarn«, ordnete Robert Becker die größere Suchaktion an. Die einzelnen zuständigen Polizeiposten wurden informiert und brachen sofort auf, um nähere Einzelheiten in Erfahrung zu bringen.

Doch die Suche brachte kein Ergebnis. Die vier blieben verschwunden.

48

Lukas Behringer hatte noch einmal die Fingerabdrücke auf Kreuzfelders Gewehr untersucht und mit denen von Uwe Ferchs sichergestellten Abdrücken verglichen.

Mit seinen Ergebnissen betrat er nun Roberts Büro.

»Und Lukas, was ist? Hast du eine Übereinstimmung gefunden?«

Robert schaute den Kriminaltechniker mit ernstem Blick an. Lukas ging auf Robert zu und legte eine DIN-A4-Mappe vor ihm auf den Tisch. Er öffnete sie und zeigte auf die Vergleichsergebnisse.

»Sieh hier, Robert. Das sind die Fingerabdrücke, die ihr in Ferchs Wohnung genommen habt, und das da sind unter anderem die, die wir auf der Waffe festgestellt haben. Absolute Übereinstimmung.«

»Ja, danke.«

»Schon gut Robert, aber das hilft nun auch nur ansatzweise weiter, denn da sind auch noch viele andere drauf. Hast du nicht gesagt, dass der Kreuzfelder vor ein paar Wochen Besuch von ein paar Personen gehabt hat, denen er seine Waffen gezeigt hat? Da sind noch viel mehr Abdrücke auf dem Jagdgewehr.«

Robert schnaubte und holte sich auf seinem Computer noch einmal die Aufzeichnungen, die sie sich nach dem Gespräch mit Kreuzfelder gemacht hatten.

»Und, hast du was?«, wollte Lukas nun wissen.

»Ja, schau, hier sind die Namen: Roland Fischer, Sven Meyer und Leon Weber. Das soll jetzt aber mal Manfred Zumbold recherchieren. Danke, Lukas. Es ist wirklich ein Puzzlespiel.«

»Kann ich noch was tun?«, wollte der Kriminaltechniker wissen.

»Nein danke, Lukas. Gerade nicht, aber wir werden dich sicherlich bald wieder brauchen.«

Der Kriminaltechniker ließ Robert die Mappe liegen und verließ das Büro. Robert machte sich noch einen Ausdruck mit den Namen und Adressen von Kreuzfelders Besuchern.

Mit dem DIN-A4-Blatt in der Hand eilte er zum Büro von Manfred Zumbold. Auf dem Gang herrschte ein reges Treiben. Vor dem Kaffeeautomaten standen drei Beamte zusammen und diskutierten einen anderen Fall. Robert grüßte kurz und betrat, nachdem er kurz angeklopft hatte, das Zimmer seines Kollegen.

»Manfred, kannst du mal die Alibis der drei Besucher von Kreuzfelder überprüfen? Wir müssen wissen, wo sie zur Tatzeit gewesen sind. Hier sind die Namen. Es wäre gut, wenn du dich mit dem Trochtelfinger Kollegen Resch in Verbindung setzen würdest.«

»Okay, mache ich!« Zumbold nahm den Zettel mit den Namen an sich und griff sofort zum Telefonhörer.

49

Hallo Sarah, ich fahre jetzt mit dem Rad los. Bei dir bleibt es dabei, dass du dich mit deinen Freundinnen triffst?«

»Ja, aber ich weiß nicht, wie lange sie bleiben wollen. Wo willst du denn überhaupt hin?«

»Habe gedacht, dass ich über die Haid fahre, hinten am Biotop vorbei nach Steinhilben, Trochtelfingen, eventuell Veringenstadt und zurück.«

»Ist ganz schön sportlich.«

»Schaffe ich schon. Ist ja für die Kondition.«

»Okay, dann vielleicht bis später.«

Beide legten auf.

Julian radelte die knapp zwei Kilometer lange Zahnradtrasse von Honau zum Traifelberg hoch. Aufgrund seiner soliden Grundkondition bereitete es ihm keinerlei Schwierigkeiten. Bald hatte er den Stachus in Großengstingens Mitte passiert und fuhr auf dem linksseitigen Fahrradweg Richtung Haid, wo er nach ein paar Minuten ankam.

In der Zwischenzeit hatte Sarah sich mit ihren früheren Freundinnen aus der Grundschulzeit zu einem kleinen Spaziergang durch Engstingen aufgemacht. Sie standen an der roten Fußgängerampel gegenüber der alten Turn- und Festhalle und ließen den Verkehr, der sich Richtung Trochtelfingen bewegte, durch. Sarah drückte, um das Grün für Fußgänger zu erhalten. Innerhalb von wenigen Sekunden schaltete die Ampel um. Ein Wagen stoppte. Die beiden innen Sitzenden winkten. Marion und Lukas. Sarah freute sich und winkte zurück. Sie lief zur Beifahrerseite.

»Was macht ihr denn hier?«

»Schauen uns eine Wohnung und ein Haus an.«

»Wäre ja super, wenn ihr nach Engstingen zieht! Sehr gut!«

Sarah winkte den beiden hinterher.

50

Sebastians Smartphone vibrierte in seiner Hosentasche. Er warf einen kurzen Blick darauf. Finn.

»Finn, was gibt's?«

»Ich habe gestern unsere Liste in der Hütte liegen lassen oder sie ist mir irgendwo runtergerutscht.«

»Und jetzt?«

»Ich fahre noch mal hin. Die sollte nun wirklich hier niemand in die Hände bekommen.«

»Bloß nicht.«

»Wo bist du jetzt, Sebastian?«

»Bin in dem alten Fabrikgebäude in Willmandingen. Gott sei Dank gibt es das noch. Wird leider bald abgerissen.«

»Okay, dann komme ich nachher mal vorbei. Ich hole jetzt aber erst mal die Liste. Das ist das Wichtigste.«

»Also, man sieht sich.«

In Engstingen an der alten Turn- und Festhalle musste er wegen der roten Ampel anhalten. Ein Wagen stand vor ihm. Da sah er sie. Sie sprang an die Beifahrerseite des vor ihm stehenden Wagens. Sarah.

»Lach nur. Vielleicht nicht mehr lange.«

Jetzt hatte er wieder grün. Er fuhr Richtung Haid.

Julian war in der Zwischenzeit in der Nähe des Biotops angekommen und machte einen kleinen Abstecher zum Froschteich. Er orientierte sich neu und überlegte, wie er weiterfahren sollte. Er fuhr in einen kleinen Waldweg links und stand wenige Sekunden später vor einer Blockhütte. Rechts neben der Tür lehnte ein Spaten, der wohl vor nicht allzu langer Zeit gebraucht worden war. Julian stieg ab und lehnte sein Fahrrad an die Außenwand. Er betrachtete den Spaten und die noch relativ frische Erde an der Schaufel, konnte aber keine Spuren irgendwelcher Grabtätigkeiten ausmachen. So ein Werkzeug ließ man doch nicht einfach draußen stehen. Damit konnte man die Fensterläden sehr leicht aufbrechen. Julian verspürte ein leichtes Kribbeln im Bauch. Unbewusst fuhr er sich mit seiner rechten Hand über den Magen. Sein sprichwörtliches Bauchgefühl hatte ihn so gut wie noch nie im Stich gelassen. Irgendetwas kam ihm merkwürdig vor. Aber er wusste nicht, wie er es in Worte fassen konnte. Er blickte sich nach allen Seiten um und ging einmal um die Hütte. Nichts. Er trat näher heran. Schirmte mit beiden Händen seine Augen ab und versuchte durch einen Schlitz der Fensterläden zu sehen. Nichts. Jetzt ging er zur Tür. Klopfte.

»Ist da jemand?«

Keine Antwort. Stille. Er drückte die Klinke herunter.

»Oh! Ist ja offen.« Er blickte sich noch einmal nach allen Seiten um. Niemand da.

Julian trat ein. Neben der Bank konnte er noch einen halbvollen Bierkasten sehen. Auf dem Tisch stand eine Flasche und ein großer gläserner Aschenbecher. Unter der stark abgesessenen Eckbank schimmerte etwas hervor. Ein weißes DIN-A4-Blatt. Er bückte sich und zog es hervor.

Seine Augen erstarrten vor Schreck. Der Puls jagte schlagartig in die Höhe. Die Atemfrequenz erreichte ein Level wie nach einem Einhundert-Meter-Sprint. Julian konnte es nicht glauben. Auf der Liste ganz oben sah er drei Todeskreuzzeichen. Darunter las er seinen Namen an erster Stelle. Unter dem seinen sah er Sarah Koch. Andere folgten. Einige kannte er aus der Zeitung. Es waren Politiker oder engagierte Leute aus dem Landkreis Reutlingen.

Draußen fuhr ein Wagen vor. Hielt.

Julian hörte Schritte auf die Tür zukommen. Seine Blicke hetzten umher. Keine Versteckmöglichkeiten. Er starrte gebannt auf die Tür.

Finn trat ein. Ihre Blicke verhakten sich ineinander. Beide standen sich mit angewinkelten Armen gegenüber. Wie bei einem Duell in einem alten amerikanischen Western um die Mittagszeit. Nur die Colts fehlten.

Finn fixierte das Papier in Julians Hand. Er streckte ihm seine linke Hand entgegen. Julian krallte seine Finger um die Liste. Finn trat zwei Schritte auf ihn zu. Julian tropfte der Schweiß von der Stirn. Er blieb stehen. Was tun? Rechts der Tisch. Dann ein Stuhl. Er musste etwas mehr nach links. Mehr Bewegungsfreiheit. Er scannte Finns Körper. Muskulös. Viel Kraft. Aber wenig beweglich.

Mach's wie beim Handball! Körpertäuschung! Rechts – links.

Julian nahm Finns Füße ins Visier und machte eine schnelle Körperbewegung nach rechts. Finn reagierte sofort mit einem Schritt von seiner Seite aus nach links. Jetzt ergab sich eine Lücke. Julian tat einen großen Sidestep. Jetzt war er auf Finns Höhe, der sich erst wieder fangen musste. Finn stolperte.

Julian sprang zur Tür. Da erwischte ihn Finns Fuß von unten. Er stürzte. Julian spürte Finns klammernden Griff an seinem rechten Fuß. Er hatte ihn wieder. Finn zog. Julian trat mit seinem linken Fuß. Traf Finn ins Gesicht. Blut floss aus dessen Nase, die erschreckend schief stand. Aber Finn ließ nicht los, warf sich auf Julian. Die beiden verkeilten sich ineinander. Finns Blut tropfte ihm ins Gesicht. Jetzt sah er eine Faust auf sich zukommen. Kurz bevor sie an seinem Kopf einschlug, drehte er ihn blitzschnell zur Seite.

Finns Faust schlug auf den harten Holzfußboden. Ein tierischer Schrei entsprang seiner Kehle. Ungläubig starrte er auf seine Hand. Gebrochen? Julian nutzte die eine Sekunde; trat Finn in den Unterleib. Der krümmte sich. Rang nach Luft.

Julian sprang auf.

Finn holte mit seiner linken Hand ein Messer, das an seiner Seite gesteckt hatte. Er stach nach Julian. Schlitzte ihm das linke Bein auf. Julian trat mit dem anderen Fuß nach ihm. Finn stürzte nach hinten und riss ihn halb mit sich. Julian griff zum Aschenbecher. Schlug zu. Der Schlag traf sein Gegenüber halb am Kopf und an der Schulter. Julian floh aus der Hütte. Riss sein Rad an sich und versuchte, so schnell als möglich wegzukommen. Hinter ihm hörte er noch nichts. Bald hatte er den Asphaltweg erreicht. Wenig später ging es Richtung *Alb-Gold* und Bundesstraße. Er musste zur Bundesstraße 313. Aus seinem linken Hosenbein tropfte das Blut. Jetzt hörte er hinter sich Motorengeräusche.

Finn kam.

Mit seinem Mountainbike musste er in den Wald. Da war er sicherer und kam auch voran. Hinter einem Holzstapel auf einem Seitenweg kauerte er sich kurz hin. Rief die Notrufnummer. Er kam in der Funkleitzentrale an.

»Werde verfolgt. Täter hat Messer. Weg zwischen *Alb-Gold* und Biotop zwischen Engstingen und Trochtelfingen. Hier Julian Neu. Ihr müsst sofort kommen.« Er legte auf. Fuhr tiefer in den Wald hinein.

Wenig später hatte er sich flach auf den Boden gelegt. Sein Fahrrad lag unter einem Haufen Tannenreisig. Auf dem Asphaltweg fuhr Finn an ihm vorbei. Kam nach kurzer Zeit wieder zurück. Er fuhr mit einer Hand. Jetzt hielt er wieder an. Telefonierte. Julian rührte sich nicht. Finn drehte wieder um, nahm den Rückweg zur Hütte. Hatte er aufgegeben? Julian hoffte es. Er holte sein Fahrrad unter dem Tannenreisig heraus. Fuhr weiter auf dem schmalen Waldpfad. Gut, dass er so ein gutes Mountainbike hatte. Jetzt hatte er es nur noch knapp achthundert Meter bis er am Bahnhof von *Alb-Gold* war. Er sah schon die Brücke. Da noch drunter her.

Er bündelte alle Kräfte. Trat mit allem, was er hatte, in die Pedale. Sein Bein schmerzte. Da tauchte Finns Wagen hinter ihm wieder auf. Vor ihm kam aus Richtung der Nudelfirma ein weiterer Wagen; fuhr direkt auf ihn zu. Stellte sich quer.

Sebastian Rembold öffnete die Tür. Finn hatte ihn angerufen. Jetzt stand Finn mit seinem Wagen in Julians Rücken. Beide stiegen aus, kamen auf ihn zu. Ihre Blicke schienen ihn zu durchbohren. Aussichtslos. Julian wusste, dass er verloren hatte. Hier kam er nicht weg. Sebastian hatte ein Messer gezückt und kam auf ihn zu. Finn kam von hinten. Mit seinem unverletzten Arm umklammerte er Julians Hals. Sebastian steckte das Messer wieder ein.

»Gib das Papier raus!«

»Liegt im Wald.«

Ein Schlag Sebastians traf ihn in die Magengrube. Julian sackte zusammen.

In Sebastians Rücken raste ein Polizeiwagen heran.

Polizeihauptmeister Resch und ein Kollege sprangen aus ihrem Wagen.

»Hände hoch! Loslassen!« Sie hatten ihre Waffen gezückt.

Sebastian drehte sich kurz um. Finn ließ Julian los.

»Los, in mein Auto!« Da Sebastians Auto dem Polizeiwagen noch den Weg versperrte, sahen die beiden in Finns Wagen die einzige Möglichkeit zur Flucht. Finn ließ den Motor aufheulen, riss das Steuer herum und sah sich dem Dienstwagen von Knut Hinrichsen gegenüber. Auch sie waren zu zweit gekommen.

Sebastian und Finn saßen in der Falle. Von der Hauptstraße, der Bundesstraße 313, kamen Marion und Lukas. Julian hatte Sarah in einer Atempause noch kurz per WhatsApp die Lage mitgeteilt.

Finn und Sebastians Situation war aussichtslos. Doch noch nicht ganz. Finn legte den Rückwärtsgang ein. Die Reifen heulten auf. Drehten durch. Er riss das Steuer nach links. Sebastian, auf dem Beifahrersitz, wurde halb auf ihn geschleudert. Finn gab Vollgas. Die Reifen drehten durch. Jetzt schoss der Wagen an Hinrichsens Dienstfahrzeug vorbei.

Finn grinste. Den Bruchteil einer Sekunde später gab es einen fürchterlichen Schlag. Sie hatten auf einem großen Feldstein aufgesetzt, welcher mit Gras überwuchert und so für die beiden unsichtbar war. Finn verbarg seinen Kopf auf dem Lenkrad. Sebastian hämmerte mit beiden Fäusten auf das Handschuhfach. Aus! Ende!

Die beiden Polizeibeamten aus Engstingen und Trochtelfingen zerrten sie aus dem demolierten Wagen und drehten Finn und Sebastian die Hände auf den Rücken, legten ihnen Handschellen an.

Finn schrie vor Schmerz auf. Seine verletzte Hand tat höllisch weh.

»Gott sei Dank. Die haben wir.«

Marion und Lukas knieten bei Julian.

»Ich muss dir das Bein verbinden.«

Sie holte ihren Verbandskasten aus dem Kofferraum und verband seine Wunde.

»Danke.«

Er schlug die Augen zu.

»Das war knapp. Verdammt knapp.«

Lukas legte ihm die Hand auf die Schulter.

»Kannst du gehen?«

»Ja, muss wohl.«

»Bringen Sie die beiden zuerst mal nach Trochtelfingen. Wir lassen sie später abholen«, wies Marion Polizeihauptmeister Resch entsprechend an.

»Wir müssen noch die Liste holen.« Julian schaute Marion und Lukas an.

»Ich habe sie im Wald noch verstecken können. Kommt bitte mit. Ich zeige und gebe sie euch.«

»Was für eine Liste?«

»Die hatten so eine Todesliste, wie sie jetzt häufig kursieren. Und Sarahs und mein Name stehen ganz oben.«

Sie blickten den beiden Polizeiwagen nach, die nun nach rechts Richtung Trochtelfingen abbogen. Neben ihnen kam die *Schwäbische Alb-Bahn* gefahren. Ein einzelner Passagier saß darin. Marion fiel der alte Schlager ein: »*Es fährt ein Zug nach Nirgendwo, mit mir allein als Passagier…*« Zwischen Kleinengstingen und Ulm hatte die Bahn mehr Zuspruch und an den Wochenenden war mehr los. Aber hier war die neue Linie nicht richtig angenommen worden. Meistens fuhr die Bahn vollkommen leer.

»Dann mal auf, Julian!«

51

Im Polizeipräsidium trafen sich Manfred Zumbold und Robert Becker in Manfreds Büro.

»Und, Manfred? Was ist mit den Alibis der drei Älbler?«

Manfred Zumbold schüttelte den Kopf.

»Nichts, Robert. Die haben alle ein wasserdichtes Alibi. Waren alle bei der Arbeit. Zeugen gibt es genug.«

Robert marschierte im Raum auf und ab.

»Gut, dann können wir die drei ausschließen. Ist doch was. Dann bleiben noch Kreuzfelder und Ferch. Kreuzfelder war bei seinen Eltern. So konzentriert sich alles auf Ferch. Strukturierte Polizeiarbeit bringt doch schließlich was.«

»Nur sollten wir den dann auch bald finden. So spurlos kann man doch nicht einfach verschwinden.« Manfred Zumbold wirkte etwas ratlos und blickte Robert an.

Robert zog seine Unterlippe über seine Oberlippe.

»Wir kriegen ihn, Manfred. Da bin ich mir ganz sicher. Also bis später.«

Nachdenklich verließ er mit langsamen Schritten das Büro.

52

Die beiden Hunde sprangen aufgeregt bellend um Hildegard Ströbele herum. Die 70-jährige Rentnerin hatte sich zu einem längeren Spaziergang mit ihren beiden Schäferhunden Rex und Rufus von Engstingen aus aufgemacht. Sie wanderte über die neu geschaffenen Wege aus der Albgemeinde heraus. Über ihr kreisten einige Bussarde am hellblauen Himmel, um nach Beute auf den Feldern Ausschau zu halten. Rex und Rufus genossen den langen Spaziergang. Sie tollten herum und schnüffelten am Wegesrand, als seien hier in der letzten Zeit Hunderte von neuen Gerüchen entstanden und sie schon längere Zeit nicht mehr ausgeführt worden. Bald passierten sie das ehemalige Kasernengelände auf der Haid und ließen die Biogasanlage links liegen. Der Haid-Park auf der linken Seite, der unter dem Überlaufen der Biogasanlage vor ein paar Jahren gelitten hatte, war in der Zwischenzeit wieder gut frequentiert, während die Gaststätte im Untergeschoss, das *Per Du*, seitdem geschlossen hatte. Ob sie mal wieder in den *Albstadl* gehen sollte? Am Wochenende ist bestimmt wieder einmal eine Veranstaltung. Der *Albstadl* hatte sich zu einem Zentrum der volkstümlichen Musik emporgeschwungen und war häufig Anziehungspunkt für zahlreiche Busreisen.

Hildegard Ströbele ging an den Bahnschienen entlang. Am Bahnhof Haid stiegen zwei Personen aus der *Schwäbischen Alb-Bahn* aus. Sie wollten bestimmt zur Haid-Reha. Nach ein paar Hundert Metern überquerte sie die Schienen und ging mit schnellen Schritten Richtung Biotop und Trochtelfingen. Ein Joggerpaar kam ihr entgegen. Hildegard rief ihre Hunde zu sich, die sich gehorsam neben sie platzierten. Sie leinte sie an.

Die beiden Jogger dankten es ihr, indem sie die Daumen anerkennend in die Luft reckten und lächelnd ihren Weg fortsetzten. Hildegard grüßte freundlich zurück. Ja, ihre Hunde hörten auf sie. Noch vielleicht zwei Kilometer, dann würde sie auf der Bank am Biotop eine kurze Pause einlegen. Die Sonne flutete die Felder in ein goldenes Licht, sodass Hildegard zum wiederholten Male sich des Eindrucks nicht erwehren konnte, dass sie in einem Bildband spazieren ging. Kein Wunder kamen die Städter am Wochenende immer so gerne hier hoch. Wenn sich dann am Abend der Rückreiseverkehr durch Honau, Unterhausen und Pfullingen quälte, konnte man an den Kfz-Kennzeichen schnell erkennen, wie viel Kilometer die Ausflügler auf sich genommen hatten, um Natur und Ruhe zu genießen.

Rex, der ein bisschen vorausgerannt war, war jetzt nach links in den Wald gelaufen. Rechts lag das Biotop in seiner ganzen Pracht. Rex blieb stehen. Seine Haltung war angespannt. Rufus rannte hinter ihm her und setzte sich neben ihn. Ihre Blicke waren in den Wald gerichtet. Beide Hunde fingen an, zu jaulen. Vielleicht waren sie auch verängstigt. Hildegard rief nach ihnen. Doch dieses Mal hörten sie nicht auf sie. Kamen nicht zurück.

Hildegard ging weiter, stellte sich neben sie. Jetzt liefen die beiden Hunde etwas tiefer in den Wald und fingen urplötzlich an einer Stelle mit den Vorderpfoten an zu scharren.

»Irgendetwas muss da sein.«

Hildegard wurde es flau im Magen. Ein solches Verhalten hatte sie äußerst selten bei ihren Lieblingen entdeckt. Auch auf bestes Zureden hörten sie nicht auf sie. Sie scharrten wie wild mit ihren Vorderpfoten. Die Schnauzen schienen halb in der Erde zu verschwinden. Ständig flogen lockere Erdklumpen nach hinten. Hier musste jemand vor nicht allzu langer Zeit gegraben haben.

»Rufus! Rex!« Hildegard Ströbele versuchte erneut, ihre Hunde zu beruhigen. Vergeblich.

Jetzt beendeten sie ihre Grabaktion. Ihre Haare stellten sich auf. Langsam und zögerlich ging Hildegard Ströbele näher.

Und dann sah sie es. Aus der lockeren braunen Erde ragte nach rechts eine Hand heraus und weiter oben sah sie die geschlossenen Augen einer vergrabenen Leiche.

53

Die beiden bei *Alb-Gold* Festgenommenen, Finn Schober und Sebastian Rembold, waren nach Reutlingen gebracht worden. Jetzt saß jeder einzeln in den Vernehmungszimmern bei Robert Becker und Marion Schmidt. Robert Becker hatte sich Finn Schober vorgenommen, während Marion die Unterredung mit seinem Freund führte. An der hinteren Wand im Raum stand ein Polizeibeamter und beobachtete die Vernehmung von Robert mit Finn Schober, dessen rechte Hand in einer Gipsschiene lag. Robert vergewisserte sich noch einmal, ob die persönlichen Daten vor ihm auch alle korrekt waren.

»Und, Herr Schober, das war ja kein erquicklicher Ausflug, den Sie da von Unterhausen auf die Alb unternommen haben. Jetzt sitzen Sie hier. Was wollten Sie denn an dieser Hütte im Wald?«

»Ich hatte etwas Persönliches vergessen, als ich beim letzten Mal dort gewesen bin.« Er schaute Robert Becker mit ausdruckslosem Gesicht an.

»So. Was Persönliches. Was war es denn Persönliches? Ein Schmuckstück? Ein Erbstück? Schriftstück? Geburtstagskarte von der Oma? Ein Erinnerungsstück?«

»Ist doch egal. Ich wollte einfach noch mal nachgucken, ob es noch in oder an der Hütte ist.«

»Muss ja wichtig für sie gewesen sein?«

Schober nickte.

»Wie ist das denn bei Ihnen, wenn Sie etwas Persönliches vergessen oder verloren haben, dann wollen Sie es doch auch zurück, oder?«

Finn Schober machte einen überheblichen Eindruck auf Robert. Nun öffnete er die vor ihm liegende blaue Mappe und zog ein DIN-A4-Blatt hervor, das in einer Klarsichtprospekthülle steckte. Es sah ziemlich verknittert und verdreckt aus.

»Könnte es sein, dass wir Ihr persönliches Erinnerungsstück hier zwischen uns liegen haben?«

Er schob es ihm rüber. Finn wechselte die Gesichtsfarbe ins Weißliche. Seine Augenlider zuckten. »Lass dir nichts anmerken, Finn. Die Situation ist beschissen. Aber gib nicht gleich auf!«

»Nun?«

»Darf ich mal sehen?« Finn betrachtete das Papier. Schob es wieder zurück, ohne ein Wort zu sagen.

»Herr Schober, das ist Ihre Handschrift. Wir haben nämlich Papiere in Ihrer Brieftasche gefunden und die darauf befindlichen handschriftlichen Notizen mit dieser Liste verglichen. Und das ist identisch.«

»Kann ich es noch mal sehen?« Finn Schober zog das Papier zu sich. »Natürlich. Wir machen da ab und zu unter Freunden so eine Art Bingospiel. Schreibe zwei engagierte Leute der Kirche oder vom Rathaus auf. Wer sind die beliebtesten Politiker, und so weiter und so weiter. Wer dann als

Erstes fertig ist, der hat gewonnen und bekommt vom Letzten ein Freibier. Haben wir einfach mal so erfunden. Kostet nichts und ist schnell zu spielen.«

Finn Schober lehnte sich zurück und machte ein überlegenes Gesicht.

»Und beim letzten Mal betraf die erste Frage *Fridays for Future*, oder?«

»Kann sein. Ja, doch. Ich erinnere mich.«

»Und jetzt steht auf einmal in der Hütte da oben einer von denen vor Ihnen. Da wollten Sie die Gelegenheit doch bestimmt nutzen, um ein Autogramm von ihm zu bekommen. So war es doch bestimmt?«

»Er hat mich angegriffen. Ich war total überrascht. Ich wollte mich wehren. Weiß ich, was der alles vorhat. Und da habe ich natürlich mein Messer gezogen.«

»Sie wollten sich also verteidigen? Und dann ist er Ihnen unglücklich ins Messer gerannt. So ein Pech aber auch.«

»So etwa. Hat sich ja aufgeführt wie ein wildgewordener Handfeger.« Finn Schober lehnte sich auf seinem Stuhl zurück und demonstrierte gespielte Lässigkeit.

»Herr Schober, die Aussagen von der Gegenseite hören sich etwas anders an. Entschuldigen Sie, das ist jetzt etwas untertrieben. Sie sind genau das Gegenteil.«

»Gut, dann steht ja Aussage gegen Aussage.«

»Herr Schober, jetzt wollen wir das Spielchen mal beenden. Die Faktenlage ist ziemlich eindeutig. Was wir hier vorliegen haben, ist ein Fall von schwerer Körperverletzung mit Tötungsabsicht und ich bin mir sicher, dass da noch was dazu kommt. Wenn Sie da ein paar Pluspunkte sammeln wollen, dann kooperieren Sie besser mit uns.«

Becker schob ihm die *FajeM*-Liste rüber. Die Namen Uwe Ferch, Finn Schober, Sebastian Rembold und Marvin Storck waren mit einem gelben Textmarker hervorgehoben.

»Sind Sie ein enger Freundeskreis? Habe ich da recht?«

Finn zuckte mit der rechten Schulter.

»Ja oder nein?«

Finn drehte den Kopf zur Seite, ohne zu antworten.

»Zwei von euch haben wir jetzt hier. Wo sind Marvin Storck und Uwe Ferch?«

»Weiß ich nicht. Uwe Ferch habe ich schon lange nicht mehr gesehen und Marvin Storck jetzt auch schon zwei bis drei Tage nicht mehr. Weiß nicht, wo die beiden stecken. Kann ich mal aufs Klo und dann meinen Anwalt anrufen?«

»Sicherlich. Was zuerst?«

»Aufs Klo.«

»Soll ich Ihnen einen Anwalt rufen?«

Finn Schober nickte.

»Wir sehen uns gleich wieder.«

Robert deutete dem Beamten, Schober auf die Toilette zu begleiten. Dann trat er auf den Flur. Auch Marion kam gerade aus dem anderen Verhörzimmer, in dem Sebastian Rembold immer noch saß.

»Und, Robert, was sagt er?«

»Er stellt es natürlich ganz anders dar. Aber die Sachlage ist eindeutig. Wir haben ihn und Rembold auf frischer Tat ertappt. Bei den beiden haben wir das schnell geklärt.«

»Ja, von dieser Gruppe geht eine ziemliche Gewalt gegen Ausländer, Friedens- und Umweltschützer und so weiter aus. Ich glaube, dass diese ganzen *FajeM*-Mitglieder instrumentalisiert worden sind. Das, was Jürgen von der Kneipe erzählt hat, passt genau ins Bild. Der Rembold hat berichtet, was sie alles an Vergünstigungen von *FajeM* bekommen haben. Freikarten, Freibier, Unterstützung bei Sport-Events, sichere Arbeitsverhältnisse, Erlaubnis, Freizeiteinrichtungen umsonst zu besuchen. Ich bin der festen Überzeugung, dass der Weber dahintersteckt. Auf dessen Grundlage basiert doch das alles. Auf der einen Seite den Retter der jungen Leute rausstellen und auf der anderen Seite hinten herum sein rechtes Gedankengut verbreiten lassen, ohne dass er sich die Hände schmutzig macht oder in Erscheinung tritt. *Der Wolf im Schafspelz* ist noch mehr als positiv ausgedrückt.«

Zwei Beamte drängten sich an Robert und Marion vorbei und gingen zum Kaffeeautomaten, der an der hinteren Ecke des Flures stand. Gerade brachte der Beamte Schober wieder zurück. Robert deutete mit dem Finger auf den Raum.

»Komme auch gleich wieder.«

Am Ende des Flures wurde die Tür geöffnet. Manfred Zumbold kam ziemlich angespannt herein. Im Schlepptau hatte er ihren Chef Benno Conrads. Conrads hatte einen knallroten Kopf.

»Ihr könnt aufbrechen. Zwischen Engstingen und Trochtelfingen hat man eine Leiche im Wald gefunden. Vergraben. Ihr müsst hoch.«

»Schon wieder Alb. Schon wieder Engstingen, Trochtelfingen, diese Ecke. Ich glaube, wenn ich mal pensioniert bin, schreibe ich Alb-Krimis. Das wird bestimmt der absolute Renner da oben. Morde zu jeder Jahreszeit: Erstochen im Rinnental. Vergraben in der Idylle zwischen Engstingen und Trochtelfingen, zusammengeschlagen bei *Alb-Gold*, Drogen auf der Haid. Ich sehe mich schon beim *Osiander* und *Libresso* im Bestsellerregal ganz oben auf der Eins oder Zwei stehen.«

»Das machst du, Robert.«

»Natürlich, da mache ich jetzt ein Geschäftsmodell draus. Und dann gehe ich auf Lesereise. Brauche nur noch jemanden, der das alles managt.«

»Ich glaube, ich kenne da einen.«

»Wen?«

»Sage ich dir, wenn wir hochfahren. Aber der ist auch von oben.«

»Natürlich. Immer wieder Alb«, antwortete Robert etwas mürrisch.

»Sei froh, Robert. Deine Wünsche vom letzten Fall gehen doch jetzt alle in Erfüllung. Erstens: Ermordet während unserer Dienstzeit am Tag. Zweitens: Aufgefunden im Sonnenschein. Drittens: Keine kalte Strahlungsnacht. Also, Robert, ein richtiges Wunschkonzert.«

Zumbold meldete sich noch einmal zu Wort.

»Der Kollege Resch aus Trochtelfingen ist übrigens vor Ort.«

»Gut, Manfred. Lass die beiden Gäste bitte wieder auf ihr Zimmer bringen. Das setzen wir später fort.«

54

Fünfundvierzig Minuten später waren sie alle am Ort der Leichenablage versammelt. Marion, Robert sowie Polizeihauptmeister Resch. Das ganze Gebiet war sehr großräumig mit rot-weißem Trassierband abgesperrt.

Am Fundort der Leiche herrschte hohe Betriebsamkeit. Hildegard Ströbele saß auf einem Stuhl, den man aus der Blockhütte geholt hatte. Ihre beiden Hunde lagen neben ihr. Sie wirkte relativ gefasst. Eine in sich gestärkte Persönlichkeit.

Robert und Marion waren aus ihrem Dienstwagen ausgestiegen. Sie begrüßten Frau Ströbele kurz und erklärten ihr, dass sie gleich noch mit ihr sprechen würden.

Der Notarzt war schon vor Ort und hatte den Tod festgestellt. Resch war bei ihm.

Robert und Marion traten dazu.

»Tag, Herr Resch. Ich hatte mir fast gedacht, dass wir uns bald wiedersehen. Wer ist es?«

»Uwe Ferch.«

»Eindeutig?«

Resch nickte.

Robert und Marion wandten sich an den Notarzt.

»Tod durch zwei Stiche in den Bauchraum. Er hatte keine Chance, das zu überleben.«

Robert und Marion sahen auf Uwe Ferchs Gesicht. Irgendwie schien hinter seinen verzerrten Gesichtszügen doch so etwas wie Erleichterung durchzuschimmern.

»Da muss jemand einen richtigen Hass auf den Ferch gehabt haben«, meinte Marion.

»Oder einfach nur Angst. Vielleicht war der Ferch das schwächste Glied in der Kette.«

»Welche Kette?«

»Ferch, Rembold, Schober, Storck. Die vier gehören doch zusammen. Also ich wette, dass es einer von den dreien war.«

Robert schaute Marion an.

»Wir sollten den Todeszeitpunkt von Ferch wissen und die Alibis unserer zwei Gäste überprüfen.«

»Und die Fahndung nach diesem Marvin Storck einläuten«, ergänzte Marion.

Aus Richtung des Biotops hörten sie, wie sich ein weiteres Fahrzeug näherte. Lukas Behringer war mit seinem Team eingetroffen. Die Abläufe waren routiniert. Jeder wusste, was er zu tun hatte. Lukas beugte sich über die Leiche. Betrachtete sie eingehend. Aus der Jackentasche des Toten fingerte er Ferchs Portemonnaie, fand aber nichts, was ihn im Moment weiterbringen konnte. Mit seiner rechten Hand fegte er gemächlich ein paar letzte Erdkrümel von dessen Hose und blickte tief in Gedanken versunken auf das Loch, in dem Uwe Ferch gelegen hatte. Er hielt inne. Da war doch was. Mit seinen Fingern war er über etwas Hartes gefahren. Er griff in die Hosentasche und förderte eine Patronenhülse hervor.

»Guckt mal hier, Marion und Robert. Was meint ihr, zu welcher Waffe die passt?«

»Kreuzfelder?«

Auch Resch beugte sich nun über Roberts Hand, in der die Hülse lag.

»Wenn das jetzt passt, dann wäre der Mord an Max Luipold aufgeklärt.«

»Ich gehe mal davon aus. In dem Fall wäre Raphael Risse jetzt endgültig aus dem Spiel. Aber das bekommen wir jetzt schnell raus.«

»So, dann bleibt uns jetzt noch der Mörder von Uwe Ferch«, sagte Marion.

»Wir sollten Frau Ströbele nicht so lange warten lassen, sonst bekommen wir hinterher noch Ärger mit den Hunden.«

Robert und Marion gingen auf die Rentnerin zu.

»Wissen Sie, Herr Kommissar, ich laufe täglich mit meinen Hunden. Manchmal zwei bis drei Stunden. Ich nehme mir jeden Tag was anderes vor. Das hält fit.«

»Kommen Sie häufiger hier am Biotop vorbei, Frau Ströbele?«

»Nein, eigentlich nicht. Von Engstingen aus kann man ja in alle Richtungen laufen. Aber hier bin ich jetzt seit zwei Monaten das erste Mal wieder. Alles andere, wie ich ihn gefunden habe, das habe ich ja dem Herrn …«

»Herrn Resch.«

»Ja, Herrn Resch schon erzählt.«

Der nickte.

»Ich habe alles aufgenommen.«

»Gut, Frau Ströbele, dann können Sie jetzt gehen oder

sollen wir Sie fahren? Wir werden uns wieder bei Ihnen melden, wenn wir noch etwas wissen müssen.«

»Ich laufe lieber.«

Robert und Marion gaben ihr die Hand.

»Rufus! Rex! Kommt, wir gehen!«

Die Hunde sprangen auf und die drei machten sich auf den Rückweg.

»Robert, wir sollten die Hütte noch nach Spuren untersuchen lassen. Schließlich ist das mit Julian hier passiert. Und der Spaten stand vor der Tür. Wem gehört die Hütte eigentlich?«

»Herr Resch, finden Sie doch bitte mal heraus, wem die Hütte gehört?«

Sie gingen zu Lukas Behringer.

»Lukas, wenn ihr hier fertig seid, nehmt euch doch bitte noch mal die Hütte ganz genau vor und sucht auch die unmittelbare Umgebung und vielleicht das Ufer am Biotop ab. Wäre gut, wenn ihr was finden würdet. Wir würden jetzt noch nach Auingen zu Marvin Storck fahren. Vielleicht ist er da, was ich aber nicht glaube. Aber eventuell ergibt sich etwas Brauchbares.«

»Robert, du musst mir nicht immer sagen, was ich hier wie und wann und wo zu tun habe. Nichts gegen dich. Aber mein Team und ich arbeiten nun schon so lange zusammen, dass wir genauestens wissen, was wir alles zu untersuchen haben. Oder hast du dich schon einmal über uns beschweren müssen?«

Robert kniff den Mund zu.

»Entschuldige, Lukas. Es war nicht so gemeint. Ich weiß, dass du gut arbeitest. Hast uns ja auch noch nie enttäuscht.«

»Lukas, wir sehen uns nachher in Reutlingen«, fügte Marion hinzu. Freue mich, wenn du dann mal wieder was anderes an hast als diesen weißen Anzug. Also bis nachher.«

Sie verabschiedeten sich von Polizeihauptmeister Resch und machten sich auf den Weg nach Auingen.

Wie erwartet trafen sie Marvin Storck nicht an. Die Befragung der Nachbarn ergab, dass er keinen großen Kontakt zu ihnen gehabt hatte. Durch sein häufig ungehobeltes Verhalten und seine rechte Gesinnung war er nicht besonders beliebt. Seine riesengroßen Ohrtunnel hatten auch nicht gerade dazu beigetragen, seinen Sympathiewert zu steigern.

»Wenn ich bei Tinder auf den treffen würde, würde ich ihn ganz schnell weiterklicken«, hatte eine Frau Mitte zwanzig mehr als abschätzig geäußert. »Unterstes Niveau.«

Ein Rentner, der den ganzen Tag vor seinem Haus saß, die Umgebung und die Leute beobachtete, konnte ihnen weiterhelfen. Marvin Storck war mit seinem Motorrad hektisch aufgebrochen.

»Auf der Flucht«, bemerkte Robert.

»Hoffentlich kriegen wir den noch. Komm, Robert, lass uns mal in der Wohnung nachsehen, ob wir da was finden. Vielleicht hat er ja auch einen Schlüssel hinterlegt.«

Marion und Robert suchten die Umgebung um die Haustür ab. Und sie waren erfolgreich. Unter einem zerbrochenen Stein fanden sie einen Schlüssel.

Vom kleinen Waschbecken nahmen sie eine Zahnbürste und eine Haarbürste mit. Ein benutztes Glas steckten sie ebenfalls in eine Asservatentüte. Auch ein paar Kleidungsstücke packten sie ein.

»Das sollten wir mit den von Lukas gesicherten Spuren vergleichen.«

Robert und Marion machten sich auf den Rückweg nach Reutlingen.

55

Sofort hatten sie die Fahndung nach Marvin Storck eingeleitet. Jede Polizeistreife im Land hatte nun das Bild des Gesuchten. Storck saß in einem Spinnennetz. Irgendwo musste er sich verfangen. Nachdem auch Lukas Behringer mit seinem Team wieder im Präsidium eingetroffen war, ließen Marion und Robert ihre sichergestellten Utensilien aus der Wohnung mit den Spuren vom Tatort und der Blockhütte vergleichen. Schon nach einer Stunde konnte Lukas ihnen die ersten Ergebnisse liefern.

»Also in der Hütte wimmelt es natürlich nur so von Fingerabdrücken. Wir haben uns jetzt zunächst mal auf die von unserem Viererteam konzentriert. Also Ferch, Rembold, Schober und Storck sind definitiv dabei. An der Kleidung von Uwe Ferch haben wir DNA von Marvin Storck gefunden und umgekehrt ebenfalls. Das könnte heißen, dass sie ganz engen Kontakt zueinander hatten. Dann haben wir neben vielen Wagen- auch Motorradspuren gesichert. Die lassen sich der Marke Kawasaki Ninja 400 zuordnen.«

»Das stimmt mit den Aussagen der Nachbarn von Storck überein. Die sagen, dass er mit einem Motorrad geflohen ist. Wir haben uns schon mit der Zulassungsstelle in Verbindung gesetzt. Das Motorrad hat die Nummer RT MS 175. Wir haben die Fahndung schon rausgelassen, aber jetzt sind wir zu einhundert Prozent sicher. Wir warten auf erste Rückmeldungen.« Robert strich sich mit Daumen und Zeigefinger der linken Hand über die Unterlippe und schob sie etwas zusammen. Ein Zeichen, dass er hochkonzentriert und fokussiert war. Storck würde ihnen nicht entkommen.

»Gut, ich halte euch auf dem Laufenden. Wir haben ja mit der weiteren Auswertung noch genug zu tun.«

»Also dann, bis später.«

Sie gingen in ihre Büros.

56

Marvin Storck war auf der Flucht. Im Radio hatte er den Fahndungsaufruf nach ihm gehört. Noch waren ihm keine Polizeistreifen aufgefallen.

»Die kriegen mich nicht. Blöd ist nur das Motorrad. Das Beste wäre wohl, wenn ich das Fahrzeug wechseln könnte. Ich muss die Karre loswerden. Brauche ein anderes Fahrzeug!« Er dachte an seine Kleidung, die er schnell noch in seine Taschen gestopft hatte. Auch die Motorradkluft musste weg.

Noch war er auf einer Landstraße. Bis zur Grenze war es aber nicht mehr weit. Die vielen Lastwagen fielen ihm auf. Griechen, Italiener, Spanier, Kroaten. In seinem Gehirn arbeitete es fieberhaft. Immer wieder führten Wege links und rechts in den Wald. Kurz vor einem Parkplatz, auf dem viele Lastwagen standen, bog er in einen der Waldwege ab. Minuten später kam er mit seinem Rucksack wieder heraus. Auf seinem Kopf trug er eine Mütze, die er über beide Ohren gezogen hatte.

»Verdammte scheiß Ohrtunnel! Hätte ich besser gelassen. Erkennt doch jeder sofort. Kann es jetzt nicht ändern.«

Marvin schlenderte zwischen den Lastwagen hin und her.

»Italien?«

»Nein, ich fahre nach Zürich. Schweiz.«

»Italien? Venedig? Ancona?« Überall fragte er nach einer Mitfahrgelegenheit.

»Italien. Ja. Ancona. Dann Fähre nach Igoumenitsa und Patras.«

Marvin willigte sofort ein. Hier konnte er sich eventuell als Beifahrer ausgeben. Vor der Fähre in Ancona, die dann nach Griechenland fuhr, würde er den kleinen Griechen schon loswerden.

»Antonis«, stellte sich der Fahrer vor und wies ihn an, auf dem Beifahrersitz Platz zu nehmen.

Marvin betrachtete ihn von der Seite.

Den packe ich mit links!

Von Reutlingen aus hatte man die Fahndung weiträumig eingeleitet. Auch die Ämter in den südlichen Nachbarstaaten Italien, Österreich, Schweiz, Frankreich waren sofort informiert worden. Irgendwo würde ihnen Marvin Storck ins Netz gehen. Es war unwahrscheinlich, dass er zu den bundesweit fünf Prozent ungeklärten Mordfällen gehören würde.

Wenige Stunden später konnten sie den ersten Erfolg verbuchen. Kurz hinter Ravensburg war einem Jogger ein Motorrad aufgefallen, das in einer Tannenschonung mitten im Wald stand. Sobald er auf seinem Handy wieder Empfang gehabt hatte, hatte er sich bei der Polizei gemeldet. Schnell war es als Fahrzeug von Marvin Storck identifiziert worden.

Im Reutlinger Polizeipräsidium blickte man auf eine große Karte. Der Fundort wurde markiert.

»Guck mal hier, Robert. Das ist kurz vor einem Parkplatz. Von da ist er bestimmt weiter. Als Anhalter oder eventuell auch als Beifahrer. Wir geben eine erweiterte Fahndung raus. Radio.«

Wenig später schaltete Robert das Radio ein.

»Guten Tag, meine sehr verehrten Damen und Herren. Es ist siebzehn Uhr. Sie hören die SWR1-Nachrichten mit Jim-Bob Nickschas … Und zum Schluss noch ein Fahndungsaufruf der Polizei. Gesucht wird Marvin Storck. Marvin Storck ist vierundzwanzig Jahre alt und circa einsachtzig groß. Er trug zuletzt eine lederne Motorradkleidung und ist wahrscheinlich über Ravensburg in Richtung Österreich, Schweiz, Italien unterwegs. Auffallend an Marvin Storck sind seine beiden großen Ohrtunnel. Autofahrer in dieser Fahrtrichtung werden gebeten, keine Anhalter mitzunehmen. Sollten Sie aber als Privatperson oder eventuell Lastwagen- oder Busfahrer eine verdächtige Person mitgenommen haben, so setzen Sie sich bei nächster Gelegenheit doch mit der Polizei in Verbindung. Weitere sachdienliche Hinweise nimmt jede Polizeidienststelle entgegen.«

Marvin Storck hörte die Nachricht. Blickte den Fahrer an. Seine Hand ging nach hinten links. Er umfasste den Messergriff.

Antonis fuhr fröhlich pfeifend weiter. Entweder hatte er die Nachricht nicht bewusst gehört oder sein Deutsch war nicht so gut, dass er es verstanden hatte.

Marvin ließ das Messer los.

Ein erster Anrufer meldete sich. Er hatte eine Person, auf die die Beschreibung zutraf, an einem Parkplatz bei Ravensburg gesehen. Der Mann mit der Mütze über beiden Ohren war in einen griechischen Laster eingestiegen. Die Autonummer wusste er aber nicht mehr. Es hatte sich um einen blauen Lastwagen gehandelt. Aufschrift: »*Hellas Express*« oder »*Hellas Intercontinental*«. So genau wusste er es nicht mehr.

Die Fährhäfen in Ancona, Genua, Venedig, Brindisi und Bari wurden kontaktiert. Spätestens hier würde man ihn haben.

Jetzt waren es noch fünfzig Kilometer bis zum großen Fährhafen in Ancona. Im Funkgerät von Antonis knisterte es.

»Nai, kápoios káthetai dípla mou. Ja, da sitzt einer neben mir.«

»Koitáxte, i astynomía ton psáchnei. Pass auf, der wird von der Polizei gesucht.«

Antonis Augen weiteten sich. Er konnte seinen Schock nicht verbergen.

Verdammt! Ich habe einen Mörder im Auto.

Marvin blickte nach links.

»Was ist los, Antonis? Was erzählst du da? Ich verstehe nichts. Red' Deutsch!«

»Ja! Ist alles okay!«

Schweißtropfen bildeten sich auf der Stirn des Griechen. Marvin griff erneut zum Messer.

Vor ihm war die Autoschlange, die sich Richtung Ancona hinzog, langsamer geworden. Jetzt blinkten die Warnblinkanlagen auf. Marvin versuchte, soweit als möglich nach vorne zu blicken. Nun stand auch ihr Wagen. In circa hundertfünfzig Metern Entfernung sah er Menschen zwischen den stehenden Autos umherlaufen. Das hieß nichts anderes als totaler Stillstand.

»Antonis, was ist das? Was sagen deine Kollegen?«

»Weiß nicht, muss noch mal funken!«

Antonis nahm erneut Kontakt zu anderen Fahrern auf. Dann erklärte er:

»Laster mit Papier ist umgefallen. Zehn Kilometer Stau. Dauert Stunde länger.«

Antonis reckte den rechten Daumen nach oben und nahm

noch den Zeigefinger dazu. Dann schüttelte er den Kopf. Als wolle er sagen, es kann auch zwei Stunden dauern.

»Weiß nicht so genau, ein oder zwei.«

»Wann geht die Fähre?«

Antonis stammelte:

»19.35 Uhr.«

Marvin fing an zu rechnen. Mit einer Stunde Verzögerung konnte er es schaffen. Zwei bis drei Stunden, und die Fähre würde abgelegt haben.

Der Minutenanzeiger von Antonis Uhr bewegte sich unerbittlich vorwärts. Im Gegensatz zur Autoschlange. Immer häufiger fuhr sich Marvin mit den Fingern durch sein Gesicht, nestelte an seinen Ohrtunneln herum. Antonis starrte voller Furcht geradeaus über sein Lenkrad auf die endlos lange Schlange der Autobahn. Nur hin und wieder warf er einen Blick nach rechts. Er klammerte seine Hände um das Lenkrad, um sein Zittern nicht zu deutlich zu zeigen.

Marvins Nervosität wuchs mit jeder Zeigerbewegung. Er musste handeln. Ganz vorne, soweit sie vorausschauen konnten, bewegte sich nun die Schlange wieder. Es ging langsam weiter. Im Zeitlupentempo setzte sich der Zug wieder in Bewegung. Marvin blickte auf die Uhr. Er sah auf das Autobahnschild:

Ancona Fährhafen: 34 Kilometer geradeaus. *Ancona Zentrum:* 20 Kilometer. Ausfahrt rechts.

Antonis war gänzlich still geworden. Keiner von beiden sprach mehr. Marvin fasste Antonis mit der linken Hand an der Schulter.

»Abfahrt. Raus. Wir fahren direkt durch die Stadt.«

Antonis schüttelte den Kopf.

»Nein. Autostrada.«

Er hielt das Lenkrad fest in den Händen. Marvin zückte sein Messer. Hielt es Antonis an den Hals.

»Raus!«

Er erhöhte den Druck. Marvin hob das Messer an, ritzte Antonis rechte Wange auf. Aus einer ein Zentimeter langen Wunde tropfte das Blut auf seine Hose.

Antonis schrie auf.

»Raus!«

Der Lastwagen bog ab. An einer Nothaltebucht, 500 Meter hinter der Abfahrt, befahl Marvin dem Griechen anzuhalten.

»Anhalten! Aussteigen!«

Beide stiegen aus.

»Gürtel runter!«

Antonis gehorchte und zog seinen Gürtel aus.

Marvin fesselte ihn und band ihn an der Rückwand eines sich dort befindlichen Abfallcontainers fest. Aus dem Wagen holte er einen ölverschmierten Lappen und ein altes verdrecktes Handtuch. Er knebelte ihn mit dem Lappen. Band das Handtuch um seinen Kopf. Dann schlug er mit der Faust zu. Marvin hörte es krachen.

Antonis brach zusammen.

Marvin schwang sich auf den Fahrersitz. Trat das Gaspedal durch.

Ancona Hafen: 10 Kilometer. Die Fahrt durch das Zentrum war wesentlich kürzer. Nur jetzt keine roten Ampeln mehr. Tempolimits existierten für Marvin nicht mehr. Vorfahrtsregeln? Rechts oder links. Das war gestern. Fährhafen: 5 Kilometer. Ein Blick zur Uhr. Das war zu schaffen. Der Lastwagen raste durch die Straßen von Ancona. Fährhafen rechts. Er hatte sein Ziel erreicht.

Noch dreißig Minuten Zeit.

57

Ein Lastwagen aus Italien fuhr in die Nothaltebucht ein. Giuseppe, der Fahrer, stieg aus und öffnete den Deckel des Abfallcontainers. Er warf seine leere Pizzaschachtel hinein, als er plötzlich ein Stöhnen hinter dem Container vernahm. Vielleicht ein streunender Hund oder eine Katze. Er drehte sich um und ging zu seinem Fahrzeug zurück. Die Geräusche hörten nicht auf. Jetzt bewegte sich der Container.

Wieso bewegte sich diese verdammte Abfalltonne?

Er ging zurück. Antonis zappelte an seinen Gürtelfesseln. Sein blutverschmiertes Gesicht wies zugleich eine weiße Farbe auf. Aus seinem Mund kam der Gestank des Öllappens. Guiseppe wich zurück. Riss den Mund auf.

»Mamma Mia!« Er bekreuzigte sich. Seine Blicke hetzten umher. War der Täter noch da? Nach dem ersten Schock fing er an Armen und Beinen an zu zittern, während er Antonis den Knebel aus dem Mund zog.

Antonis übergab sich. Ein Großteil landete auf seiner Hose. Antonis wurde von seinem Gürtel befreit. Sein Befreier reichte ihm ein Päckchen Papiertaschentücher. Antonis wischte sich den Mund ab. Sein Schädel stand kurz vor dem Platzen.

»Überfall. Ancona Hafen. Kennzeichen von meinem Lastwagen: GR XZN 6145. Fähre geht um 19.35 Uhr. Blue Star. Ich …« Ein Zittern durchlief Antonis Körper. Dann brach er zusammen.

Sein Retter horchte seinen Atem ab. Es stank nach Erbrochenem und Öl. Aber Antonis atmete. Wenn auch schwach. Er lebte.

Giuseppe riss sein Handy heraus, wählte die Notrufnummer.

Im Hafen von Ancona liefen die Vorbereitungen auf die Ankunft des griechischen Lastwagens.

Noch standen zehn Lastwagen vor der Fährenauffahrt. Marvin sah die riesige Einfahrtöffnung. Er griff zu den Papieren. Jetzt nur noch da durch. Noch zwei Lastwagen. Ein Polizist, der als Hafenkontrolleur verkleidet war, kam an seine Fahrerseite.

»Papiere!«

Marvin händigte sie ihm aus.

»Bitte aussteigen!«

Marvin gestikulierte verzweifelt.

»Aussteigen! Kontrolle!«

Ihm blieb nichts anderes übrig. Sich nach allen Seiten umblickend stieg er aus. Von rechts und links sprangen Carabinieri auf ihn zu. Sie streckten ihre Hände nach ihm aus. Marvin riss sein Messer heraus, hielt es dem verkleideten Carabinieri an die Kehle. Mit der linken Hand riss er ihn an sich. Das Messer in der Rechten an der Kehle des Polizisten. Er bewegte sich rückwärtsgehend mit seiner Geisel Richtung Fähre.

»Weg! Haut ab!«

Langsam bewegte er sich in Richtung des Eingangs der Fähre. Jetzt war er nur noch zwei Meter von der Wasserlinie entfernt. Er musste weiter nach links. Von rechts kam ein Hundehalter. Seinen Boxer hatte er an einer zehn Meter langen Leine. Vier Möwen ließen sich auf den Hafenboden fallen, pickten nach dem dort liegenden Brot und einigen Fischresten.

Der Boxer sprang vor. Der Jagdinstinkt war geweckt. Die Leine spannte sich ruckartig und bildete nun ein straffes Seil hinter Marvin und seiner Geisel. Marvin hörte das Bellen. Doch zu spät. Er stolperte über die straffe Leine. Das Messer rutschte nach oben. Die scharfe Klinge ritzte das Ohr des Beamten. Marvin wollte ihn nach vorne von sich wegstoßen. Zu spät.

Das Messer flog ihm aus der Hand. Sekunden später landeten beide in dem dreckig braunen Wasser des Hafens. Die Carabinieri stürmten herbei.

Jetzt tauchten beide wieder aus dem Brackwasser auf. An Marvins Ohrmuscheln hatten sich ölverschmierte Algen angehängt. Er sah einem Seeungeheuer ähnlich. Der Polizist schwamm nach links Richtung Fähre. Marvin war isoliert. Von oben richteten sich Pistolen- und Gewehrmündungen auf ihn. Aussichtslos. Verloren. Chancenlos. Aus. Ein Rettungsring wurde ihm zugeworfen. Marvin griff danach, ließ sich hochziehen. Schwer atmend lag er auf dem verdreckten Hafenboden. Seine Blicke kreuzten die des Hundeführers.

»Verdammter scheiß Köter!«

Auf seinem Rücken schnappten die Handschellen zusammen. Marvin wurde hochgerissen, in den Polizeiwagen gestoßen. Sein Blick ging nach rechts aus dem Seitenfenster. Der Lastwagen, mit dem er gekommen war, wurde gerade zur Seite gefahren. Ein letzter Lastwagen fuhr auf die Fähre. Jetzt legte sie ab. Richtung Igoumenitsa und Patras. Marvin schloss die Augen.

58

Der Himmel über Reutlingen hatte sich verdunkelt. Von Norden, von Stuttgart her kommend, zogen immer mehr schwarze Gewitterwolken heran. Nur vereinzelt blickte der Himmel etwas hellblau durch das aufziehende Unwetter. Immer schneller nahm die Gewitterfront ihre Fahrt auf in Richtung der Achalmstadt. Die Krähen, die das Fabrikgelände der Firma Weber auf dem kalten grauen Asphalt des Hofes nach Futter absuchten, flatterten hoch, stiegen in den Himmel und flogen davon. Eine achtlos weggeworfene Papiertüte, in der wohl am Morgen einer der Arbeiter Leberkäsbrötchen beim Metzger gekauft hatte, wurde hochgewirbelt und trieb etwa ein Meter über dem Boden durch die Luft. Jetzt klatschte ein Einzelblatt einer Bild-Zeitung an das metallene Tor der Lagerhalle und klebte dort wie angeleimt fest. Der Sturm rüttelte an dem metallenen Rolltor und zusammen vereinigten sie sich zu einem bedrohlich anmutenden Duett, das seine Dramatik von Sekunde zu Sekunde steigerte.

Rudi Weber stand an seinem Panoramafenster und blickte auf die düstere Hochfläche. Sein Blick ging hoch zur Achalm. Die Ruine war schon halb hinter den dunklen Gewitterwolken verschwunden.

Aus der Sprechanlage hörte er die Stimme seiner Sekretärin, Frau Scherer.

»Herr Weber. Der Herr Doktor Hecht aus Frankfurt ist am Apparat. Darf ich durchstellen?«

Rudi Weber nickte. Ihm war gar nicht mehr bewusst, dass sie ihn nicht sehen konnte.

»Herr Weber, bei unserem Besuch in Ihrer Firma habe ich

Ihnen eine letzte Frist gegeben, etwas zu ändern. Sie hatten die Chance, es selbst …«

»Herr Doktor Hecht, ich habe doch …«

»… in die Hand zu nehmen. Sie haben mir das Blaue vom Himmel …«

Der Himmel war jetzt tiefschwarz. Blitze zuckten.

»Herr Doktor Hecht, die Auftragszahlen sind …«

»… das Blaue vom Himmel versprochen. Jetzt liegt alles in Schutt und Asche. Das war es, Herr Weber. Ich habe verfügt, dass sämtliche Geschäftsverbindungen zu Ihnen und Ihren Partnern ab sofort eingestellt …«

»Herr Doktor Hecht, das können Sie nicht machen. Das ist mein Ruin. Das …«

»Herr Weber, es reicht. Sie haben komplett überzogen. Zwei Morde, ein Mordversuch in Ihrem Umfeld. Sie reißen alles mit in den Abgrund.«

»Herr Doktor Hecht …«

Es klickte in der Leitung. Aufgelegt.

Weber war in sich zusammengesunken. Schlug die Hände über dem Kopf zusammen. Langsam richtete er sich wieder auf, ging zum Schrank. Öffnete ihn, entnahm eine Flasche Cognac und füllte sich den Schwenker. In die bedrohliche Schwärze des Nachmittags blickend, leerte er das Glas in einem Zug. Er goss nach. Erneut klopfte es an der Tür. Frau Scherer trat ein. Sie hob an, etwas zu sagen.

»Herr Weber, die Kommissare …« Hinter ihr betraten Robert und Marion das große Büro. Marion hielt einen weißen DIN-A4-Zettel in der Hand und hielt ihn Weber hin.

»Herr Weber, wir haben einen Durchsuchungsbefehl für Ihr Büro, die *FajeM*-Agentur und Ihr privates Zuhause. Ihnen wird die Gründung einer rechtsorientierten Vereinigung vorgeworfen, aus deren Mitte mindestens zwei Morde, ein Mordversuch, Geiselnahme, schwere Körperverletzung,

Widerstand gegen die Staatsgewalt entstanden sind. Das sind nur die herausragenden Ereignisse. Ich erspare mir, damit noch einhergehende kleinere Vergehen aufzuzählen.«

Marion legte den Beschluss vor ihm auf den Schreibtisch.

Hinter Robert und Marion betraten mehrere Beamte, teils mit Kisten ausgestattet, den Raum.

Frau Scherer schluckte fassungslos. Ihre Augen waren weit aufgerissen auf Weber gerichtet. Die Hände hatte sie vor das Gesicht geschlagen. Weber schüttete sich einen dritten Cognac ein und blickte aus dem großen Fenster. Das Unwetter hatte Reutlingen in voller Schwere erreicht. In Minuten hatte sich der Nachmittag in eine schwarze Nacht verwandelt. Nur einige Blitze, die fast gleichzeitig mit dem Donnerhall auftraten, erhellten für Sekundenbruchteile das Horror-Szenario. Die dicken Regentropfen sprangen in der großen Pfütze auf der Asphaltfläche. Jetzt peitschten die Hagelkörner fast horizontal über den Hof. Einige golfballgroße Hagelkörner durchschlugen die Fensterseite eines LKWs. Die losgerissene Plane flatterte im Sturm.

Rudi Weber nahm es nicht mehr wahr.

59

Marvin Storck wurde in das Vernehmungszimmer geführt. Allein saß er an dem eckigen Tisch und blickte auf das Mikrofon, das direkt vor seinem Gesicht stand. Sein Gesichtsausdruck war vollkommen leer. Sämtliche Energie und Kraft waren aus seinem Körper gewichen. Er fühlte sich wie ein Schwergewichtsboxer nach verheerenden Kopf- und

Körpertreffern in der Ringpause zur elften Runde. Einem Boxer wäre klar gewesen, dass er, wenn er aufstand, in den sicheren K.o. laufen würde. Noch ein oder zwei Treffer, dann würde es vorbei sein, würde er ausgeknockt im Ringgeviert liegen. Endlich Erlösung. Marvin wusste, dass es für ihn keine schnelle Erlösung geben würde. Ihm stand nicht nur diese eine Runde bevor. Ihn erwarteten fünfzehn Jahre. Er zupfte nervös an seinen Ohrtunneln.

Robert und Marion betraten den Raum. Marvins Kopf blieb unten.

»Herr Storck, es ist alles bewiesen. Sie sind am Ende. Jedes Leugnen oder Ausweichen ist zwecklos. Das Einzige, was Sie jetzt noch tun können, ist den Mord an Uwe Ferch zu gestehen und uns ihr Wissen über Weber und *FajeM* zukommen zu lassen«, eröffnete Robert das Gespräch. »Herr Storck, das war's. Unsere Aufklärungsquote bei Morden ist sehr hoch. Und auch Sie haben es nicht geschafft, diese guten Zahlen zu senken. Die Beweislast gegen Sie ist erdrückend. Allein Ihre DNA-Spuren rund um die Hütte am Biotop da oben auf der Alb und an der Kleidung von Uwe Ferch und am Spaten, Ihre Flucht nach Italien und, und, und … Herr Storck, Sie werden wohl genügend Zeit haben, sich auf einen neuen Job vorzubereiten. Allerdings wird der Bewegungsraum in den nächsten Jahren etwas beengt sein. Ein umfassendes Geständnis und ein paar erklärende Worte könnten für die Verkürzung der Zeit allerdings dienlich sein.«

»Ich will einen Anwalt dabeihaben. Ohne den sage ich nichts mehr. Ich kann nicht mehr.«

»Gut, dann setzen wir das Gespräch später fort.«

Marvin wurde wieder abgeführt. Robert ging in sein Büro und telefonierte noch einmal mit Christina Bauknecht.

»Robert, der Ferch hatte keine Chance. Das Messer wurde

ihm frontal mit immenser Wucht in den Bauchraum gestoßen. Die lebenswichtigen Organe wurden durchtrennt.«

»War er schon tot, als er in die Grube gelegt wurde?«

»Davon können wir ausgehen. Wir haben keine Partikel mehr in der Lunge gefunden. Also muss er schon tot gewesen sein.«

»Dann würde der Anklagepunkt ›lebendig begraben‹ nicht greifen?«

»Nein, Robert. Die Anklage könnt ihr getrost unter den Tisch fallen lassen.«

»Danke, Christina. Übrigens bei dem Wort ›Tisch‹ fällt mir noch was ein. Wann können wir zwei uns denn mal wieder gemeinsam an einen nett gedeckten Tisch in einem guten Lokal setzen? Ich würde mich gerne mal mit dir auch wieder über etwas anderes unterhalten als über Mord und Totschlag.«

»Wie wäre es mit nächsten Mittwoch?«

»Das passt bei mir gut. Du darfst das Lokal aussuchen.«

»Wie wäre es denn mit der *Albsonne* oben in Sonnenbühl? Da ist jetzt ein neuer Besitzer drauf. Soll hervorragende Fischspezialitäten haben. Und gutes Wetter ist angesagt.«

Robert verzog das Gesicht.

»Natürlich, Christina. Ihr alle zusammen schafft es noch, mich zum Albliebhaber zu machen.«

»Ich hole dich ab, Robert. Sagen wir Mittwoch um siebzehn Uhr. Dann haben wir noch etwas von der Sonne.«

»Gerne.«

Marion betrat das Büro. Sie lächelte vielsagend und wiegte den Kopf.

»Robert, der Anwalt ist da.«

Marvin hatte sich mit Herrn Oelschläger, seinem Anwalt, besprochen und den Mord gestanden. In seinem deprimierten Zustand hatte er auch seine erfolgreiche Arbeitssuche über *FajeM* geschildert und den großen Gemeinschaftssinn der jungen Leute angeführt. Das rechte Gedankengut, das sich hier versammelt und geballt hatte, wurde von den beiden Kommissaren aufgeblättert.

Robert und Marion wurde klar, wie subtil hier vorgegangen worden war. Da würden sie Weber noch in die Zange nehmen und vor Gericht bringen.

»Eine Frage hätten wir noch zum Schluss, Herr Storck. Unsere Kriminaltechniker haben Aschereste von verbrannten Spielkarten eines Skatspiels oben in der Hütte gefunden. Es fehlten die vier Könige. Ein Schnipsel von Karo König war nicht verbrannt. Was hat es damit auf sich?«

Marvin Storck schilderte Finn Schobers Anschlagsroulette und den Gruppenzwang, dem er sich wehrlos gegenüber ausgesetzt gefühlt hatte.

»Haben Sie Karo König gehabt?«

Marvin schüttelte den Kopf.

»Wer dann? Schober? Rembold? Ferch?«

»Weiß nicht. Weiß ich wirklich nicht.«

Marvin war leer gepumpt.

»Abführen!«

Der Beamte führte Marvin Storck aus dem Raum.

»Herr Oelschläger, wir sehen uns noch«, verabschiedeten sich Marion und Robert von dem Anwalt.

Bei der Vernehmung von Finn Schober und Sebastian Rembold gab Finn an, zu dem Spiel animiert zu haben.

»Herr Becker, Frau Schmidt, das war doch nur so aus einer Bierlaune heraus. Wir hatten schon ein paar intus. Da macht man so etwas Mal. Jetzt sagen Sie bloß, Sie hätten noch nie einen über den Durst getrunken und dann irgendwelchen Mist gebaut. Herr Becker, jetzt kommen Sie. Aber das war ja nicht ernst gemeint. Ist ja auch nichts passiert, versuchte Finn Schober die Karo-König-Lotterie zu bagatellisieren.

»Wer hat Karo König gehabt?«

Sebastian und Finn schauten sich an, nickten sich zu.

»Ich habe ihn gehabt. Aber Frau Schmidt und Herr Becker. Ist was passiert? Ja, nichts. Sie sehen, es war nur ein Spiel. Ein harmloses Spiel unter Freunden«, klärte Finn nun die Sache auf.

Robert und Marion blickten in die Gesichter der beiden. Robert dachte an seine eigenen Kinder. Gott sei Dank waren sie nie in die rechte Szene abgerutscht. Sie waren in etwa gleich alt wie die beiden. Und Marion schwor sich, alles zu tun, dass ihre Kinder mal nicht so werden würden.

»Abführen!« In Marions Stimme vermischten sich Verachtung, Erschütterung mit professionellem Vorgehen.

»Und was wird jetzt mit Timo Schud?«

»Im Augenblick sitzt er noch in Heilbronn. Versuchter Mord. Der wird auch einsitzen. Man wird sehen, Heilbronn oder hier. Siehst du Robert, wir haben sie alle. Immer positiv bleiben. Komm, ich mach uns einen Kaffee.«

EPILOG

Das Handballspiel wogte hin und her. Julians Verletzung hatte sich als nicht so schwer erwiesen. Die Behandlung in der Physiotherapiepraxis Greitzke hatte ihm zusätzlich geholfen, dass er heute spielen konnte.

Noch fünf Minuten. Die Pfullinger Jugendmannschaft lag mit einem Tor im Rückstand. Das war noch gut aufzuholen in der verbleibenden Spielzeit.

Julian bekam den Ball auf Höhe der Mittellinie zugespielt, passte ihn weiter zu dem besser positionierten Mitspieler, der auf der rechten Seite nach vorne stürmte. Sprungwurf. Tor. Ausgleich.

Die Trommelgruppe des VfL Pfullingen unten in der Mitte der Halle holte das Letzte aus sich heraus. Der ältere Herr, auf der Zuschauertribüne neben Sarah sitzend, griff sich an die Ohren. Sie hörte ein Pfeifen und erblickte die beiden Hörgeräte links und rechts. Als sie die Arme nach ihrem Jubel wieder heruntergenommen hatte, deutete sie mit beiden Zeigefingern auf die Hörgeräte und senkte ihre Finger nach unten. Der Senior nickte dankend, schaltete sie aus und lächelte Sarah glücklich an. Er kniff das rechte Auge zu und reckte einen Daumen in die Höhe.

Der gegnerische Angriff rollte. Die Schiedsrichter hatten beide die linke Hand gehoben. Ein Zeitspiel drohte. Noch waren vier Pässe zwischen den Spielern gestattet. Der gegnerische linke Rückraumspieler spielte sich durch die Pfullinger Abwehr. Er setzte zum Torwurf an, als ein Pfullinger Spieler ihm von hinten in den Wurfarm griff und ihn foulte. Sofort ertönte der Pfiff der Schiedsrichter. Zwei Minuten Strafe und Siebenmeter. War das die Entscheidung?

Durch die Halle ging ein gellendes Pfeifkonzert, als der Siebenmeter-Schütze antrat. Auge in Auge standen sich Torwart und gegnerischer Spieler gegenüber. Wenn er den Wurf verwandeln sollte, dann war für Pfullingen eventuell noch ein Unentschieden machbar, aber mehr nicht. Das würde nicht reichen zur Meisterschaft. Der Schütze täuschte einen Wurf an. Zögerte. Der Torwart der Pfullinger rührte sich nicht von der Stelle. Jetzt flog der Ball von der Hand des Schützen. Er hatte zu einem Heber angesetzt. Der Pfullinger Torwart, schon halb in der Hocke, sprang mit einer Energieleistung nach oben. Er erwischte den Ball mit den Fingerspitzen, bekam ihn in beiden Händen zu fassen.

Julian sprintete nach vorne. An der Mittellinie drehte er sich um. Er sah den Ball kommen. Er fiel ihm genau in die Hände. Drei Schritte. Prellen. Drei Schritte. Sprung. Der gegnerische Torwart kam ihm entgegengeflogen. Beide Spieler befanden sich in der Luft. Julian ließ sich leicht nach links fallen und hob den Ball gekonnt über den gegnerischen Torwart. Treffer. 24:23. Noch zehn Sekunden.

Die Halle glich einem Tollhaus. *Hölle Süd* war die Kurt-App-Halle mal zu Bundesligazeiten des VfL Pfullingen tituliert worden. Jetzt machte sie ihrem Namen alle Ehre. Abpfiff. Sieg. Die Spieler wälzten sich auf dem Boden. Die Trommeln mussten fürchten, zerschlagen zu werden. Zuschauer lagen sich in den Armen. Der Senior neben Sarah lächelte sie vor Glück strahlend an und deutete auf seine Ohren. Absoluter Sportgenuss ohne Hördesaster. Er ging nach oben und holte sich ein Bier.

Julian kam auf die Tribüne gelaufen und küsste Sarah. Das Strahlen auf seinem Gesicht hätte größer nicht sein können. Um den Hals trug er den Meisterwimpel. Unten auf dem

Spielfeld wurde die erste Sektflasche geköpft und eine Weizenbierdusche aus einem Stiefelglas ergoss sich über den Trainer.

Am darauf folgenden Freitag schien in Reutlingen vieles wieder im Normalzustand. Warm schien die Sonne auf den Reutlinger Marktplatz, als sich der Demozug von *Fridays for Future* in Bewegung setzte.

Julian und Sarah marschierten voran. Sarah hatte das Megafon in der Hand und animierte die Menge zu Sprüchen.

Viele hielten ihre neu gestalteten Plakate in die Luft:

»Kohle in die Bildung, nicht in den Ofen!«

»There is no planet B!«

»Das Klima ist aussichtsloser als das Matheabi!«

Make love no CO_2*«*

»Make the world green again!«

Am Straßenrand waren nur noch freundlich dreinblickende Passanten auszumachen. Sarah nahm keine bedrohlichen Personen wahr. Sie waren aus dem Reutlinger Stadtbild verschwunden. Der E-Rollstuhlfahrer in seinem silberfarbenen verglasten Modell hatte sich dem Zug ebenso angeschlossen wie der Fahrer eines feuerroten Mars-Mobils. In ihrer Getränkehalterung, rechts neben dem Lenker, hatten sie jeweils ein Glas Rotwein stecken. Sie prosteten sich zu. So ließ sich die Demo angenehm gestalten.

Marion und Lukas standen auf der Terrasse ihres neuen Hauses in Großengstingen. Sie ließen ihre Blicke über die Felder und Wiesen schweifen und genossen die phänomenale Aussicht. Die Abendsonne verlieh dem Ganzen ein harmonisch ruhiges Flair. Sie fühlten sich wie ein Teil eines Bildbandes. Schöner konnte man es kaum treffen. Die Vögel zwitscherten am Himmel, während hinten in Richtung der

Bärenhöhle drei Heißluftballone in lautloser Fahrt über die Alb schwebten. Jetzt kamen sie direkt über ihr Haus.

Julian und Sarah kamen auf die Terrasse. Sie hatten den beiden beim Umzug geholfen.

»Ich habe uns noch Pizza beim *Toni* geholt«, sagte Lukas.

Sie stießen mit den Sektgläsern an.

»Viel Glück im neuen Heim und auf dass ihr euch richtig wohlfühlt in Engstingen. Aber was anderes geht eigentlich gar nicht.« Sarah blickte Marion an.

»Danke, dass ihr uns geholfen habt«, wandte sich Lukas an die beiden.

Unten fuhr die *Schwäbische Alb-Bahn* in der roten Sonne vorbei. Immer noch herrschte gähnende Leere im Inneren.

»Ein leeres Abteil würde auch reichen«, dachte sich Marion. »Zwei müssen es nicht unbedingt sein.«

»Vielleicht können wir dann ja auch mal mit dem Fahrrad zusammen nach Reutlingen fahren«, warf Marion ein.

»Sicherlich. Aber nächsten Freitag zur Aufführung unserer *woRThopäden*-Gruppe in der Volkshochschule fahren wir mit dem Bus, denn der ist für VHS-Kursteilnehmer kostenlos.«

Die Gläser klirrten, als die letzten Sonnenstrahlen auf die Terrasse fielen.

ENDE

DANK

Mein Dank gilt meiner Frau Marlies für die tatkräftige Unterstützung am PC sowie meinen beiden Töchtern Jasmin und Chantal für das äußerst intensive Korrekturlesen und die mehr als guten Tipps, von denen jeder einzelne mehr als hilfreich war und den Roman immer lebendiger gemacht hat.

Ein besonderer Dank gilt Martin Staneker, der mir tiefere Einblicke in die Polizeiarbeit verschaffte, die ich sehr gut übernehmen und verarbeiten konnte.

Vielen Dank auch an Tanja Schubert für das Übersetzen mancher Dialoge ins Schwäbische. Als gebürtiger Westfale und Albliebhaber verstehe ich zwar fast alles, aber an der schwäbischen Aussprache hapert es auch nach so vielen Jahren immer noch. Und ich habe nicht die Hoffnung, dass das besser wird.

Herzlichen Dank an die Schreibgruppe von *SiC = Schreiben im Café.* Meine Schreibfreundinnen motivieren mich zu immer neuen Versuchen. Besonders durch das Schreiben on tour sehe ich meine Umgebung immer exakter und differenzierter. Vieles davon ist jetzt auch wieder in diesen Roman eingeflossen.

Herzlichen Dank an die *Fridays for Future*-Gruppe aus Reutlingen. Ihre Aktivitäten und ihre Begeisterung, sich für das Klima einzusetzen, animierten mich zu diesem Krimi.

Viel Unterstützung erfuhr ich durch meine Romanschreibgruppe, die »*Romanticker*« aus Reutlingen: Janine Hugot, Kirsten Levene, Christa Schmieg. Mit ihnen zusammen macht das Schreiben sehr viel Freude und animiert zu weiteren Taten.

Ein herzliches Dankeschön geht wieder einmal an meinen Lektor Bernd Storz. Durch sein konstruktives Lektorat hat der Roman an vielen Stellen sehr gewonnen und ist noch runder geworden. Durch die mehr als gute Zusammenarbeit mit ihm empfinde ich seine Hinweise, Vorschläge und Anmerkungen als eine persönliche Fortbildung.

Mein Dank geht auch an Frau Schäfer-Lehari und Frau Weiler vom Verlag Oertel+Spörer. Durch die stets vertrauensvolle Zusammenarbeit macht es einfach nur Spaß und Freude, mit ihnen zusammen zu arbeiten.

Dr. Martin Sowa
wurde 1954 in Hagen/Hohenlimburg (Nordrhein-Westfalen) geboren. Nach Abitur und Bundeswehr studierte er in Reutlingen an der damaligen Pädagogischen Hochschule Sonderpädagogik. Nachdem er zunächst als Lehrer an der heutigen Margarete-Steiff-Schule in Stuttgart tätig war, ging er für 23 Jahre als Dozent an das *Fachseminar für Sonderpädagogik in Reutlingen*, um dann sechs Jahre an einer Sigmaringer Schule zu arbeiten.

1979 gründete er die Behindertensportabteilung der TSG Reutlingen, heute *TSG Reutlingen Inklusiv*. Mit fast 600 Mitgliedern ist sie die größte ihrer Art in Deutschland.

Martin Sowa fungiert nach wie vor als Abteilungsleiter. Von 2013 bis 2016 war er als Referent für Inklusionssport beim Behindertenbeauftragten von Baden-Württemberg, Gerd Weimer, in Stuttgart tätig.

Seit 2017 gibt er sein Inklusionssportwissen als Projektberater des landesweiten inklusiven Fußball-Projektes *PFIFF Projekt für inklusive Fußballförderung* beim VfB Stuttgart weiter.

Bei der inklusiven Fußballvereinigung *Fim Football is more* ist er an der Erarbeitung eines Handbuchs für die Trainerausbildung im Inklusiven Fußballsport beteiligt.

Martin Sowa veröffentlichte elf Bücher und weit über 100 Fachartikel zur Thematik Behinderten-Inklusionssport, Motopädagogik und bewegte Schule.

Zu seinem Romandebüt *Mord im Rinnental* (Oertel+Spörer 2019) absolviert er immer wieder neue Lesungsformate mit musikalischer und szenischer Inszenierung. Zusammen mit dem Klimaexperten Roland Hummel rief er 2019 die *Mordstour* ins Leben, eine besondere Klima-Krimi-Wanderung auf den Spuren seines ersten Romans.

2020 folgte der Kurzgeschichtenband *Faszination Alltagsmomente.*

Karo König vom Albbiotop ist der zweite Krimi des Engstinger Autors, dem noch weitere folgen sollen.

Klima-Krimi-Wanderungen und Lesungstermine:
www.martin-sowa.de

Dieser Kriminalroman spielt an realen Schauplätzen. Alle Personen und Handlungen sind frei erfunden. Sollten sich dennoch Ähnlichkeiten mit lebenden oder verstorbenen Personen ergeben, so sind diese rein zufällig und nicht beabsichtigt.

Postfach 16 42 · 72706 Reutlingen

Titelbild: © Dominik Trost
Gestaltung: PMP Agentur für Kommunikation, Reutlingen
Lektorat: Bernd Storz
Korrektorat: Sabine Tochtermann
Satz: Uhl + Massopust, Aalen
Druck und Bindung: CPI books GmbH, Leck
Printed in Germany
ISBN 978-3-96555-084-1